后浪电影学院 030

The Tools of Screenwriting

基本剧作法

［美］大卫·霍华德（David Howard） 爱德华·马布利（Edward Mabley）——著
钟大丰 张 正——译

北京联合出版公司
Beijing United Publishing Co.,Ltd.

献给维克:

　　没有你的关爱、安慰与支持,所有一切都将是纸上谈兵。

永远爱你的,大卫

推荐语

大卫·霍华德与爱德华·马布利先生的《基本剧作法》是一本兼具实操性和综合性的指南书籍，适合不同程度的编剧工作者阅读学习。如果能在四年前阅读此书，我可能连电影学校的学费都省下了。

——亚当·贝拉诺夫（Adam Belanoff），电视剧编剧与制片人

《基本剧作法》一书剥离了剧作繁琐的条条框框，引导读者直击要害。我希望每位编剧都能阅读本书。

——小约翰·菲里亚（John Furia. Jr.）
美国西部编剧工会前任会长兼主席

这不仅是一本教你如何写出卖座剧本的教材……本书作者向我们展示了剧本写作与戏剧核心元素之间的重要关联。

——《电影惊魂》（*Film Threat*）

霍华德和马布利定义了剧作的基本单位。

——《书单》（*Booklist*）

适合任何水平的学生使用的绝佳教材。强烈推荐。

——《经典影像》（*Classic Images*）

致中国读者

我的书能在中国翻译和出版，对我来说是个很大的荣誉。有我尊敬的学术上的同事、知名学者钟大丰教授为本书翻译更使我感到荣幸。我非常希望《基本剧作法》一书能对中国影视编剧的拓展和写作质量的提高有所助益。我也希望本书能帮助中国的写作者们掌握更多有效工具，帮助他们理解人物与观众之间建立的最基础的沟通，这是使一切故事讲述成为可能的根本。

虽然文化和语言，甚至梦想和艰辛在世界各国各地之间都有很大差异，但人类的经验仍然令人惊讶地一致。我们不能完全分享彼此的生活，但我们可以理解、欣赏和同情他人，因为我们拥有共同的人类情感和基本的生存需要，我们能够从情感上投身于其他人的生活，感受到与他们的血肉联系。

作为讲故事的人，我们努力发掘电影观众与剧中人物之间的深刻联系，观察其他人的生活经验，帮助了解与我们有所不同的人所面临的困难、做出的决定及其成败。就像我们拥有的许多方式一样，故事也拓展着我们对世界的认识和体验。

虽然人们常说，音乐是世界的语言，电影的视觉故事也有着类似的普适性。一个孩子得到一个冰淇淋甜筒会很高兴，这世界上几乎所有人都能理解。冰淇淋要是掉在地上，人们也都会觉得对这个孩子来说是件很惨的事，观众们都会对此表示同情。尽管我们的生活经历不同，但都会被孩子这段小小的经历打动。

通过研究这些编剧工具，故事讲述者可以磨炼形象化地创造人物的能力，可以学着让剧中人物的行为和戏剧性动作以最有力的方式影响观众。

与此同时，他们也会发现利用故事元素的表现模式和建构方式来影响观众的许多不同方式，以达到不同的预期效果。通过学习了解故事和观众之间这些看似无形的沟通，故事的讲述者可以逐渐掌握吸引观众走进剧中人物生命历程的方法。剧中人物和观众之间的潜在关系，通过他们基于语言、文化和所处的特定时空高度相关的时空情境，折射出我们所有人共同面临的"人类困境"。

我期待中国电影和电视市场的持续蓬勃发展，使中国艺术家们有更多进行创作和让作品面世的机会，我更期待看到新一代中国艺术家创作出更多生动而引人入胜的故事。

大卫·霍华德（David Howard）
于美国加州圣塔莫妮卡
2015年9月19日

目 录
Contents

推荐语 ·· 1

致中国读者 ·· 2

推荐序一 ···························· 格雷戈里·麦克奈特 7

推荐序二 ······························ 弗兰克·丹尼尔 9

自 序 ·· 15

第一章 关于编剧

编剧的任务 ·· 3

舞台与银幕 ·· 6

改 编 ·· 9

电影的作者 ·· 12

编剧与其他人的合作 ·· 14

第二章 叙事基础

怎样创作"讲得妙的好故事" ································ 21

三幕式的结构划分 ·· 25

故事的"世界"观 ·· 28

主人公、反派与冲突 ·· 30

外化内在动作 ·· 32

客观的和主观的戏剧性 ·········· 35
时间与叙事者 ·················· 37
"不确定性"的力量 ············ 41

第三章　编剧的工具

主人公与目标 ·················· 47
冲　突 ························ 51
障　碍 ························ 53
前提与开场 ···················· 56
主悬念、高潮与结局 ············ 59
主　题 ························ 62
统一性 ························ 65
铺　陈 ························ 67
人物塑造 ······················ 70
情节发展 ······················ 74
戏剧性反讽 ···················· 77
铺垫与余波 ···················· 80
伏笔与披露 ···················· 82
未来元素与预告 ················ 84
大纲与分场大纲 ················ 86
可信性 ························ 89
行为与戏剧性动作 ·············· 92
对　白 ························ 95
视觉性 ························ 100
戏剧性场景 ···················· 103
重　写 ························ 108

第四章　影片分析

关于本章 ·· 115
　片例 1　《外星人 E.T.》 ································ 117
　片例 2　《热情似火》 ·································· 131
　片例 3　《西北偏北》 ·································· 145
　片例 4　《四百击》 ···································· 155
　片例 5　《公民凯恩》 ·································· 169
　片例 6　《证人》 ······································ 178
　片例 7　《欲望号街车》 ································ 191
　片例 8　《唐人街》 ···································· 203
　片例 9　《教父》 ······································ 216
　片例 10　《飞越疯人院》 ······························· 231
　片例 11　《末路狂花》 ································· 243
　片例 12　《餐馆》 ····································· 259
　片例 13　《罗生门》 ··································· 273
　片例 14　《性、谎言、录像带》 ························· 286
　片例 15　《安妮·霍尔》 ······························· 298
　片例 16　《王子复仇记》（又名《哈姆雷特》）············· 313

延伸阅读 ·· 330
出版后记 ·· 331

推荐序一

电影产业中的一些研究往往需要经年累月才能有所收获。人们为此耗时甚巨,以至于陷入其中,无法自拔。然而对于评论者而言,他们关心的是(通过这种研究后)影片能否达成最终形式或收获目标观众,却很少因为研究项目复杂、耗时甚巨而收获赞扬。

《基本剧作法》便是其中一例。事实上,本书绝大部分的价值恰恰来源于业内人士数十年来对戏剧技巧的不断完善。在这漫长的时间里,一系列富有创造力的人将建构戏剧的核心提炼出来,并用它来阐释编剧与剧作分析的本质。

20世纪60年代的纽约,爱德华·马布利(Edward Mabley)就开始进行编剧思维领域的训练——这是本书的开端。在编剧和导演工作中,马布利先生逐渐形成了关于戏剧建构的理论并利用舞台剧的形式进行阐释;在新学院大学(New School)社会研究方向任教期间,他终于付诸笔端,并于1972年集结成《戏剧性结构》(*Dramatic Construction*)一书。

这本书绝版后便陷入沉寂,直到编剧兼教师弗兰克·丹尼尔(Frank Daniel)将其发掘出来并应用在剧作教学中。丹尼尔先生曾在多所世界著名的电影学校任教。多年来,本书成为戏剧理论及创作实践与教学的绝佳范本。

丹尼尔先生曾与大卫·霍华德交流过他对本书的热忱及其中的理论方法,后者是南加州大学研究生剧作专业的首任负责人。在两人的交流中,霍华德先生给予丹尼尔先生很多经验与启示。他的学生中有不少人将编剧作品拍摄成畅销影片且名利双收。因此,虽然本书早已绝版,但仍是诸多创作者的理论源泉。

我第一次接触这本书是在派拉蒙（Paramount Pictures）旗下家乡影业（Hometown Films）工作之际。当时我正寻找一本令我满意的剧作书籍，却一无所获。有一天，霍华德先生曾经的一名学生带着这本书的影印版来到我的办公室。作为一名出版商的儿子，我十分好奇他为什么复印而不是直接买一本，他告诉我这本书早已绝版。

我无法理解这样一本众多著名电影院校的必读书为何会早早绝版且无人问津，于是我联系了这本书的原出版商，得知他们对这类图书已不感兴趣（自然也无心修订），而版权也让与已故作者。我经过协商获得了本书的版权，同时霍华德先生同意重写部分内容，以使书中理论更好地指导创作。不仅如此，他还选取了一些新近的影片作为分析篇目，以求与时俱进。

从马布利先生的《戏剧性结构》到现在这本《基本剧作法》，大卫·霍华德先生倾注了大量的时间、精力，并奉献了他不懈的思索。在保留马布利核心观点完整的同时，他重新整理了书中有关电影的工具、范例以及引述，拓展并解释其中的关键元素，并以多种经典剧本作为范例进行分析。他用清晰实用的语言探讨了作为一门技艺（craft）的编剧工作。

正因为有了上述诸家为本书付出的卓绝努力，《基本剧作法》才有了现在的面貌。通过书写与分析剧本，教师和学生可以不断打磨并展示自己的想法。尽管剧作这一课题已研究发展多年，但对我来说，这本书才是我寻觅多年的完美典范。

感谢圣·马丁出版社编辑乔治·威特（George Witte）对本书的指导。感谢亚当·贝拉诺夫将本书带进我的视野。另外，尤其要感谢我的父亲威尔·麦克奈特（Wil McKnight）给予我全程无私的帮助。

格雷戈里·麦克奈特

推荐序二

你能理解相对论吗？如果你能，那么恭喜你。反正我只是个普通人，总是碰到费解的谜团并且会不断发问：一个人是如何计算出导弹的运行速度和轨道，才能让它在飞行了遥远的距离之后精确地命中目标呢？我如何才能保持收支平衡呢？为什么一按电视开关，电视就会启动，然后在屏幕上显示出鬼才知道哪儿来的画面？

我承认这些事情（当然还有其他）对我来说就如同奇迹一般充满着朦朦胧胧的神秘感。当然我也很不情愿地认识到有些人不仅理解这些"奇迹"的运作方式，而且还不断创造新的"奇迹"。基因重组、黑洞理论……他们甚至连纽约的公交时刻表都搞得清楚！

我知道在这些"奇迹"运作的背后都是人类辛勤的工作。对他们来说，这些"奇迹"同样费解，但是他们夜以继日地思索钻研，最终找到了答案。他们运用的是大量已有的知识和一定数量的创新。

我能想象一个电子工程师为了使电视机得到微小的改善，要积累多少知识与技能，也能想象有那么一瞬间，他决定进入这一行业并开始学习所需的一切。他很幸运，因为他所选择的行业中所有必需的专业技能都已十分清晰，而他需要做的就是端正心态，持之以恒。

但是这个世界上还有一些人却选择了截然不同的道路（原因只有他们自己才知道）。他们酷爱伏案书写或打字，沉迷于叙述一种"发现"。受这种"迷恋"的影响，他们认为自己的"发现"与上述"奇迹"的发现同等重要，或者至少和发现纽约公车时刻表一样重要。观众们将在自己的生命历程中理解这些"发现"。他们就是书写故事的人。

现在，很多因上述欲望倍受"煎熬"的人转而去为大银幕编写故事了。他们心中常景仰哥伦布的丰功伟绩，他们要重新发现"新大陆"。可是我们现在都知道了，哥伦布自己都不承认这事。

屠格涅夫曾感叹："真是奇怪，作曲家要学习和声和音乐诸形式的理论，画家要学习色彩搭配和构图，建筑师也要有基本的建筑方面的教育。唯独谈到文学创作时，人们便笃信不需要学习任何知识就能成为作家，或说只要会写字就能成为作家。"

事实上，成为一名作家所需知识之多、学习时间之久，一本书尚且不能涵盖其基本。生活中的任何一个领域，人类知识的任何一个分支都可能成为作家感兴趣的对象。但有一项技能是最需要优先注意的，即表达和构造影像的能力。对于编剧来说，这项技能十分复杂，它意味着用最有效的方式表达并构建银幕上的场景、序列乃至整个故事。

当有人想了解到底何谓编剧时，我有一个十分老套的答案来回答这个问题：很简单，就是以令人激动的方式讲述令人激动的人身上发生的令人激动的故事。这就是全部。唯一的问题就是你得知道如何让故事和人物变得激动人心，以及如何掌控复杂的形式——因为编剧实际就是在纸上制造一部电影。

有人编了一个故事，讲述一个雄心勃勃的年轻人如何成为一家好莱坞新电影公司老板的历程。他要向投资人证明，一家影视公司成功的唯一可行之法就是对故事倾注全力。他雇佣了一个研究团队试图回答下面的问题：人们到电影院到底看什么？故事、明星或价值观，还是特效、性或暴力？几周之后，研究专家们得到了结果，虽说预算略微超支，但报告做得十分完美妥帖。统计结果确凿无疑地证明：人们在黑暗的电影院中不断寻觅的正是故事。

后来这家公司倒闭了，总裁不知道哪里出了问题。因为他没有问对人，所以他永远也不会知道观众看电影并不仅仅看讲了什么故事，还要看如何讲好一个故事。因此，编剧的工作可称为"讲故事"（story-telling）

而非"制造故事"（story-making）。正如我们前面所见的一样，好的故事也有可能讲得很糟糕。

在电影领域，"讲好故事"不仅仅意味着叙述妥帖、结构与情节设计巧妙这么简单。故事在展现的过程中需要使用丰富的场景，人物设计要令人信服（且表演过关），这样才能够激发美工师、摄影师、作曲家、剪辑师以及影片的所有协同工作人员发挥他们各自的才华向共同的方向努力，并最终将编剧笔下的意象和文字展现给观众。

时下关于编剧的书籍十分繁多，但是众所周知，没有一本能够为读者提供他们真正所需之物：叙事的才华与热情。任何一本书或任何一间学校都不能无条件地给予你下面的东西：新鲜且源源不绝的关于生活的生动事实，对事件的观察、印象和记忆，还有对人的认识——即人们生活中的故事、看法、奇想、偶然、怪癖、迷信、理想、信念和梦境——简而言之，就是作家创作时必要的灵感。

那些像中了咒语一般对成为大银幕编剧充满欲望的可怜的人们需要的不仅仅是才华。不过幸运的是，有些技能他们还是可以学习的。他们可以培养并加强自身的洞察力和理解力，学会理解和表达人物，创造能够激发演员才华的剧本，训练自己的眼力，时刻注意发掘生动的、令人印象深刻的场所。最为重要的是，向过去的甚至当今的大师学习，学习他们如何铺陈场景以激发、保持并强化观众的兴趣、情感、代入感和参与度。我们当今的教学中已添加了这些内容。

未来的编剧们最需要的是不带偏见的、没有教条的戏剧结构原则，理解电影艺术所使用的不同的写作技巧和编剧手法。大卫·霍华德在这一领域中描绘了清晰的轮廓，并以简明易读且博学智慧的方式进行讲述。不仅如此，他还慷慨地阐明了自己关于剧作的真知灼见。

对于一本剧作书籍来说，最差劲的是给那些编剧初学者们植入一系列特定的规则、制度和公式，好像医生开的药方或者厨师写的菜谱。事实上，更糟糕的是这些条条框框落入那些根本无意创作，却掌管着"项目"开发

(properties，好莱坞专门术语，剧本对于他们来说就是一项"财产")的人手中。

这些"规则"一旦落入执行制片人、代理人、剧本审阅和剧本医生手中，立刻变成邪恶的棍棒，任何胆敢写出与规则不符（比如情节点或转折点与规则不符，或者主人公、反面人物乃至任何其他人物的行为与之不符）的剧本的人都会遭到"穷追猛打"。即便他们的剧本行之有效，也一样会被视为对规则的"亵渎"。

在国内外的剧作教学或研讨班上，在圣丹斯协会上，在我与好莱坞专业人士的合作中，我遇见过各种各样的疑问、质疑还有迷信。欧洲的电影人直到最近才开始承认（不得不说，他们对此十分不情愿且颇有微词），过去三十年来，作者论的无限制膨胀导致编剧职业被彻底放弃，这一现象已经产生了恶果。国家级的电影人失去了他们的观众，尽管他们的作品偶尔还能获得外国电影节评审们的青睐并在少数艺术院线上映。

观众的流失使人们重燃对剧本写作理论与实践的兴趣，甚至让"戏剧法"（dramaturgy）一词重获新生。电影人希望找回失去的观众。

有一种说法认为，初学者并不相信理论化的知识，生怕如果懂得了特定原则的运作原理和机制，他们就算不会失去创造力，也会失去创造的自由。

相反，一些二流编剧则迷信各种编剧规则，而且使用起来不分时间场合。然而他们并不知道这些规则只会偶尔起作用，至于原因和方式更是无从谈起；但是有一件事情是他们确知的：如果不用这些规则，他们便会彻底迷失。

真正专业的大师们则会寻求原则规程的指导。这些原则的产生基于故事本身的性质及其作为媒介的特质。

大卫·霍华德并不像传教士一样传播任何教条，但是根据自身经验和所授课程，他知道理解这些原则将获益匪浅——无知绝不可取，应用这些原则将解放并拓展人的创造力，呈现更多选择。他的学生阿曼达·西尔弗（Amanda Silver）的毕业作品《摇篮惊魂》（*The Hand that Rocks the Cradle*）便是明证。

我曾经有个学生笃信"前提创作法"（method of the premise）。根据这一规则，一个故事应包含一个前提，宣示"事实"和信息，编剧在创作之前应明确且合理地制定出前提。这种方法本应使创作变得更为简单高效，但实际却产生了意料不到的后果。

我的这个学生给我看了她按照上述"理论"创作的剧本。结果显而易见：一切不出所料，这是一个彻彻底底的模式化作品，无聊而浅薄，人物所做的一切仅仅是为了证明所谓"前提"的"真实性"。

当我告诉她上述"灾难"的成因时她几乎崩溃了。我告诉她要学着给人物充分的自由，这样他们可以按其自身的目的行动，而非被作者强迫着完成所谓的"前提"。要知道人物并不是我们的手中的玩偶，他们有自己的生命。

这个学生听完我的话变得更加恐慌了。"但是这样的话……"她的双眼像两个黑洞一样，"这就不是我的故事了！"她花了很长时间才最终明白，只有到了那个时候，她才算真正写出"自己"的故事——不再受理性的大脑控制，而是全身心投入其中，用具有情感的、下意识的、自发的、本能一般的洞见进行创作。这需要很大勇气，绝非易事。这种方式的创作对于有些人来说确实有些"恐怖"，但是只有通过这样的方法写出的作品才精彩绝伦，用现在的话说就是"纯天然，非人工"。只有这样，创作的作品才不会成为毫无营养的口香糖，而是能够为观众的想象和智慧带来真正"营养"的大餐。

你要阅读的这本书，会让这次"探险之旅"变得动人心魄，当然（归功于大卫·霍华德温顺的天性）也不会太吓人。我所希望的是这本书能够鼓励那些热切的编剧们更加努力起来，直接向懂得这门技艺的大师讨教编剧的原则与"奥秘"。

现在有了录像带和DVD等影像资料，享受阅读本书的"探险与发现之旅"也不再有什么阻碍了。

另外,我希望读者能尽量汲取书中的理性知识,将其消化吸收,并参考洛佩·德·维加(Lope de Vega,人称"自然的奇迹",有史以来最多产的剧作家,一生创作超过1500部戏剧)的建议,他在关于戏剧理论与实践的全面研究论著《我们时代的戏剧创作》(*Writing Plays in Our Times*,本书为诗歌体,出版于1609年)中曾公开且大胆地宣称(尽管他在书中详尽地介绍了所有的"规则"):"当我要写一出戏时,我要用六把锁把规则锁起来。"

弗兰克·丹尼尔

弗兰克·丹尼尔(Frank Daniel,1926—1996),编剧、制片人、电影教育家。自20世纪60年代起,曾担任捷克电影学院院长,后出任美国电影学会(AFI)高级电影研究中心第一任院长、哥伦比亚大学电影学院联合主席、南加大电影学院第一任院长。他曾受罗伯特·雷德福邀请,担任圣丹斯协会首任艺术总监、布鲁塞尔欧洲媒体研究院艺术总监。弗兰克·丹尼尔毕生致力于编剧创作与教学事业,学生包括米洛斯·福尔曼、大卫·林奇、大卫·霍华德等,为编剧事业的发展做出了巨大的贡献。

自　序

十年前，我受邀参加为期一个月的剧作研讨会。会上我十分有幸遇见了哥伦比亚大学电影专业的负责人，大名鼎鼎的弗兰克·丹尼尔先生。研讨会开始之前，我被告知要阅读相关书籍以作准备，其中一本就是爱德华·马布利先生的《戏剧性结构》。我访遍全城所有书店，却发现该书早已绝版，又去图书馆想借阅，也无果——想必被其他参会者捷足先登了。我几乎毫无准备地参加了人生中的第一个研讨会，不过后来才发现其他人也遇到了跟我一样的问题。于是在研讨会期间，我们所有人只好传阅此书的唯一副本。幸而会议进行得颇为顺利，甚至可以说是相当成功。

研讨会之后，我便追随丹尼尔先生来到哥伦比亚大学学习编剧与导演。之后丹尼尔先生赴南加州大学任影视学院院长，我又跟随先生并在学院谋得一份教职。再后来我又担任学院研究生编剧专业的第一位负责人。尽管人事多变，有两件事似乎是永恒的：其一是关于马布利先生的《戏剧性结构》，虽说本书是针对戏剧写作的，范例也多为舞台剧，但它无疑可作为影视剧作学生学习戏剧理论的一本简明概论；其二则是这本书自绝版以后的难觅芳踪。

因此，当格雷戈里·麦克奈特第一次找到我，希望能够将这本书修订为适合影视编剧使用的文本时，我兴奋地跳了起来——这是一次将《戏剧性结构》变成您手中这本《基本剧作法》的绝佳机会。任务开始之际并不困难，毕竟原书已是上佳之作，并且我不仅对它烂熟于心，还早已应用多年。

当然，和其他工作一样，改写一事看似简单，实则困难。马布利先生关于戏剧理论的研究文章大多需要不同程度地改写。如果仅仅是将他本人的语言按我的写作风格进行改写尚且好办，但是考虑到我要写的是一本关于电影而非戏剧的书，那么就需要写一系列新的文章。原书中关于戏剧分析的文章几乎都替换成了关于电影的分析文章。这么说吧，虽然我与马布利先生素未谋面，但本书可算是我俩研究成果之集合——只希望整合过程中不会出现太多理论上的裂隙。

考虑到本书来源的特殊性，那些启迪我思想、提供我帮助、给予我理论支持的人与论著繁多，因此撰写鸣谢清单也变得着实复杂。书中诸多理论诞生于马布利先生著书之前。比如，人们在书写戏剧理论时或多或少都会提及亚里士多德，不过本书对亚里士多德及同时期的先贤乃至整个欧洲传统戏剧的论述都已蕴含在"叙事基础"以及"编剧的工具"两章中。

另一个问题，则是人们常常一边学习他人的观点，一边无意识中借用这些观点。不过至少我知道马布利先生书中所涉理论是确有来源的。我曾跟随弗兰克·丹尼尔先生进行戏剧、电影以及剧作的研究，也因为他给我的启迪，后来我才成为了职业编剧和教师。我"自己"的很多想法都可追溯至丹尼尔先生对我的教导——可以说他就是我理论的源泉——甚至有些观点和戏剧理论全然发源于他。比如关于"谁的故事"以及"谁的场景"之观念，关于戏剧客观与主观之辨；"揭秘"（revelation）与"发现"（recognition）的概念是丹尼尔先生的重大发现；比如讲述事件"余波"（aftermath）的场景以及将其转化为下一个事件"铺垫"（preparation）的场景；还有"未来元素"（elements of the future）和"预告"（advertising）。

丹尼尔先生对于剧作观念、理论及实践的最重要贡献，可以融汇为看似简单却意蕴无穷的一句话：某人欲达成所愿却屡受阻挠。这是构成故事的众多创意中最为基本的一条，也是历史上所有优秀剧作家都懂得的道理，但是只有丹尼尔先生能够如此言简意赅。就像那些绝妙的发明创造一样，最好的理论往往是那些看似简单但却让我们疑惑为什么从未有人能够如此一语中的的话语。

在此，我要感谢格雷戈里·麦克奈特先生，是他首先将这本书的版权从原出版商以及马布利先生的遗产中购得。我和他共同完成了《基本剧作法》

一书的基本构架，除此之外，还要感谢他与圣马丁出版社协商出版事宜。

我希望这本书中的观点和范例能够指导读者（或编剧）了解剧本的组织结构。但愿诸位最终能够全面领会剧作的基础并能认识到这一基本的结构实际上是相当灵活多变的。它像一块（半透明的）面纱，可以拉伸、缩短、扭曲，即使偶有漏洞依然能够成立——但绝对不能丢弃。

致　谢

克里斯蒂娜·贝内加斯（Cristina Venegas）和罗杰·克里斯琴森（Roger Christiansen）为南加州大学影视学院研究生剧作专业和圣丹斯协会（Sundance Institute）录制了一系列视频访谈，本书诸多的引述便来自于上述材料。我既要感谢克里斯蒂娜和罗杰，也要感谢他们采访的众多编剧们。他们是沃尔特·伯恩斯坦[1]、比尔·维特里夫[2]、汤姆·里克曼[3]还有小林·拉德纳[4]。感谢他们和他们的作品。另外要特别感谢乔治·威特的全程协助。

大卫·霍华德

---

[1]　沃尔特·伯恩斯坦（Walter Bernstein），代表作《粉红紧身衣的恶魔》《巴黎狂恋》《核子战争》《金钱陷阱》《莫莉马贵》《银海万花筒》《正面交锋》《匹夫之勇》《贝丝》《魂断梦醒》《小麻烦》《卡罗尔街的房子》等。

[2]　比尔·维特里夫（Bill Wittliff），代表作《赛迪斯·罗斯与艾迪》《忍冬花》《黑神驹》《神秘人》《家园》《大盗巴巴罗萨》《寂寞之鸽》等。

[3]　汤姆·里克曼（Tom Rickman），代表作《堪萨斯情仇》《密探笑面虎》《白色黎明》《W.W.与迪克西舞王乐队》《卖命生涯》《矿工的女儿》《爱到最高点》等。

[4]　小林·拉德纳（Ring Lardner. Jr.），代表作《风云女性》《陆军野战医院》《抗战岁月》《明天，全世界！》《除却巫山不是云》《断肠曲》《瑞士之旅》《暗里藏刀》《辛辛那提小子》《拳王阿里》等。

第一章 关于编剧
About Screenwriting

写作是一个从无到有的过程。

——罗伯特·唐尼

编剧的责任，电影人的责任，就是尽其所能尽可能完美地传达他所要表现的东西。

——比尔·维特里夫

编剧的任务

  我就属于那类认为剧本写不好就别指望有好电影的人。
——欧内斯特·雷曼

  写剧本看着容易做着难,这能从你看到的所有烂剧本里得到证明。
——汤姆·里克曼

  我觉得,一部电影其实就是两个人之间的四五个瞬间;其他的东西是要让这些瞬间显得更合理和有冲击力。剧本就是为此而存在的。这就是编剧所要做的一切。
——罗伯特·唐尼

  剧本肯定是所有文学写作中最困难和容易引起误解的形式之一。由编剧的劳动所创造的电影剧本要比其他散文化的虚构叙事更加直接和发自内心,然而,相比其他文学形式,电影编剧的词语、思想和欲望又需要依靠影像的中间媒介间接地传递给观众。其结果是,电影编剧会发现他们的创作道路上会遇到比写散文、小说或诗歌更多的问题和陷阱。

  编剧需要与导演、演员、化装师、摄影师、音响设计师、美工师、剪辑师及整个电影制作的专业团队合作。同时编剧还需特别注意观众的心理和故事讲述的规则，而且还要能够与剧中所有人物的需求、欲望及局限相符合。这些往往相互矛盾的需求是如此强烈，以至于创造一流的剧本是那样的困难。

然而，戏剧有着丰富的历史经验，电影的编剧可以从中直接学到许多东西。电影编剧可以把戏剧叙事中抓住观众的许多方法应用到新的技术条件下向观众讲故事的新方法里。把我们研究成功的戏剧（那些戏剧在过去曾经拥有大批的观众）与成功的电影比较，我们会发现它们其实具有很多共同的特征。一部普劳图斯（Plautus，古罗马喜剧家）的喜剧和一部尼尔·西蒙（Neil Simon）的电影喜剧、一出古希腊悲剧和《教父》（*The Godfather*）、一部莎士比亚的戏剧和《飞越疯人院》（*One Flew Over the Cuckoo's Nest*），它们在抓住观众兴趣的技巧方面惊人地相似。换句话说，从中可以看到这种抓住观众的技巧是能够学来的。（当然，对技巧的掌握不会自动保证创作一部可行的戏剧或电影剧本，但没有认真的设计和熟练的技巧则几乎注定失败。）

电影编剧的任务不仅是写出对话来，事实上这大概只是最基本的任务。电影编剧必须考虑到建立事件段落的视觉基础。这不仅包括演员的对话，还有他们的身体动作、所处环境以及整个故事的前因后果，包括灯光、音乐、音响、服饰以及故事叙述的整体节奏等方方面面。就这样编剧的工作还没有完，除了所有这些考虑，剧本必须提供足够清晰的表述，让导演、摄影师、声音设计师等所有其他电影专业人士能够根据最接近编剧意图的方式来创作一部电影。

虽然其他人会最终解释编剧所提供的文字和故事，但电影的最初设想首先存在于编剧的专属领域。作者是第一个"看"这部电影的人，虽然他完全是在头脑里和纸面上进行的。编剧必须有意识地呈现观众将会看到和听到什么。最重要的是，编剧提供的经验是演员和制作者创作的基础，如果编剧没有清晰有力的表现，怎么能指望剧本被拍成好电影呢！

我们可以确定，每个伟大的电影编剧都能想象出演员鲜活的状态，他们在何时何地说了什么话以及怎么说话。剧本将描写演员何时登场和离开，使其他人知道该如何设定环境、服饰以及用什么音乐、在哪里的节奏的微妙变化将会最有效。这不是说编剧需要成为声音工程师、摄影师、布景师、电工或者比导演和主要演员还强，而是说编剧必须知道电影的各种与生俱来的艺术表现手段，如何应用它们赋予编剧脑海中的想法以真实的表现力。剧本包含着展示这些复杂艺术手段的蓝图，它通过二维的平面展示三维的立体空间，并通过时间维度的介入，展现音乐、舞蹈和诗歌的艺术世界。

和舞台剧编剧相比，电影编剧要做到这一点非常不容易。莎士比亚熟知演员的不足，在《哈姆雷特》对演员的指导建议中可见一斑，他也清楚当时剧场环境的限制，但是他的戏剧流传下来，他所运用的全部戏剧性叙事元素从首演至今都能产生预期的效果。莎剧里的对话是很富于表现力的，但也只是故事中的各种丰富元素之一而已。

对于电影编剧来说也是一样，别指望别人能像对自己的孩子那样耐心地听你解释你的创作意图，并将其忠实地诠释、排演、创造并展示给观众。从原初的剧本到影片拍摄完成，需要经过一系列的步骤，然而当编剧的最初想象最终呈现在大银幕上时，这实在令人振奋。这就需要编剧提供对于未来整个影片呈现的准确描述，以此与制作团队的其他成员沟通。而最重要的是他了解如何能够最大限度地与观众沟通，创造最有冲击力的效果。

本书将在后面对戏剧性结构和讲故事的工具进行探讨。其中很多都和戏剧一样古老，少数则是电影制作中才有的新技巧。最后，电影编剧要做的，是对故事在真实的或（对故事来说）逼真的时空中的物理呈现进行周密的设计，进而在四维时空中运用空间与节奏创造故事叙述最有冲击力的效果。

舞台与银幕

  戏剧作家与电影编剧的工作是完全不同的。戏剧里已经预设了一种状态：有个舞台，观众面对着舞台，他知道这是在剧场，他接受与戏剧相关的一切规则。而电影里有不同的规则、不同的类型。电影是更具包容性的（在这个意义上也是更难的）媒介。

——帕迪·查耶夫斯基

  两种形式的戏剧性写作从创作过程的角度来说并不存在多大的差别，只是其中的一个被放到银幕上而已。

——欧内斯特·雷曼

  虽然在为电影和电视提供戏剧性叙事写作的实践与技巧方面，电影编剧从舞台剧那丰富的历史和发展经验中学了很多，但两种艺术形式是不同的。讨论电影和戏剧叙事的问题就像说猫和狗的差别一样，它们都是用四肢行走的哺乳动物，有尾巴、毛皮、鼻子、竖起的耳朵。然而，即使用最快的一瞥，你也能分辨出它们来。一旦熟悉了这两种戏剧形式，大多数人都可以分辨出是给电影还是给舞台写的作品。

  最明显的差异是作者写在纸上的文字表现的格式方面。虽然这是最不重要的差异，但它确实表现了最重要的区别。在舞台剧里，满纸都是人物的对话，而在电影剧本里重心则转向场景描述、人物动作和观众看到的视觉形象。尽管有简单化两种复杂实体之嫌，但我们还是可以说戏剧依赖人物的语言来承担故事讲述的重任，而（作为电影制作依据的）剧本依靠的则是人物的行动。必须强调的是，比起对话，戏剧中人物的行动对观众的体验而言更加关键。不过，还是得考虑到，舞台剧和电影各有所长。

在剧院里，观众是看着真实的、活生生的、呼吸着的人并与之互动。而电影里只有录制下来的演员演出的人物的影像。很显然，前者在演员和观众之间的联系比后者有更大的可能性。一个多才多艺的演员在舞台上可以创造出与观众非常强烈的共鸣，这在电影里是不可能的。换句话说，舞台剧演员可以将情感直接传递给观众，而电影演员就做不到。舞台的长处正是电影的短处。

然而，这种即时性，这种表演者和观众之间的亲密感是有代价的。在舞台剧里，讲故事的人没有办法要求观众关注某一特定的动作或反应，也没法传递细微的信息。在舞台剧中有不少集中观众注意力的方式，但没有一个能像电影的画框那么有力，因为它不给观众注意别处的机会。在一出舞台剧中，改变位置和跨越时间的难度要大得多。当然这也并非不可能，但不能与电影那种无所不能的本事相比。电影可以跨越村镇，跨越国家，在世界各地穿梭后再回来，而在这段时间里舞台剧连背景都来不及换。在舞台剧的大部分时间里，主要的戏剧段落都被锁定在特定时间的一个场景里，而电影的编剧和制作者有更自由的、能够去任何地方的摄影机，电影故事可以跨越时间，可以回到过去、去往未来甚至再回到现在，所有这些在银幕上花费的时间比限定在一个固定时空里的舞台剧需要的时间要少得多。

所以剧场具有演员和观众直接沟通的即时性优势，但限制了时间和地点方面更繁琐的变化。电影在时间和地点方面有着令人难以置信的表现可能，但却受制于演员和观众之间直接联系的缺失。这并不是说电影表演在艺术形式方面比舞台表演要差一些，它们只是有一点不同，即产生了演员和观众直接沟通的障碍。可是这个由摄影机创造的距离带来了一种伟大的变革,与坐在座位上看舞台剧相比,它更能让观众贴近电影演员。由于可以将细微的手势和表情放大,舞台上恰如其分的真实反映到银幕上就变得"过分"了。然而,摄影机虽然能够通过让观众参与表演而进入人物的内心世界,可它仍然无法弥补现场表演和记录性影像之间的鸿沟。

电影编剧的所有工作就是围绕电影媒介的优势和局限进行写作,而舞台剧编剧也为舞台写作做着同样的事情。最后,这转化为在戏剧和电影剧本里讲故事和带入观众方面的差异性。舞台剧编剧可以让演员长篇大论并且有充分的时间"露一手",从而把观众带入表演。电影编剧则要给演员更多的动作来揭示人物的性格、需求和欲望,以及需要唤起的全部情绪和表演。与此同时,编剧也应该发挥电影的特长进行写作,利用这种特长,强制观众只看到故事讲述者所选择的东西,以及轻易地变换时空。尽管几乎所有舞台表现的东西都可以在银幕上呈现,电影和戏剧也具有颇多共性(但在比重上不同),但核心差异决定了它们根本不是一回事,就像猫和狗,虽然有很多相似之处,但毕竟不可混为一谈。

改 编

> 你经常发现一流的书做不成一流的电影。最常见的错误就是试图维护它的文学性。
>
> ——沃尔特·伯恩斯坦

> 电影能把某些事做得很精彩而小说做不到。在其容量和范围以内,电影拥有一种奇妙的叙述特质。电影和小说是完全不同的形式。唯一相似的是它们都经常使用对话。此外,在电影中处理一场戏的方式和书中用的方式完全是两码事。
>
> ——威廉·戈德曼

电影的故事可以根据多种来源进行改编。戏剧、小说、短篇故事或真实的生活经历,甚至诗歌和歌曲都曾被改编并搬上银幕。乍一看,这好像比从头开发一个全新的故事要容易些。然而,与创作一个新故事相比,从另一个素材改编故事通常需要更高超的技能和对电影媒介更深的理解。为其他媒介创作的故事或者长久留存下来的故事,不太容易迅速地适应电影剧本的需要。我们都听过"戏剧性创造"(dramatic license)的说法,这是一项通过改变、简化、压缩或解构素材等方法使作品戏剧化的工作。我们都有过这样的经历:看到一部表现我们记忆犹新的真实生活事件的电影,却觉得它所表现的"不是那么回事儿"。

这些差距不一定源于编剧的无能,可能只是因为"戏剧性创造"的方法没有用好。现实生活中的人很少会陷入那种三幕结构的戏剧里。相比电影,小说通常有太多的素材,不是缺乏视觉性就是太内在。舞台剧必须写得适应舞台限制,而电视则需要更多地通过使摄影机成为一个叙述者而充分利用电影化的手段,超越舞台剧那少数几个场景和只能在舞台上表现的那些戏剧性动作。短篇小说往往没有一个完整的第一幕,有时素材不够,或者太内在和缺少视觉性。而诗歌和歌曲一般都只是示意性的,对于电影编剧来说要靠这点内容开始写作,难免过于简略了。

当作者开始从别处的故事进行改编的时候,问题便随之出现了:新故事需要在哪种程度上忠实原来的故事,以及如何做得到呢?有时忠实原故事进行改编,改编出来的却是最烂的影片,因为原素材可能根本就不是给电影故事预备的,或者写作方式不适合银幕呈现,那么无论故事在原来的形式上多么具有震撼力,都创造不出银幕效果。舞台剧和电影里的戏剧一般都需要浓缩和强化。有句老话说:"小说是八卦,戏剧是丑闻。"两者是一样的,只不过丑闻更加激烈,像野火一样传播,而八卦则生出许多曲折,延续更长时间。在小说或现实生活中的事件可能绵延数月甚至数年之久,如果在电影中把它改为发生在一天之内就好得多。但当面对一个已出版的故事或真实事件时,编剧则自然倾向于忠实原著或事实。人们在改编写作时常常需要不断地在忠实素材还是强化戏剧性之间寻找平衡。这是一个很难处理的问题。

对新手编剧而言,从其他来源改编,与其说是助益,不如说是陷阱。但对于成熟的编剧来说,改编不失为一种有新鲜感的挑战,他知道到底在寻求什么,素材的哪些部分可以保留,为什么和如何变换,从而在银幕上创造戏剧性效果。一个有经验的改编者会深入到事件的表层之下去寻找隐藏于其中的戏,找到途径将它们拼合起来,与故事中的其他成分组织在一起,使之适合主题和戏剧性表现的需要,并且同时还尽可能保持原故事真正的精神内涵。

改编中另一个需要克服的主要困难是对叙事者声音的转换。电影里实际上没有书里那种叙事者，无论书是用第一人称还是用第三人称叙述的。在许多优秀的小说里，作者和读者都能一对一地进行沟通，这是作品最有趣的方面。书的作者可以离开叙事，讨论哲学、心理学、个人史和地区史，玩弄文字游戏和语言魔法，这些都不能原封不动地搬上银幕。即使是有经验的编剧在改编时都会被原作者的这些声音弄得焦头烂额，原因很简单：文字可以吸引读者，激发读者的想象力，而电影则不能。银幕所显示的一切对于观众来说都是"真实"的，演员就是其中的人物，地点与事件都由电影人做得像真的一样。读者会在头脑中建立关于人物、地点和事件的想象，在作者的旁白和思想中产生愉悦。在电影里，编剧引导读者的想象力驰骋于叙事者脑海里的魔术是不可能出现的，电影需要有力的视觉表现以取代读者的想象空间。

新手编剧最好能掌握一些技巧性的工具，这些工具可以帮助编剧改编、发展和强调故事，从而营造出最为强烈的戏剧冲击力。一旦编剧较好地掌握了本书后面详细讨论的那些工具和手段，改编就会成为值得努力尝试的事。

电影的作者

大家走到一起,每个人都拍了部电影。

——威廉·戈德曼

作为编剧,我可以这么说:没有什么人能比导演更重要。但即使是这样,一部电影总归是合作。我相信"作者论"只不过是历史学家更方便地评价个体的一种方式。这是简单化地解释事实的一种方式,它往往与实际发生的事情无甚关联。

——罗伯特·唐尼

电影本质上是一种合作。

——比尔·维特里夫

一部电影的真正作者是谁?电影理论家和电影观众喜欢纠缠这个问题。这个流行的说法起源于还是《电影手册》的电影评论家时的弗朗索瓦·特吕弗,后来电影评论家安德鲁·萨里斯(Andrew Sarris)最早在美国推行这种说法。他们主张导演,也只有导演是电影的"作者"。在电影史上,出现了一批像真正的"作者"的电影人——他们似乎具有表达的一贯性,能阐释自己最核心的艺术特色与追求。大多数这样的导演被称为"作者"：如D.W.格里菲斯、比利·怀尔德、阿尔弗雷德·希区柯克、英格玛·伯格曼、弗朗索瓦·特吕弗、伍迪·艾伦等。但应该注意到的是，伯格曼、怀尔德、特吕弗和艾伦是或单独创作或与人联合创作自己影片的大部分剧本的，希区柯克则与他的编剧非常密切地合作，虽然他也没有因其对剧本的贡献而署名编剧。

编导合一或导演与编剧的深度合作只占每年电影生产的很小一部分。而其他那些电影的作者是谁呢？电影的整个团队就是"作者"，不仅是编剧、导演，还有制片人、摄影师、美工师和演员。导演在团队里显然是一个重要的角色，但没有编剧、演员、摄影师、音响师、布景师、服装设计师等整个制作团队，导演什么也干不了。仔细观察后你可以发现编剧做出了作为合作者的贡献，摄影师、作曲家及美工师等也在一部部电影中做出了自己的贡献——即使在上面列出的那些伟大的编导的影片里也是如此。哪里是所有其他人的工作终点，哪里又是导演工作的起点呢？一旦项目启动，导演毋庸置疑就是团队的领袖。然而没有哪个项目可以没有编剧，而导演也不能指望没有团队其他人就能完成作品。

换句话说，作者问题已变得毫无意义。电影制作者们组成一个相互依存的大家庭，共同制作、拍摄和剪辑出一部影片，任何一个人做出的贡献都难以独自承担"作者"的盛名。与此同时，一些电影带有鲜明的个人印记，这通常是导演做出的贡献，但有时也会是编剧或摄影师打上的印记，甚至，即使"作者论"批评家常常不愿承认，明星的品牌也会影响整个影片，不管编剧或导演是谁。从梅蕙丝[①]到"瘦子"系列片[②]，再到"007"系列电影和克林特·伊斯特伍德的西部片，很多影片都把明星的特质突出呈现在了摄影机前。对于多数影片来说，作者是整个团队，而不是任何具体的个人。绝大多数有个性的、生动并且有深度的影片之所以更加成功，都归功于团队成员每个人都把自己独特的经验加入其中。

---

① 梅蕙丝（Mae West），经典好莱坞时代的"肉弹女星"。——译注
② "瘦子"（*Thin Man*）系列是经典好莱坞时代的侦探喜剧系列片。——译注

编剧与其他人的合作

  拍一部电影至少有七个人是非有不可的。要想这部电影的一切都非常好,所有这七个人都必须是最棒的。没有"谁最重要"的特定排序,他们分别是导演、制片人、演员、摄影师、美工师、剪辑师,当然还有编剧。有时作曲家也必不可少,这绝对必要。

——威廉·戈德曼

  如果每个人把自己的活儿干到最好,就会有一种互相推动的合力效果。说起来,编剧是编剧,演员是演员,导演是导演,可是真干起来,大家得各尽所能,拧成一股劲儿。

——罗伯特·唐尼

  有一种很有害的认识,即好多电影观众、某些评论家,甚至还有不少电影行当里的人都觉得电影编剧和电影的制作者是两个独立的群体,就好像撰写剧本跟拍电影无关一样。这种谬论也被很多写电影剧本的人接受,他们觉得不需要为了写出好剧本而去了解电影制作。有的舞台剧作家、小说家、记者、演员、服务员和家庭主妇都成为了才华高超的编剧,但这并不意味着这些职业都提供了编剧训练。不管一个编剧进过电影学院还是因为一些外部原因(如写过小说或演过戏)而被雇来写剧本,他都得好好学学与电影制作相关的一切知识。编剧要是不了解电影制作是怎么回事，不知道它的需求和局限，以及电影媒介的特长在哪里，不知道电影还有哪些专业人员以及如何与他们沟通，那就不可能很好地完成编剧工作。

古典音乐作曲家不一定要会演奏双簧管才能写交响乐，但是作曲家最好知道双簧管的优势和局限性，当然对巴松管、大提琴、小提琴和管弦乐队的所有其他乐器都应有所了解。建筑师不需要知道如何建立浇筑水泥地基的模型或如何架坡屋顶，但建筑师所必需的知识包括各种结构的应用范围、使用要求、用途和各种施工技术的缺陷等。对出色的编剧来讲也是如此，他必须能与制片人、导演、演员、设计师、作曲家、摄影师、制片经理、录音师、剪辑师、混音师及所有专业人员进行沟通。要成为有成就的编剧，写作者不仅要知道如何把故事讲好，还得知道怎么和参与完成影片创作的一大堆专业人士沟通。

因为电影制作是一个集体行为，人际关系是有效工作的关键。对于编剧来说，最重要的是与制片人、导演和演员这三者之间的关系。对于许多其他的电影艺术和工艺方面的工作人员来说，剧本只是他们工作的起点和参考，但与这三者的关系却更需要引起编剧足够的重视和理解。

电影制片人会问很多问题：谁想看这部电影？这部电影与当前或最近发行的其他电影相比有哪些接近的地方？主角和其他重要角色都由谁出演？这片子的制作费需要多少？还会有更多的问题，但这几个是制片人读剧本时一直在脑子里转个不停的。由编剧提出诸如由哪位演员来演更合适之类的建议不是个好主意，但是写作时最好把这个问题记在心里，因为制片人读剧本时可能会问到这些问题。你最好不要、也不应该去猜测明年（更现实地说两年以后）的热门影片会是什么样，但是要写一个真正打动你自己的故事，一个能让你想象出拍成影片是什么样子的故事，你的直觉会帮助你找到观众。

编剧和导演之间的关系非常紧密，以致不少人两者兼做，有的还很成功。这是由于只有这两者在电影制作中用同样的方式看待电影，即编剧和导演都关注故事的整体，关注如何把故事讲给观众，如何让观众以他们期望的方式体验故事并做出反应。尽管制片人也关心故事的整体，关心故事和叙事从早期制作一直到发行和营销的过程，但他们的重心主要被固定在把影片成功拍完的实际考虑上——预算、进度、拍摄地点以及其他各种因素。但编剧和导演是最重要的潜在盟友，因为两者的工作都是处理故事的编织和肌理的营造。如果他们都在做同一部电影——即他们心目中对于成片的想象是一样的——那会是一次非常富于创造性的合作。这就是为什么编剧和导演应该从影片开拍前就开始合作，微调剧本，直到两人能找到对故事同样的想象方式。

编剧与演员的关系要比很多人认为的接近得多。他们不一定密切地一起工作，但是会用类似的方式对待和处理素材和故事。编剧工作最重要的过程开始于对人物的探索：发现和创造人物，表现他们是谁，有何需求、希望和恐惧，以及是什么让他们如此。演员也需要做同样的事，钻研人物的内心世界，甚至远远超过银幕上表现出来的。但是编剧和演员两者不尽相同，因为编剧必须对每个重要人物都做这样的事，精力难免分散，而演员只管自己饰演的人物。这意味着，演员更专注于具体人物，他会赋予角色更多的深度，可以比编剧更接近人物的内心世界。因此从这个意义上说，角色最终"属于"演员而非编剧，演员对人物有更深入的理解。深入人物内心世界的演员做出的反馈对于编剧在拍摄前打磨剧本的帮助是无可限量的。很不幸，不是总有这么宝贵的机会的，但这应当成为追求的目标，因为这对拍出好电影而言帮助太大了。

注意事项

分析影片和剧作有个很麻烦的问题，就是概念运用的混乱。当医生说"阑尾炎"、律师说"传票"或建筑师说"开窗"的时候，同行都知道指的是什么。可是当电影剧作的教师、编剧或制片人使用下列词汇时，语意可能很含混（下面的词汇来自一些有关舞台和电影编剧书籍的章节标题）：

连续性（continuity）、进展（progression）、前提（premise）、主题（theme）、预置（forestalling）、指向（finger-posts）、铺垫（preparation）、反高潮（anticlimax）、并置（complication）、场景（scene）、悲剧结局（catastrophe）、结局（resolution）、表现（representation）、危机（crisis）、反派（antagonist）、印象主义（impressionism）、调整（adjustment）、突变（peripety）、反讽（irony）、攻击（attack）、焦点（focus）、悬念（suspense）、动作（action）、发现（recognition）、平衡（balance）、运动（movement）、编排（orchestration）、对抗组合（unity of opposites）、静态的（static）、跳跃（jumping）、过渡（transition）、事件（incident）等。如果没有上下文，很难精确定义大多数词汇。它们被不同的作者用来指不同的事物。读上几本编剧书，你肯定会一脑袋糨糊，除非你别在这些概念术语上较真，而是深刻了解背后所指。

任何人想写这方面的书都必须选择自己的词汇，还得定义这些不精确的术语在自己的书里是什么意思。作为读者，为了避免混淆，最好短暂地把别的书里说的什么"前提""危机"和"组合"等词都忘掉，只从论述的上下文来理解词汇的意思。不幸的是，似乎没有其他方式能解决这个问题。

第二章 | 叙事基础
Basic Storytelling

故事始于人物。

——弗兰克·丹尼尔

怎样创作"讲得妙的好故事"

你不知道，可观众总知道。你可以信誓旦旦地说你的片子肯定能造成轰动，它在放映厅里是那样大放异彩。然后突然间，观众的反应却完全让你出乎意料。

——欧内斯特·雷曼

电影最大的毛病就是变得无聊。

——弗兰克·丹尼尔

首要的是内容。什么是电影制作者非说不可而人们闻所未闻的事呢？

——比尔·维特里夫

总是欢迎讲得妙的好故事。但什么是"真正的好故事"，或者更确切地说"一个讲得妙的好故事"呢？"一个值得同情的英雄面对看似不可逾越的困境却最终有办法胜出"构成很多好故事——像《原野奇侠》(Shane)、《西北偏北》(North by Northwest)、《飞越疯人院》和《星球大战》(Star Wars)。另一些同样成功和引人入胜的影片并没有这种让人敬畏的核心人物，但仍能征服观众——像《成功的滋味》(The Sweet Smell of Success)、《莫扎特传》（*Amadeus*）和《教父》。在这些影片里，我们关注的人物并不值得赞赏和羡慕，但我们对他仍有点同情。我们能从人物的动作、欲望甚至他可能并不讨喜的整个人生中，看到人的心灵所经受的磨难。很多好故事在处理人物时都有模棱两可之处，而不是完全让我们对他们充满同情，人物的某些想法、动作甚至有点让人讨厌，但他们仍然魅力十足。像《卡萨布兰卡》（*Casablanca*）、《五支歌》（*Five Easy Pieces*）、《搜索者》（*The Searchers*）和《体热》（*Body Heat*）等都属于这一类。

所以我们对于人物的移情（及由其产生的同情）不一定是绝对的，但也必须有一定的移情存在，不管多么微小。此外，人物必须想做某件事（to do something）。试图不做某事或试图阻止某事发生，也都是在做一件事。试图挽救生命、赢得比赛、避免被选中、逃避接触或者画一幅画等，都是为一个人物设计的"愿望"。但也必须有障碍，以让人物不那么容易地实现愿望。如果拯救生命、赢得比赛或画张画太容易了，观众就会说："这又怎么样？"缺乏困境会让观众索然无味。

> 观众移情于一个人物不是因为其所受的疼痛或压迫，而是因为他们有着与之相关的什么举动。（沃尔特·伯恩斯坦）

1895 年，乔治·波尔蒂（Georges Polti）在法国发表了《36 种戏剧情境》（*Les Trente-six Situations Dramatique*）。他在其中试图总结出讲故事可能用到的 36 种基本的戏剧性情境，这些对基本情境的认识可能很有帮助。但是波尔蒂的工作仍然没有揭示出所有故事的共同规律。是弗兰克·丹尼尔首先制定了一个描述基本戏剧性情境的简单原则：某人有种强烈的愿望却很难达成。如果观众移情于"某个人"，此人渴望去做某事，而做成此事会有很大的困难，这样就有点走上好故事的正轨了。如果这个人物基本不关心能否达到目的，或者太容易或全无可能成功，那就不成戏了。因此，好的故事要让观众在一定程度上对一个人物产生移情，这个人物非常想做成某件很难成功但又有可能成功的事。

"讲得妙的好故事"包括一个更为关键的因素：观众体验故事的方式。观众知道些什么，他们什么时候会知道，有什么是他们知道而影片中的一个或多个人物不知道的，他们有什么期望和恐惧，有什么预期，因为什么而出乎意料，所有这些都是讲述故事的元素。处理好以上因素，并让观众参与到故事中来，就是编剧最大的成功。如果没有这些元素，好故事也只能变成脱离观众期待的一堆事件序列。

新手编剧会认为在创作时总想着观众会对创作形成可怕的干扰，需要不遗余力地摆脱这种想法。但这与迎合观众的写作是不一样的。要避免迎合观众，如果仅仅是传达，而没有思想，也没有真实的情绪，只把廉价的情感抛给观众消费，这只能浪费大家的时间和精力。不在脑海中设想观众的体验却想写出有效果的戏是不明智的，也基本不可能。就像设计一件衣服却不设想穿衣服的人一样，可能会做出三个胳膊开口、没有裤腿或者七尺腰围的衣服。这在做戏时也会发生，编剧可能会创造出没人想体验的故事。

把观众放在心上和为迎合观众而写的不同之处是谁处于主控的位置。如果作者一味迎合观众，靠猜测观众的期待设计故事，主控权就到了观众的一边。而编剧考虑到观众的需求，通过对故事的巧妙组织和有效控制，成功地让观众关注人物、环境和故事中的事件，就能提供一种身临其境的体验，诱导观众参与其中，这就是编剧掌握了主控权。

这本书主要想解决的两个基本问题就是如何开发一个好的故事，以及如何把它很好地讲出来。这两者是紧密纠缠在一起的，几乎不可能把它们分开处理。正如弗兰克·丹尼尔在介绍本书时所说的："这很简单，用一种动人的方式讲述一个动人之人的动人故事。""讲得妙的好故事"有以下一些基本要素：

（1）这是让我们产生移情的"某个人"的故事；

（2）此人对"某件事"有强烈的渴望；

（3）这件事很"难"，但又有可能完成或获得；

（4）这个故事用一种很有"情感冲击力"和"观众参与"的方式讲述；

（5）这个故事必须有一个"令人满意的结局"（并不一定意味着非得是幸福的结局）。

"讲得妙的好故事"道理很简单，但要做到并不容易。

三幕式的结构划分

第一幕，提供人物和整个故事的情境。第二幕，冲突不断推高以及重要问题发展到最高点的过程。第三幕，冲突和问题最终解决。

——欧内斯特·雷曼

有些编剧将故事用五幕结构划分，电视电影常用七幕划分，但本书用三幕结构来处理故事的素材。实际上，分成几幕的唯一不同是编剧如何组织关于故事的想法，而不是凭借观众的感觉。不管三幕、五幕还是七幕，只要行之有效、恰如其分地把故事组织在或多或少的场景和段落之中就行。

许多编剧和教编剧的老师都爱说"三幕结构"而不是"划分为三幕"。前一个说法把故事的讲述说得就像建设一座桥梁，一旦设计完成，便再也不会变了。事实上，故事不是固定的，其"结构"随着故事的展开是处于动态之中的，会不断地演变。此外，讲述一个故事没有固定的结构，每一个新故事都是它自己的原型，都得用一种创新性的方式来讲。讲故事没有固定的配方，也不是填空，每个故事都要有独特的方式充填内容。故事要讲得妙是需要很多发明创造的。

我们用三幕剧模式的原因是，它最简单易懂，与观众对故事的体验方式最接近。第一幕让观众参与到角色和故事中。第二幕保持和增强其对故事的情感投入。第三幕结束故事,把观众带入令人满意的结局。换句话说,故事有开始、中段和结局。

不像大多数舞台剧那样,电影不拉幕布,没有分幕和分场的明确变化标记,这使电影的故事讲起来是连续的,从头到尾没有停顿,也没有回转。观众对电影的理想体验是个完整的梦,不断推着观众的心灵和情感前进,直到故事最后结束时他们才"醒来"。因为电影故事讲述者试图把观众带入近乎梦幻的状态——把一切与此无关的对外界的思考和担忧都扔在一边——参与到故事的进程里,编剧努力掩盖场景变化,力争把故事平滑地缝合和编织在一起。

因此,电影的分幕不是观众可以直接意识到的,尽管他们能从故事的重要转折中感觉到情感的演变。三幕划分的主要用途是帮助作者组织如何讲述故事的想法,帮助他为故事最具冲击力的关键瞬间找到最合适的发生地点。后面"编剧的工具"部分里的很多小节会更细致地讨论有助于编剧实现"最有冲击力效果"这一目标所需的各种不同手段。

第一幕给观众介绍故事的世界及主要人物,并围绕故事的建立设置主要冲突。大多数的故事会有一个核心人物,在第一幕结束前他的生活和困境都要得到集中展现。第一幕的任务就是确定人物的目标并为其设置障碍。第二幕需要进一步展现这些困难的细节和强度,以及主人公实现目标的障碍。同时,人物在第二幕会出现变化和发展,或至少有压力推动人物变化,而这种变化在第三幕中会出现。第二幕里故事的次要情节会大大发展。在第三幕里,主要的故事(主角的故事)和次要情节都以不同的方式解决,冲突结束,并且带来终结感。(即使我们可能看到另一场风暴在地平线上酝酿,但这个故事原本的冲突已经解决了。)

别把三幕剧结构当成一种模式,好像放点奶油就能做出好蛋糕似的。它应该像一系列的路标,为探险者或向导在全新而充满危险的地区旅行时指引方向。旅行者(观众)跟着导游(作家)去了解他们周围的土地,前面可能有潜在的危险,也可能有期望得到的好处,也可能听到夜里吓人的声音，但导游必须不断地遵循路标的指引，有时可能会暂时迷路，可很快就能看到一处路标，然后回到正轨。聪明的导游不会给旅行者标出所有的路标，但会让他们享受一趟顺利的旅程，并让他们感叹导游充满魔力的引导。

故事的"世界"观

> 我不愿强制人物介入某些设定和事件,让他们容纳我想要的东西,而是让他们变得足够真实,由他们决定想进入什么情境。
>
> ——比尔·维特里夫

> 人和他们的环境之间应该有某种互动。
>
> ——沃尔特·伯恩斯坦

任何电影故事的世界都是独特的创造,无论它是写实的还是奇幻的,都是基于我们的真实世界创造出的当下或其他时间段的世界。除了一些续集之外,两部电影几乎总处在不同的世界中。相反,大多数电影都是在专门设计的宇宙中,有自己的规则、限制和其他对那个世界而言重要的东西。这是一条真理,即使两部影片初看起来好像处于同一个真实世界。例如,《舐犊情深》①和《洛奇》(Rocky)都涉及内心充满挣扎的拳击手和职业拳击世界。虽然两部影片都表现了坚韧不拔的精神,但前者充斥了道德训诫,而后者则是传奇式的寓言。

把一部影片里的一个场景放到另一部影片里,就很容易看出影片创造

---

① 《舐犊情深》(*The Champ*),1931年金·维多(King Vidor)执导的经典影片,此片1979年重拍,重拍版一般译作《天涯赤子心》。——译注

的世界的独特性。《月色撩人》(Moonstruck)和《教父》两部电影就是极端但是形象的比较。这两部电影都讲述生活在纽约的意大利移民家庭几代人之间的故事。然而,随便把哪部影片的精彩部分放到另一部影片中都不对劲。很多极为相像的两部影片都有这样的差异。《唐人街》(Chinatown)和《双重赔偿》(Double Indemnity)都发生在大约同一时期的洛杉矶,有着硬汉派的(hard-boiled)人物和对话,还都有点愤世嫉俗。虽然有很多相似的地方,可要把杰克·吉茨①放到《双重赔偿》里,或者把沃尔特·内弗②放到《唐人街》里,他们都很难融入,因为他们来自不同的"宇宙",所作所为的方式不同。

在大多数影片里,故事世界的独特性源于两个方面:主人公的特点和故事讲述者的特点。在一个故事的世界中,各种重要的或者不重要的东西都来自主人公的个性及其面对困境的方式。同时,讲故事的人想说些什么、故事实际上说的是什么(有关内容请看"主题"一节)都对这个故事世界产生影响。强调什么、不强调什么,主人公的目标、恐惧、环境、现实与幻想等,这些构成故事的一切元素都来自讲故事的人。讲故事的人的个人旨趣(有时往往是无意识的)和有意的选择对呈献给观众的故事世界的观点、想法和比重造成了微妙的变化。看待这种独特性的另一种方法,是接受作者想象出来的世界究其核心也是作者风格的一部分。

---

① 杰克·吉茨(Jake Gittes),《唐人街》的男主角。——译注
② 沃尔特·内弗(Walter Neff),《双重赔偿》的男主角。——译注

主人公、反派与冲突

> 我从来不把人物与情节分开。对于我来说，我必须要找到这故事是关于谁的，谁是主要人物。当我写恶棍的时候，总要尽量找出和他的身份不一样的东西，这能让他们更有力和更有趣，使坏蛋也有说服力和吸引力。
>
> ——沃尔特·伯恩斯坦

大多数电影的故事都围绕单一的核心人物，即主人公（见"主人公和目标"一节）。即使在那些有众多人物或其他结构形式（见"统一性"一节）的故事里，每个独立的次要情节也都有自己的主人公。在"某人想做某事但很难成功"的基本戏剧化情境中，"某人"就是主人公。

故事里的反派就是一种对立的力量，在主人公达到目标的"努力"之路上制造困难。这两种对立的力量构成了故事的冲突。

许多故事是以另一个人物，即"坏家伙"作为反派的。从《西北偏北》《星球大战》《唐人街》到《终结者》（*Terminator*），好的电影都来自于那些主人公和反派是完全不同的人并且相互对立的故事。在这类故事里，主角被置身一种外在的、与他人的冲突之中。但是在许多电影中，主角也要和自己对抗，主要冲突存在于主角身上，在人物的两种不同诉求和欲望之间展开。内在冲突最明显的例子就是《王子复仇记》（*Hamlet*）

和《化身博士》(*The Strange Case of Dr. Jekyll and Mr. Hyde*),还可能举出很多影片作为例子,如《浴血金沙》(*The Treasure of the Sierra Madre*)、《雌雄大盗》(*Bonnie and Clyde*)、《眩晕》(*Vertigo*)和《愤怒的公牛》(*Raging Bull*)等。在这些影片和更多的影片里,故事最基本的对抗都是核心人物内心的挣扎。

尽管主人公身上的两种力量已经成为一种内在的冲突了,通常也存在外部的对抗力量。而且在大多外部冲突设计得很好的故事里,仍然在主人公身上存在内在冲突的因素。多数时候两者之间是平衡的,但是故事最主要的冲突既是内在的又是外在的。在《卡萨布兰卡》中,里克挺身而出还是袖手旁观是一种内在冲突,当然还有纳粹上校斯特拉瑟要他表明立场而对他施加的压力。在《骗中骗》(*The Sting*)里,由罗伯特·雷德福Robert Redford)扮演的主人公约翰尼·胡克想报复那个杀了他的朋友兼导师的凶手——那个人就是反派,而冲突是外在的。但是雷福德演的人物内心也有挣扎:他该不该报这个仇?他能信任谁?在《大白鲨》(*Jaws*)里,警长布罗迪是主人公,鲨鱼是反派,他们之间产生了外部冲突,但布罗迪也有自己的内部冲突需要克服:他怕水,他的欲望不是和鲨鱼搏斗,而是有条更大的船。在《雌雄大盗》里,主要的冲突来自克莱德,他有一种自我毁灭的冲动,但同时还存在警长对他和同伙的紧追不舍,这是他内心冲突的外在表现。

故事同时具有外在冲突和内在冲突,这有助于使主角成为更复杂和有趣的人,在一个以内在冲突作为基本动力的故事里,外来的冲突力量有助于使角色的两面更加形象、生动,使他们有"自己的生命"。事实上,编剧要解决的核心问题,就是如何使观众走进主要角色,甚至影片中所有角色的内心世界。

外化内在动作

> 字面上看来如何不重要,关键是到银幕上怎么样。即使对于编剧来说也是如此。
>
> ——汤姆·里克曼

> 你得全身心地投入写作,如果真实、真诚地投入戏剧性情境,就能写得好。这点很管用。
>
> ——沃尔特·伯恩斯坦

因为在大多数电影里,内部和外部冲突通常都以某种比例并存着,编剧持续面临的问题是如何在有限的时间里展现人物的内心世界。如果我们不能提供一个窗口来生动地展示人物的内心世界,表现他们的欢乐、痛苦、隐秘的欲望和深藏的恐惧,故事就会变得浅薄而无聊。显然,这些在人物努力与其他人对抗的动作中更容易得到表现。不幸的是,这种对立并不总是存在。新手编剧通常会用对话填补空白,但这不是一个很理想的解决方案。结果我们看到的是一大堆人开诚布公地谈论他们的感觉,影院里唯一上演的戏剧就是观众纷纷逃向出口。

更好的办法是通过人物的动作让观众看到他的内心世界。其中一种是说话,但对话只能承担一部分表达任务。如果一个人物只是说"我很生你的气",这种表现形式相当弱,甚至可能是不真实的。如果人物抓住其他人的衣领,把他顶到墙上,没有对话我们一般也能猜出人物的心理状态。寻找揭示内心复杂情绪的动作是编剧们面临的最困难的任务之一,但这才是真正成功的故事和夸夸其谈的故事之间的差异。在《安妮·霍尔》(*Annie Hall*)里,表现艾尔维和安妮最幸福的一场戏,是他们一起烹饪龙虾。后来他们分手了,艾尔维与另一个女人尝试做同样的事,这一桥段戏剧化地展现了他所失去的和他想重新获得的,但结果却越来越糟。他的动作告诉了我们很多事。这两场戏里都有对话,但其实说了什么对我们理解动作、人物和结果都无关紧要。

即使在使用对话的时候,说出的话也不总是能准确地表达需要的意思。如果我们看到一个人拿把刀从背后偷袭另一个人而嘴上却说着"我爱你",我们该相信对话还是动作呢?事实上,对话和行动的并置往往是不匹配的,这给予我们清晰描绘人物内心世界的机会。当一个人物对另一个人物撒谎而我们知道真相时,我们还由此了解了说谎者内心世界的第二性:我们已经知道的真相,以及他们怎么撒谎、对谁撒谎。通常我们能够看穿角色为什么撒谎,能够迅速捕捉他的动机,直接深入他的内心世界。

展现人物间的外部表现,实际上是在揭示其背后真正的潜台词。潜台词最明显的例子就发生在当一个人物说谎而我们知道真相时,但潜台词往往比上述情况更为复杂。当《卡萨布兰卡》里伊尔莎拔出枪对准里克,试图迫使他给她通行证的时候,这种行为表面上是一种敌意和侵略。然而由于我们了解她,知道当时的情境和她要干什么,我们当然知道在这个表面现象背后的是:她爱着里克,她对维克多也饱含钦佩和爱,她希望为巴黎发生过的事情道歉。

通过仔细选取展现给观众的信息,通过展示某些人物所知而其他人物未知的信息,通过促使我们看到动作的复杂含义,以及通过精心选择信息在银幕上呈献给人物和观众的方式,熟练的编剧可以建立具有丰富潜台词的场景。这不仅会丰富场景,展示许多人物的信息及他们如何根据自己的认知做出行动,而且会大大增加观众的愉悦感和对故事的参与度。观众会努力理解正在发生的一切,当他们抓住了潜台词的本质,就会感到真正进入了故事并更全面地理解了人物鲜活的内心世界。

客观的和主观的戏剧性

让一个刚会爬的婴儿独自爬到悬崖顶上，这本身就很有戏剧性，虽然我们对这个婴儿及其习惯、愿望和生活都一无所知，但从表面上看，这一刻就很有戏剧性。暴力武器和武术的应用、物理攻击、巨额现金、妖艳的女人在街角游荡的青年们面前招摇而过、排场巨大的加冕盛况等，所有这些都是客观的戏剧性场面。也就是说，他们的戏剧性冲击力不依赖于我们对其中人物的了解和关心。

但是在几乎所有精心制作的电影中，都有很多富于戏剧性的瞬间，仅仅是因为我们知道人物的一些事情，并且关心会有什么发生在他们身上。如果我们知道一个人患有歇斯底里的幽闭恐惧症，只要把他锁在壁橱里就可以创建一个有效的戏剧性场景。如果我们让他为了实现自己的期望不得不战胜幽闭恐惧，把自己锁在一个柜橱里，这样戏剧性就会加倍强烈。这种情况是主观的戏剧性，因为戏剧性依赖于我们对故事的认知和参与度。对客观的与主观的戏剧性的区分是弗兰克·丹尼尔对戏剧理论的另一个贡献。

虽然一些电影试图仅依靠客观的或主观的戏剧性中的一种，但大多数成功的电影都将两者混合使用。客观的戏剧性常会使观众感到无聊，一时半会儿难以引起兴趣。于是枪会变得越来越大，爆炸越来越响，悬崖越来越高、越陡，可如果观众不在某种程度上关心具体的人物，所有的烟火效果都是徒劳的。而另一个极端是，一部只依靠主观戏剧性的电影，也会让观众陷入认同障碍，缺少安全感，会让人觉得"没发生什么事"。

这样，对大多数故事而言，客观和主观的戏剧性的结合是最有成效的。通常，其中一个或另一个会占主导地位，但两者往往在同一时间存在。有时一部电影中最令人难忘、最深刻的瞬间就是两者结合的地方。例如在《盲女惊魂记》（*Wait Until Dark*）里，我们知道独自生活的盲女苏茜·亨德里克斯被贩毒的杀手跟踪。我们知道她的残疾，也希望她过得好，而我们又比她先了解她所面临的危险。这时的我们紧张得不敢在座位上坐实，充分地参与了故事。《莫扎特传》则主要有效利用了客观的戏剧性。影片开始于一个自杀的客观的戏剧性场景，而到最后，却是萨列里动手杀死了莫扎特，而将我们对人物的了解、金钱对莫扎特的诱惑、他的妻子绝望地试图拯救他等全部结合在一起，这一极富意义的场景便具有了主观的和客观的两种戏剧性。

时间与叙事者

尽量把时间限定在故事允许的最小范围以内。

——小林·拉德纳

在你所掌握的时间里不要讲太多故事。

——汤姆·里克曼

电影故事中有三种时间类型：真实时间（real time）、银幕时间（screen time）和时间框架（time frame）。真实时间是动作实际需要的时间——一个世界级的赛跑运动员跑一英里需要 4 分钟。银幕时间是动作呈现在银幕上的时间，可能是这场赛跑开始的 30 秒，然后是中间 10 秒，最后是冲刺时的 15 秒。把这些和粉丝们热烈的欢呼剪辑进来一共大概有 1 分钟长。时间框架是指观众可以预见的行为截止时间，在比赛里就是终点线，我们知道竞赛要向这一时刻发展，它到来动作就结束了。

多数场景都是按真实时间发生的，也就是说，我们在屏幕上看到的和动作实际发生所花费的时间是一样的，就像我们自己在家里做同样的事一样。因为我们在（主观上）的真实情境中看着人物行动并且参与到剧情中，因此真实时间若有大的变化，看起来就很不和谐。但是删减一些时间是不会损坏一场戏的，这就是所谓的"省略"（ellipsis），跳过或长或短的一段时间并不会把观众逐出这场无缝连接的梦境。有时我们可能需要省略时间，例如穿鞋、穿袜子要不少时间，相比实际动作需要的时间，如果我们不让它短一点，观众会觉得很烦。同时，如果人物正处在被发现或被抓住的危险中或其他戏剧性转折的关键时刻，可能就要让这个穿鞋和穿袜子的时间拖得比实际上更长。这就是所谓的"延展"（elaboration）。

在《唐人街》最后的一场戏里，我们可以同时看到省略和延展的应用。当伊夫琳准备带着女儿逃走时，她跳上车，引擎轰鸣着，车飞驰而去。她拿出钥匙发动汽车的那点时间在这里省略了。警察开枪后，汽车呼啸着停下来，同时大声鸣笛，其他角色都向它跑过去。镜头切到车边时，人们还在跑，好像显得很远。这时，我们很想知道发生了什么，想结束这可怕的喇叭声。为营造戏剧性效果，真实的时间在这里已经被延展了。有时也会因同样的原因使用慢动作，以延长我们对重要时刻的体验。

银幕时间和真实时间并不一定是一回事。很多新手编剧会"陷在真实的时间里"。他们写一个人物，会写他们起床、开门、锁门、走到车跟前、开门上车、插上钥匙……除非所有这些行动有新的意义或能产生冲突，否则沉闷感就从这儿开始了。上面说的用 1 分钟在银幕上表现实际需要 4 分钟的一英里赛跑，是在一场戏里省略时间的另一个例子。如果一英里赛跑在整个故事里是最高潮或低点，如果它是对整个影片叙事走向具有关键意义的时刻，那么我们可能最好让它保持或尽可能接近 4 分钟的真实时长。如果此人在这场竞赛中的输赢是故事持续发展的一部分，对于让观众保持期待的张力而不把注意力转到其他事情上，4 分钟有点过长了。这就是为什么有必要把真实时间的长度缩短一些，同时又要让观众相信他们已经看到了整个行动。

通常这种省略是通过平行的动作来实现的，即同一时间发生在其他地方的事情。例如，运动员的父亲在看台上，但他有心脏病。在比赛的紧张和激动关头，他突然发病，母亲必须从比赛中分出神，才能发现父亲发病时从座位上滑下来。在他们恢复正常的时候，比赛已进行到最后，我们所有人的注意力又都被吸引回终点线。观众不会注意到时间的省略,他们的注意力已经被分散了,可以接受4分钟变成一分半或2分钟。另一种在一场戏里省略时间的方式是给观众看点其他的东西,转移他们对缩短的动作的注意力。如果我们要在一个1分钟的场景里表现要煮3分钟才能煮熟的鸡蛋,那么就要把观众的注意力从定时器和开水上引开。煮鸡蛋的人要么和别人发生点什么事,要么就在切洋葱时划破手指,以此帮助我们在被缩短了的银幕时间和真实时间之间建立起联系,使被压缩后的银幕时间看起来就像真正的时间。

最主要的时间省略是在场景之间。一个人可以从芝加哥的一个场景中走出来,然后进入在纽约的下一个场景。淡入、淡出等效果也可用于省略时间,或者用蒙太奇,但总用这些效果并不一定明智。直接从一个场景切换到另一个场景并且在时间上有明显的跳跃感时,就需要创建场景之间的转场。从芝加哥的场景切换到纽约是可能的,因为我们已经看到了旅程的开始和结束。在前一个场景的尾部或者在下一个场景的开头给观众一个喘息的机会也是好主意。这十几秒钟时间可以用来帮助省略一天、一周或一年。换句话说,当人物离开芝加哥现场,在场的其他人再留几秒钟——有时是说句台词、做点反应或开个玩笑,然后我们就可以让人物出现在新的地方。或者也可以用另一种方式,在新地方从人物出现前几秒钟开始。

很重要的一点是,编剧会有目的的插入一些东西,像对话或声音的过渡、基于视觉相似性或变化的转换技巧、服装道具、音乐等,都会帮助观众弥合时间上的裂痕。比如一个人说有点事,关了灯然后出去,我们可以直接切到角色一拳打在别人脸上,然后他得意洋洋的样子,或者一个人说他只要活着一辈子也不会穿燕尾服,而镜头拉开他正穿着燕尾服。帮助观众桥接时间的另一种方式是在动作中开始新场景,然后表现动作已接近尾声(如上面说过的比赛中生病的父亲的例子)。这可以在场景之间产生很好的效果。例如,一个人开始给公寓刷漆,我们可以叠化到他快要完成任务,或在他完成任务时使用淡出再淡入。但是更电影化的方式可能是我们切换到邻居太太被难闻的味道呛到的窘态的画面，然后再切回他正把房子刷完。

时间框架是编剧使用的一种方法，通过让观众知道有件事情必须有最后时限或者必须表现重要动作完成的某个时刻，来帮助观众为了重要的场景积蓄情感能量（见"未来元素与预告"）。有时，时间框架是非常直观的，就像主人公要拆解的炸弹计时器。有时它是影片的片名，像《48 小时》（*48 Hours*）、《五月中的七天》（*Seven Days in May*）、《正午》（*High Noon*）、《秃鹰七十二小时》（*Three Days of the Condor*）。有时，我们被告知故事将在某个时间框架内发生，时间框架是在故事进程中设定的：最后期限、得知真相的关键时刻、一场战斗、一场比赛或一场竞争。在《星球大战》里，反叛者必须在几分钟内摧毁死星，否则所有星球将面临毁灭；整个《洛奇》都指向最后大战的那个关键的时刻；在《非洲女王号》（*The African Queen*）里，整个任务是下湖击沉路易莎号战列舰。我们知道很快会到那个时间点，因为紧要关头很快到来。

一些电影在片名上就设定了时间框架；另一些在故事里建立，通常在第一幕结束时；也有一些根本没有整体的时间框架，没有最后期限。但故事经常会使用一小部分时间框架。比如在《骗中骗》里，有段戏是为了行骗而设圈套潜入邮局假装开会，影片给老板设置了出去吃一个小时午餐这一情节，这一个小时就是这段故事的时间框架。妥善运用时间框架，或者就像有人说的那样，弄个滴答作响的时钟在旁边，可以帮助强化一场戏，使其更紧凑、更具戏剧性。

"不确定性"的力量

> 你别想向观众解释什么,因为这会让他们成为旁观者。你得一点点地揭示给他们看,使他们成为参与者。这样他们就能用剧中人物的方式去体验故事。
>
> ——比尔·维特里夫

对于一个拍摄叙事性电影的制作者而言,一件很重要的事就是有招儿把观众"按"在座位上,让他们关注故事、人物和结局。换句话说,就是参与。观众要是不参与进来,就成了单纯的旁观者,既没兴趣也不会被打动。这样戏可能就完了。因为故事本身没有戏剧性,只有戏剧性的东西才能给观众冲击,才能打动观众。戏剧(包括喜剧和悲剧)需要观众的情感反应才能生存。

具有讽刺意味的是,并不是所有"动情"的故事都能影响观众的情绪,相反,也不是所有看似直白的、直接表现动作性的故事都不会让观众动情。《雌雄大盗》《教父》和《西北偏北》都充满了动作,但它们都能使观众产生强烈的反应。人物哭得歇斯底里的影片不一定有情感冲击力,除非我们对人物、情境和事件,或者对引发他哭泣的事情都有所了解。

那么,究竟靠什么让观众参与到故事中并在过程中创造出戏剧所依赖的情感反应呢?用一个词概括就是"不确定性"。不确定不远的将来会发生什么，不确定事件会向哪个方向转化。另一种说法就是"希望对抗恐惧"。如果电影制作者能让观众从希望某事转变为恐惧某事，让观众真的不知道故事会往哪儿走，这种不确定的状态会成为一种非常强大的工具。我们常常发现自己深深陷入一个希望对抗恐惧的故事里。

在《卡萨布兰卡》里，里克深爱的伊尔莎已经牵连进周围复杂而危险的世界，他还能置身事外吗？在《四百击》（*The 400 Blows*）里，安托万在这个世界里能找到适合他的安身之地吗？在《浴血金沙》里，弗雷德·C·多布斯会信守诺言，还是屈服于贪婪呢？在《后窗》（*Rear Window*）里，L. B. 杰弗里斯能在凶手找到他之前证实自己从后院看到的一切吗？在《安妮·霍尔》里，艾尔维和安妮的关系能维持下去吗？

有时在相同的情况下，不同的情境会导致截然相反的"希望对抗恐惧"。一对年轻夫妇想有一个孩子，他们希望这个月女方能怀孕，同时也担心怀不上。一对未成年情侣或一对未确定关系的男女也许会担心女方怀孕，希望她不会。同时，观众和人物的不确定性也不一定是相同的。如果观众觉得这对想要孩子的男女不般配、他们分手会给孩子带来不幸，这样观众可能会为她担心，希望她还没有怀孕，而剧中人的感觉则会与此完全相反。

这种不确定感、这种希望与恐惧的对抗，如何在观众当中建立起来呢？首先，观众至少会有那么一点同情一个或几个重要的人物（见"主人公与目标"讨论的与核心人物有关的"同情"）。创造希望对抗恐惧的另一个重要的因素是让观众知道"可能"会发生什么，而不是"将"会发生什么。

在《摩登时代》（*Modern Times*）里，查理·卓别林（Charlie Chaplin）是一家百货公司的守夜人。他穿着一双旱冰鞋，在宝莲·高黛面前戴着眼罩炫耀他的溜冰绝技。因为装修，他滑冰的地面上挖了个大洞，他滑到洞口边又离开，一次又一次，最后却在洞的边缘停了下来。我们一边笑一边紧张，带着强烈的希望与恐惧感。如果我们不知道地上有一个洞，如果我们无法预知"可能"会发生什么，那就没有紧张感。没有希望对抗恐惧，也就没有戏剧。但是，由于我们知道他可能会歪向一边，但我们不能肯定他会真的这样，所以我们是在一个不确定的状态下，这样我们就参与其中了。

　　这种参与的基础是期待。我们对即将发生或不可能发生的预期是在一种全然清楚的状况下，而非一无所知。换句话说，如果我们不知道这个故事在不久的将来即将发生的危险和产生的益处，我们就无法预测可能发生的以及不可能发生的事情。新手编剧的一个常见错误是认为让观众不再猜测结局的唯一办法就是隐瞒信息，让观众身处黑暗之中。但是，想象一下如果我们不知道卓别林要滑冰的地方旁边有个洞，想象一下如果我们不知道《狂凶记》（*Frenzy*）里真正的凶手是谁，想象一下如果我们不知道《热情似火》（*Some Like It Hot*）里有暴徒在追踪那两个打扮成女人的男人，那么紧张感和戏剧性从哪里来？

　　避免让观众猜测即将到来的剧情的关键，不是让其对即将发生的事一无所知，而是让其希望并相信也许会有好事发生，但对坏事发生的恐惧也随之而生。换句话说，任何给定的情况下都有两种同样合理的结果，既让观众参与其中，同时也无法预见这场戏或整个故事的确切结果。

　　这便让观众最大限度地参与到故事里：观众在某种程度上同情一个人物，知道什么可能会发生而什么可能不会，对其关心的人物的结局充满希望和恐惧，并且真的任何结局都有可能。不管你是在分析《莫扎特传》、《现代启示录》（*Apocalypse Now*）、《后窗》、《乱世佳人》（*Gone With the Wind*）、《第三人》（*The Third Man*）还是《假面》（*Persona*），让不同的单场戏或整个故事有表现力的关键，是制作者成功地把观众的知识、情感和信念结合在一起。这种效果必须在写剧本时就写出来，才能指望在成片里为观众创造效果。如果在写作阶段没有考虑到与观众建立这种关系，别指望实拍时能克服这个缺点。

第三章 编剧的工具
Screenwriting Tools

引自 E.M. 福斯特："写出来以前我怎么知道我想的是什么？"
——比尔·维特里夫

作为一个作家，发掘自我，就能在更大的范围内认识所有的人。
——比尔·维特里夫

主人公与目标

> 我必须知道谁是主要人物。他从哪儿来,背景如何。我得从社会、历史、政治和个人智慧等各方面设置人物。考虑他们想要什么,害怕什么,他们做什么事或反对什么。
>
> ——沃尔特·伯恩斯坦

电影剧本的主人公通常是主角,但这并非一成不变,也不完全决定主人公在故事结构中的作用。主人公的主要特点是有所诉求,这种诉求常常很强烈。主人公要达到某种目的,而看着他走向这一目标正是最让观众感兴趣的部分。事实上,主人公为实现其目标所做的努力决定了影片从何开始、在哪儿结束。

在具有良好架构的剧本的开端,编剧会将我们的主要注意力引向其中一个人物。为完成这一效果,编剧主要通过展示这个人(即主人公)的某些强烈的欲望和需求,在故事的进程中,让他不懈地追求他想要的东西。这可以是各种东西,像力量、复仇、与一个女人牵手、面包、安心、荣耀、逃脱追捕等。不管它是什么,影片中总是存在着某种强烈的欲求。

在《正午》里,警长威尔·凯恩想履行他的职责——保护小镇。在《屋顶上的小提琴手》(*Fiddler on the Roof*)里,送牛奶的泰耶想生活得好些,让家人体面,让五个女儿都能嫁好人家。在《一夜风流》(*It Happened*

One Night）里，埃莉·安德鲁斯想回纽约。在《后窗》里，杰弗里斯想揭开院子里的秘密。在《第三人》里，霍利·马丁斯想找到他的老朋友哈里·利姆。

　　随着故事的不断发展，人物的想法、欲望或诉求常会更加集中和有力，它不是静态的、一成不变的。换句话说，主人公并不一定一开始就表现出实现目标的强烈欲望，但是，这种欲望必须在故事的进程中发展起来。故事一点点展开后，我们会看到主人公对自己目标的不断追求，也正是这种追求拉着我们进入故事。由于主人公的追求，我们开始关心人物和事件的演变。

　　一个好的主人公能引起观众强烈的情感反应。他可能像威尔·凯恩或泰耶那样富有同情心，也可能像埃莉·安德鲁斯那样让我们怜悯，或者像霍利·马丁斯那么逗人，再者像 L. B. 杰弗里斯那么让人钦佩。重要的是，观众不能对主人公无动于衷。不管他是否达到这个目标，观众都必须得关心他，看他是否能实现一些愿望。一个不能引起观众强烈情绪反应的主人公，几乎一定会让观众厌烦，并使整个影片显得沉闷。

　　这并不意味着所有核心人物都必须令人同情、惹人喜爱或令人钦佩。《教父》里的柯里昂和《成功的滋味》里的西德尼·法尔科就连可爱都说不上，更别提让人钦佩了，可围绕他们仍然可以讲出吸引人的故事。稍微用点小手段就不难让一个卑鄙的人物变成有趣并令人钦佩的主人公。相反，一个令人同情的主人公也必须有不那么让人喜欢的一面，这样才能在关心人物是否会不择手段达到目的的观众中创造出戏剧张力。

　　应该注意的是，我们关心主人公是否会满足自身诉求的这种兴趣，通常与该人物的诉求一样——他们的欲望越强烈，我们的关注度就越大。这无关其诉求是否具有社会意义，是否道德、公正或自私，而是主人公有多迫切地"想要"某种东西，这决定着我们对他的情感关注度。一个不知道自己想要什么的人，或是虽然知道但对能否得到无所谓的人，是很缺少戏剧性的。试想如果哈姆雷特因为前途艰险而放弃复仇，我们还会关心他吗？

如果肖恩①已经发誓金盆洗手不再斗争了，可一遇到麻烦他就又掏出枪，回到了老样子，我们会怎么关注他？一个并不完美的人物的内心挣扎最能吸引观众去关注未来的事件。

在故事片里，主人公几乎总是星光闪耀。他通常是最有趣的角色，而且肯定是最被集中表现的人物，因为故事要跟着他的命运走。编剧常常用主人公的名字作为片名，如《米尔德丽德·皮尔斯》（Mildred Pierce，又译《欲海情魔》）、《公民凯恩》（Citizen Kane）、《妮诺契卡》（Ninotchka）、《原野奇侠》、《窈窕淑男》（Tootsie，又译《杜丝先生》）等数不胜数。有的时候，一个故事里会有两个人物有着接近的诉求并共同努力去实现一个大致相同的目标。但在像《雌雄大盗》、《虎豹小霸王》（Butch Cassidy and the Sundance Kid）和《热情似火》这样的故事里，主人公通常是决策的人，引导故事的走向。克莱德、布奇或乔（约瑟芬），虽然他们在银幕上所占的时间不一定比他们的搭档多，但因为他们的搭档会听从他们而采取行动，因而他们成为了主人公。是他们的选择决定了两个人的行动，而且他们的诉求也比搭档的更有力。

只有主人公的诉求和目标会决定故事的走向，因为他们实现目标的诉求是动作的动因，无论经过多少曲折都指向这一方向。以下是关于目标的三个要点。

（1）要让影片成为一个整体，只能有一个主要目标。在主人公拥有一个以上终极目标的影片中，若一个任务没完成又要开始下一个，那么无论是成功还是失败的尝试，它的戏剧性都肯定会被破坏。这样既破坏了故事的主干，还会让观众兴趣索然。一个剧本就像一座悬索桥，一端固定在主人公的诉求上，另一端则固定在他是否能够成功上。桥上若有通向两处不同目的地的分叉的道路，那么这座桥的整体结构无论如何都是不合理的。（实际上其他人物虽然也会有诉求或目标，但

---

① 《原野奇侠》的男主人公。——译注

一定不能影响我们跟随主人公的诉求来追寻故事的主线。）

（2）目标必须遇到对立面以产生冲突。无论反对力量来自其他人物、大自然、故事的情境，还是来自主人公的内心。故事中有与目标诉求活跃对抗的存在，总会比没有的强有力得多。

（3）目标的性质是决定观众站在主人公的一边还是站在主人公对立面的主导因素。如果目标很有英雄气概，我们可能会钦佩主角；如果它不切实际，我们会当玩笑看；一个令人憎恶的目标则会使我们厌恶和蔑视主人公，诸如此类。主人公及其目标和我们对他们的认同关系密切，因此不能顾此失彼。

冲　突

> 对我来说，最重要的一个词永远是"冲突"。这个故事的冲突是什么？你想讲的故事会发生什么样的冲突？
>
> ——沃尔特·伯恩斯坦

无论在舞台剧还是电影中，冲突似乎都是每一个富有冲击力的戏剧性作品不可或缺的基本元素。没有冲突，我们没法创造出能够抓住观众的故事。好故事描绘的是能动性的人完成某个特定的目标，这个目标很难达到，而过程则充满积极主动地对抗。冲突是推动故事前进的引擎，它提供故事的能量和运动。没有冲突，观众会对银幕上所描绘的事件无动于衷。没有冲突，电影的故事就缺少活力。冲突的必要性怎么说都不过分。

新手编剧有一种倾向，认为冲突总是大喊大叫、枪、拳头或其他形式的极端行为。尽管所有这些都能表现冲突，但这并不是展示冲突的唯一途径。一个人就是简单地吃个午饭，也可以用冲突创造一场戏。在《五支歌》里有一个令人难忘的场景，罗伯特·迪佩想买一个面包当午饭，这本是件很简单无聊的事，可迪佩和坚持捍卫餐厅原则的女服务生之间的争辩，使这件小事变成了一场对抗，让这场戏变得饶有兴味。

冲突实际上不是靠表演和过分的行为，而是靠人物想要些什么却很难获得来营造。不管是故事的整体还是具体的单独一场戏都是如此。没有人物的期望就没有冲突，而一场戏也会变得散乱和无序。如果在整个故事里人物没有诉求，剧本也会陷入同样的境地。

想要某些东西，可以是未来的也可以是过去的，可以是正面的也可以是负面的。为了创造冲突，不想做某事可以和十分想做某事的力度一样强。试图摆脱某种状况或者回到一个更理想的状态，都是一种欲望。试着做某件困难的事会创造冲突。构成冲突的愿望可以像在《与狼共舞》（*Dances with Wolves*）的开场戏里那样，简单到要穿上一双靴子，也可以像《奇爱博士》（*Dr. Strangelove*）或诸多"007"系列电影里那样把世界从灾难性的核毁灭中拯救出来。不愿做某事也可以是一种强有力的欲望，像《卡萨布兰卡》里里克的"不愿冒风险"。而《绿野仙踪》（*The Wizard of Oz*）的电影和书里的愿望都是想回到一个更好的状态。

障　碍

> 当你的人物真正存在时，你会发现你不是在推动他们前进，而是在跟随他们……这就是写作和讲故事富于魔力的时刻。
>
> ——比尔·维特里夫

如果主人公及其目标构成了故事建置的前两个重要元素，各种障碍物便是第三个重要元素。如果人物的愿望没有遇到任何障碍就能实现，便没有冲突，也没有故事了。主人公毫不费力地达成愿望，尽管这种情况在现实生活中令人愉快，但在戏里则是致命的错误，因为没有一个努力实现理想目标的过程，就抓不住观众的注意力。

障碍有可能只有一个，并且很简单，也很容易发现。《终结者》里一个来自未来的人形机器杀手要杀死莎拉；《西北偏北》里范丹的人把罗杰·桑希尔当成了那个名叫乔治·卡普兰的虚构间谍；《飞越疯人院》里护士长拉契德决心在精神上制服麦克墨菲。主角有一个直接对立的人物，这就可以被叫作反派。

可在另一些情况下，障碍就不止一个了。在《唐人街》里，杰克在斗争中发现唐人街谋杀背后的秘密时，阻碍不仅是诺亚·克罗斯，还是警察和对他一直真诚直率的主要盟友伊夫琳·莫尔维的反对。在《无因的反叛》（Rebel Without a Cause）里，吉姆发现自我及寻找自己在世界中的位置的旅程，面对的也不仅是自己父母的阻碍，还有来自学校和城市的阻碍以及他对自己的怀疑。

　　障碍可能会一个接一个地出现。罗密欧与朱丽叶因为家人的仇恨而不能公开宣布他们的爱情，但他们也面临着一系列的连锁反应：罗密欧因为杀死提伯特而逃跑；朱丽叶的父母不知道她与罗密欧的婚约而坚持要她嫁给帕里斯；劳伦斯修士送信给罗密欧告诉他朱丽叶喝的是假死药而罗密欧未收到；罗密欧以为朱丽叶死了，来到她的墓前又不得不与帕里斯决斗；朱丽叶醒来时发现罗密欧已经自杀。朱丽叶只好也自杀，这对恋人才得以团聚。在《狂凶记》里，理查德·布莱尼刚失去一份低收入工作；然后他结识了一个男人，后来发现他竟是一个邪恶的连环杀手；杀手还瞄上了刚和布莱尼打了一架的前妻；然后布莱尼的女友刚刚帮布莱尼躲开警察的追捕后就被凶手谋杀了，现在警察把布莱尼当成了凶手。

　　最后，障碍可能是非常微妙和复杂的，参见后面对《末路狂花》(*Thelma and Louise*)及《性、谎言、录像带》(*Sex, Lies and Videotape*)的分析。

　　主人公与其遇到的障碍必须是势均力敌的。如果障碍太弱小，目标的实现就太容易了，而故事则会毫无生气。但障碍也不应太强以至于主人公完全无力克服。换句话说，目标必须有可能实现，但又很难实现。

　　在像《推销员之死》(*Death of a Salesman*)或《第三人》这样的影片里好像不是这样，其中一些前史使实现目标几乎是不可能的。但应该注意的是，主人公并不承认失败的必然性，直到失败来到面前才不得不面对。他们与之斗争，相信有成功的机会。正是主人公的信念让故事具备了活力，使我们得以分享主人公可望实现目标的那一丝期待。

　　必须区分冲突和麻烦。在日常生活中，轮胎漏气、钱包丢了和电话答录机出毛病了等麻烦事看起来都好像是挺大的冲突。可在戏剧中，这些可能是冲突，也可能只是麻烦。决定因素是这些麻烦事是否真的成为实现一个预先设定的目标的障碍。新郎赶着去教堂但轮胎瘪了，这是个障碍，因为它创造了冲突，很可能引出一个全新的事件链。轮胎漏气会带来某种危险。但是如果没有期望,没有目标,人物没有任何风险,那么,轮胎漏气对任何人来说都是一样的小麻烦。如果没有一个目标或至少与一个人物相关的风险,那么不管表面上看起来有多大的"冲突",都不会给特定的故事带来戏剧性的冲击力。

最后一点,也是很重要的一点是:虽然故事的完整度取决于一个主要目标,但设置多种阻力来阻碍这个目标的实现是不会对故事的完整度产生影响的。

前提与开场

  如果影片开始时有很多动作和兴奋点，你就得多做些解释，多交代人物沿着某个线索发展时的变化，以及在你观看了影片前二十分钟的精彩剧情、进入到影片之后可能会面临情节的巨大滑坡。这让我更喜欢用比较平和的方式开场。就我的经验，观众在影片刚开头时会原谅一切，但到片尾什么都不会原谅。如果不给他们一个满意的结局，那谁也帮不了你。

——罗伯特·唐尼

  一个故事可以从任何地方开始，这由编剧在一个更大的故事框架中进行选择。在这种情况下，剧本所表现的冲突、所处的情境常常可以追溯到影片开场"淡入"的很长时间之前发生的事。《教父2》讲述的唐·柯里昂的故事里大部分都是《教父》里涉及过的；而《星球大战》三部曲实际上包含了乔治·卢卡斯后来发展出的九集故事中第四、五、六集里的很多内容。

  "前提"是在谈论戏剧性情境时很容易被误解和误用的术语。在逻辑学里，前提是三段论中的一部分：所有的人血管里都流着血（大前提）；我是人（小前提）；因此，我的血管里也有血在流动（结论）。戏剧中有着相似的逻辑。看待故事的一种方式是，有主人公及其目标（大前提），有反派和障碍（小前提），这导致戏剧性和观众的情感反应（结论）。如果一个故事主要通过内在冲突来建构，那么主人公和反派其实是核心人物人格的两个不同部分。相反，如果故事主要通过外部冲突来建构，那么主人公和反派则很清楚地表现为不同的人物。或者在某些情况下，比如在人与自然的故事里，对手是现实环境。最需要引起重视的是，故事的前提常常是一种需要证实的观念。（见关于"主题"的讨论，这是另一个像"前提"一样也往往被误用的术语。）

"前提"这一术语用在这里，讲的是主人公开始走向目标时的整个环境状况。这包括所有与故事有关的背景资料、故事的主人公、他的目标和潜在的欲望，以及影响其实现目标的潜在障碍（包括反派）等所有故事讲述所需要的前提性知识。"开场"区别于前提，是叙事者开始讲故事时选择的情节展开点。

以下是 5 个故事的前提和开场。

在"二战"伊始的卡萨布兰卡，里克拥有一家时髦的夜总会。里克是个深藏过去的人，也曾是某项必败事业的斗士，但他现在是个不好说话也不愿为任何人冒风险的家伙。作为故事的开场，编剧选择从介绍世界局势开始讲故事，然后表现这个世界的危险性，接下来很快就切入重点，作为对里克的过去很重要的人物，伊尔莎走进了里克的酒吧。

凯普莱特和蒙太古家族多年来一直是对头。蒙太古家族冲动的年轻人罗密欧却和凯普莱特家族的宝贝女儿朱丽叶深深地坠入了爱河。莎士比亚选择用街头斗殴渲染这两家的仇恨作为开场，然后很快转到凯普莱特家族举办的舞会，在这里，并未受邀的罗密欧第一次遇到了朱丽叶。

约翰·布克是费城一个强硬又愤世嫉俗的私人侦探，受雇调查一个卧底警探在火车站的被杀案。唯一的证人是一个过路的阿米什

（Amish）男孩和他年轻守寡的母亲。《证人》（Witness）的编剧选择的开场向我们介绍了男孩和他母亲阿米什人的世界，然后迅速展示了生活在充斥谋杀的城市的可怖。

　　布罗迪警长是一个小岛上的社区治安官，他过去在城里当警察，虽然怕水，可还是搬到了这个四面环海的小村子。一只巨大的白鲨突然攻击并差点吃了一个年轻的女人，然后又是一派夏日海岛乐园的景象。这个开场，《大白鲨》的编剧选择展现鲨鱼凶猛可怕的力量，然后迅速转回主人公尚未知晓鲨鱼攻击之前的地方，以此建构主人公的世界。

　　马蒂是一个屠夫，这个老单身汉和整天劝他、唠叨他结婚的母亲住在一起。马蒂几乎没跟女人交往过，更别提结婚了。他想约会，可是不知道该怎么做。《君子好逑》（Marty）的编剧把开头选在了马蒂在肉店的一天，人们无数次地问他什么时候能成个家安定下来。这个故事迅速深入到马蒂"与男孩们外出玩乐之夜"，完全出乎观众预料。

许多剧本构思是以编剧设计的一个情境作为基本前提的。一个令人满意的前提总是包含着潜在的冲突及其他一些有关的东西和主要人物的相关信息。（对没有单一人物的其他故事形式的讨论请参阅"统一性"一节）一旦选好了开场，不要拖得太久再展开冲突。

主悬念、高潮与结局

  编剧就像木匠，基本工作就是从混乱中梳理出某种结构式的形式。只要结构保持下来了，不管我写什么都会变得相对有效，且一场戏即便没有对话也能撑得起来。这就是让一场戏保持纯粹的要义。

——威廉·戈德曼

  在戏剧创作中，最为基础的是人物变化。人物到结尾时要与开头不一样。他变了——不光在心理上，在身体上可能也变了。

——罗伯特·唐尼

  观众不愿你拍马屁，不愿被耍。他们会像我一样在看到真正人性化的行为时感兴趣。他们希望获得惊喜，让他们高兴，让他们感到满足。这并不意味着一定要有个欢乐的结尾，但他们希望能有个结局。

——汤姆·里克曼

  一般的剧本包含了一些小高潮和结局，一场戏接着一场戏，一个段落接着一个段落。但在这里我们关注的只是第二幕的主悬念、高潮点和指向故事冲突得到解决的结局。新手编剧经常混淆高潮点和结局，认为电影故事只有一个"高潮"。但事实上，在传统的三幕结构中，第二幕是故事的中间部分，主要的张力来自于第二幕里冲突的积累。当高潮得到解决的时候，又创造了一种新的悬念。简单地说就是"会发生些什么"，这直接（虽然有时会稍有曲折地）引出整个故事的结局。

例如，在《唐人街》里，主悬念并非"杰克是否会帮助伊夫琳和她的女儿逃离诺亚·克罗斯的魔掌"，在第一幕结束时，主悬念已经建立，这时我们对他们的期望和恐惧还知道得不多。主要的戏剧性张力更大程度上来自于"杰克是否能够找出幕后黑手"和"幕后黑手会采取什么伎俩来对付杰克"，这是杰克用整个第二幕戏要解决的问题。解决这一谜团所面临的各种障碍构成了故事的主体。一旦谜团得到解决，杰克知道了关于伊夫琳、诺亚、故事中的女儿以及谁杀了霍利斯·穆尔维等情况之后，新的悬念又产生了，即"杰克能否帮助伊夫琳和她的女儿逃离诺亚的魔掌"。第三幕悬念的解决回答了这一问题，杰克没能阻止伊夫琳的死，诺亚带走了她的女儿。

在《卡萨布兰卡》里，主要的悬念可能来自于"里克能否在这些性命攸关的国际事件面前真的置身事外"。里克很想置身事外，不管我们对他的这种立场怎么看。而让他难以置身事外的障碍就是他的旧情人伊尔莎，她又重新进入了他的生活。伊尔莎的丈夫维克多是一个反纳粹组织的大人物，一个纳粹上校盯上了里克，认为里克早已卷入其中，而里克有可以让维克多平安离开的通行证。这场戏最具张力的地方在于里克不再能置身事外，他掏出枪。这一时刻又出现了新的悬念："里克的帮助能否挽救伊尔莎和维克多，谁会用这张通行证？"到伊尔莎和维克多登上飞机以及里克跟着路易斯走了时，故事也就到了结局。

虽然剧本的主要悬念位于贯穿整个故事的冲突之上，但它并非是直接呈现的。"结局会发生些什么？"成功的编剧会把这个问题根植于观众的脑海深处，拉着他们跟着故事走向结局。但是，贯穿第二幕最为迫切和紧急的，是回到日常生活而不是解决冲突进程中遇到的一系列障碍，这些障碍一起又放大了主要悬念"主人公能撑得住吗？""主人公能解开谜团吗？""主人公会原谅他的兄弟吗？""主人公知道她真正爱的是谁吗？"每个问题都会带来切实有效的主要悬念。一旦故事高潮处的问题被解决了，然后新的问题又会出现："角色的情绪、认知和目的改变了之后会发生什么呢？"

情境和人物的变化产生了碰撞，创造出一种新的戏剧性张力（第三幕的悬念），它会把故事引向结局。结局的一个特点是斗争意志的消失。也许主人公认输放弃争斗，或实现了目标不必继续争斗了。不管从哪方面看，冲突和戏剧性都走向平息，情境趋向稳定了。多数的故事结局都设置在离结尾很近的地方，这是因为没有了冲突，观众的兴趣和参与很难再持续。换句话说，主悬念和高潮点是动态的，而结局是静态的。结局到来时，即使我们仍然关心人物及其幸福和未来，但对观众来说已经不必与他们分担期望和恐惧了。

有关结局的素材具有很大的不确定性。正如故事开始时用过去的事预示现在一样，结局也可以暗示人物将来发生什么。它还常常通过某个人物之口传达作者对故事和主人公的观点。

高潮是电影剧本最高或最低的点，所有的事都是朝着这里发展的。结局是观众能松口气的那个点，不管发生的是他们希望的还是担心的事，不管是否令人满意，终归有个结局了。因此，对编剧来说，最需要注意的一点就是在开始动手写剧本之前就要先想好高潮和结局。要是开始动笔却还没想好这两点，就不得不没完没了地改来改去，这会带来沮丧感，往往会让剧本半途而废。高潮是给编剧的航船指路的灯塔，而结局则是灯塔所指向的安全港湾。

设定了主人公、目标和障碍，编剧就比较容易建置高潮和结局了。确定了高潮点，编剧自然就能找到阐释其态度和主题的正确方法（见后面关于"主题"的讨论）。

了解主悬念、高潮和结局，可以从另一个角度帮助编剧把故事里的每一场戏变得更有针对性、更有效。如果缺了某一场戏，主悬念、高潮和结局就要改变或受到损害，那这场戏肯定是应当保留的重场戏。另一方面，如果某场戏对这些关键点来说可有可无，那么编剧就该好好想想这场戏是不是该保留了。

主　题

从一开始就有好的、清晰的主题，这是最好的事。

——帕迪·查耶夫斯基

要想搞砸一个戏，最好的办法就是强迫它证明什么。

——沃尔特·克尔

次要情节的关键在于它在做什么，它是否必要。它是如何配合主要情节的？如果你拿掉它，这部片子是否缺了点什么？它与主题有何关系？

——沃尔特·伯恩斯坦

　　主题大概可以被定义为编剧对素材的看法。如果不对创造的人物和环境有自己的态度，就没法写剧本，再烂的本子也写不出来，每个故事都得有某种主题。另一点是，剧本里的主题总是可以通过结局来体现。作者虽然不一定是有意的，但会在结局里表现出他对素材的阐释。

　　比较《当哈利遇到莎莉》（When Harry Met Sally）和《安妮·霍尔》两部现代喜剧，可以很好地说明这一原则。这两个故事都涉及聪明而有才华的人在现代城市情境下爱情和友谊的困境。两者无论在剧本、导演还是表演方面都非常巧妙。然而哈利和莎莉就像观众所期望的那样解决了他们的分歧，走到了一起。但安妮和艾尔维分道扬镳了，只留下艾尔维重温他们在一起的日子。一个是快乐的结局，另一个是苦乐参半的结局。作者和观众都很清楚，这两个结局揭示了作者对于素材截然不同的态度。

经验丰富的剧作家和编剧很少拿一个主题做开场，或用故事讲述一个哲学观点——这可能更适合被称作"命题"（thesis）。这种方法会导致陈词滥调，像在做宣传，角色变得毫无生命力，戏剧中人物遇到的问题完全从属于作者要去证明的主题。相反，一个称职的编剧会创造出人物和情境，然后选择合适的高潮和结局，让它们看起来是正确的并且符合他对主题的想法。换句话说，一个优秀的编剧会让主题自然产生。这样，主题就不是一些要被证明的观点，主题本身就是故事对人类生存状态的探索。

经验丰富的编剧不会轻易让人物说出主题。这种说教会让人物的表达空空洞洞，使观众与故事的情感核心拉大距离。即便作者划掉了所有直接表达故事"含义"的句子，观众们还是会了解这些含义的。作者无法掩盖自己的态度，这都体现在他的故事、他写的大纲（treatment）以及他解决问题的选择里了。

无论电影还是戏剧，对主题的考量都是相似的。听听一位世界级剧作大师怎么说吧！

> 他们想让我对人物表达的某些观点负责。可整部作品没有一个观点或对话要算在作者头上。我很小心地避开了这个。戏剧形式表现的技巧不允许作者出现在人物的讲话中。我的目标是让读者感受到他好像真的在经历一段真实的体验。没有什么能比作者的个人观点介入对话更难让读者获得这样的感受了。（亨利克·易卜生）

莎士比亚好像从未直接说出《奥赛罗》（Othello）里的"嫉妒"或《麦克白》（Macbeth）里的"野心"。同样，《愤怒的公牛》好像也没有向观众说教嫉妒的罪恶，《月色撩人》也没打算控诉那种有争议的人物关系。

所谓主题，就是作者用一种复杂的、真实可信的方式，选择从各种角度探索"人类的困境"。一个故事对于不同的人有不同的含义，因为我们每个人都会带着个人的态度和经验来阐释作品。我们可以用故事的结束方式找到阐释一部作品的线索。

必须要记住的有关主题的另一个方面是，它贯穿于整个剧本，而不仅仅作用于主人公。每一个次要情节都是故事主题的一个变奏，各自拥有不同的冲突和结局。即便如此，次要情节的潜在"主题"也要同主要故事线的主题相一致。

例如，《月色撩人》这个电影名称（或者也可以说"痴恋"）就是主题。不管它是否指向真正的浪漫，故事里的每个重要人物都是"月色撩人"的（moonstruck，这个英文单词还有"多愁善感"的意思）。罗尼和洛丽塔显然都处在痴恋的状态，其父母也都如此，只是方式比较奇特，而约翰尼更多的是陷入对爱的概念的痴迷，而不是感受它和追随它。在《洛奇》里，每一个重要人物都极力证明自己"足够好"，洛奇这个人物的核心故事是争取在重量级拳王赛上夺冠，而他的对手、教练、女朋友和他的兄弟也都为各自的目标争取做得"足够好"。

每一个次要情节都根据同一个对象——即故事的主题及其变奏——拥有自己的冲突和化解方式。作者以这种方式拓宽了作品的意义，深化了作品的冲击力，并让戏剧具有普世价值。

统一性

> 结构上的统一性就是,如果其中任何一个部分缺失或移位,整体就会松散和不稳定。如果一个部分存在或缺失而并没有产生明显的不同,那么它就不是整个有机体的一部分。
>
> ——亚里士多德

> 我告诉你,结构是至关重要的。你最终要做的就是找到这个故事将会是什么样的——一条终极的、基础的线索,你可以把一切都通过这条线索串起来。一旦找到了故事的骨架,各种材料就可以往上面填。这条主干如果能用,那太好了。如果不能用,再好也得扔。
>
> ——威廉·戈德曼

因为剧场的形式,希腊人设置的整个戏剧性动作都在一个单独的场景中发生,通常是在一座皇家宫殿的入口。他们还把戏里流逝的时间限定在一天之内。这些做法后来被称为地点和时间的统一。亚里士多德奠定了统一的戏剧性动作的原则,根据这一原则,与情节发展没有直接相关的内容都会被弃置不用。

电影编剧在建构故事时,虽然不一定要把时间、地点和动作三者都统一,但至少要有一项。电影的最重要特点之一就是能把观众从一个地方带到另一个地方，还能让时间压缩、重复甚至逆行。因此对大多数的电影而言，最能帮助建构故事素材统一性的是戏剧性动作的统一性。简而言之，这就是我们在大多数电影故事中需要一个核心人物的原因。人物对目标的追求创造了动作的统一性，接下来，故事就会在人物追求目标的过程中展开。

这样，讲述一个故事就成为展示中心人物积极追求目标过程中发生的一系列事件。即使时间不是顺序的，有闪回、闪前、时间逆转、回忆以及编剧可以突破严格的线性时间所玩的任何时间花样，人物追求目标的动作的统一性仍能指引观众，把故事的碎片"结合成整体"。对于地点也是同样，我们可以在一场戏中跨越半个地球，在下一场戏中又回到原地，或者可以同时在两个不同地点平行展开事件。但是只要戏剧性动作是统一的，观众就能够停留下来，参与故事。

尽管在电影中不常保持时间和地点的统一性，且这样做的成功案例也寥寥可数，但这样建构故事是完全可行的。（在《罗生门》[*Rashomon*]和《餐馆》[*Diner*]的分析中有更详细的讨论。）在这些影片里，我们无须在故事展开过程中仅跟随单一中心人物的戏剧性动作。在地点统一的故事里，戏剧性动作围绕一个地点展开（如《餐馆》或《纳什维尔》[*Nashville*]）。在这样的社会或自然语境下，观众还可以参与到编织故事的过程之中。对于具有时间统一性的故事（如《罗生门》或美国翻拍版本的《暴行》[*Outrage*]），一个贯穿的重要事件成为故事的焦点，不同人物的应对方式仍然可以把故事"结为一体"。

铺　陈

　　有一种技巧，是将信息在一场有冲突的戏里表达出来，这样可以迫使人物直接说出要观众知道的事，比如人物在应对别人攻击的时候为自己辩护，尽管实际上都是些解释性的言辞，但是他的辩护听起来会很合理，看起来正在发生一些事，会让观众认为他们是在见证一场戏（实际上也是），而不只是在聆听阐释性的演讲。幽默是另一种运用铺陈的方式。

——欧内斯特·雷曼

　　银幕上那些对观众而言未展开描述的事件里所包含的必须被观众了解的事实，需要用铺陈的方法来表现。这些事实可能是在过去发生的、在故事的动作开始之前发生的，它们可能是感受、欲望、缺点或人物的期待，还可能是某种特定情境，帮助创造故事前提的"世界观"。

　　铺陈的问题在于，它仅仅对观众来说是必要的，在故事的进程中人物自己是不需要知道这些的。多数铺陈揭示了人物已经知道的事（如他们自己的过去和所处的情形等），但我们作为观众，为了充分了解故事和戏剧性动作，也必须知道这些。铺陈应谨慎使用，因为它是一种叙事手段而不是戏剧性手段。过度的铺陈很快就能让观众觉得非常乏味。新手编剧可能会感到惊讶，因为只有很少的铺陈是必要的，特别是在影片开头。观众无需太多背景介绍就能很快抓住基本的戏剧性情境。

　　这并不是说铺陈没有用，它是讲好故事的一个重要的成分，但它应该当佐料用，而不是主料。很多故事至少需要一些说明性的信息以推动情节发展，几个世纪以来，剧作家已经找到了很多方法。希腊戏剧常常用合唱开场，从历史引入剧情。序曲或合唱以叙事者或人物直接对观众说话的方式在剧场演出中得以保留下来，比如在桑顿·怀尔德的《我们的小镇》（*Our Town*）和田纳西·威廉斯的《玻璃动物园》（*The Glass Menagerie*）里。

　　在影片里，与戏剧中的叙事者或者合唱相对应的是叙述性的画外音，常常以核心人物的口吻讲出。当它们像比利·怀尔德在《日落大道》（*Sunset Boulevard*）和《双重赔偿》里那样熟练地运用时，画外音可以是非常有效的技巧，但在大多数情况下这种方法并不是首选的。铺陈常常在揭示冲突时更加有效，这也是最广泛使用的一种表现方法。铺陈性信息会成为强化这场戏的戏剧性的一种助力。

　　例如，在《莫扎特传》的开场戏里，萨列里告诉年轻的神父他是谁的时候给出了很多关于他自己和莫扎特的背景信息。这场戏里神父要听取萨列里的忏悔并且给予他宽恕，但萨列里急切地希望他的音调能被记住，他们对完成这次忏悔是同样的不耐烦，因而这场戏对观众来说戏剧性丰富而充实。这段铺陈是在"悄悄地"告诉观众：这些信息只是我们专注于两个有趣人物之间的冲突时顺便了解的。

　　另一个办法是把观众带入故事，让他们主动去了解过去的人物和人物关系，以及银幕背后的情境。比如《四百击》开场时安托万已经有了麻烦，这个开场就已经展示了他性格中爱恶作剧和幽默的成分，以及他和雷内的友谊。起初，我们只能猜测并努力找出安托万恶作剧的原因。我们看到了他晚上只能和母亲待在家里机械地重复着生活，我们看到了对他生活状况的铺陈，我们开始对这个男孩和他的困境着迷。

　　换句话说，把铺陈拖得越晚交代越好。与此同时，如果观众能够把握一些对以后有用的信息，这会让观众有兴趣去关心人物及其行动。通过人物的行为，观众可以自己去体验和发现人物是谁，何时、何地在做什么，这是进行铺陈的很有效的方式。

另一种有效的方法是使用幽默，更加理想的状态是将其与冲突结合。比如在《唐人街》里，对杰克来说，找出秘案核心的山谷的土地拥有者是非常有必要的。杰克到市政厅的档案馆看一大堆地图并查资料，这好像是场很无聊的戏，也是铺陈故事的一场很基础的戏。当他向一个不耐烦地打着官腔的小职员查问一本地图时，两人发生了冲突。小职员拒绝了杰克（和我们），使他（和我们）得想办法把地图弄到手。杰克要一把尺子时我们并不太明白他要干什么，但当他用小把戏成功骗过小职员，我们也觉得高兴和有趣。同时，我们了解了需要的所有信息，这场戏变成了一个令人愉快和难忘的时刻，而不是在一堆书中寻查信息的无聊场面，这令我们更关注和钦佩杰克。

没有经验的编剧往往会在剧本的开头就铺陈很多。这会导致开场过于平淡，在故事真正开始讲述之前就已经让观众感到厌倦。更好的办法是用点简单的提示，给点小秘密和难题，铺陈信息时加入人物的对立和冲突。所有这些都使观众主动去收集银幕事件的背景信息，进而参与到故事中去。通过让观众寻找故事大部分的铺陈内容，编剧便能把人物放到日常生活中，展示他们的主动诉求，从而让我们发现他们生活中的谜团。

在处理信息的铺陈时，有些规则需要记住：

（1）削减不必要的铺陈，这能让信息很快地在故事的自然进程中变得清晰；
（2）在包含冲突和幽默（如果可能的话）的场景中，进行必要的铺陈；
（3）尽可能推迟使用说明性材料，在戏剧性冲击力最大的时刻再展示出来；
（4）不管什么时候，必要的铺陈只能是蜻蜓点水，而不能是长篇大论。

人物塑造

> 当只为服务于情节而勾勒人物时,人物会变得扁平、千篇一律、毫无生气。
>
> ——汤姆·里克曼

人物塑造和故事在银幕上是相互依存的,人物的目标,即他想干什么,是把人物和故事结合在一起的纽带,这种目标也是编剧建构人物的基础。各种人物不同的目标决定了事件的走向,也是理解人物及其行为的关键。此外,目标还直接影响故事情节的具体进程,因为卷入故事中的人们尝试用各种手段来达到他们的目标。

在《卡萨布兰卡》里,里克的目标很明确,就是"我不为任何人掉脑袋"。里克最不想干的事就是卷进那些是非。正是他追求的这种"个人孤立主义"创造了故事中的不少事件,他坚持置身事外的想法在压力不断增强的情境下经受着考验。在《洛奇》里,洛奇的目标是做好准备,争取在重量级冠军赛中夺冠。他对这个目标的追求决定了剧情的展开,揭示了人物性格的本质。在《四百击》里,安托万想在世界上找到自己的位置,找到一处地方,在那里他会被需要和被欣赏。他对这个目标的追求揭示了他性格中顽皮和有问题的一面,并由此引出一系列事件,推动故事向前发展。

语言、说话方式、衣着、举止、手势、身体状况等都是有助于刻画人物的很简便的方法。但关键因素还是要回到人物的目标及其实现目标的手段。在这些核心要素周围还会衍生一些次要内容，在某种程度上这由演员对角色的阐释而决定。但只有编剧可以确定主要人物的行为，使之成为演员演绎的依据。因此，在创建人物时千万别忘了人物的目标，这一点是非常重要的。

新手编剧常见的错误就是混淆人物特征（characteristics）和人物的塑造（characterization），好像设计了人物的外在形态就赋予了他个性特征。人的高矮、胖瘦、秃顶还是一头乱发只是外在的特点，无法显示更多的内心世界，就像汽车的颜色无法显示发动机的功率一样。这些外部特征缺乏的核心要素是角色的内在态度。人物有一个大鼻子，这对我们认识他的内心世界毫无帮助。但是到了《大鼻子情圣》（Cyrano de Bergerac）里，主人公的大鼻子很大程度上构成了他的人物特征，对于主人公的自我认识而言十分重要。鼻子是他的自卑感和优越感的源泉，是他擅长的事和恐惧的事背后的推动力。我们把他的鼻子看作这一人物的核心要素，一个通往他内心世界的窗口。虽然不是所有的外在特征都像大鼻子这样有表现力，但这蕴含了基本的道理：如果要表现人物的外部特征，一定要让它有助于揭示人物的内心世界才行。

不仅仅是故事主人公拥有有助于塑造人物的目标，其他主要人物也都有自己的欲望，而冲突的欲望构成了戏剧性。在《飞越疯人院》里，护士长拉契德想控制她管理的所有人。这造成她与渴望自由的麦克墨菲间针锋相对的冲突，并由此展开故事和揭示人物。在《体热》里，内德希望与玛蒂维持婚外情，但她有自己的小算盘，包括种种诡计、谎言、操纵和诱惑。同时，奥斯卡和洛温斯坦想解开玛蒂丈夫埃德蒙之死的谜团。这些力量相互碰撞并创造了故事，给人物施加压力，从而揭示了他们的内心世界。这也是人物塑造的本质。基于期望和目标的人物动作成为我们理解人物内心世界的途径。

人物的个性可以在其欲望的基础上加以描述，而场景可以基于冲突的欲望进行建构。冲突可能只是不同性格之间轻微的摩擦，也可能是一方强势地压制住对方，但若没有至少某种程度的冲突，戏肯定会毫无生气。

在一部精彩的捷克斯洛伐克电影《亲密闪光》（*Intimate Lighting*，又译为《逝水年华》，不幸的是现在我手头上没有这片子的视频）里，一个令人愉快的场景就建立在一个看似简单的小冲突之上。一个乡村五口之家的晚宴上来了两位大城市的客人，主人想好好款待他们，给他们留下好印象。他们烤了一只鸡，可是只有六块，却要七个人分。这场戏滑稽地展开，人们把几个鸡块在盘子之间拨来拨去，以表示公平和尊重。在这个过程中，所有的家庭成员之间以及与客人之间的关系都揭示了出来，这比一个人人有份的家庭盛宴更富于诗意和电影化。

就像相互对立的目标一样，不同的人物个性也可以用于建构冲突。这意味着编剧必须彻底了解他的人物，了解他们的一切，就好像他们是自己非常熟识的人。事实上，编剧必须对重要的人物了解更多，这远比把人物合适地安排进故事更重要。编剧只有了解根植于人物内心的欲望，才能生动地描绘出人物的行为动机，使人物真实可信，动作自然和连贯。这样才能使剧本丰富充实、生动而富于生活质感、栩栩如生，最后让剧本具有说服力。

最好记住，剧中人物并不知道谁是主角，谁是大反派，谁是配角。每个人物都是他自己生活中的核心，并做出相应的表现。这想法是舞台剧及后来改编的电影《君臣人子小命呜呼》（*Rosencrantz and Guildenstern are Dead*）的源头。这两个从《哈姆雷特》里走出来的小人物相信他们是自己故事的中心，事实上也是如此，他们的行为基于这种信念，而这种信念也创造他们自己的故事。

一个自认是配角的次要人物（或者更确切地说用这样的方式写出其配角的地位），无论在剧本里，还是在银幕上，都不会讨人喜欢。但一个并不知道自己是配角的次要人物，是不愿意成为主角是别人的一出戏中的一部分的，他有时"不愿意"按照情节发展的设计做他该做的事，人物的这种冲突有时会非常简单直接地反映人物的特点。一个知道自己配角身份的人物会乖乖地按照需要推动主要人物的目标,而不是积极地追求自己的目标。这破坏了潜在的冲突,同时又降低了可能产生的戏剧性冲击力。

情节发展

一部影片是编剧写出来的,也是演出来、导出来、拍出来、剪出来、靠配乐烘托出来的等。然而是编剧决定用哪场戏、不用哪场戏,决定要强化哪些戏剧性效果而对哪些一笔带过,决定哪些在银幕上直接呈现而哪些需做幕后处理。无数决定都是编剧做出来的。

——欧内斯特·雷曼

如果某些戏是可以被剪掉的,那就剪掉它。

——威廉·戈德曼

写点你不知道的东西,因为你会发现在你内心深处其实你是知道的。这能让你发现一些以前并不知道你已知道的东西。总有一些发现是很个人化的。

——比尔·维特里夫

主人公走向目标的过程在每一场戏里都会留下痕迹,即使他不在场的戏也都推动或阻止主人公实现目标。换句话说,一旦确立了主悬念,每一场戏都会从某种意义上促进观众的希望或恐惧,或者通过一场一场戏的变化来实现。即使主悬念在第三幕创造的悬念中得到了解决,每场戏仍然会继续推动我们产生新的希望来对抗恐惧。但每场戏都不是静态的，观众的情感力度应该越来越集中和强烈。这种包含更大希望和恐惧的不断强化的戏剧性动作是把观众留在故事里的核心。故事发展的另一个侧面是主悬念从建立到解决以及转为第三幕的悬念的过程，并且以各种方式解决主人公面临的困境。在戏剧中正如在生活中一样，我们总想用最简单的方法解决问题，并总想先避开那些困难和不愉快的解决方案，希望我们永远用不着那些方法。遇到困境时我们的第一反应是不承认它存在，其次是寻求权威人物来解决难题（父母、警察、法官等）。只有当这些替代方案失败，我们才会自己面对问题，和它讲道理（如果"它"是一个人）或让它消失。但在一部影片中，当没有其他的办法而只有主人公所面对的最困难的那个了，观众便会被引导着集中于此。丹或者接受他哥哥残疾的现实并彼此原谅，或者远离他的家人和爱人。秘密特工或者攻入看似坚不可摧的储藏核武器的工事地堡从而成功阻止核灾难，或者这个星球上的所有生命都将终结。

故事的发展围绕主人公以各种方法尝试解决他的困境的过程展开。例如，在《西北偏北》里，桑希尔的困境是他一直被误认是一个秘密特工。他的第一次尝试是否认他是特工，可没人信，对手还要杀他。他只好去找警察，可警察也不信他。他只好争取自己找到真正的特工。然后，他到联合国找"莱斯特·汤森"，唯一的线索又因为汤森被谋杀而断了。他一边躲避警察的追捕，一边还得再去找真特工。当他孤注一掷差点被杀后，他开始转身直面险境，只希望对手相信自己对他们没有威胁。当这也行不通以后，他找到了关于真正特工的奥秘，陷入了一种两难的境地：要么他躲开，让芯片落到那些人手里，他所爱的女人还可能面临死亡；要么他真的暂时做个秘密特工，救出她，并不得不与对手战斗。此刻他面临两难抉择，所有可能的替代性解决方案一一排除，只剩唯一一种办法。这是第二幕的终点，而他做出的决定创造了第三幕的悬念。

但电影故事并不仅仅是主人公解决自己困境的简单诉求。一个好的故事不是为人物或主人公创作的，它是为观众创作的。记住，银幕上的人物并不是唯一想得到些什么的人，观众也想得到和主人公相关的一些东西，那就是核心的戏剧性张力，它可能是一场戏、主人公面对的纠缠或障碍，也可能是能让观众更深入地投入整个故事的所有有冲击力的东西，不管主人公是否直接现身。故事中常会出现一些让观众深入参与的时刻，这会让观众感到故事更真实、更具意义。

戏剧性反讽

假设我们看到一个人沿着铁轨慢慢地走着，这没什么特别的戏剧性，他这样走肯定有他的理由。但是如果我们知道这个人是聋的，有一列火车在他后面飞驰而来。那就充满戏剧性了，我们不禁想大喊"小心"。在电影院里，我们无法向银幕上的人发出警告，但是如果我们知道一些剧中人不知道的信息，这种情况就很有戏剧性。

在马戏团里，查理·卓别林潇洒地走着钢丝。我们知道而他并不知道他的安全带已经不起作用了，这就带给我们一种喜剧性的悬念。

当罗密欧发现朱丽叶似乎死在她的棺材里时，只有我们知道她是假死。当罗密欧要服毒药时，我们的希望和恐惧的情绪会比我们不知道朱丽叶其实还活着、很快就能醒来要强烈得多。

想象一下，在《西北偏北》里桑希尔坐大巴去中部的某个地方见一位虚构的乔治·卡普兰。我们都知道卡普兰根本不存在，这次见面就是个圈套，但桑希尔并不知道。我们在他头一次受到攻击前很久就很紧张了。

在《莫扎特传》那场比较靠后又很具戏剧张力的戏里，萨列里在莫扎特临死时抄袭他的《安魂曲》，巨大的戏剧性冲击力来自于我们知道萨列里企图害死莫扎特并剽窃他的传世杰作。要是不知道这些，我们对萨列里的态度就会很不同，就会像莫扎特所想的那样感谢他的帮助。

试想在俄狄浦斯的故事里，如果观众不知道国王娶的是自己的母亲，那样，在真相大白前，观众大概不会倾情投入，在真相大白后才会像主人公一样震惊，其悲剧效果就会大打折扣。

每一个编剧（以及每一位剧作家）都用这种戏剧性反讽，常常在一个故事从头到尾用好多次。《热情似火》的整个故事就是基于多重反讽的，从我们知道乔和杰里冒充女人以躲避黑帮的追捕，到杰里一直极力阻止乔（扮作朱尼尔）和甜甜之间萌发爱情。

弗兰克·丹尼尔对戏剧理论的另一个贡献是对"揭秘"（revelation）与"发现"（recognition）的理解。观众了解了至少一件剧中人物不知道的事情（这就营造了戏剧性反讽），我们把这叫做"揭秘"。对于观众来说，只要有"揭秘"，编剧就有义务创造一种"发现"，即让人物发现我们早就知道了的秘密。揭秘将观众置于一种优越的位置，他们知道的比剧中人多，这就转化为一种参与感。揭秘与发现直指戏剧性的核心，没有它们故事就只是叙述，谈不上戏剧性。如果不使用这些重要的工具讲故事，观众就会沦为见证事件的旁观者，但无法享受预期未来事件的乐趣，而这种猜剧情的乐趣才是戏剧性经验的核心。

例如在《热情似火》里，从我们知道乔和杰里打扮成女人逃命那一刻开始，我们就等着看他们怎么被揭穿。如果我们看不到这两个"女孩"被揭穿为其实是男人的那一刻，我们会感到强烈的怨恨和失望，这可能会破坏我们对整个故事的体验，就像俄狄浦斯从未发现他娶了他的母亲或查理·卓别林在《摩登时代》里一直不知道他滑旱冰时离大洞那么近。想想《罗密欧与朱丽叶》的结局，如果罗密欧发现朱丽叶似乎已经死了的时候我们不知道朱丽叶真的还活着会怎样。想想《外星人 E.T.》（ E. T. : The Extra-Terrestrial）的结局，如果我们不知道 E.T. 在人工呼吸机里还活着会怎样。

编剧需要频繁交替使用戏剧性反讽和创造"意外"效果的方法，这是让观众体验秘密和意外惊喜之间变换的乐趣。"意外"可以是非常有效的。在《唐人街》那场著名的戏里伊夫琳说："她是我的妹妹，也是我的女儿，我的妹妹和我的女儿。"我们都惊呆了。如果我们知道这一切，这一刻的意外就会被破坏。但在这部影片的另一场戏里，杰克在讲一个黄段子时，伊夫琳就站在他身后，我们知道她在那里，但杰克不知道，其实就只有他不知道伊夫琳在身后。这就是戏剧性反讽的使用，让这场戏更有力。

虽然几乎所有的叙事性电影都利用"意外"来创造动人的瞬间效果，但通过反讽营造的戏剧性紧张感往往是更有效的工具。阿尔弗雷德·希区柯克给出的一个著名例子就是放在桌子下的炸弹。如果一群人坐在桌旁，我们和剧中人都不知道有炸弹，炸弹爆炸时就是一个很有"意外"效果的时刻。但若观众事先知道有炸弹而剧中人不知道，观众便会参与到期望和恐惧之中，这是因为观众知道了剧中人不知道的信息。在意外的情况下，观众很快就会对这场戏失去兴趣，但在悬念的情况下，他会坐在那里屏住呼吸观看那些无聊的细节，等着看剧中人发现炸弹，或者祈祷他们无法发现。显然，悬念是更强有力的工具，它会在剧中人知情之前先向观众"揭秘"一些东西。

铺垫与余波

弗兰克·丹尼尔强调铺垫和余波是两种更具戏剧性的工具,虽然从故事情节的发展来看它们并非必不可少,但对提高观众对故事的体验程度而言却是非常有效的工具。一场戏的铺垫可以激活观众和剧中人对即将到来的戏的热情。战争电影和体育电影在很大程度上依赖这类戏来吸引包括观众和剧中人在内的所有人对一场大战或比赛的关注。一场戏的余波是给观众在一场戏完结之后有个喘息和"消化"戏剧性效果的机会。在这两种情况下,音乐和氛围以及视觉和声音的诗意等,都可以用来直接作用于观众的情感。

《莫扎特传》里,年轻的牧师第一次到萨列里所在的疗养院就是为两人见面的那一场疯狂的戏所做的准备,也是我们的期待。《雨中曲》(*Singin' in the Rain*)里著名的歌舞段落是一场很长的余波戏,在这场戏中人物的情感得到了宣泄,我们也有同感。《洛奇》里,洛奇在和阿波罗的比赛失利后,在拳击场里大声喊叫着寻找阿德里安娜,这也是一场余波戏,帮助我们体味他尽管比赛失利但另一种程度上却也是胜利的情绪。有些影片很会营造氛围,像《出租车司机》(*Taxi Driver*)和《红河》(*Red River*)等,从头到尾都有大量铺垫和余波的戏。在《红河》里,牛仔狂喊的著名场景就是一场铺垫戏。

另一种铺垫的方法是通过对比。在这种戏里,观众所建立的情感期望与即将到来的戏剧性效果是相反的。在坏消息或不希望发生的事到来前，通过对比来做铺垫，可以让观众感觉良好、充满希望，这样反转就很有效。运用对比的铺垫通过使观众的情绪产生波动来加强即将到来的戏剧化时刻的冲击力。例如，在《克莱默夫妇》（*Kramer vs. Kramer*）里，泰德·克莱默是带着"这是我一生中五个最好的日子之一"的好心情回家的，可他发现妻子不告而别，还把孩子留给自己照看。在《安妮·霍尔》里，艾尔维和安妮分手后，艾尔维照常约会《滚石》（*Rolling Stone*）记者，却被告知与他做爱是"真正的卡夫卡式经验"，这产生的孤独感甚至比他一个人待着还强烈。艾尔维心碎了，但就在这时，安妮打电话来叫他帮忙抓浴室里的蜘蛛。很快他们又一起躺在床上，发誓将永远不再分手。

没有经验的编剧经常忽视铺垫和余波的表现潜力，损害故事以及观众的体验。这两种类型的戏都是很有价值的工具，可以让编剧有效控制观众的兴趣和参与。单靠情节往往出不来剧本或电影。故事情节往往老套而缺乏创新，但其实如果故事讲得很好，情节简单点也没什么问题。故事怎么讲才是真正的问题，这意味着铺垫和余波是剧本中非常重要的组成部分，即使它们并不直接推进情节或故事线。

伏笔与披露

"伏笔"是一种铺垫技巧,有助于建构剧本的结构,它可以是对话、人物的姿态、人物的言谈举止、道具、服装或这些的组合。随着故事的展开,这种伏笔反复出现,从而活在观众的心中。通常在故事结局处,当人物和观众所处的情境发生改变的时候,就会对这种伏笔做出"披露",表明这个姿态、道具或者不论什么,其实都蕴含着某种新的意思。这种"伏笔"所"披露"出的新含义类似于一种诗意的隐喻。

伏笔与披露的运用就像《罗伯茨先生》(*Mister Roberts*)里的棕榈树盆景。这东西被贴上了"船长财产不许碰"的标签。影片一开头船员们对其的小心态度就让这树引起了我们的注意,也让我们看出船员们对船长的态度。过了一会儿,罗伯茨表明他对这棵树的憎恶,他说这艘船"就是比别的船多装了点牙膏和卫生纸",因为这代表他们没有真正参与到战争中去。在故事进程中,棕榈树不断出现,而暴虐的船长以此为荣。我们看到船长给树浇水,也看到船员们很讨厌这树。在稍后的故事中,盛怒的罗伯茨把棕榈树拔出来扔了。气急败坏的船长查问是谁干的,他说不可能是普尔弗少尉:"他没这胆儿。"很快船长就又弄来了两棵小树,代替丢了的棕榈树盆景。故事最后的时刻,罗伯茨被杀了,普尔弗把两棵小棕榈树扔下船,直面船长。这个象征性的动作表明普尔弗取代了罗伯茨,并让观众感到很过瘾。这是一个把铺垫设计得很精巧的故事,当然,这使最后那一个扔树的动作非常有表现力，棕榈树也变成了一种隐喻。

伏笔与披露的技巧还能加强观众对故事的参与，因为我们已经了解其中某些特殊的信息，知道一些秘密，并已经从故事的肌理中找出了隐含的意义。伏笔与披露的另一个优点，是通过推动观众捕捉和记住被掩盖的信息，使整个故事似乎更统一、更紧凑。

伏笔与披露也可以在讲故事时用得不那么引人注目。它可以只给我们提供一点信息，可能在开始时没什么特别的意思，但随着故事发展到后来会变得越来越重要。例如，如果故事一开头在卧室床头"埋伏着"一把手枪，到后面它"披露"出主人公要躲避某个杀人狂的追杀，我们记得有这把枪，希望主角也能记得并能拿到它。这种对前期伏笔的披露可以增加我们的参与感，并强化我们"希望对抗恐惧"的反应。

总的来说，最好把伏笔和披露尽量在银幕时间上拉开距离。如果我们在一场戏中得知人物的钱包里有100美元，而在接下来的一场戏中马上就让她花掉95美元购买火车票以逃脱，这似乎太容易了，观众会觉得太假了。有时由于特定的地点或服装道具等没有办法在故事一开始就出现，以至于伏笔和披露之间难以拉开太长的时间，在这种情况下，最好用某个富于戏剧性或令人兴奋的事件来转移观众对"伏笔物"的注意力，直到他们对伏笔物有点忘了时再来"披露"。

未来元素与预告

电影编剧的一项重要工作就是保持观众对未来的期待和担忧,让他们希望某事会发生,同时担心横生枝节。用伏笔和披露是一个办法,因为披露时观众会恍然大悟,他们期待着这一刻,但不明白为什么。但是,如果观众从刚埋下伏笔的时候就开始找披露的内容,那伏笔就显得太过明显和肤浅,或是强调得太过分了。未来元素和预告是另外两种工具,更有助于观众走向未来,让他们继续去想还有什么自己不知道的事情可能发生。

预告提示观众某些剧中人可能面临的事。如果在故事的一开始,母亲在帮女儿试穿婚纱,而女儿又是剧中的重要角色,那么我们会猜测后面的戏里有婚礼。预告为主人公设定了未来某个时间点要完成的事,或暗示期限和约定,就像一个人正在死去、要生孩子了、要考试、进城、找某人或找圣杯等。预告的核心要素是这个角色期待某个时刻,而且这一时刻对整个故事很重要,我们也期待那一刻。有时事情会发生变化,我们看到女儿和她的未婚夫分手并宣布"婚礼"取消,但这仍意味着未来事件以自己的方式发生着。无论何时,故事都在告诉我们或展示剧中人期待的某个未来的事件,这就是预告,其效果是鼓励观众期待、"猜情节",这是让他们参与的关键。

是弗兰克·丹尼尔首先提出把未来元素作为讲故事的工具的。未来元素讲的是人物的希望和恐惧,它们有时是现实的,有时只是幻想,这些都推动观众期待未来的故事。预言、预兆、白日梦和许诺等都是未来元素。如果算命师告诉角色她会遇到一个高个子、深色头发的帅哥，我们就开始寻找这种可能性了。可能她实际遇到的和算命师所说的正相反，但重要的是观众将期待预言的事是否会以剧中人希望或害怕的方式发生。预期、预感、承诺、怀疑、计划、预测、预警、信念、愿望等都是未来元素。

在《浴血金沙》里，弗雷德·多布斯向他的搭档们承诺他有原则，绝不多拿一分钱，这就是一个未来元素。他对自己的未来行为做出了预测，我们想知道事情是否会按他预测的方式发生。在《雌雄大盗》里，当邦妮和克莱德接受尤金和维尔玛这对快乐的夫妻入伙时，好像没有什么需要预测的。但当克莱德发现尤金是个殓师并把他们扔在路边时，他对死亡的强烈恐惧是显而易见的。这是指向未来故事的一个隐晦但有效的指针。在《红河》里，格罗特的部下瓦朗斯和邓森都表现出他们是使枪的好手，格罗特预言两人早晚要摊牌。稍后他们确实对峙了，瓦朗斯打伤了邓森的手、让他无力再战，而邓森则宣称他早晚要杀了瓦朗斯。最后他们再次对峙，并在邓森与加恩大战前都受了伤。所有这些都是未来元素，让我们有所期待，又猜不出结果会怎样。在《安妮·霍尔》里有场著名的戏，艾尔维和安妮嘴上说得信誓旦旦，可潜台词表现出他们的真实想法。这场戏提供了预告和未来元素的例子。安妮谈到了她的祖母不喜欢犹太人，我们会猜他们是否会见面。在这场戏最后，艾尔维就向安妮提出约会，这来得相当快。在《原野奇侠》里，当乔伊问他父亲若他和肖恩打起来能不能"抽"他，这也是个未来元素，预示两人以后真的会面对面地打起来。

好的编剧会使出浑身解数把观众拉进对故事未来的担心、希望、恐惧和期待之中。预告作用于观众，靠的是剧中人的意图创造出未来的事件。未来元素会把观众推入剧中人物的喜怒哀乐之中，不管他们是不是真的希望主人公成功。这些都是把观众钉在座位上、让他们参与的有效工具。

大纲与分场大纲

我通常从大纲开始工作。这会让我首先在大体上知道该怎么往下走。我想说些什么？我想通过什么样的人物来表现？这个故事是关于什么的？故事的冲突是什么？结局如何？

——沃尔特·伯恩斯坦

我会先拉一个三十、四十或八十场戏的列表。它们不是完整的戏剧场景，但可能是五十个字的关键词，每个字都能让我想到推进故事的一场戏。既然我们是在处理结构，那这玩意儿就至关重要。

——威廉·戈德曼

很多时候只是一点小冲动，就能让我找到故事的气势和走向，更有趣的是，这种小冲动转瞬即逝。

——比尔·维特里夫

没有经验的编剧经常说："哦，我没法按照大纲写，这样写起来就没有状态了。"而有经验的编剧都知道，无论大纲是写在纸面上还是（虽然很小的可能性）在脑海里，他们都会跟随预先设定好的框架，在此基础上建构故事。新手编剧若没有在头脑里设想好人物该往哪儿去，那就可能会让局面无法控制，很难找到可走的路。以这样的方式开始写剧本几乎都是白费力气，因为编剧已经迷失了，剧本可能在项目结束前就被弃置。结果写出一大堆废东西，其中有些部分单独看来可能挺精彩，可并不适合要讲述的故事。

只有很少的编剧能完全在头脑里打好草稿而不写到纸上，对于这种人来说，正式的大纲可能是不需要的。可对于绝大多数人来说，包括那些有所成就的编剧，写出大纲是必不可少的。大纲就像一个确定了基本架构的骨骼，有了它，接下来就能充填动作的血脉和对话的肌理。事实上，把"脊椎骨"摆在纸上，就揭示了故事中必然会描述出来的那些内容。如果改变计划，许多事都会白干，而对于编剧来说，改大纲比改剧本初稿显然是件容易接受得多的事。

一旦编剧有了满意的大纲，就有了建构故事的扎实基础，然后就能放开手专心细致地琢磨人物、动作和对话。换句话说，大纲能使编剧进入更自然的创作状态，不必为一场戏对故事是否必要而烦心（这些分心事很影响创作状态），也不用去想故事可能往哪儿走、这场戏会不会把故事线拉偏等。这些问题在写大纲的时候早已经解决了，至少在写第一稿之时。

大纲写完要做的事就是一场一场地写戏了，充实人物、确定具体的行为和短期的动机、创造特定的环境气氛等，当然还有写对话。但编剧一次只能集中写一场戏，而非把整个故事、一幕戏或者整个段落一把抓。简单地说，编剧一旦靠大纲建立了故事的宏观架构，然后他就能把所有的精力和创造力集中于微观部分，把一场场戏写出来。

一个剧本的最基本的计划应该包含以下内容：谁是核心人物（如果使用统一的行动，见"统一性"一节），他们想要什么；还有哪些其他的主要人物，他们每个人又想要什么；故事线上事件序列的真实框架和时间分布，以及主要的悬念、高潮和结局等。很多编剧会把大纲再进一步细化。一旦大纲有了故事的骨架，具体写每场戏时就可以添加越来越多的细节。这是一个相对简单的方式，既维护故事的整体，同时又能有所充实。在编剧讲故事时使用的列出了所有戏剧场景（每场戏都设计好了何时、何地、有谁、发生了何事）的大纲被称作"分场大纲"（step outline）。这种编故事的方法，可望让内容实现一种有机生长，并有助于故事的平衡和统一，而这正是成功地完成剧本所必不可少的。

　　一旦分场大纲完成，编剧就很清楚故事的走向了，接着就可以开始写具体的每场戏了。初稿可能会写得出乎意料的快。这么快写出初稿会有助于文字和质量的统一，因为写作不会被那些不必要的犹豫、分心和改变计划的想法所干扰。

　　但分场大纲也不是一字不能改的。这只是编剧对剧本初稿的写作计划而已。编剧写初稿的过程中不可避免地会对剧中人物获得更深入的了解，因为人物已开始"活起来"，与戏里的其他人物产生互动了。当编剧对人物的了解越来越深入，分场大纲可能会需要修改和调整，但大纲的指导作用犹存，它引导编剧最终走向故事的结局。大纲可以把编剧正确地限定在故事的走向上，在写作每场戏时有更多的自由，也可以视情况对大纲做些许微调。

可信性

> 戏剧性效果来自于什么是可行的，而非什么是可能的。
>
> ——亚里士多德

拉丁文讲"神助"(deus ex machina)，这是古希腊戏剧的一种发明。通常，古希腊戏剧结尾时，神会被机械装置吊着从剧场顶端落到表演区。当这位从天而降的神灵解决完所有敌人时，戏就结束了。但这种从天而降的"神助"方法在现代戏剧里已经甚少应用了，电影编剧也不用，因为我们不再相信会有超自然的力量介入解决人类的事。古希腊戏剧可以靠上帝来解决情节上解不开的结，现代编剧却需要想更高明的办法来解决情节的谜团。

我们现在有很多表现这种突变的方法，但是应当慎用。一个富有权势的人突然出现，关键时刻心脏病发作，突然继承大笔遗产……任何从故事之外强拉进来帮助解决情节上问题的技巧，都应当是编剧极力避免的。观众会因为看出编剧技巧的拙劣而拒绝接受故事情节中非自然产生的解决方案。

《雌雄大盗》的男女主人公在结尾时遭到伏击，他们被子弹打得像个筛子，这不是所谓的"神助"，因为警长因蒙羞而追踪他们是整个故事结构的组成部分。在《生活多美好》(It's a Wonderful Life)的结尾，乔治·贝利最终改变，回归家庭，尽管故事里有个天使，可这也不是"神助"。在这部影片中，乔治的变化源自他的内心世界，而天使也是故事中原来就有的,也不是到结尾才从天而降来解决所有问题的。《唐人街》结尾时,伊夫琳中枪而死,这是整个故事、是诺亚·克罗斯这一人物本性的必然延伸,杰克不会更改他的意志,也无法改变伊夫琳的命运。甚至在《非洲女王号》里,"上帝之手"好像已呼之欲出,但不管是把船冲到湖面上的暴风雨,还是最后沉船浮出水面,这都不是真正的"神助"。信仰和祈祷、"天助自助者"的信念,以及罗茜对查理和船本身的信心,都是故事进程的组成部分,最终这些精心设计的元素一起把故事引向结局。

许多故事表面上都有一个令人难以置信的前提或环境:幽灵、会飞的汽车、超感沟通、不死生物或来自另一个星球的生物等等。这些我们生存的世界中不存在的事物,常常被巧妙地用来讲故事了。在任何一个包含某些令人难以置信的元素的故事中,即使所有的其他情况是非常现实的,编剧也必须创造这样一个关键的时刻,让观众"自愿地信以为真",为了享受故事的乐趣而对那些令人难以置信的部分"买账"。如果编剧没能抓住观众,使他们抛开质疑接受故事,观众就会觉得那些都是胡说八道。

从《金刚》(*King Kong*)、《星球大战》、《回到未来》(*Back to the Future*)到《科学怪人》(*Frankenstein*)等所有成功的电影中,这种"自愿地信以为真"都是由编剧精心创造和培育出来的。简而言之,这种方法是正视质疑而不是回避它,否则观众通常会当场发现并拒绝参与到所讲的故事中去。一般来说最好的方法是让一个主要人物(常常是主角,但有时也有例外)产生与观众同样的质疑。当人物真的信了这件令人难以置信的事时,观众也会随之接受。在《回到未来》里,主人公本来不相信有时间机器,但当他用时间机器开始旅行并且开始相信时,我们也把质疑放到一边并接受了接着发生的故事。在《金刚》里,大猩猩已经存在了,只是得把它找出来。揭开主要人物秘密的那一刻之前需要做精心的铺垫,并且在直面怪物之前也需要让角色保持适当的抗拒。有时像《星球大战》那样的故事里,令人难以置信的事情是剧中人日常生活的一部分,所以我们不能通过角色来质疑故事的逻辑。在这种情况下,观众就得靠自己世界里的经验去想象和建构。我们现在已经知道宇宙飞船的存在了，尽管没有影片里的那么大和复杂。我们也知道电脑机器人会动、有感知能力。慢慢地，直到卢克最后进入一架飞船，我们都能顺当地接受故事的世界以及其中所有的新奇事物。前面几个例子基于我们已知的事物，只是影片里的比现实里的更高级。但是《星球大战》还给我们时间去适应外星生物。我们首先看到的是穿斗篷的小家伙们，真正觉得奇怪的是他们的眼睛会发红光。当我们在酒吧里见到各种各样的生物时，我们就已经完全对这个故事"买账"并不再质疑了。

观众的"自愿地信以为真"在每个故事里只能有一次，这点很重要。换句话说，当观众选择相信的时候，他们就已接受了这个虚拟世界的所有规则，而影片接下来必须小心地遵循这些规则，否则观众就会出戏。例如开始只让我们接受小轿车能飞而大的公交车不能飞，那后面的故事里最好别有会飞的公交车出现，否则我们就不再相信编剧，也无法参与后面的故事。当这一切发生的时候，我们常常觉得编剧在"作弊"。例如，在《回到未来》里，好多都在讲要把时空穿梭车加到一定速度才能实现时间旅行，这成为我们进入这个新世界的"规则"之一。如果最后时空穿梭车停着或没到应有的速度就能够时间旅行，我们就会感觉受骗了，会对影片、故事和编剧都产生抵触情绪。

好故事的另一个特点是编剧能够有效地营造必然性。编剧所建构的事件进程不仅要看起来合理，还得让观众相信不会有其他的结果。剧中人不会有其他的选择，要是能营造出这种"必然性"来，编剧就完美地完成了他的工作。

必然性不应与可预测性相混淆。必然性是一种观念，指事件不可能以另一种方式展开，而可预测性则与观众能在多大程度上猜出即将发生的情节有关。如果有两种同样合理和有可能发生的结果，那么防止观众猜出下一场戏要发生什么以及这一段戏或整个故事的结局是什么，故事才是"不可预测"的。而如果故事进程中的每一步发展都是有可能的，且被上帝之手或被编剧操纵，那故事的发展似乎就不是"必然"的了。

行为与戏剧性动作

> 行为与戏剧性动作的区别在于：如果人物总是跑来跑去却彼此之间没有冲突，这意味着没有戏剧性的动作。
>
> ——弗兰克·丹尼尔

新手编剧常常觉得剧本就是没完没了的对话而不是一系列的动作。那些不完全了解电影编剧规律的人觉得写剧本就是写对话。实际上人物说出的话只是试图达到目标的戏剧性动作的一部分，比起动作，对话是相对不那么重要的部分。电影剧本的主体是对人物的行为和动作的描述，当然还有整个情境和故事前提。熟练的剧作家考虑的是舞台上能发生什么，好的电影编剧考虑的是人物的动作及这些动作怎么被观众看到。这是整个戏剧性写作的核心。

在剧本里，戏剧性动作和行为是不可以互换的。人物在一场戏里做的所有事都是行为，从织毛衣、切鱼片、打字到大声地记歌词，这就是常说的"事儿"（business）。而不同的是，戏剧性动作是有目的的行为，它更深化人物对目标的追求。同一个动作有时只是一种行为，而在另一种情况下就是戏剧性动作了。比如一个人物在一场戏里切洋葱，这只是行为，但到另一场戏里，同一个人为得到别人的同情可能会使劲地剁洋葱，让自己流眼泪。那么后面的剁洋葱行为显然是一个戏剧性动作，因为其背后有目标。

另一个例子可能是记歌词。在一场戏里，一个人重复念诵以记住歌词，因为她喜欢这首歌。在另一场戏里，她可能会为了警告或追求另一个人而重复同样的歌词，或者当她面对严重困难时这歌词能给她勇气。只有在与背后的目标有联系时这些词汇才有意义。事实上，在这类戏里，对话本身可能完全没有意义，但由于其背后的特定目的便具有了必要性和表现作用。

熟练的编剧既可以把对话处理成一个行为，也可以处理成一个戏剧性动作，这取决于人物是否表现其目的。通常最有表现力的戏会有行为、戏剧性动作、最少的对话或几乎没有对话。真正意义重大的戏剧性动作必须在写对话前就想好。表达人物情感和欲望的有目的的行为才能创造真正有表现力的戏。

有经验的编剧会首先确定一个人物要什么，需要用什么样的戏剧性动作来实现它，对于具体的短期目标以及整个故事的长远目标来说都是如此。换句话说，首先要确定揭示人物和推动故事的戏剧性动作，然后再设计行为和对话来支撑这些戏剧性动作。

有效的戏剧性动作和行为都是观众可以看到的视觉元素，因为在我们的记忆和经验中，看到的远比听到的冲击力大得多。《罗密欧与朱丽叶》里凯普莱特和蒙太古家族之间的敌对程度是通过决斗和街头争吵表现出来的。《体热》里，拉辛对玛蒂的激情是通过他用椅子砸开窗户闯进她家与她做爱来表明的。《妮诺契卡》里，主人公的转变是通过她买了一顶此前在橱窗里见过的"颓废的"帽子来清晰呈现的。这些动作比他们简单说出的对白更有力地表达了他们的仇恨、激情或变化。

这种例子在影片中很多。但必须注意的是，如果不是首先清楚了这些特定戏里的戏剧性动作，对话是没法写出来的。新手编剧常常觉得剧中人并不想要什么或者不知道自己想要什么，这在某些特定的时刻对剧中人物来说可能是真的，但对编剧来说不能这样。编剧必须知道什么是人物想要的，不管剧中人物是否自觉，而且就算人物还没有意识到自己在某个情境下对目标的追求，编剧也必须清楚。

人物只有行为还不够，必须加上能有效地推动故事的戏剧性动作。最好先找到创造一场戏的动作，或者主人公追求更长远目标的一部分动作，然后找到特定情境下可以自然表现以及能够揭示人物本质的行为。一旦找到了这些戏剧性动作的元素，对话可有可无，需要时用几句就行。只靠对话创造戏剧性效果的戏肯定很没有表现力。

一些虽然不一定和人物追求目的的过程直接相关的行为也有助于揭示人物，并可以丰富观众对故事的体验。例如在《唐人街》里，当伊夫琳帮助杰克清洗严重割伤的鼻子时，她除了清洁伤口外别无企图，但她温柔的动作展示了她性格中我们尚未了解的一面。在《安妮·霍尔》里，艾尔维和安妮准备烹饪龙虾是一种没有特定戏剧性动机的行为，但他们手忙脚乱地一起动手展示了二人间的亲密关系，同时也揭示了他们的性格。这些行为并不直接推动故事向前，但它们强化了我们的参与，帮助我们更好地理解人物的生活，并以这种方式丰富了故事。

对　白

　　能够写出对白是因为我清楚人物要说什么。我想象这场戏以及戏里的人物在银幕上的样子，我推想他们会说什么以及怎么说出来，这样对白就自然而然地写出来了。我认为世界上每个作家都是这样的。然后我一遍遍地重写、删减、微调，直到把这场戏做得很精细为止。

——帕迪·查耶夫斯基

　　很多人认为写剧本只是写对话，编剧就是给演员们写下一行行漂亮优美的台词的家伙。而实际上，编剧做的最重要的贡献是剧本的结构。

——威廉·戈德曼

　　写对白没有什么妙招可言。你可以交叉着写，叫得最响的并不一定真的有意义。对话应当是功能性的才行。

——沃尔特·伯恩斯坦

　　平铺直叙的对白是最没意思的。

——汤姆·里克曼

> 写电影剧本最有意思的地方在于,电影编剧不像舞台剧编剧,不用听对白来判断戏行不行。
>
> ——欧内斯特·雷曼

不同时期、不同作家的对话有着无穷的变化。有如普雷斯顿·斯特奇斯或比利·怀尔德与I. A. L. 戴蒙德共同写作时的幽默与轻松,有如雷蒙德·钱德勒及其不少模仿者擅用的硬汉风格而又有质感的声音,有如伍迪·艾伦式焦虑和自嘲的幽默,有如英格玛·伯格曼充满形象感的沉郁风格,还有的像大卫·马梅或马丁·斯科塞斯等人具有都市感的、"现实的"声音,也有像马里奥·普佐或弗朗西斯·科波拉在《教父》三部曲中那种写实主义的文学味儿,还有如弗兰克·卡普拉等人那种发自内心的真挚。

任何编剧写的对话都不会完全相同,但差异也并不总是像上面列举得那么明显。然而不管出自谁的手,好的对白都有一些共同的特点。有表现力的好对白是从人物、情境和冲突中产生的,它揭示人物并推动故事向前发展。银幕上的人物会比生活中说话更清晰,即使口吃的人也是如此,好的对白都是日常语言的强化版。即使是所谓"写实"的对白也很难完全真实。日常语言里可能产生的错觉、歧义、夸张、脏话、车轱辘话等,在电影里都被去掉了,而且对白更直接、更模式化了。并且在戏里,除非用于有目的的表现,大多数的日常交际用语一般也都被省略了。

写对白是件麻烦事。编剧需要考虑下面这些事项:

(1)它必须塑造说话者,也塑造与之交谈的人;
(2)它必须符合说话人的个性和语言习惯,而又能融入剧本的整体风格;
(3)它必须反映说话者的情绪,传达他的情感,或为揭示人物的内心世界提供某些窗口;
(4)它必须经常能透露说话者的动机,或表现说话者在试图隐藏自己的动机；

（5）它必须反映说话者与其他人物的关系；

（6）它必须是连贯的，也就是说它由前面的话或动作引出，并导致下一个；

（7）它必须提前于行动；

（8）它有时必须带有某些说明性的信息；

（9）它常常预示着某事即将到来；

（10）对观众来说，它必须是清晰易懂的。

除了需要具有上述功能之外，好的对白还有一些其他的特点：

（1）必须能够让演员顺畅地说出来，避免太多绕口令式的音韵重叠，除非是特意用来营造某种效果。

（2）当必须有一段较长的话要说时，应当是不断推进的，越到后面越有力。一段话里最强调的放在最后，第二强调的放在开始。把缓和语气的结语或讲话对象的名字放在最后一定会影响这段话的冲击力。

（3）一个可以让演员和观众具象化的形象比一个抽象的词汇更有表现力。比如，"大山"比"宏伟"更生动，"飓风"比"风暴"更动人，"过山车"比"坎坷"更形象。给演员"视觉化的"对白能够让他们更好地传递作者的意图。

缺乏经验的编剧大都会出现"写冒了"的问题。他们的剧本里写了太多的对话，使整个剧本太长。这样会产生很多问题，因为这使观众"走到了故事的前面"。让观众停下来等着故事追上他们不是个好主意。新手编剧写出冗长剧本的主要原因是他们还没有掌握如何压缩对白、让对白同时实现好几项功能的秘诀。他们会用一段对话来展示说话人的特点，下一段再做必要的延伸，而不是用一段话同时完成两个目标。新手编剧也往往同时用对白和场景描述展现同一个东西。一般来说，如果编剧在描述动作和写对白之间出现重复，那最好删减对白，保留视觉图像进行表达。

在写作对白的过程中，编剧不仅要记住动作是最重要的表现手段，也要记住演员的身体和声音也能在艺术表现上做出巨大的贡献。即使一句台词或一段演讲都可以用冷漠或激情、敬重或质疑、饱含希望或满腹愤怒、玩世不恭或一脸真挚等许多不同的方式加以表现。熟练的演员借助敏锐的导演的执导，可以更有力地实现和强化编剧的意图，并结合他对人物内心生活的理解从而让台词更放光彩。好的对白能为演员提供更广阔的表现空间。换句话说，对白的模糊性可以给演员更大的自由以进行自己的阐释。

对白使编剧可以像小说作者一样有与观众进行直接交流的途径。一句好台词、一个措辞优美的段落，通过演员用正确的方式表演出来，可以非常有力地影响观众。虽然总有谣传说好多好台词都是演员临场想出来的，实际上这种情况非常少见。绝大多数情况不是这样的，那些剧本中的好台词都是经过制作和剪辑过程一层层淘汰后才留下来的，并建立了编剧和观众之间的理性的直接关联。《教父》中，从"说实话，亲爱的，我他妈的一点儿都不在乎"，到"我给他开了一个他无法拒绝的条件"，那些很有表现力而且让人难忘的对白有两点是相通的：既简洁又有味儿。上面的例子就有这些特点，一针见血，而且本身也透着灵气。

对白是电影剧本里仅有的能让观众直接体验到的东西，也是编剧最能表达自己内心诗意的地方。场景描述（包括人物的动作）是给电影制作者们看的，包括演员、导演、摄影师和化装师等，因此应该是明确、清晰、简洁和专业的。视觉和听觉的诗意都要通过场景描述表现出来，但是最终确定如何呈现给观众的不是编剧而是导演。尽管如此，编剧仍可以把过人的机智、抑扬顿挫的韵律、辞藻的选择、音调节奏和"画面感"等各种对白手段进行巧妙地运用，创造所需的诗意。

对白不能用得太过，光靠对话没法支撑影片或剧本很长时间，否则会出现"话痨"和过分依赖演员的问题。即使演员的表演是一流的，还是要给他们动作，让他们行动而不只是说话。谈话在我们人类生活中只占很小的部分，给观众讲故事时对白也应占很小的部分。编剧常常可以给演员一个有效而明确的戏剧性动作，减少对话的必要性。

视觉性

写书时可以从一些对话开始,然后描述房间,再来点对话,然后描绘一下人物穿的衣服,再来更多的对话。摄像机会捕捉每一个瞬间。来,动起来,接着来,继续。摄影机是无情的,逼着你跑个不停。

——威廉·戈德曼

我刚开始写剧本的时候,把镜头机位等都写上了,可后来发现导演根本不看这些。所以现在我很少这样做,除非我想特别强调某一个具体的点。

——沃尔特·伯恩斯坦

最主要的是写出主场景。我会像舞台剧那样写场景提示:他快速地穿过房间,打开窗户,跳了出来。但我从来不会写摄影机应该放在哪里来拍动作。

——帕迪·查耶夫斯基

我看到了一切。这场戏几乎就在我的脑海中上演着。我从来没有,真的从来没有只写出对白来,我总是把它在脑子里先演一遍。

——欧内斯特·雷曼

我们已经详尽地讨论了设计人物动作并设计生动、简洁的对话的重要性，但剧本还有另一方面必须处理，即观众看到什么及怎么看到的。用一个词来概括，就是"视觉化"。虽然许多导演和电影评论家都会对视觉特性起始于剧本或者更确切地说源于编剧的头脑这种说法嗤之以鼻，但其实导演要么就自己当编剧，要么就只能依靠编剧，离开了编剧给的起点，导演什么也干不了。有一个关于20世纪三四十年代的出色导演弗兰克·卡普拉的有名故事，他以"卡普拉式触动"（Capra Touch）而闻名。有个编剧曾把捆得整整齐齐的120张白纸当作剧本交给他并说："去吧，把它填满'卡普拉式触动'吧。"①

认为导演在视觉表现方面起不了什么作用或对创造视觉效果贡献不大是不准确的。然而，电影故事如何被展示给观众的起点确实是剧本，而明智的导演会从剧本里找到自己影片的最初雏形，并据此进行整体的视觉设计。由此，导演必然（也必须）负起视觉表现的责任，与其他各创作部门协调合作，至少编剧在剧本里提出的建议对导演而言不可或缺。

但编剧已经把这些建议都放在那里了，这些建议是经过深思熟虑才提出的，内容丰富，并不仅仅是给故事增加点趣味而已。导演最恨编剧的事就是编剧在剧本里注明景别大小、摄影机运动或构图等。相反，熟练的编剧却能通过句子结构、词语选择和细节描述等传递他的视觉设计意图。

比如编剧可能会写"玛吉紧张地把她的结婚戒指摘下来，然后悄悄放到口袋里"。结婚戒指显然很重要，好导演不会用中景更别说用远景来拍了。导演可以决定是切换特写镜头，还是用摄影机推近人物或者让人物走近摄影机来达到观众的期望，从而造成视觉效果。同样，"玛吉把钱藏到怀里，过去开门"设定了动作的特点，导演可以选择用推拉或移动镜头，让玛吉背对摄影机走开，在画面上越来越小，或者反之让她走近摄影机，形象变

---

① 据传卡普拉在接受采访时，被问到"卡普拉式触动"。他谈了与摄影、剪辑等共同创作的事，却只字未提与他长期合作的御用编剧罗伯特·里斯金（Robert Riskin）。第二天里斯金就送了那包白纸去，嘲讽他不把剧本和编剧放在眼里。——译注

得越来越大。

除了说明人物的某个动作或瞬间以便用最有效的方式拍摄之外，剧本中的视觉性描述还可以对确立故事风格（现实主义、幻想、哥特式的浪漫等）起很大辅助作用。此外它还有助于建立故事的世界和场景之间的换场过渡（比如从几乎黑白到色彩丰富、从喧闹到安静、由快而慢、从对话到非对话、从抒情到乡土）。更重要的是，剧本中的场景描述应该表明整个故事的节奏和节奏变化。

总之，场景描述应包括以下几方面的详细信息：

（1）这场戏发生的实际位置；

（2）故事世界的基本状况；

（3）要表现哪些人物，描述他们的身体状况或外观；

（4）不同人物的具体动作；

（5）对于景别大小、摄影机和人物的运动及画面构成进行暗示性描写，并且不要给导演做明确的提示，导演才是做最后决定的人；

（6）提供叙事风格和具体场景风格变化的线索（从现在进行闪回、从现实到梦幻、从超现实到有真实感等）；

（7）提供场与场之间的对比或一场戏里不同时刻的对比；

（8）提示节奏和节奏变化；

（9）提示灯光、颜色与质感等；

（10）提示声音，包括客观的（银幕空间内、有声源的）和主观的（用于戏剧性的，如危险时刻人物的心跳声）；

（11）提示服装设计师、美工师、化装师、场景道具师等所有其他专业人士，让他们呈现给观众最后在银幕上看到和听到的东西。

戏剧性场景

一场戏要尽可能看到最后再批评。常常到最后一刻才能真正进戏。
——威廉·戈德曼

多数场面都不是直指主题的。很少有人会正面面对事情,他们害怕如此。我认为大多数人都试图在适应生活,但这背后是被压抑的恐惧或愤怒,或者既有恐惧又有愤怒。在戏剧性情境里这些都浮出水面,这个过程不应该太轻松和缺乏现实感。
——罗伯特·唐尼

要是人物为了迁就情节而被扭曲,这场戏好不了。
——汤姆·里克曼

想让一场戏好,就得让它成为不露痕迹的整体,不得不这样。
——比尔·维特里夫

某种程度而言,一场戏就是完整的一幕,但是它要与前后相连,与其他一些戏组成剧本里较长的一个部分。正如许多优秀的戏剧性场景,它们用一种传统的方式建构起来,像整个故事一样有一位主人公。此外,一场好戏有目标、障碍、高潮和结局。应该强调的是，一场戏里的主角并不一定是整个故事的主角。用不着太费心去想每一场戏的主角是谁，编剧最应该考虑的是"这场戏是谁的"，这也是弗兰克·丹尼尔对叙事理论的另一个贡献。也可以这样措辞："谁的欲望（或对一个目标的追求）让这场戏发生？"即使一场戏展现了整个故事的主人公，也不一定是他的欲望促使这场戏发生。

《西北偏北》的主人公罗杰·桑希尔与主要反派菲利普·范丹初次见面这一场戏刚好发生在罗杰被范丹的手下绑架之后。这场戏是"属于"范丹的，是他想揭穿那个在他看来是秘密特工却伪装成是做广告的烦人家伙的。《猎豹奇谭》（*Bring Up Baby*）大结局的那场戏里，所有的主要角色都集中在小城的监狱里，高潮戏也发生在那里，这场戏是由警长创造出来的。他是个令人难忘的小角色，他想揭开所有的谜底，这一期望是驱动这场戏的动力，推动这场戏发生，因此这场戏是属于他的。

戏剧性场景会解决大冲突的一个方面，但在结束时会留下尚未解决的更大的冲突。如果一场戏完满地解决了冲突，就会阻止故事向下发展的势头，这会花费更多宝贵的银幕时间推动故事。不管故事主人公是逐步接近还是越来越远离目标，还是他开始时接近目标但最后却离目标更远了（或反之亦然），后面一些戏将表现故事的另一个进程，并将再次改变主人公和目标之间的关系。总的来说，随着故事的发展，这些往往复复会加强希望与恐惧，把冲突变得更加强烈。

在《原野奇侠》里，肖恩和斯塔雷特曾在镇综合商店与赖克的手下争吵并被斯塔雷特夫人拉了回来，故事的戏剧性动作延续了好几场戏。我们看着赖克丧尽天良地把农民赶出自己的土地，由此建构起托里报复赖克的期望和目标。尽管这几场戏里肖恩都没出场，可这些正跟肖恩金盆洗手、挂枪归隐的目标形成很强的对抗，给他施压，让他重新拿起枪来解决和他站在一起的和平居民所面临的问题。这些戏的作用是营造观众的希望与恐惧，由此也通过肖恩的感受加剧影片传达出的恐惧感。后来，赖克的手下打死了托里，肖恩面临更大的压力，我们的希望和恐惧也随之增加。

每场戏独立来看，它们的作用可能不是那么清楚，如果不完全把每场戏分开，那么能激发我们希望与恐惧情绪的微小信息也会在各场戏之间传递和积累。有时我们会看到主人公偶然间听到了什么或看到了其他人不想他知道的某些东西，有时我们看到外套里面藏着一把枪（或是订婚戒指，或是为了实现某些目标的必需钱款）而剧中的别人则不知道。熟练的编剧会努力让场景无缝连接并把连接平行故事线的针脚隐藏起来，仿佛一切都天衣无缝。这些各种各样的行动线整合在一起，构成了我们体验的路径。

戏剧性的场景（包括喜剧）是组成剧本的基本单元。不管故事的梗概有多吸引人，编剧若写不出有表现力和说服力的具体的一场戏，还是没法抓住观众。就像处理整个故事一样，一场戏简而言之也要有"某人非常想做某事却遇到很大的困难"。这个"某人"就是这场戏的主人，他想要的就是这场戏的目标，他遇到的困难就是这场戏的障碍（通常有一个以上）。一场戏必须至少回答谁、在哪里、什么时候、发生了什么，但一场戏的内容往往还不止这些。有时要说为什么，有时要引出一个首次出现的新人物并通过回忆披露些什么，有时一场戏要帮助创建戏剧性反讽或某个发现的时刻，有时要在场景之间压缩时间（有时一场戏内部也压缩时间，但这种情况很少见），有时要用预告或未来元素提示观众后面的故事，有时解决一条动作线只是为了引出后面要出现的下一个。

坐下来写一场戏的初稿时，头脑里要清楚这场是谁的戏，他在这场戏里的目标（不是整个故事的目标）是什么，有什么障碍，以什么方式作用于人物，这场戏发生的地点以及都有哪些关键人物出场。在写初稿时有太多的压力不是个好主意。先把这场戏写到纸上，让它合理化，尽量表达出这场戏想表达的内容，然后再按下列问题分析这场戏并进行改写。以下问题也并非适用于每一场戏。

（1）是不是搞清了这场戏是谁的戏，他想要什么？

（2）这场戏的冲突是什么？冲突是一个人物或多个人物与这场戏的地点或周边环境等之间发生的外部冲突，还是人物的内在冲突？

（3）这场戏在哪里和什么时候发生？若发生在另一个时间或地点可以提高戏剧性冲击力吗？

（4）这场戏开场时有什么人在，中间有哪些人进场，结束时还有谁在场？

（5）这场戏是不是介绍了新人物？如果有，是否让观众了解了这个人物的特点并留下了足够深刻的印象？

（6）人物在这场戏开始前在哪儿，结束后又去了哪儿？

（7）上一场和这一场戏之间有时间的压缩吗？如果有，是否对观众清楚地表明了时间的跳跃和过去了多长时间？这场戏里面微小的时间压缩是否清晰可信？

（8）从前面一场戏过来是否有过渡，以及是否有下一场戏？

（9）是否有一场铺垫的戏或一场余波的戏？是否必要？并不是每场戏都非要有这些。

（10）这场戏是否与前面及后面的几场戏形成对比？再说一遍，不是每场戏都得有对比。

（11）人物的动作是否与其"贯穿动作"（through line）相符？也就是说，人物是否一直按真实的自我行事，坚持自己的目标？

（12）剧中人物的戏剧性动作是否清楚并有动机？这些动作是否揭示人物并推动故事向前发展？

（13）有没有使用戏剧性反讽？

（14）有没有统一的戏剧性动作？

（15）这场戏在主题方面和故事其他部分有联系吗？

（16）障碍是否足够难？还是过分难了？

（17）这些事件是否让人觉得合理？能够把怀疑搁置一边吗？这些事件遵循的"规则"是否已经让观众"自愿地信以为真"了？

（18）观众是否知道一场戏里要一帆风顺还是出什么问题？在哪场戏里他们会知道呢？什么时候一个或多个剧中人会知道呢？

（19）对白是否反映人物性格？

（20）剧中人的内心世界是否通过动作、对白和反应揭示出来？

（21）有没有应用未来元素？该用吗？这场戏会不会使故事情节发展停滞，还是会推动故事的发展呢？

（22）是否给参与制作电影的其他部门的创作者提供了视听表现的线索、建议和计划呢？

（23）这场戏对正在讲的故事而言的确是必不可少的吗？

重 写

> 我真的相信重写，但它不只是重写，还是反思、重构、重新接近新的事物。
>
> ——汤姆·里克曼

> 重写的时候，你常常会找那些不起作用的戏来改。草稿中最难的戏可能不只是在你之前工作的编剧的棘手难题，也可能是一段时间内最难解决的难题。所以这正是你需要不断重写的部分。
>
> ——罗伯特·唐尼

> 写作就是重写。有时甚至当一部片子拍完以后，你还在说"我真希望能再改一遍"。
>
> ——沃尔特·伯恩斯坦

有关编剧的讨论，如果不谈重写就不是完整的。无论是否涉及编剧，一部影片直到上映之前还一直在被不断地重写着。即使在这之后，还有影片在发行后又被剪来剪去。但出于实际目的，对剧本故事的修改和微调在整个拍摄和剪辑过程中一直延续，直到第一批观众看到发行版为止。

编剧参与重写大多结束于影片开拍时。有时，编剧得在拍摄时重写第二天要拍的那几页剧本，但这是一种很不理想的情况。有时，编剧在剪辑阶段介入，需要再插几句新对白或写一个画外音，或者如果预算允许，再为影片写几页戏，以便补拍并完善这几天的戏。无论编剧的参与何时结束，最终有一点是明确的：大量的重写是不可避免的。按剧本初稿开拍的，要么是傻瓜，要么是碰到了一个真正的天才编剧。

备受推崇的小说家帕特·康罗伊（Pat Conroy）的小说被拍成了不少电影（像《霹雳上校》[*The Great Santini*]、《拒绝文凭的官校毕业生》[*The Lords of Discipline*]和《师恩难忘》[*Conrack*]等），他曾（与贝姬·约翰斯顿[Becky Johnston]合作）把自己的小说《岁月惊涛》（*Prince of Tides*）搬上银幕。这是他所说的经验：

> 写剧本是一个人可以做的最困难的一件事。写剧本真是什么都靠不上。写书时我可以用一段话来糊弄你，也可以为了让一场薄弱的戏改得好些而添点废话和叙述。可电影就不能这样写。得写得视觉化。这就像塞给你一堆音符和几句诗，然后说"把他们攒一块儿"。

没有谁能指望第一次做像写剧本这么复杂和困难的事能不出错。新手编剧们希望尽量不改或少改，是害怕面对失败与打击。将改写看作一个改善正在做的项目的良机是一个更好的想法。无论已经有多么详细的大纲，写初稿都是一个真正意义上的发现过程。当编剧在最后一页底部写下"淡出"时，这页纸开头写的"淡入"部分就已经显得不太般配整个故事了。编剧在写初稿时会对故事、人物以及人物的期望有新的发现。

像剧中人一样，编剧并不总是清醒地意识到他想要什么、他追逐的东西是什么，但这并不意味着编剧什么追求都没有。编剧希望初稿完成后，一切能变得清晰。这样初稿的开始部分必须重写，才能配得上结尾。另外，所有的伏笔和披露都需要更有力的推进方式，还有那些从来没有真正起作用的戏也都必须重做。（"戏剧性场景"一节最后罗列的问题应当能帮你发现一场戏会有哪些方面的问题。）

　　但这只是改写的冰山一角。一旦初稿写完，基本的框架都搭好了，该埋的伏笔和未来元素等都放进去了，编剧最害怕的时刻便来了：把剧本拿给人看。没有比康罗伊所说的"赤身裸体"的感觉来形容这一刻更让人印象深刻的了。若你知晓并体会过别人读你辛苦写就的剧本那样的时刻，明智的编剧就会主动表示重写。他会说："让我拿回去再弄弄，我可以做得更好。"不要回避他人的反馈，这不会把写剧本这件事变得更容易。你应该接受第一个读者反馈来的信息，然后回去继续干。

　　这并不意味着你必须把别人反对的、不理解的或不买账的东西全都改掉。他人的反馈指出一些潜在的问题，但你必须自己判断是否真正需要解决。如果此前多数读者都有同样的问题，那么答案是肯定的，你必须返工。有时重写只是修修补补，就像在墙上堵一个洞。但另一些情况下，这也是重写不仅必要而且很艰难的情况，那就是大部分故事乃至整个故事都得从头重写。房子只需修理的时候用不着拆了重建。改剧本也是这样，不要把初稿里为发展故事所做的工作、所得到的想法和所付出的辛酸一下子都扔了。

　　回过头来重新审视房子的结构是一个更好的主意，看看其基础是否健全，哪里是最薄弱的地方，框架哪部分是坚实的而哪部分有缺陷。运用我们前面说到过的所有工具，回过头来重新审视初稿的整个故事的建构，找到缺失的、不完整的或不清晰的元素，着手对它们重写，就像第一次发展故事时所做的那样。一旦整体架构很稳定了，再研究每一场戏，看看哪些不再适合，哪些可以新加进来。有时这个过程必须不止一次地被重复，但每改一稿剧本都会有所提高。

　　同时也得记住，重写也有可能把故事改砸，也可能把故事变得更新，编剧的创意更多而且他的激情也还在，但文字在纸上的生命力却被消磨殆尽。因此有必要寻求一种平衡：改剧本时只重写绝对必要的那些，不能太多。当制片人、导演和几位演员投钱给这个项目时，也会带来他们的新想法并投入心血,那又会开始一轮新的改写,但这是另一个要讨论的话题。这本书的目的是帮助你找到方法努力达到自己满意的效果,使第三、第四或第五稿剧本能让你觉得越来越接近你想给观众带来的感受。(请阅读"结局"一节)

第四章　影片分析
The Analyses

关于本章

下面我将选择十六部风格迥异的影片作为实例,详细探讨本书所介绍的各种剧作工具的具体应用。我并不打算对这些影片做事无巨细的分析,而是将重点放在剧作的诸工具是如何在这些成功的影片中发挥作用的。通过阅读这些分析文本,读者会很快发现上述剧作的工具在每部影片中的重要性并不是等同的。为了更好地理解这些文章,读者有必要在阅读之前重新"复习"一遍相关作品,以便能从本章中有效学习知识,尽管这意味着要重新评价一些你所珍爱的佳片。在观影时应做到一边重温,一边识别影片中所使用的诸项工具,然后再使用本书中的分析文字作为指导。

这十六部影片均是我精挑细选的佳作——你可能会认为这就是我心目中的"影史最佳"。诚然,这些影片无一不是制作精良,不论就艺术性、风格、明星还是其他各方面来说均称得上是优秀。但是选取这些影片并不是依据上述因素,尽管我对它们确实青睐有加。

我希望这些影片既能够包含本书所述的各项剧作原则,同时也呈现一些可以经受得住各种变化和折腾的故事讲述形式。因此我选择的这些影片中,既有剧作结构简单、直接和"规范"的样板之作,也有故意将结构性元素隐藏起来从而让新手疑惑这些影片似乎没有结构或挑战了通常的戏剧理论的作品;有些影片有两个核心人物而不是一个,有的则多达四到五个人物,他们都想把彼此挤下舞台中心;有些影片改编自经典的戏剧作品,当然更多的还是来自原创作者的妙笔生花。与此同时，我也尽量兼顾不同地区的优秀作品，因此除了经典好莱坞和新好莱坞时期的作品之外，还有来自欧洲和日本的佳作。

除了这十六部影片之外，我心中还有几十部范例值得分析，可惜受限于本书的篇幅以及我个人的有限时间和精力，因而无法遂我所愿。这些影片并不一定是那些（曾经或现在）拥有蓬勃电影工业的国家的代表作，我也不想为各位展示任何艺术上或政治上正确的电影流派，更不是借此发表任何社会的、政治的、精神的或艺术上的激进言论。我对这些影片的选择基于以下几个标准：

（1）这些影片展示了高超的剧作技巧；

（2）这些影片能够清晰有效地展示本书所述的理论与原则；

（3）这些影片发行范围较为广泛，尽量确保不同地区的读者都能比较熟悉；

（4）这些影片尽量涵盖了不同类型、风格和形式，同时尽量囊括本书所述的各种剧作方法与技巧；

（5）这些影片现在均有视频形式以供读者进行深入的研究和分析。

基于上述原因，我无法囊括所有优秀电影人的代表作，也无法囊括所有国家和地区的优秀作品，在此，我要向诸位表达诚挚的歉意。我不是故意冷落他们的。

下面影片分析的顺序并不是按照各影片的出品时间为先后的，而是为了方便读者对剧作技巧进行分析与研究而排列的。我根据由浅入深的原则编排各个影片分析文章的顺序，因此开初几部影片的剧作法相对简单易懂，并试图帮助读者建立起剧作的基础；接下来我再为读者展示无数的剧作法变体中的一些表现形式以及探究大量的剧作技巧。最后，我将向各位阐述，对于大银幕编剧来说，哪些技巧与工具可用，而哪些则不太好用。

片例1 《外星人E.T.》

编剧：梅丽莎·马西森
导演：史蒂文·斯皮尔伯格

史无前例的票房成功、里程碑式的特效运用和独特的机械模型……《外星人E.T.》有足够的原因名垂影史。尽管E.T.只是由机器操控的"玩偶"，但他却成功地让观众"信以为真"，并扣动所有人的心弦，不论男女老幼。尽管这是一部典型的好莱坞大片，但它几乎没有好莱坞大片常见的桥段。这里既没有战争场面，也没有魅力四射的英雄在故事转折点扭转乾坤，甚至性、脏话、暴力一概欠奉。这里只有单纯而美好的故事，仿佛一则寓言或童话，有着普世的吸引力——我们每个人的童年都曾有过这样的"秘密"，我们竭力保护它们，不想破坏它们或让成人染指。影片的成功不仅在于令人印象深刻的奇观，更在于它的叙事本身——这是一部从各方面看都近乎完美的剧作典范，也是让大批观众涌入影院甚至呼朋引伴重复观看的重要原因之一。

故事梗概

一艘太空船降落在一片荒无人烟的森林中，一个胸前闪着红光的外星生物在黑夜中游荡。猫头鹰和狗的叫声让他有些害怕，高耸的树木亦使他惊奇。不远处的皮卡车里走出几个人，腰间别着钥匙，手电筒发出的摄人光亮在灌木丛中晃动。外星生物急忙逃跑，太空船也不敢继续停留，只能将他独自留下。森林附近的一户住宅中，男孩埃利奥特·泰勒正焦急盼望着加入哥哥和朋友们的游戏，但很显然，没人想带他一块玩。

埃利奥特在存放杂物的棚子里听到声响，被吓得赶紧跑回房间，并将自己听到的声音告诉众人，但人们并不相信。半夜时分，他前去搜寻发出奇怪声音的来源，结果便碰上了这个好像小精灵一样的外星生物。出于惊吓，埃利奥特和外星生物同时向相反方向逃去，但他还是注意到了后者逃窜的方向。第二天，他前往昨晚的森林并特地在一路上撒了糖豆，试图以此引诱外星生物出现。果不其然，外星生物再次出现，不过这一次他们彼此消除了恐惧，埃利奥特还带后者来到自己的卧室。第二天早晨，他假装生病留在家中。他给这个外星生物起名为 E.T.（即自己名字的首字母缩写），并试图与之交流。他发现 E.T. 对所有事情都充满好奇，甚至还模仿起自己的每个动作。

埃利奥特的哥哥迈克放学回家，他将哥哥带进自己的房间。他让哥哥发誓保密，然后便向他展示外星人 E.T.。就在此时，他的妹妹格蒂跑进房间，也看到了 E.T.。大受惊吓的格蒂拼命地尖叫，结果 E.T. 也跟着惊叫起来。众人陷入混乱，他们担心叫声会被妈妈听到。三兄妹想知道 E.T. 到底来自哪里，于是便拿出地球仪，向 E.T. 展示太阳系的图片。E.T. 将几个不同颜色的球摆成太阳系中的星球，三人得知 E.T. 来自外太空。第二天，埃利奥特去了学校，E.T. 一个人留在家中，开始四处"捣蛋"。他边喝啤酒，边把家里的电器搞得一团糟。他看了会儿电视，又打开报纸看起了上面的漫画，通过电视和报纸了解关于地球的信息。电视中正在播放一则长途电话的广告，这提醒 E.T.，他也想给"家"那边打一通电话。喝了几罐啤酒的 E.T. 在家中晕头转向，而学校中的埃利奥特好像也同时变得"醉醺醺"的。生物课上，老师发给每个学生一只青蛙以供解剖，鬼使神差地，埃利奥特将同学罐子里的青蛙全部解救了出来。

格蒂发现 E.T. 学会了说话而且想打电话回家，兄妹三人便为 E.T. 搜集各种材料，好让 E.T. 制造一部可以打回家去的电话。哥哥迈克发现弟弟埃利奥特似乎生了病，但埃利奥特则说："我们很好。"——看起来他已经与E.T.产生了紧密的"联系"。埃利奥特在拿东西时不小心割伤了手指，E.T.伸出手指轻轻一点，伤口竟然奇迹般地愈合。电话已经造好，但他们需要把E.T.和电话送到森林中的空地才能使用。万圣节这天，三兄妹将E.T.乔装成鬼怪的样子并偷偷溜出房间，之后埃利奥特则带着E.T.前往森林。此时家中空无一人，先前在森林中的"钥匙男"们趁机潜入房屋，并用高科技设备将整个房屋搜查个遍。埃利奥特骑车载E.T.前往森林，路上E.T.竟让他们飞了起来，并让他们在森林里降落。但E.T.的"电话"却无法使用，旁边的埃利奥特则不知不觉睡着了。第二天清晨，埃利奥特在旷野中醒来，却发现E.T.早已不见踪影，这让他悲伤万分。

埃利奥特回到家中，让迈克再去寻找E.T.。迈克在河边发现了浑身惨白、奄奄一息的E.T.并将他带回家中。E.T.和埃利奥特又回到了一起，但此时他们看起来都身染重病，迈克只好叫来妈妈帮忙。惊慌失措的妈妈让孩子们远离这个"怪物"。正当她要带孩子们离开房屋时，全副武装的"钥匙男"突然出现在门口，他们控制了E.T.，并将房间变成了"实验室"。研究人员和医生给E.T.和埃利奥特做了各种检查，他们发现两人已经完全联系在了一起，伤害一个可能会使两人同时失去性命。埃利奥特恳求他们不要伤害E.T.，他们的所作所为只会让E.T.害怕和受伤。

最终，E.T.还是与埃利奥特切断了联系。埃利奥特恢复了健康，而E.T.则陷入昏迷，似乎让医生爱莫能助。医生认为E.T.已经死亡，并宣布将E.T.冰冻。埃利奥特知道这些人会将E.T.解剖，这更让他心急如焚。其中那个"钥匙男"允许他与E.T.单独待上几分钟，而就在这时，埃利奥特发现冰冻的环境正是E.T.所需要的，E.T.又活了过来。不仅如此，他还得知"电话"终于起了作用，太空船很快就要来接E.T.回家。埃利奥特叫来迈克帮忙，并通过格蒂给妈妈传了口信。他和迈克将E.T.从那帮人手里设法偷走，他们载着E.T.，到达迈克跟朋友约定好的见面地点，通过和其他孩子们同时骑上自行车向森林驶去制造了一场混乱。警察和"钥匙男"的手下在后面紧追不舍。就在孩子们走投无路的时候，奇迹再次出现，E.T.让五辆自行车同时飞了起来，来到森林里的太空船旁边。母亲、格蒂以及最终"钥匙男"都看到了他们离别的场景。当与埃利奥特道别时，E.T.用手指向埃利奥特，示意他将永远活在埃利奥特的记忆中，然后他登上太空船，最终回到了自己的星球。

主人公与目标

这看起来是一部"双主角"的影片，我们有两位"E.T."——外星人E.T.和埃利奥特（埃利奥特姓名的首字母缩写也是E.T.）。两人之间有着一种生理上的特殊联系，这更印证了我们对"双主角"的判断。但当我们仔细思考这两个人物形象时，我们便会发现，他们的目标并不相同。埃利奥特希望维持两人的友谊，E.T.则想回家，回到自己的同类中去。尽管两人有着密切的联系，但目标的差异决定了他们面对的障碍也是不同的。另外，我们发现全片展示的种种困境也都是与埃利奥特直接相关的。

因此，本片的主人公就是埃利奥特，这是属于他的故事。他与E.T.之间建立了谜一般的"联系"（既包括生理上的，也包括心理上的），而他的目的是要一直保持这种联系。他的这一目标本身并不具有强烈的进取性和主动性，因此，编剧需要不断地建立各种情境以影响这一目标的达成，尽量使完成目标变得艰难重重。

障　碍

埃利奥特在尝试保持与E.T.的特殊关系的过程中遇到的障碍主要有两个来源，一是来自他自己所处的世界，二是来自E.T.的世界。在埃利奥特所处的世界中，成年人都是无法被信任的：他无法信任自己的母亲,那些"追捕"E.T.的人们更不能被相信。而E.T.也有两个障碍：一是他在人类世界无法存活太久，二是他急切地想回家。这些都直接阻止埃利奥特目标的实现。

前提与开场

本片中，故事的前提并非随着影片的叙事而展开，它在影片开场就建立起来，并且稍早于主人公的出场。我们看到的是一个人畜无害的可爱的外星人，他在我们这个星球初来乍到，森林让他有些害怕，飞船又为了躲避人类的追踪将他抛下——这一前提在影片开场迅速建立起来。接下来我们便来到埃利奥特的世界中。在两人初次见面之前，影片采用一系列平行镜头，为我们展示这两个"局外人"所处的困境——被忽视，被误解。

主悬念、高潮与结局

影片的主悬念随着全部要素的就位而展开：E.T. 和埃利奥特形成特殊的"联系"，埃利奥特想把 E.T. 留在身边并试图与之交流；他让兄妹二人发誓保守秘密，这也变相地将成年人视为他们的"敌人"。影片的主悬念可以简单地表述为：埃利奥特能否与他这位与众不同的朋友 E.T. 维持这段特殊的"联系"？

影片的高潮是他们之间的"联系"被切断。他们躺在手术台上奄奄一息，周围是一群成年医生。E.T. 主动与埃利奥特切断了联系，但只是生理上而非心理上的。紧接着，埃利奥特恢复健康，而 E.T. 则被成年人宣布死亡。

影片的结局是埃利奥特与 E.T. 道别。E.T. 表示他将永远活在埃利奥特的脑海、记忆与想象之中，然后便走进飞船，飞回自己的"家"。

主题

在影片的最后一场戏中主题化的连接是非常清晰的，E.T. 将手指指向埃利奥特的头，示意自己将永远活在埃利奥特的脑海中。尽管没有直接用言语表达，但埃利奥特依然能够领会，因为他相信 E.T.。在稍早的段落里，埃利奥特认为 E.T. 已经死去，他趴在 E.T. 的"尸体"上说他会永远相信 E.T.，这一段情节可以作为最后一场戏的佐证。这样一来，我们在结尾终于得到影片主题的明示——相信。当然，关于"相信与否"这一主题在影片一开始就已经有所展现了:埃利奥特告诉所有人棚子里有"怪兽",但没人相信他;他告诉人们他发现了"外星人",还是没人相信他;当他将E.T.展示在迈克和格蒂面前时,两人才终于相信了他说的话;他让兄妹二人保守秘密,意味着他认为他们不应该相信成年人;格蒂跟妈妈说起E.T.,后者果然不相信;埃利奥特告诉迈克的朋友们他家有外星人时,迈克的朋友们也不相信。

但是需要注意的是,本片所指的"信"与"不信"与现实意义的相信与否不尽相同。影片具有某种幻想色彩,笼罩在一种近乎"魔法"的氛围中。我们发现,妈妈给格蒂讲的彼得·潘的故事恰好就是关于"相信"的童话,这一段情节并不是空穴来风——它直接指向了影片的主题。万圣节的化装出行这个关键段落也不仅仅是笑料,选择这一节日也是有意为之,因为万圣节本身就诞生于人们对超自然现象的"相信"。而"钥匙男"这个角色在主题层面上则具有一丝反讽的意味,我们一直以为他是追捕E.T.的头领,是一个坏蛋,但在影片结尾我们却发现他一样相信着埃利奥特所相信的东西。他虽然是个成年人,但内心却与埃利奥特一样,是一个十岁的男孩——这也是他允许埃利奥特与E.T.独处的原因。因此,影片所探寻的"相信"是建立在儿童视角中的,正是这种"相信"才使童话中的彼得·潘飞了起来。

统一性

埃利奥特的目的是维持他与E.T.之间的"联系",在追求这一目标的过程中伴随着若干障碍,戏剧性动作的统一性便在这一过程中展现出来——尽管他的行为多为"防御性"的,即阻止或避免他与E.T.之间的关系遭到破坏。维持现状并不是一个具有戏剧性的目标,但当这一现状受到威胁时,便具有了强烈的戏剧性。

铺　陈

影片最开始的铺陈段落就是简单、直接地交代给观众的故事前提,即 E. T. 被飞船留在了地球上。这一段落虽然只有音乐和音效而没有对白，但我们还是能够充分了解 E. T. 是如何被留在地球上的。吓坏外星生物的这些声音对我们来说是无害的，却让 E. T. 产生恐惧，这便让我们对 E. T. 产生同情。对于埃利奥特的铺陈段落一开始则处理得比较简单，铺陈中有对白，但这些对白对于我们理解人物并不重要。在这段铺陈中，我们看到埃利奥特试图融入牌局而不得，我们能够理解其落寞的心情。接下来他在棚子里听到了声响，我们看到埃利奥特展现出与先前 E. T. 相同的好奇与单纯的勇气。

其他的铺陈段落则通过冲突和幽默的方式呈现出来。孩子们试图询问 E. T. 到底来自何方，但交流上的障碍使这场戏有了戏剧性冲突。我们发现 E. T. 和埃利奥特之间强烈的"联系"则是通过埃利奥特在课堂上"醉酒"以及"解救青蛙"这一充满幽默和戏剧性冲突的情节展现出来的。

人物塑造

影片最为重要的是塑造 E. T. 和埃利奥特两个人物。与通常意义上的主角与反派不同，E. T. 和埃利奥特心地纯洁，而且两人在开始时有着相当多的相似之处：他们都被排除在外、容易受到惊吓、好奇心强，而且聪明伶俐。自打影片上映，埃利奥特利用体温计假装生病这一"计谋"便成了所有"逃学小将"的必备技能。

随着剧情的发展，我们逐渐发现了二人的不同之处：埃利奥特试图维持与 E. T. 的友谊，而 E. T. 一心想回"家"，回到自己的族类中去。虽然彼此不是强烈地相斥，但作为难舍难分的双生子，影片的冲突也由此展开，并推动剧情不断发展。

影片对成年人的塑造十分有趣。直到影片结尾，我们见到的唯一的成年人就只有埃利奥特的妈妈。妈妈性格和善，但总是行色匆匆，不断定下各种规矩但又疏于管教。影片中的其他成年人则少有全景，我们只看到他们腰间的钥匙、手电以及手里的设备，还有他们"追捕"外星人时的急迫状态。这些成年人的"匿名"状态使他们看起来更为骇人,低角度的拍摄也更让我们认同主角,一个对抗成年世界的儿童,并且每一次都能取得胜利。

情节发展

埃利奥特和 E.T. 的"联系"建立起来之后,两人内部的冲突也随之建立起来,这一冲突使故事得以形成和发展。E.T. 无法适应人类世界,回"家"的愿望迫使他产生种种戏剧性动作,而随时可能出现的"钥匙男"则印证了埃利奥特对成年人的不信任,同时也预示着 E.T. 每次出现都会伴随被"捕获"的危险。

戏剧性反讽

本片在叙事过程中多次使用戏剧性反讽这一技巧。埃利奥特听到棚子里的怪声并前去一探究竟这段戏,我们已经大概猜出里面就是 E.T.(这是一则反讽);埃利奥特和 E.T. 成了朋友,此时反讽则转换到其他家庭成员身上,因为我们知道其他人很快也会发现 E.T. 的存在。另一个戏剧性反讽则是"钥匙男"在埃利奥特家附近徘徊,但这一家人显然对此毫不知情。

影片中很大一部分幽默桥段也来自于戏剧性反讽:格蒂告诉妈妈 E.T. 的事情时,即使 E.T. 就在两人身边,妈妈也完全不相信;埃利奥特告诉迈克的朋友他的家里住着外星人时,众人都在嘲笑他(我们知道埃利奥特说的是真话,而迈克的朋友并不知道);埃利奥特在教室里"醉酒",并从座位上跌到课桌下面(我们知道这是 E.T."喝醉"导致的,但埃利奥特并不知道);万圣节那天,妈妈给埃利奥特、迈克还有装扮成小精灵的 E.T. 拍照(我们知道"小精灵"就是 E.T.,但妈妈并不知道);埃利奥特把体温计放在灯下面加热,假装自己生病(我们知道埃利奥特的"诡计",但妈妈并不知道);妈妈给格蒂讲彼得·潘的童话,埃利奥特和 E.T. 在门外"偷听"(我们知道两人"偷听",但妈妈和格蒂并不知道)。这些片段均包含着戏剧性反讽（即我们知道一些剧中人物并不知道的事实），从而更加生动有趣。

铺垫与余波

埃利奥特和 E.T. 第一次见面的一场戏具有非常棒的铺垫段落：埃利奥特带着手电和毯子在外面彻夜等待 E.T.，然而就在他因为睡着而失去警惕时，E.T. 出现在他面前。这把埃利奥特吓着了，但我们知道他没有危险，因为这已经在他醒来前的段落和此场戏开场铺垫过了。在埃利奥特向迈克和格蒂介绍 E.T. 这场戏之后有着非常典型的余波段落：迈克、格蒂与 E.T. 躲在衣橱里面面相觑，外面则是妈妈在训斥埃利奥特。在这场戏中，衣橱之外的情节其实并不重要，但是三人在衣橱内的反应和他们之间不断产生的状况，随着妈妈出场所带来的危险迫近之感而得到强化。

在第三幕中，余波的巧妙运用更是不胜枚举。埃利奥特和迈克驾车带着 E.T. 逃离房屋这场戏的余波是接下来他们在预定地点与迈克的朋友见面，这是迈克的朋友们第一次见到 E.T.。E.T. 的逃跑计划此时完成了一步，他们接下来要骑脚踏车前往森林。危急时刻，E.T. 让五个人的脚踏车同时飞了起来，并最终成功抵达目的地——这场戏的余波是男孩们和 E.T. 终于见到了飞船，我们看到他们脸上充满敬畏的神情。E.T. 和孩子们一一道别这场戏的余波，则是一个被刻意延长的 E.T. 进入飞船并离开地球的情节。埃利奥特、男孩们、格蒂、妈妈和"钥匙男"注视 E.T. 进入飞船并离开地球，伴随着音乐不断加强，影片的情绪也被推向高潮。

伏笔与披露

本片既包含功能性的伏笔，也具有隐喻性的伏笔。埃利奥特撒糖豆引诱 E.T. 这一细节共出现了两次，这两次伏笔均在两人初次见面中得到了披露，一次埃利奥特引诱他进入家中和回到森林，另一次是"钥匙男"在草丛中找到糖豆并吃了一颗。衣橱里的一堆玩偶也是巧妙的伏笔，其对应的披露则是当妈妈进入衣橱时，E.T.假装成其中一个玩偶成功骗过了她。带着钥匙的"钥匙男"本身也是伏笔，实际上他的名字就是伏笔。由于影片对"钥匙男"的拍摄仅集中在腰部以下，因此那串钥匙就成了区分"钥匙男"和他的小团体与其他人的关键道具。后来，当我们看到此人的正面时，伏笔得到披露，我们将此人与先前的"钥匙男"产生联系，从而对他熟悉起来。

埃利奥特不小心割伤手指，发出"啊"的一声，E.T.理解了这个词的含义并重复起来。之后，当E.T.向埃利奥特表明自己回"家"的愿望时，"啊"这个伏笔得到了披露。影片结尾，飞船降落在地面，E.T.再次发出"啊"的感叹，此时这一词语具有了隐喻色彩：对于埃利奥特和E.T.来说，这个感叹词在此刻不仅表示身体的疼痛，更表明两人内心的悲伤。另一个具有隐喻性的伏笔则是格蒂送给E.T.的那盆花。E.T.第一次使枯萎的花复活时，我们开始注意到这个细节；当E.T.奄奄一息时，我们发现那盆花也跟着枯萎；而当E.T."复活"时，那盆花又跟着复活——很显然，这盆花承载着"重生"的隐喻。

未来元素与预告

埃利奥特将E.T.带回家，他认为如果成年人抓到E.T.，他们一定会"切除E.T.的脑叶并且用他做实验"——这是一则预言，同时也是未来元素。万圣节那天，妈妈将孩子们送出门参加"不给糖就捣蛋"（trick-or-treating）的活动，并规定必须在天黑后一小时内回家，这也是未来元素——当我们得到这一规定时间时，我们便开始猜测孩子们能否及时回家。迈克对埃利奥特说E.T.看起来不怎么好，似乎是生病了，这也是未来元素，它预示着未来E.T.的"病情"可能会恶化。

万圣节之夜是影片至关重要的时间点，这一时间在影片很早时候便已得到预告：三个孩子在一场晚餐戏中提起他们要在万圣节那天扮演什么角色。E.T.告诉埃利奥特"电话"起了作用，而且飞船即将来接他，这也是一则预告。

可信性

所有涉及超自然元素的影片都需要创设特定的情境，好让观众"自愿地信以为真"。绝大多数这类影片是如此设计的：故事发生在现实世界，然后超自然元素突然闯入，随着主人公逐步相信超自然的能力，观众也跟着相信。

然而在本片中，编剧马西森和导演斯皮尔伯格则选择了不同的策略。影片先是通过超自然现象开场，并很好地将我们引入到这一情境中去。我们因听到司空见惯的动物的叫声而感到恐惧，被皮卡车里出来的人和手电的亮光吓得四处逃窜；我们通过低角度的视角看到"钥匙男"并且只看到他们的腰部以下——换句话说，我们通过电影所呈现的声音和画面，被迫与 E.T."同化"，去习惯 E.T. 的视点。经过这样的过程，我们便会自然而然地相信影片所描述的世界——此时的我们虽然还没有见到 E.T.，但已经对他产生了认同。他们知道观众会随着影片的展开而接受任何设定，因为他们希望将自己的情感和欲望沉浸其中。有了这样的开场，即便还没有人类角色出场，我们还是会信以为真。

行为与戏剧性动作

迈克将妈妈的车倒出车库，这是一处伏笔，并在后面迈克开车载埃利奥特和 E.T. 逃跑这一场戏中得到披露。但单就这一细节来说，是不含任何目的的行为，只不过是想表现出迈克作为小孩"死活"要学习驾驶的愿望。但当迈克开大货车载埃利奥特和 E.T. 逃跑这场戏中，他可不是"死活"要学开车，而是他知道不会开大货车可真是"要死要活"，开车成为具有明确目的的戏剧性动作。

E.T. 走进房间，埃利奥特下意识地摸了下自己的脸，这并不包含任何目的；但当他发现 E.T. 模仿自己的动作时，他又进行了一系列动作，这些动作背后的目的明显：他希望借此找到与 E.T. 交流的方式。

埃利奥特发现 E.T. 并没有死去，他不想让那些成年人得知此消息，此时他的所有戏剧性动作都具有明确的目的（就是不被成年人发现 E.T. 已经

"复活")——他用床单挡住了E.T.不断发光的心脏,并拉上袋子的拉链,对着冷冻箱假装哭泣,以此欺骗"钥匙男"。

对白

影片成功的一大原因是其有着相当广泛的受众,但就叙事视角来说,则是较为纯粹的儿童视角,因此,本片的对白也较为低龄化。人物说话的方式以及人物的思维方式都能通过对白直接展现出来;不仅如此,三兄妹的声音也各有特点。埃利奥特的声音开始是通过他为E.T.展示他的玩具(玩具大兵、鲨鱼还有鱼缸)呈现给观众的;迈克的声音则出现在E.T.出场之前,他用言语取笑埃利奥特;格蒂的声音则出现在她第一次见到E.T.后,她问埃利奥特E.T.到底是男是女,还有那句假装大人但又充满孩子气的"让我静静"(give me a break)。

影片还诞生了一句人们常用的流行语,就是E.T.常说的那句台词"打电话回家"(phone home)。

视觉性

影片中一个绝妙的视觉设计,就是我们先前提及的对"钥匙男"采用的低角度拍摄,只拍摄人物的腰部以下,这种拍摄手法一直持续到影片的最后。这是一个很典型的利用摄影机"讲故事"的方法,它引导观众看到它(以及掌镜者)想让他们看到的。这样既实现了编剧让妈妈作为仅有的"真正的"成年人出场的意图,同时也符合影片的儿童视角。

另外一种视觉性在于,强化某一具体元素,从而使观众沉浸在影片的"魔法"氛围中。E.T.和埃利奥特第一次见面之后,两人分别仓皇逃跑,我们通过玉米秆、秋千以及垃圾桶的动态能猜测到E.T.是朝着森林逃走的。当E.T.让几个球体飘在空中,并使之像太阳系一样运动时,我们开始注意到E.T.手中的"魔力"。尤其是在两场自行车飞奔的戏中,我们看到了真实与"魔法"的混搭。男孩车技非凡,他们不断地在山丘和街巷之间穿梭——

这样的动作设计可谓别出心裁、精彩绝伦，并且具有现实的可能性。而当后来，男孩们骑着自行车随着 E.T. 飞向空中时，影片的"魔法"显现出来（当然，此处的音乐也适时地发生改变），绝妙的视觉特效让我们跟随 E.T. 和孩子们飞跃森林，飞向月亮（或者，在最后的逃亡中，男孩们飞向徐徐落下的太阳）。

戏剧性场景

一个非常有力的戏剧性场景是迈克和格蒂第一次见到 E.T. 的一场戏。这场戏的铺垫是迈克放学回家，心情大好。他先对埃利奥特取笑一番，又十分不情愿地按埃利奥特的要求发重誓——这一铺垫段落显然有着对比意味，因为我们发现迈克虽然在发誓，却是一副不屑和玩笑的姿态。由于这场戏中反讽的存在，我们便更加兴奋地期待迈克看到 E.T. 时的反应。然而当这场戏到来时，我们还没"欣赏"够迈克的惊讶表情，妹妹格蒂就突然冲了进来，她看到 E.T. 便突然发疯一样地叫喊起来。三兄妹加上 E.T. 在这场戏中都有明显的语言和肢体动作，而当妈妈回到家中距离事实真相越来越近时，故事发生了转折。之后则是衣橱里的余波。

另外一个例子则是埃利奥特发现 E.T. 还活着的一场戏。这场戏的铺垫是埃利奥特透过隔离罩看着一众医生围在已经"死去"的 E.T. 身边。这时"钥匙男"出现，他同意让埃利奥特与 E.T. 独处一会儿。此时我们对 E.T. "死亡"的恐惧已经被充分调动起来了。不仅如此，E.T. 的"死亡"作为本场戏的核心，通过对比的方式为后面情节做了铺垫，因为我们后面知道 E.T. 并没有真的死去。埃利奥特以为这将是他与 E.T. 共处的最后时刻，且没有发现任何端倪；而我们则通过 E.T. 胸前的闪光发现 E.T. 其实还活着，但此时埃利奥特并没有发现这一线索，因此这里构成了一个典型的戏剧性反讽。当他打算离开房间时，他发现桌上的那盆花又"活"了过来（这是我们先前讨论过的具有隐喻作用的伏笔），他赶忙回到 E.T. 身边，发现自己的老朋友仍然活着。此时可以说又来到了另一场戏，人物（也包括观众）

的情绪与先前发生了巨大的变化：先前是对 E.T. 死亡的恐惧悲伤，而发现 E.T. 复活之后，则变成了希望和恐惧的交织——我们一边希望 E.T. 能够恢复原样，一边担心"钥匙男"得知 E.T. 复活的消息后会继续折磨 E.T.。接下来则是埃利奥特成功骗过"钥匙男"并带着 E.T. 逃离现场的一场戏。这场戏的余波段落中他们（和我们）再次看到那盆"复活"的鲜花，并且埃利奥特还告诉了迈克 E.T. 还活着的消息。

特别关注

学院派认为故事有两种基本模式：一是平凡人的非凡遭遇，二是非凡人的平凡遭遇。我们在众多优秀的影片中均能看到上述两类故事的模式。但是除这两类之外，我们还有另外一种，即平凡人的平凡遭遇。在这种故事模式下，只要人物的目标与障碍足够强烈，而且能形成有力的冲突，那么依然能成为一个扣人心弦的好故事。本片则采用了第一种叙事模式。

埃利奥特是一个生长在平凡家庭中的平凡男孩，他所遇到的非凡遭遇是遇到了迷途的外星人 E.T.——故事也由此展开。事实上，正是埃利奥特的平凡身份才使我们如此容易地与他产生认同。这种故事模式的驱动力在于，平凡的主人公必须采取不平凡的措施以适应不平凡的境遇。对应本片，埃利奥特采取的"不平凡的措施"便是在数以百计的训练有素的成年人眼皮底下带着 E.T. 成功逃脱。

片例2 《热情似火》

本片改编自罗伯特·索伦和马文·洛根一部未发表的小说
编剧：比利·怀尔德；I. A. L. 戴蒙德
导演：比利·怀尔德

如果一本影片分析教材没有收录一部比利·怀尔德的影片，那么它就算不上完整。问题是比利·怀尔德佳作众多，选择起来着实困难。比利·怀尔德经常与人合写剧本，其编剧生涯的前半段常与查尔斯·布拉克特合作，而后半段则与I. A. L. 戴蒙德合作，制片工作也通常由两人担任。《热情似火》为两位编剧赢得了奥斯卡最佳改编剧本提名，也为比利·怀尔德赢得了最佳导演的提名。这看起来是一部由"双主角"构成的影片，我们选择此片的一个目的便是对这一评价做出探究；与此同时，本片也是时下非常流行的"兄弟电影"（buddy picture）的经典范例。

故事梗概

故事发生于"禁酒令"时期的美国。1929年的芝加哥，匪帮横行。黑帮头目斯帕兹·科隆博经营着一家贩卖私酒的俱乐部，顾客不仅可以开怀畅饮，还有乐队助兴。然而由于"牙签"查理的告密，联邦探员很快便来查封此地。乔在乐队中吹萨克斯管，杰瑞是低音贝斯手。两人正焦急地等待着他们四个月以来的第一笔薪水，然而联邦探员的到来却让他们的"美梦"告吹。两人虽然成功逃离现场，但薪水肯定是领不到了。寒冷的夜里，两人身上只有各自的乐器和大衣。乔提议抵押大衣，然后换钱赌犬，结果连大衣都赔了进去。第二天，寒风中冻得瑟瑟发抖的两人前来职业介绍所，希望找一份工作糊口。

斯威特·苏和她的乐队经理贝恩斯托克也来到中介公司，希望为她们的女子乐队找一位贝斯手和一位萨克斯手。乔并不知道这个乐队的详情，便向中介求情希望得到这份佛罗里达的工作。然而当两人发现这个乐队只招收女性时，杰瑞提议男扮女装混进乐队；而乔坚决反对，他提议趁情人节跟中介秘书来个一夜情，然后让秘书把车借给两人逃之夭夭。两人前往车库取车，却恰好撞见斯帕兹·科隆博前来找"牙签"查理寻仇。两人躲在车后目睹了这场"情人节大屠杀"，不过最后还是被黑帮发现。两人侥幸逃脱，毫发无伤，只有杰瑞的贝斯被子弹打穿了几个孔。

惊慌失措的两人急于逃脱此地，乔装成女声打电话给中介，电话里他变成了名叫约瑟芬的女士，希望获得佛罗里达的那份工作。得手后的两人分别化名约瑟芬和达芙妮，换上女装和假发前往火车站。两人在站台看到"甜甜" 休格·凯恩走路的姿态，竭力模仿起来。两人终于有惊无险地上了火车，加入了乐队，休格也在其中。他们来到女厕，却发现休格正在厕所偷偷喝酒，杰瑞瞬间就被这个女孩迷倒了。乐队在车厢内开始排练，就在排练时，休格怀里的酒瓶突然掉在地上。乐队严禁喝酒，这个意外很可能让她被开除。杰瑞果断站出来替休格承认错误。两人互换眼神，彼此有了好感。夜晚，众人正要睡觉，而达芙妮的卧铺上却开起了"睡衣派对"。眼见这热闹的场面越来越大，乔不得不提醒杰瑞要低调行事。卧铺上的人越来越多，杰瑞也没法与休格亲密下去。两人离开卧铺，在洗手间，休格向约瑟芬提起了自己对于男萨克斯管乐手的迷恋，以及她此行的目的——找一个佛罗里达当地的富翁，把自己嫁出去。

乐队一行抵达佛罗里达的旅馆。旅馆中一个名叫奥斯古德·菲尔丁三世的老头对达芙妮一见钟情。杰瑞自然拒绝了老头孩子气的求爱，但不可否认的是，此人确实腰缠万贯。乔和杰瑞的房间就在休格的正对面，两人刚打算换衣服，贝恩斯托克突然进来问他们有没有看到自己的行李箱。趁达芙妮和休格外出游泳,乔拿出了贝恩斯托克的行李箱,换上了行李箱中的度假服装,还戴上了一副眼镜。他来到海边假装与休格偶遇,还称自己是个"富二代",是壳牌石油的继承者。休格被这个假"二世"迷得神魂颠倒,而知道真相的杰瑞则异常愤怒,他打算让休格回房间找约瑟芬,以便揭开乔的面具——"二世"就是约瑟芬,也是乔。两人回到房间,却惊讶地发现约瑟芬正在洗澡,休格只好走开。休格一走,乔便从浴缸里爬了出来,满身肥皂泡的他为了不让休格识破自己甚至连衣服都没来得及脱便躺进了浴缸,现在的他真想干掉杰瑞这个老伙计。老头奥斯古德再次出现,邀请达芙妮前去他的游艇过夜,得知此消息的乔顿时心生一计——杰瑞将计就计答应跟奥斯古德约会,而乔则继续假扮"二世",请休格登上同一条游艇。

乐队在演奏厅开始表演,而台上的休格却眼巴巴地望着台下,希望"二世"能如约看她的演出。假的"二世"自然没有出现在台下,而真的"三世"奥斯古德则在台下如痴如醉,并差人为台上的爱人达芙妮送上鲜花。乔把卡片上的名字改掉,然后转手以"二世"的名义送给了休格,并在卡片上提出邀请休格到游艇过夜。演出结束,乔迅速回到房间,换好衣服,骑上自行车飞速冲向码头,并成功地带着休格来了一趟游艇之旅,虽然他从未造访过游艇。而达芙妮这边,只好无奈地陪奥斯古德跳了一夜舞。游艇上,乔对休格甜言蜜语,说自从前女友死去之后,自己便无法再爱了。天真的休格再次上钩,两人拥吻。黎明时分,乔算准了时间将休格送回旅馆,而醉醺醺的奥斯古德被送回游艇,一切天衣无缝。

回到旅馆,杰瑞还沉醉于与奥斯古德跳舞的欢乐时光中,嘴里喃喃道"我订婚了"。杰瑞计划与奥斯古德结婚,然后再说出真相,接着两人离婚,然后自己便可以靠赡养费度过余生。乔觉得这个计划不会成功,但是当他看到奥斯古德送给杰瑞的钻石手链后,又说不要将它退还回去。这时,斯帕兹和他的手下抵达旅馆并计划与黑帮领袖"小波拿巴"见面。斯帕兹的一个手下似乎认出了约瑟芬和达芙妮就是当日目睹凶杀的两个乐手,于是他记下了两人的房间号码。

冒充"二世"的乔将钻石手链送给休格,这让杰瑞十分生气。两人在旅馆大堂意识到自己已经被斯帕兹一伙人盯上了,只好急忙跳窗逃脱,结果却恰好落在波拿巴与斯帕兹两伙人的火拼当场。两人当即被认了出来,不过幸而再次逃脱。两人听闻出城的所有关卡都已被人监视,乔便劝说杰瑞再次假扮达芙妮给奥斯古德打电话,并准备当晚逃跑。约瑟芬急忙找到正在演出的休格,告诉她忘了那个"二世",但他却被其中一个打手跟踪。达芙妮和约瑟芬藏在运送斯帕兹尸体的轮床下面逃出旅馆,并飞奔前往码头,奥斯古德正在那里等待两人。就在这时,休格骑着自行车追上他们,四人上船逃脱。乔摘下假发并向休格坦白了真相,休格亲吻了乔;杰瑞也向奥斯古德坦白自己其实是个男人,奥斯古德却回答道:"人无完人嘛。"

主人公与目标

第一眼看上去,我们很可能会觉得本片的主人公是乔和杰瑞。两人都被黑帮追杀,被迫男扮女装,而且都依靠"变装"展开一段倒霉的罗曼史。但是需要提醒各位的是,戏剧性来源于剧中人物所做的决定。人物需要有一定程度上的自主决定性,即至少有两个选择供人物挑选,否则戏剧性无从谈起。电影中任何一个瞬间的戏剧性,很大程度上都来源于此时此刻人物做出的决定,以及做决定的难易程度。因此影片中第一个做出使剧情发生重大改变的决定的人便是主人公,即便还有其他人物也处于相似的情境并且拥有与前者同样多的出场时间。因此,乔才是本片的主人公。从一开始,我们便能发现是乔做出了改变人物命运的决定。这一过程中也许会有杰瑞的抗议——其实杰瑞经常这么做——但剧情总是按照乔的决定进行。一开始是乔决定将两人的大衣抵押给赌场,接下来也是乔决定两人乔装混进女子乐队,后来还是乔劝说杰瑞(即达芙妮)拖住奥斯古德——他决定了两人每一步的行动。

因此,尽管看起来乔和杰瑞两人缺一不可,但本片就是围绕乔这唯一的主人公展开的。乔和杰瑞因目睹凶杀案而受到黑帮追杀，而乔的目的便是逃离困境，引诱休格只是次要的线索和情节，只在故事全面展开时才逐步推进。

障碍

在乔躲避匪帮追杀的路上有着很多障碍。他与杰瑞两人十分容易辨认，他们身无分文，没有工作，困在芝加哥无处可去。两人自决定伪装成女人混进前往佛罗里达的乐队那一刻起，新的障碍便出现了——两个活蹦乱跳的大男人如何才能在长途旅行中保持身份不被识破。在这个主要障碍之余，乔对休格的爱慕以及富翁奥斯古德对达芙妮的求爱同样形成了不小的障碍。影片结尾，上面的障碍被一并抛出：就在两人的乔装出逃顺利进行时，匪帮发现了约瑟芬与达芙妮的真实身份。

前提与开场

影片的前提包含三组不同的人物被迫彼此交织、形成冲突的局面。乔和杰瑞是失业且倒霉的乐手，斯帕兹·科隆博的俱乐部遭到"牙签"查理的告发，斯威特·苏恰好需要招到两名女乐手前往佛罗里达演出。三组元素的碰撞构成了整个故事。

影片的开场，编剧怀尔德和戴蒙德选择用灵车运禁酒前往地下酒吧的情节来展现1929年芝加哥的乱象。随着相应情境的展开，乔和杰瑞也很快出现。

主悬念、高潮与结局

影片的主悬念在于乔（和杰瑞）能否通过男扮女装躲过匪帮的追杀。这一戏剧张力从乔假扮成约瑟芬给中介打电话那一刻起便得到展开。

影片高潮恰好出现在两个最为重要的次要情节达到最紧张的时刻：假扮"二世"的乔与休格在游艇上度过浪漫一夜，而另一边杰瑞（达芙妮）则与奥斯古德跳了一夜的舞。紧跟着这一段戏的余波，则是斯帕兹和他的手下进入旅馆，而其中一个人似乎认出了两人。乔和杰瑞此时方知危险临近。

影片的结局是约瑟芬和达芙妮藏在运送斯帕兹尸体的轮车下面逃出旅馆，并与他们的"爱人"一同乘船逃走。

主　题

有时一部优秀的影片可能只是不停地在"玩"——即其目的就是为了令观众感到欢乐、兴奋或滑稽——但即便如此，它还是具有一个主题线索，从而能够让影片中所有离散的元素串成一个完整且连贯的故事。在本片中，这个主题线索便与伪装有关。乔和杰瑞的伪装是很明显的，他们穿上那身女装时我们就能识别出来。但是休格在遇到"二世"时也将自己伪装成来自大富之家。斯帕兹的手下们伪装成哈佛的律师，而"小波拿巴"则装作善良。奥斯古德显然与这一主题有所偏差，他没有任何伪装，他只是十分炫耀地承认自己对达芙妮的爱意和自己的缺点等。总的来说，奥斯古德是游离于影片主题之外的特例。

统一性

在"主人公与目标"那一部分中我们曾探讨过，尽管乔与杰瑞两人似乎不可分割，但本片的主人公依然是乔一人。影片的统一性便来源于乔不断努力让他与杰瑞两人逃离斯帕兹一伙的追杀。尽管乔偶尔偏离了这一目标转而在次要情节中与休格调情，但他从未放弃自己和杰瑞的伪装。因此，尽管主人公的戏剧性动作线在影片中时而有些偏差，但并没有完全走入"歧途"。

铺　陈

影片前面的铺陈段落充满了幽默和冲突。警察与灵车内匪帮的枪战不仅为全片奠定了基调，也为观众展示了关于影片的一个印象：真相有时和表象并不一致。与此同时，我们也通过这一段落领略到了当时黑社会的猖獗，这也构成了影片主人公一系列戏剧性动作的驱动力。

休格向约瑟芬坦白自己对男萨克斯管乐手毫无"抵抗力"这一场戏也是一种铺陈，但它表达得并不直白，也非平铺直叙。这场戏的冲突在于，她所倾诉的对象其实是个男人，而且恰好是个萨克斯管乐手——人物之间并没有产生冲突，但这场戏还是通过这种讽刺形成了一种冲突的感觉。

人物塑造

乔和杰瑞想逃离匪帮追杀，但两个人物的塑造要早于这一窘境的出现。乔被塑造为一个善于吸引女性的人物，擅用魅力而非实力，擅用笑容而非才华——这一点在两人目击凶杀之前便显露出来。同样，在他用伪装的方式而非诚实的表达来引诱休格时一样如此。

杰瑞则被塑造为随遇而安、处之泰然的性格，这也导致他处处被乔领导。在影片开场，他乐于在地下酒吧里弹贝斯；在逃亡路上，他对假扮达芙妮也兴致盎然；最后，就连奥斯古德稀里糊涂的"求爱"他也甘之如饴。

休格则认为自己总是"倒霉"的那一个。她值得更好的生活，值得享受生活的甜蜜，但是命运好像总与她开玩笑。这也是我们在第二幕中总是对她心生怜悯的原因。

两个男人假扮成女人，一路上又遇到了属于各自截然不同的"情事"。因此，编剧必须尽早着手处理影片中关于"性（取向）"的问题。我们第一眼看到乔与杰瑞时，两人还是精力旺盛的大男人，不时对地下酒吧里的跳舞女郎产生兴趣。因此当杰瑞卷入到和另一个男人（奥斯古德）的风流韵事中时，编剧必须清晰地让观众明了，这并不是杰瑞本身的性取向。因此，我们在影片中看到，是杰瑞第一个对休格产生兴趣，也是他与休格在狭窄的卧铺里喝酒聊天。如果我们对杰瑞的性取向产生任何动摇，那么他与奥斯古德跳舞甚至接受"订婚"这些情节将产生完全不同的效果。在影片的第二幕中，乔一直在追求休格，因此对乔的性取向的确认并不那么迫在眉睫，但是我们亦可通过他在中介办公室与秘书调情的细节加以确认。

情节发展

影片故事的主要驱动力来源于主人公的外部——即匪帮的追杀，因此，人物本身便决定了剧情的复杂性。作为外在驱动力，斯帕兹和他的手下协助建立起了故事的总的情境——乔和杰瑞必须男扮女装。接下来这一驱动力便似乎搁置起来，直到影片的结局才再次出现。这样一来，整个影片的第二幕的情节发展就全靠人物内部的情绪所驱动。

第二幕中，乔开始追求休格，休格则想找个大款嫁掉自己；杰瑞追求的是快乐（当然，如果可以的话，顺便让乔过得更痛苦一些），而奥斯古德则在寻觅自己的第八任或第九任妻子。每个人物的戏剧性动作都靠其内在的欲望所驱动，这使第二幕的情节变得错综复杂，当然，也变得更为欢快热闹。

戏剧性反讽

影片的成功很大程度上仰仗戏剧性反讽的使用。我们都知道约瑟芬和达芙妮就是乔和杰瑞。因此，发生在两人身上的任何事情，无论是和休格、奥斯古德还是乐团里的其他人，都会带上一丝反讽的气质，因为这些人物并不知道两人的真实身份（而作为观众的我们是知道的）。休格欺骗"二世"说自己家境显贵这一场戏，也同样具有反讽意味。不仅我们知道休格在信口胡言，她对面的那个假的"二世"同样知道。类似的还有奥斯古德追求达芙妮的若干片段也充满戏剧性反讽，而到影片结尾，杰瑞揭露自己的真实身份时，奥斯古德那句"人无完人"更是极具幽默感的神来之笔。

火车卧铺的"睡衣派对"一场戏对反讽的使用相当成功。杰瑞不停地"催眠"自己："我是一个女孩，我是一个女孩……"这场戏中，休格和其他女孩的一举一动，加上他的下铺约瑟芬的一系列反应，都通过反讽（即我们知道而剧中人物不知道）而具有了双重意义。

铺垫与余波

"二世"与休格游艇里的浪漫一夜，达芙妮与奥斯古德派对上的热舞，这两场平行发展的戏拥有典型的铺垫和余波。一切先从舞厅开始，乐队开始演奏，奥斯古德向达芙妮调情。舞厅的音乐和氛围很好地为这浪漫的一夜做了铺垫——浪漫的气氛一直贯穿至两段平行情节始终。这场戏的余波则是"二世"与休格分别回到旅馆房间，此时的达芙妮还在跳舞，乔则因为与休格浪漫的一夜而容光焕发。白天，休格来到两人房间向两人倾诉了昨晚与"二世"的浪漫一夜，这一细节更强调了乔当晚的"成功"。

第二个例子是乔和杰瑞刚刚乔装成女人前往火车站的一场戏。在月台上，两人惊奇地看着真正的女人走路的姿态，于是依样模仿，结果那丑态却更显露两人的笨拙。接下来他们见到斯威特·苏和贝恩斯托克并成功地作为女人混进了火车。进入车厢后，乔斥责杰瑞擅自把名字改成了达芙妮。

伏笔与披露

影片中具有伏笔和披露作用的场景很多，小到几句台词，大到次要人物与目的。其中对白的使用效果最为明显（参见"对白"部分）。例如，"二世"和休格在游艇上接吻的时候，他说他应该给牛奶基金捐款。第二天清晨，当两人道别时，牛奶基金再次出现，捐款数额则变成了昨晚的十倍；这个看似笑话的捐款数字既表现出乔行骗成功的心满意足，也表现出休格那不切实际的欲望。

另一个将对白作为伏笔与披露的例子则出现在火车上，杰瑞对休格一见倾心，而乔则让杰瑞时刻记着："我是一个女孩，我是一个女孩……"当休格爬上杰瑞卧铺时，这句不断重复的台词再次出现。不仅如此，第三幕中，当达芙妮与奥斯古德订婚后，此时的杰瑞开始默念："我是一个男人，我是一个男人……"这不仅成为先前伏笔台词的披露，同时也产生了强烈的"笑果"。

还有一例则是休格说自己的父亲是个"列车员……巴尔的摩和俄亥俄

的"。随后,当她对自己的家世说谎以取悦"二世"时,她说自己的父亲是经营铁路行业的,再次提到了"巴尔的摩和俄亥俄地区"。

道具也被用来作为伏笔和披露的元素。杰瑞那个被子弹打了洞的贝斯不仅作为伏笔和披露的元素,同时也为剧情带来重大的转折。在火车上,这个贝斯曾先后两次被提起。当斯帕兹一伙来到佛罗里达时,他们同样是通过这个被子弹"标记"了的贝斯认出两人。

未来元素与预告

一个令人印象十分深刻的未来元素的例子是,职业中介的秘书跟两人从头到尾讲了一遍去佛罗里达的行程,唯独没提对方需要的是两个女乐手。紧跟着第二场戏,乔和杰瑞得知了真相,杰瑞便开始计划他们如何接下这份工作——借几件女士的服装、假发等,但是这个计划很快遭到乔的否定,因此这一场戏看起来并不像一则预言。不过后来两人还是改了主意,于是"预言"终究成了真。尽管上面两场戏均没有明确的预告后面会发生什么情节,但每场戏均给出了一副未来的"蓝图",并且后来都成为了事实。

一个具有预告作用的例子是休格约"二世"前去欣赏乐队的表演。很显然,她所期待的"二世"的假扮者乔(或说约瑟芬)正与她同台表演,因此绝不可能在台下欣赏她的演出。但是我们确定的是,休格既然提出了期望,那么就必须被给出回应,因此我们便开始期待现下的问题该如何解决。另外一个具有预告作用的例子则是奥斯古德告诉约瑟芬他将邀请达芙妮到他的游艇上过夜,吃点东西,喝点香槟,再听听音乐。当然,尽管奥斯古德当晚并没有与达芙妮登上游艇,但是先前电话里所描述的内容还是成为了事实(只不过登上游艇的是另外两个人)。

可信性

本片并不是一部精确意义上的"现实主义"影片,它不是现实生活中会发生的事件，它描绘的是一个风格化的、充满乐趣的世界——我们从影片一开始便得到了这一现象。我们看到灵柩里面放的都是禁酒，这时我们开始怀疑；当葬礼变成枪战和警匪追逐，我们便开始慢慢接受这场"闹剧"；随着酒从棺材里流出来，我们就已经进入了影片所编织的"现实"中。一旦我们成功与影片的"现实"同化，那么我们自然也会认同影片所描述的世界里的所有"规则"。

这是一个充满热闹场面的喜剧故事，但是影片开场不久，我们就看到七个人被残忍杀害。这七人中，只有"牙签"查理在先前的情节中有所出现，但我们对他的印象也几乎为零。这样一来，我们对这场杀戮就会保持一段"距离"。当我们真正关心的两个人物出现在现场并受到生命威胁时，我们已经无暇顾及凶杀事件（我们与之的心理距离变得更疏远）。我们开始感到乔与杰瑞两人的危险是真实的，但同时，我们并没有忘记影片一早所建立的喜剧基调。影片结尾，斯帕兹死亡，两人的危险也终告解除，此人先前所犯下的谋杀罪行也跟着灰飞烟灭。

行为与戏剧性动作

乔和杰瑞一开始在地下酒吧演奏乐器，是单纯的行为，不具有任何目的。当两人在火车上与女子乐队排练时，斯威特·苏让两人"多点感情"，此时两人的演奏则成了有目的的戏剧性动作，他们想好好表现以巩固在乐团的地位。

达芙妮邀请休格到她的卧铺上喝酒，来个"惊喜派对"，这是有目的的戏剧性动作。随着派对人数越来越多，对于其他人来说，喝酒行乐是单纯的行为——当然，对达芙妮来说，这些人的加入无疑成为他与休格之间的障碍。

即便搭升降电梯也可以被设计成具有目的的戏剧性动作。奥斯古德在电梯里第一次遇见达芙妮，他告诉服务员"绕着街区开一圈，眼睛盯着路"。奥斯古德用驾车术语暗示了他将在电梯里对达芙妮求爱。

对　白

　　影片中有着大量风趣幽默、感情丰富的对白。有时只需十分简短的台词，便能展示出人物的特质，比如奥斯古德的那句独特的感叹词"棒极"（Zowie!）。另一个例子则是当奥斯古德询问达芙妮如何弹奏贝斯："你用琴弓还是用手弹拨？"而达芙妮则答道："我用手打它。"这几句简单的对话背后有着十分明显的潜台词。

　　影片时常用食物的名称作为性或性吸引力的同义词。杰瑞对于能跟一群女人同一个车厢而感到十分兴奋，他说道自己非常喜欢点心铺，乔则告诫说："这里既没有面团也没有黄油。"后来乔又告诫杰瑞离休格远点，他说："让蜜蜂待在蜂巢里……今天夜里不要有任何嗡嗡声。"

　　另外，对白也常以幽默戏谑的方式暗示反讽。约瑟芬和达芙妮上了火车，贝恩斯托克告诉两人："你们俩真是帮了我们大忙。"而达芙妮则说："彼此彼此，我确定。"对于贝恩斯托克来说，这段对话并无他意，但对于乔和杰瑞来说，显然有言外之意。

视觉性

　　影片的视觉效果与故事情节以及影片所展现的幽默感相得益彰。对于喜剧来说，摄影机最好远离表演者，曾经适用于喜剧的金科玉律是"画域要宽"（shoot wide）。尽管这一规律并不永远合宜，但本片确实将其使用得恰到好处。

　　地下酒吧被查抄，所有顾客和员工纷纷被拖进警车，我们远远看着这一切发生。这时一个端着咖啡杯的醉汉迎着后门涌出的人流走去，很快也被警察逮住，这一细节更强化了整场戏的混乱与荒诞。当然，我们此时还在四处寻觅乔和杰瑞，直到警探和人群全部消失，我们才在防火楼梯上看到两人。

　　另一个巧妙使用"宽画域"的例子则出现在第三幕，斯帕兹一伙人与乔和杰瑞在酒店大厅的追逐戏。大厅人头攒动，我们的视线跟随摄影机在室内的横摇停留在门外,两个"女人"跑向不同的方向,试图甩掉匪徒,结果很快又重新出现在镜头前。这一场戏表现了导演对于固定机位镜头的巧妙运用,他清楚地了解如何让人物出现在画框内,再让他们离开画框。试想一下,如果将这一场戏切为若干短镜头,追逐效果势必会大打折扣。

另一个例子则是乐队一行人抵达佛罗里达旅馆那场戏,通过巧妙的镜头内部设计和构图达到强调(人物)的作用。门廊的摇椅上坐着一排似乎一模一样的"百万富翁",他们见到女人们到来,一齐摘下眼镜注视,摘下帽子行礼。事实上,这其中只真正展示了一个真实的人物,即奥斯古德,但通过这样的设计,强调了奥斯古德的富翁身份。

戏剧性场景

影片中一个绝妙的戏剧性场景的例子是休格和达芙妮在火车卧铺中的一场戏,人物、道具、场景均属最佳。这场戏之前有一个简短的铺垫,即达芙妮对休格一见倾心,而且还被休格称为"亲爱的"。然后休格爬上达芙妮的卧铺,狭窄的床榻顿时显得拥挤。这对达芙妮来说有着深远的意义,以至于连休格都发现"她"在发抖。当达芙妮提议两人喝一杯,来个"惊喜派对"时,两人之间奇妙的关系随着杰瑞这一人物所产生的戏剧性反讽(杰瑞就是达芙妮,而且他很喜欢休格)愈演愈烈而逐渐升级。余波紧随这场戏之后——其他女人纷纷爬上达芙妮的卧铺,达芙妮的如意算盘也落了空。

第二个戏剧性场景的例子则是达芙妮与奥斯古德跳了一夜舞之后回到房间。先是一个简短的铺垫,即回到房间的达芙妮躺在床上还在"回味"两人跳舞的场面。这时假扮"二世"的乔从窗户跳进房间,然后杰瑞向乔讲起奥斯古德向他求婚的事情。乔认为杰瑞的"计划"不会奏效,但当杰瑞拿出奥斯古德送给他的钻石手链时,乔瞬间改变主意,反而鼓励杰瑞与奥斯古德订婚。此时我们并不知道乔到底在打什么如意算盘,但我们知道他一定计划着什么事情。这场戏随着休格的突然到来而被打断,因此这场戏也从两者的对手戏变成三者的对手戏，但其核心冲突依然是两个男人之间对于乔诱骗休格一事的分歧。接下来门童的到来则成为一个简短有效的余波。

特别关注

很多新手会认为所谓的"严肃"电影是一种截然不同的——当然也是更高级的——电影，仿佛"严肃"电影比类型片（如喜剧片）或"娱乐片"需要更高级的编剧技巧、导演技巧。

作为史上最伟大的电影人之一，比利·怀尔德从不把自己限制在某一类型的框架内。他将自己惊人的才华施展到了所有类型片中：本片是典型的疯癫喜剧，《失去的周末》（*Lost Weekend*）是典型的"问题"影片，《双重赔偿》是黑色悬疑片，《黄昏之恋》（*Love in the Afternoon*）是浪漫爱情喜剧，《战地军魂》（*Stalag 17*）是战争喜剧，《日落大道》则是纯粹由人物驱动的剧情片。比利·怀尔德才华横溢，获奖无数，更难得的是，身兼编剧、导演二职的他，在两个领域均取得了卓越的成就。如果用一个词形容，那便是登峰造极。

他在每部作品中都尽量尝试各种技巧与创新。在他的作品里，既有严肃也有滑稽，既有纠结也有快意。在他的整个职业生涯中，他最大的乐趣便是用最好的方式讲述最好的故事，同时，也对观众产生了最大的影响。本书所阐述的所有有关剧作和电影制作的原则适用于所有优秀的电影作品，而且对于所有优秀的作品来说，这些评价原则也是同一的（并无高低之分）。比利·怀尔德漫长而卓越的生涯（及其作品）便是完美的典范。

片例3 《西北偏北》

编剧：欧内斯特·莱曼
导演：阿尔弗雷德·希区柯克

《西北偏北》是希区柯克导演的巅峰之作，由欧内斯特·莱曼撰写的剧本在第32届奥斯卡奖上获得最佳原创剧本提名。就算不提其他内容，飞机追逃加总统山逃亡两段戏已经足够让本片名垂影史。

故事梗概

罗杰·桑希尔是纽约一名事业有成的广告商，然而有一天他却被误认为一个名叫乔治·卡普兰的人并遭到绑架。他在被囚禁的房间中见到了温文尔雅但独断专行的莱斯特·唐森，后者指控其为秘密特工。不论罗杰如何辩解，唐森全然不信。唐森的手下想杀掉罗杰灭口，幸好罗杰成功逃脱。如此离奇的事件，不论是警察还是罗杰的母亲都无法相信。罗杰决定到酒店找到卡普兰本人并澄清误会，结果又遇到了先前绑架他的人，他只得仓皇逃跑。

罗杰来到联合国大厦打算向唐森澄清事实，却发现这个"唐森"根本不是几天前见到的那个人。在两人的交谈中罗杰得知真的唐森已遇刺身亡，而罗杰则被人拍下手持匕首的照片。罗杰再一次逃亡，这一次是为了躲避警察的追捕，他只好登上前往芝加哥的火车，希望能够找到卡普兰的下落。罗杰的合伙人兼教授掌管着一家特工机构，他透露说卡普兰其实是个虚构的身份，但同时也有一名真的特工正在隐姓埋名。火车上，罗杰遇上职业女性伊芙·肯德尔并在其帮助下成功躲过警察的搜捕。罗杰躲在伊芙的包厢，两人一夜之间彼此倾心。夜晚时分，伊芙趁罗杰不注意之际传出一张纸条，收件人则是假的唐森，他的真名为范丹——伊芙似乎与他是同一条船上的人。两人安全抵达芝加哥，伊芙安排罗杰与真的卡普兰见面。罗杰按照指示来到见面地点，却发现是一片农田。此时一架装载机关枪的飞机向他袭来。情急之下，他猛地跑到道路中间挥手拦停一辆油罐车，再次脱险并返回芝加哥。

罗杰发现了伊芙与范丹之间的关系，他跟踪伊芙来到一宗拍卖会的现场，范丹正在为一件雕塑竞价。范丹的手下企图在现场擒获罗杰，机智的罗杰高喊自己是杀人凶手，警察及时赶来。罗杰虽被逮捕，但亦获救。这一次他被带往机场，并再次与教授碰面。教授指出伊芙就是那个秘密特工，她因为爱上了罗杰而陷入生死危机。罗杰决定扮演卡普兰，打算巧施一计保全两人的安全。总统山下，伊芙假装开枪射向罗杰，罗杰似乎中枪身亡，这才让范丹放心。罗杰发现伊芙仍在范丹手里，尚未脱离危险，他再次挺身而出，孤身一人深入间谍虎穴前去营救。他发现范丹的手下正欲杀害伊芙，罗杰救出美人展开逃亡，正邪双方在总统山上展开争斗。范丹的手下在追逐过程中死亡，范丹本人也被击毙。他在拍卖会上购得的雕塑里藏着一卷微缩胶卷，这正是重要的情报。罗杰和伊芙二人终于获救，一对有情人终成眷属。

主人公与目标

本片的主人公是可怜的罗杰·桑希尔。被人误会的他的目标自然是澄清误会，证明自己不是秘密特工。与其对应的是，反面人物也十分明显，他们构造出本片首要的外部冲突。

障　碍

罗杰遇到的第一个障碍是被人误认。唐森，或者说范丹心机缜密，本来就善于改头换面的他自然会觉得罗杰的每一次辩解和澄清都像演戏，而且演技还挺好。但是我们后来发现，尽管罗杰不是那个秘密特工而且自始至终对此事一无所知，但他在被迫"扮演"卡普兰的过程中倒也能蒙混过关，甚至可以说"演得挺好"，这也让敌人更加确信他的特工身份。

另外，罗杰所面对的障碍不仅来自这个大反派和他的手下，也来自他的"盟友"。教授明知罗杰所处的困境却没有施救，反而让他去转移别人对伊芙（也就是真正的特工）的注意力。我们后来知道伊芙出于自保起初不得不做出对罗杰不利的事情，但最后还是和罗杰站在了一起。

前提与开场

本片的前提包含了一系列事件和场景，直到罗杰跌跌撞撞地走进影片真正的情节中，前提才算结束。范丹和他的手下们干着走私国家机密的勾当，教授和他的人试图阻止恶行，可惜他们派出的间谍都被识破并难逃一死。最后，他们创造出一个虚构的特工来保护他们真正潜伏的特工身份不会被怀疑。

影片开场，编剧莱曼选择先建立起罗杰的真实姓名和身份。整个过程快速有利，且让我们感受到罗杰自信自立的品性。等到我们了解到他对生活的态度并不断被提醒他的真实身份时，他已经被误认并遭到了绑架。

主悬念、高潮与结局

影片的主悬念是罗杰能否找到真正的乔治·卡普兰，澄清误会，把自己从这场误会中解救出来。

影片高潮便是谜团解开的时刻，即罗杰发现了关于卡普兰和伊芙的真相。这里建立起第三幕的悬念，即罗杰是否会营救伊芙。

影片的结局部分发生在总统山上。伊芙险些跌落山崖，幸好罗杰抓住她的手，两人设法逃离范丹手下的追杀。第三幕中令人十分纠结的情节是罗杰在第一次尝试营救伊芙时发现她正是教授派到范丹身边的特工，然而教授却并未施以援手，罗杰只好自己前去营救。

主　题

　　本片的主题是谎言与欺骗。影片刚一开始，罗杰就说道："（在广告界）没有谎言这么一回事，只有不得已的夸张。"当他说实话的时候别人以为他在撒谎，他撒谎时别人又认为是实话。当他发现关于卡普兰的一切时，才知道卡普兰本身就是一个谎言。

　　影片次要情节的发展也都基于上述主题。范丹的整个生涯都建立在欺骗之上。伊芙一开始欺骗罗杰，然后欺骗范丹，她起初不相信罗杰所说的事实，最后才完全相信。教授是运用"不得已的夸张"的大师，他的所有戏剧性动作都展示了谎言的绝佳效用。即便是范丹和他的得力助手伦纳德之间，虽然起初彼此信任，但随着情节的深入同样出现了用谎言和欺骗检验信任度的瞬间。

统一性

　　本片严守行为动作的统一性。整个故事的焦点就是罗杰追寻目标的过程。虽然一些场景中罗杰并没有露面，但他仍然是场景的源头。在这些场景中，影片的主题和主人公的目标以不同的方式得到加强。

铺　陈

　　影片早期的铺陈采用罗杰秘书的台词来展示罗杰的身份、性格，并对未来做出铺垫。罗杰被绑架之后，他的解释和抗议则为后面的戏剧冲突做了铺垫。影片的铺陈段落都是间接的，除了一场戏，动作主体从罗杰转向教授，我们通过教授的言语知道卡普兰这个人根本不存在。

人物塑造

　　从影片一开始，罗杰这个人物便被塑造成一个雷厉风行、不达目的不罢休的形象。当他的处境变糟时，这些性格特点便会发挥作用，支撑他度过被误认身份的困境。影片开头他向秘书以及生意伙伴展示的镇定自若和自觉自信的品质贯穿全片，即使在他危难之际也没有动摇。

范丹这一反面角色的性格仿如罗杰的镜像一般：警觉自信、圆滑聪慧。但是罗杰愤怒的时候，范丹却忍俊不禁，他似乎觉得自己完全凌驾于弱小的罗杰之上。然而影片最后他却被自己的虚荣和多疑击垮，最终导致大溃败。

伊芙的性格则与上述二人完全相反。尽管表面上看她颇为自信，但其信心十分容易动摇，更多时候则显得力不从心。影片中的事实是，她既背叛过我们的主人公，也背叛过我们的大反派。伊芙在对待这样的事实时更显出上述特点。在火车上伊芙与罗杰共进晚餐的一场戏中，她引诱罗杰的行为看起来十分真诚，但言语之间全是谎言。当她不得不背叛罗杰安排他与卡普兰的一场虚假会面时，她被自己的谎言和欺骗完全摧毁。尽管她的话语时常具有欺骗性，但她的内心一直保持诚实。

情节发展

影片从一开始小小的误会如滚雪球般演变成罗杰的一系列灾难。他每一次向他人澄清自己的身份都只会让别人更加相信他就是真的卡普兰。范丹的目标是杀掉这个对他产生威胁的特工，因此随着罗杰一次又一次地逃生，范丹也不断提升障碍的难度。伊芙的目标起初是自保，然而当她爱上罗杰之后，她尝试保护爱人，同时尽可能地隐藏自己的真实身份。

对于影片中所有主要人物而言，他们的障碍都是他们达成目标路上的自然产物。

戏剧性反讽

影片核心便是一个戏剧性的反讽：罗杰被误认为是一个特工，而这个特工根本不存在。从我们认识这一点开始，我们便会发现，罗杰为澄清事实所做的一切都是无望的努力，这最终增强了影片的情绪以及悬念。

罗杰前往芝加哥寻找卡普兰，而我们知道这根本不可能。伊芙为罗杰安排"会面",罗杰在路边等待,这里的戏剧性反讽正来自于我们早已知道这全是欺骗,而罗杰的一无所知更增加了这场戏的戏剧张力。

当罗杰发现是伊芙而非卡普兰设计了他时,两人在酒店房间对质。伊芙此时并不知道罗杰已经知晓实情,罗杰也不知道伊芙已经真的爱上了他且对于自己能够生还十分欣慰。只有观众知道全部内情,因此也更享受这若干个反讽的组合。

铺垫与余波

经典的飞机追逃的一场戏是铺垫与余波的教科书式的范例。在吊起观众胃口、让观众准备好迎接震惊与戏剧性转折这一方面,希区柯克堪称大师。在这一场戏中,他反常规地使用音乐,留出一段诡异的安静气氛,让观众意识到后面即将发生冲击,然而不让观众知道冲击将从何方而来。他采用开阔的场景空间、安静的气氛以及突然出现的巴士为后面无可避免的惊险场面做出铺垫。在这场戏的结尾,飞机冲向油罐车,旁观者都将此事视作悲剧而非(主人公的)胜利,从而引发带有些许反讽意味的余波。

伏笔与披露

一个非常明显的伏笔与披露元素是罗杰的火柴盒,上面有他名字的首字母缩写 R.O.T.。罗杰与伊芙在火车上用餐的一场戏中,伊芙问罗杰字母 O 的含义,此时先前的伏笔得到强化。后面在范丹的住所,罗杰想提醒伊芙危险降临,他便借用了这个火柴盒,而伊芙看到火柴盒,也很快意识到罗杰就在附近。

另一个伏笔与披露的环节是罗杰母亲对罗杰饮酒的态度。影片开头部分,罗杰曾告诉秘书说他就算只喝两杯酒,她的母亲也能从呼吸中闻出酒气。后来罗杰因"酒驾"而被捕,法庭上,他讲述了自己被人强迫灌酒的荒谬故事。罗杰讲的句句属实,但又离奇得连他的母亲都不相信。

未来元素与预告

罗杰与范丹第一次见面的一场戏，范丹背出卡普兰的酒店入住记录——他之前去过哪些地方，现在在纽约都待在哪里，然后去芝加哥和南达科他州的拉皮德城要待在哪里。当然，这场戏的主要冲突淹没了这段信息，使之看起来不过是范丹用来证明罗杰（或卡普兰）已经在劫难逃的证据。但事实上，这些信息预示着影片后面一系列场景的切换。

影片中的未来元素比比皆是。范丹告诉自己的手下"好好招待卡普兰先生"，我们便不得不猜测他们要对我们的主人公做些什么。罗杰向母亲解释自己的计划并打算前往纽约，我们又被编剧"推入"情节中去：他的计划会奏效吗？事情会像他想象的那样发展吗？在拍卖会上，罗杰的一席话很有效地让范丹开始怀疑伊芙，我们则对伊芙的未来产生希望和恐惧。当我们了解到罗杰在总统山下的计谋是为了解救伊芙时，我们再次燃起希望和恐惧。

可信性

这并不是一个真实的、发生在现实世界的故事，但在影片设置的规则和世界观下却相当令人信服。影片从一个非常现实化的纽约和罗杰的生活场景中展开，但当范丹的手下将罗杰灌醉并将他推上奔驰车企图制造车祸假象这一段戏开始，影片让我们进入了这个故事非写实的一面，然而我们欣然接受。编剧通过绝妙的手法消除了我们的疑虑，让我们完全进入故事情节中。

一旦我们"自愿地信以为真"并开始跟随情节运动，所有事件的转变都变得自然而然，其结果也都是必然要发生的了。聪明的罗杰屡次逃离险境又坠入新的险境，这也是全然合乎逻辑的发展方式，我们乐于在其中享受主人公的智慧与英勇。

行为与戏剧性动作

拍卖会一场戏是一个绝妙的例子，既包含了戏剧性动作，也包含了行为。罗杰接近范丹与伊芙并讽刺伊芙，这些都是戏剧性动作——它们背后有明确的目的，即在报仇的同时撇清与伊芙的干系。与此同时，拍卖会正在他们身边展开——这仅仅是行为。而这场戏的后半部分，罗杰在拍卖会中疯狂的举牌加价则是有目的的戏剧性动作——他试图引起争吵，以便为警察的到来争取时间。

其他关于行为的例子则有：火车上用餐，用望远镜观看总统山，以及影片结尾处范丹一边等飞机一边还要了一杯香槟。关于戏剧性动作的例子则有：罗杰搜查卡普兰的酒店房间；为了躲避范丹的手下，罗杰让女士们先下电梯；以及在芝加哥的酒店房间，伊芙劝罗杰洗澡，以便自己有机会去见范丹。

对　白

本片中罗杰和伊芙的对白十分机智敏锐，又如日常说话一般具有现实感。对白的特性为影片的整体基调增添了现实色彩：这虽不是真实的故事，但也八九不离十。影片与现实十分接近，又离我们相当遥远，从而不会让我们心生惊惧——总而言之我们可以与影片一直保持完美的距离。

范丹的对白古怪且表现出一种高傲的优越感。他的一个手下瓦莱里安的语言则在所有人物中最具风格，这让我们减轻了对死亡与灾难的恐惧心理，否则影片将变得太过真实而让人难以承受（比如希区柯克1960年《惊魂记》［*Psycho*］中经典的浴室杀人戏）。

视觉性

从火车车厢和浴室幽闭狭小的空间到飞机追逃的宽阔场面，影片为观众提供了类型丰富的视觉刺激。希区柯克影片中有相当多的镜头能唤起观众的强烈情绪，本片也不例外，比如俯瞰联合国大楼的镜头，伦纳德让伊芙安排罗杰"赴约"时摄影机横移拍摄一排电话亭的镜头，还有在飞机追逃一场戏中使用的很多镜头。

一些处理精妙的小的场景和画面同样对影片产生很大作用，比如火车上两人共进晚餐时，罗杰为伊芙点烟，伊芙用手触碰罗杰的手；罗杰逃过飞机扫射一劫回到酒店，伊芙投向他的怀抱，而他却没有拥抱伊芙；另外，拍卖会上范丹将手放在伊芙的脖子上是非常明显的象征性手势——而当他把手移开时，则是对其内心世界再明显不过的暗示。

戏剧性场景

本片不仅具有惊心动魄的动作戏和令人震惊的悬念，也有设置得十分巧妙的戏剧性场景。在罗杰和母亲搜查卡普兰酒店房间的一场戏中，两个人物都有明确的欲求。罗杰想找到关于卡普兰的蛛丝马迹，而他的母亲则想劝他别再做无谓的事。当罗杰认真地搜查房间、盘问服务员，甚至试穿卡普兰的西装（或者假扮他的人生）时，母亲竭力想把儿子带离这里。

罗杰在酒店房间与伊芙对质，他问道："你怎么会变成现在这个样子？"罗杰内心充满伤痛和愤怒，伊芙则既对罗杰的生还感到高兴，同时又对他的出现感到焦虑——两人复杂的情感通过彼此的互动表现得淋漓尽致。两人的对话尽管一如既往的简洁有力，但在这场戏中并非重头。

当范丹第一次进入位于格兰湾的书房会见"卡普兰"先生时，正反两方人物很快开始一场猫鼠游戏。范丹拉上窗帘打开灯，象征游戏开始，两人开始互相打量。两个人物很快进入各自确定的、彼此对立的位置，两人之间的戏剧冲突也随着彼此对立的目标得到强化。（罗杰想澄清误会，而范丹则要挖出特工的真相。）

特别关注

本片做到了推理与悬念的完美结合。所谓的推理是侦探或类似的人物发现正在发生或已经发生的故事的过程。因此，推理涉及过去和现在两个时态。不论作为整体结构的推理故事还是作为早期其他类型故事中的元素，谜与解谜都是用于吸引观众的有效工具，因为它能迅速唤起观众的好奇心。

推理故事不能在整个故事中保持观众的兴趣和参与感，因为就像前面所述，它只涉及过去和现在两个时态。为了让观众的情感能够融入叙事，跟随剧情产生相应的希望和恐惧，我们必须设置将来时态，让观众对未来进行设想。而悬念就是纯粹的将来时态。"下面将要发生什么？"这是观众心中最主要的问题。悬念元素对于任何类型的影片（不仅是推理类型）而言都是必要的，它可以让观众感受希望与恐惧的并置，并让观众产生预期——这是让观众参与叙事的核心。

理想情况下推理与悬念二者常交织，而本片恰是二者有机共存的绝佳范例。罗杰被绑架时，观众和他一样产生谜团，希望知道现在的情形。罗杰与范丹的对话为我们揭露出事实的一角（即身份的误认），结束于让罗杰陷入杀身之祸。我们很快便因此进入悬念：下面要发生什么，罗杰能够逃脱吗？此时的我们便是在设想未来。罗杰来到卡普兰的酒店房间，他摇身一变成为一名侦探，想探寻关于卡普兰的谜团以及这场误认的真相。当范丹的手下上楼时，我们又切换成悬念状态，不会考虑过去和现在，而是考虑接下来将发生的事情：罗杰如何逃脱？

好的推理故事会在解谜和悬念之间不断切换。一般来说，影片第二幕的结尾将解决主要谜团并转入纯粹的悬念环节。本片第二幕的结尾是教授向罗杰透露关于主要谜团的最后一丝线索，即伊芙就是那个真的特工，而罗杰则了解到我们早已知道的事实——卡普兰不过是虚构的人物。从罗杰决定营救伊芙的一刻起，我们就进入了悬念模式。这里仍有一些次要谜团有待解开——比如餐厅中教授的计划——但我们的情绪绝大部分已经被悬念占据。

新手编剧经常会像侦探小说那样试图将谜团留到影片的最后一分钟才解开，但这恰恰与戏剧相反。戏剧永远依赖观众的参与、预期、希望与恐惧——即永远处于悬念当中。没有悬念，观众将成为纯粹的旁观者，故事也不再具有戏剧性。过度的悬置谜团顶多吊起观众的好奇心，但无法触及情绪。

片例4 《四百击》

编剧：弗朗索瓦·特吕弗，马塞尔·穆西
导演：弗朗索瓦·特吕弗

尽管《四百击》并不是法国新浪潮电影运动的处女作，但它与克劳德·夏布罗尔、让－吕克·戈达尔、埃里克·侯麦以及雅克·里维特的作品一道，成为了让全世界了解新浪潮的早期作品之一。凭借极大的自传色彩与缺乏大团圆式的结局，本片奠定了特吕弗鲜明的"作者"身份——一个极具思想与心理深度的电影人。特吕弗凭借本片在1959年戛纳电影节上获得了最佳导演奖。次年的奥斯卡颁奖礼上，特吕弗与穆西合写的剧本荣获最佳原创剧本奖提名。

故事梗概

一群十三岁的男孩们正在教室中参加考试，一张印着日历女郎的图片则暗地里传播开来。照片传到安东尼·杜瓦内尔手中，他不幸被老师逮到，并被喝令到角落的黑板后面罚站，课间休息也就此泡汤。生气的安东尼将愤怒发泄在墙上，却引发更大的麻烦——他被罚抄写动词变位。安东尼发誓要找到告发他的莫里塞报仇。放学后，他向好友勒内抱怨学校的一切，然后匆匆回家。

安东尼偷了一点藏在柜子夹缝中的零钱，干了些家务活之后，又溜进父母的卧室摆弄一番，然后才开始做作业。不久之后，母亲吉尔贝特回到家中，她发现安东尼并没有按她的要求买回面粉，这让她很生气。安东尼只好跑出去购买。回来时他在楼梯间遇到了和蔼的父亲朱利安，他刚刚为自己的爱车买了一个新的雾灯。吉尔贝特向儿子索要买面粉剩下的零钱，但安东尼又从父亲手里得到一笔"收入"。晚饭过后，两口子商量着夏天送安东尼参加夏令营的事情，朱利安邀请妻子参加星期日汽车俱乐部举办的旅行，吉尔贝特不耐烦地拒绝了。朱利安拿妻子打字的事情开起玩笑，妻子则埋怨丈夫不正经，而且挖苦他那平庸的工作。

安东尼并没有完成老师布置的作业，虽然忧心忡忡，但还是去了学校。到了学校之后，勒内却怂恿他逃课。两人将书包藏起来，开始了为期一天的"逃学旅行"——看电影、玩弹球、在游乐场里搭顺风车。回家路上，两人发现安东尼的母亲正与另一个男人幽会。尽管母亲也发现了安东尼逃课的事实，但两人觉得她一定不会告发此事。两人取书包打算回家，结果被暗中"侦察"的"好学生"莫里塞发现。勒内把自己的请假条借给安东尼，让他做一张假的以便蒙混过关，而就在安东尼抄写的时候，父亲回来了。

朱利安说母亲会工作到很晚，两人可以过一个"单身汉"之夜。他们一块儿做饭，朱利安问起儿子的学习情况。夜晚，安东尼躺在摆在门厅的小床上，母亲回来时他假装睡着了，不一会儿便传来父母的吵架声：吉尔贝特与老板的外遇、安东尼的谎话以及安东尼并非朱利安亲生的事实被一一道出。

清晨，安东尼急匆匆赶往学校，莫里塞则来安东尼家向他的父母告发他逃学的"罪行"。勒内和安东尼商量着要用什么借口搪塞老师，他们决定"借口越大越好"。安东尼撒谎说自己的母亲去世，这让老师很同情他。然而当安东尼的父母来到学校时，谎言不攻自破。安东尼被扇了耳光而且被告知回家后会得到惩罚。安东尼没法回家了，于是他决定在街上过夜，但勒内有更好的主意。两人来到勒内叔叔的印刷厂。朱利安在家中读起安东尼留下的信，吉尔贝特疑惑为什么儿子要编造母亲去世的谎言，同时，吉尔贝特也承认儿子确实讨厌她。

夜晚，安东尼独自一人在街上游荡，圣诞节的装饰灯火闪亮。他想在印刷厂过夜，却险些被人抓住。又饿又渴的他在街边偷了一瓶牛奶，一饮而尽。清晨，安东尼回到学校上课，又被老师叫去校长室。吉尔贝特已经等在那里，她拥抱了安东尼并问他昨晚去了哪里。两人回到家中，吉尔贝特为儿子洗澡，之后又让他卧床休息；与此同时，她还不断试图让儿子对她敞开心扉。当然，吉尔贝特真正的目的是想知道儿子信中所谓的"解释一切"到底是什么意思。当安东尼说只是解释自己的行为时，母亲终于松了一口气。两人达成协议：如果安东尼能在法语考试中得高分，她就会给安东尼一笔钱，但此事绝不能让父亲知道。

体育老师带领学生整队并开始长跑，没过一会，队伍就只剩下两个学生了。安东尼独自回到家中，他读了一会儿巴尔扎克的小说，又在壁龛里挂上一张巴尔扎克的照片。学校里，老师让学生们写下自己生命中最重要的一件事，安东尼写了自己爷爷的去世。在挂着巴尔扎克相的壁龛里，安东尼点起一根蜡烛。一家人吃晚餐的时候，三人闻到烟味，结果发现壁龛着起火来。父亲朱利安很愤怒，母亲吉尔贝特则为儿子辩护。三人决定外出看电影，一家人过了开心的一夜。

第二天上学，老师指责安东尼在作文中抄袭巴尔扎克的文章，他被逐出教室。他的好友勒内也被逐出教室。安东尼确信如果再回家的话他一定会被送到军校，他承认要是能成为海军也许还不错，毕竟他总想看看大海，但即便如此他依然不想被送走。于是勒内便邀请他待在自己家中。勒内的家宽敞明亮，安东尼很吃惊。他带着崇拜的眼神看着勒内偷了些钱，然后伙伴们便出门寻乐。勒内独自和父亲吃饭，他拨快了钟表指针。父亲以为时间来不及便急匆匆离开了家，勒内则将剩下的食物留给安东尼。两人吃饱喝足便冲向电影院。看完电影，两人又偷走了墙上的一张海报，然后还在休息室里偷了些零钱和一个闹钟。

两个男孩带着一个小女孩去看木偶戏。小孩子们聚精会神地观看，而安东尼和勒内则想着如何搞到钱，好让安东尼继续躲藏下去。他们决定到朱利安的办公室偷一台打字机，然后找家当铺卖掉。安东尼潜入办公室，有惊无险地把打字机偷了出来，但是带着这样一个"庞然大物"走在街上或是搭地铁都是件麻烦事。最后他们找到一个小混混可以帮他们卖掉打字机，结果小混混拿到打字机便逃之夭夭了。两人好不容易追回"赃物"结果又碰上警察。看来打字机是铁定卖不成了，安东尼决定物归原主。为了避免被人认出来，他特地戴了顶帽子。

然而看守还是发现并逮住了安东尼。看守打电话给朱利安。朱利安将安东尼送到警局并说他们已经对这孩子无能为力了。安东尼被警察逮捕，拍了照片，按了指纹，并和一个成年犯人锁在一起。之后，他又随着其他成年犯人一同登上囚车。一路上，安东尼透过铁栏杆望着外面的城市逐渐退去。吉尔贝特向法官陈述了安东尼的家庭生活，法庭决定将安东尼送往观察中心待上一阵。在观察中心，安东尼因为提前吃了面包而受到惩罚。之后，一个女心理医生又来对他进行访问，他向医生解释自己盗窃打字机又还回去的原因，还有他从奶奶那里偷钱的往事。

访问日到来，安东尼看到勒内来十分激动，但两人却不能见面。他与母亲见面，而母亲则指责他只寄信给父亲，并表示朱利安已经对他不再感兴趣。她暗示安东尼会被送往青少年改造所。在一场足球比赛中，安东尼趁机逃走并摆脱了警卫的追踪。他不停地奔跑，一直跑到海边。他追逐着海浪，然后突然转过身去望向内陆。他的眼神空洞，怅然若失。

主人公与目标

本片的主人公是安东尼，这是属于他的故事。安东尼总是犯错、被老师逮住、被父母忽略和误解，同时，他也一直在为做过的事情付出代价。主人公的目标是要在这个世界上找到自己的位置——但他对此也并不清楚。他想找到归属感，想被别人需要和理解。尽管他并不能妥善地表达自己的欲望，但这个目标毫无疑问是驱动他戏剧性动作的核心因素。

障　碍

安东尼的障碍归结起来就是三个字：成年人。他的母亲自私、伪善、充满怨恨，对待安东尼的态度也时好时坏；他的父亲虽然爱他，却很懦弱，无法直面自己的妻子；他的老师早就把他当成刺儿头；而其他成年人也既不相信他，也不理解他。其他的障碍则来自安东尼的内心——他就是自己最大的敌人。他做事总欠考虑，不论是在壁龛里放蜡烛引发火灾，还是偷父亲办公室的打字机，都是如此。就好像玩牌，安东尼不仅拿了一手烂牌，而且牌技差，手气也不好。

前提与开场

一个没人理解和关爱的巴黎十三岁男孩努力在这个世界上寻找自己的位置与价值，然而却发现自己总受到百般阻挠和欺骗。影片开场，特吕弗和穆西用一个微小却恰到好处的例子展示了安东尼的生活：他传阅日历女郎照片的罪过并不比其他男孩更甚，但唯独他成了老师惩罚的对象；当他独自一人留在教室忍受不公待遇的时候，愤怒的他变本加厉，结果又招致更严重的惩罚。

主悬念、高潮与结局

影片的叙事并不是通过创造强烈的主悬念来驱动剧情，相反，影片从散漫的节奏和叙事结构上看更像是关于主人公奇闻轶事的集合。当然，影片还是具有将整个故事串连在一起的清晰的叙事线索。安东尼想获得快乐，他不想惹麻烦，想高高兴兴过日子——尽管事实恰好相反，他总是行差踏错。影片的主悬念可能在于安东尼能否与父母和睦相处，他能否改掉"坏毛病"，变得彬彬有礼，以及他能否获得他人的理解，并在这个世界上找到合适的位置。无形且多变是影片主悬念的特点，我们对安东尼的心理状态既抱有希望同时又感到恐慌。

影片结局，安东尼在归还打字机时被逮个正着，而他的父亲再也无法忍受他的不端行为。他被送到警察局，成了成人社会系统中的一部分。经过无数次的尝试，他仍然无法以正常的方式在这个世界上找到自己的归属。影片的结局是他逃离观察中心，独自一人，在这世界上茕茕孑立。他的麻烦不会结束，但至少他获得了自由，他将按照自己的意愿行使自己的人生权利。

主　题

影片的主题是关于人类在面对归属与自由之间的挣扎。片中四个主要人物都面临相同的欲望——既希望归属于某人或某地，又希望获得自由。安东尼既希望能够在家人的关怀下幸福生活，又想我行我素；勒内似乎两者兼得，但他与父母之间的关系实际却相当冷淡；朱利安与吉尔贝特结婚，尽管安东尼并非他的亲生儿子，但朱利安还是让他随了自己的姓氏，好让儿子获得归属感——但他却为此放弃了自由（除了他挚爱的驾驶俱乐部）；吉尔贝特曾经放弃自由——她嫁给朱利安为的是让儿子有合法的名分——但又通过背着丈夫与人偷情这一"禁忌的自由"而做出反抗。每个人都被他们不可调和的欲望撕扯，只有安东尼能够把握自己的欲望，他为了自由彻底放弃了对归属感的追求——尽管其戏剧性动作很大程度上来自外界环境的驱动而非主动的欲望。

统一性

影片的核心人物不言自明，尽管安东尼并不总是能够对自己的行为或潜在的动机有清醒的认识，但其戏剧性动作确实一直保持统一。绝大多数时间里，安东尼想的都是如何蒙混过关，掩饰自己的错误，或是竭力不让事态失控。事实上，他一直在努力让自己的生活运转起来，找到一个可以被需要、被接受甚至被爱的地方栖身。为了达到目的，他情愿说谎、欺骗，甚至偷窃。只是他那躁动的天性总搞砸一切，而成年世界对他的误解和不容更让他无处可逃。

铺　陈

影片的铺陈既包含冲突也有常规的叙事。安东尼做家务的一段戏让我们意识到他在家中的地位。当他买面粉回来，母亲粗鲁地向他索回剩下的零钱这一场戏，表现了母子关系的不佳状态。安东尼向父亲索要饭钱的一段戏，既表现出父子二人冲突的一面，也表现出温情的一面，看来父子之间的关系要缓和得多。

影片中很多背景的铺陈都通过冲突展开。我们得知安东尼并非朱利安亲生这一事实是通过夫妻二人的争吵；安东尼不想回家是因为他在学校闯了祸；我们通过朱利安讲的笑话了解到他早已知道妻子的不忠，而妻子对笑话的厌弃则表现她对丈夫缺乏基本的尊重。影片中一个看似无关紧要的小情节同样具有铺陈的作用——当房门被敲响时，夫妻二人均露出担忧的神情："如果是煤气工怎么办？"这个微不足道的情节反映了家庭经济的窘境。

人物塑造

安东尼是典型的十三岁男孩，既顺从权威又反抗权威，总表现得固执任性——换句话就是费尽心思却总给自己惹一身麻烦。即便是在壁龛里"供奉"巴尔扎克，也能在无意中招致一场火灾，更别提故意撒谎逃学了。

母亲吉尔贝特虚荣、自私、脾气暴躁。她穿皮大衣，却欠着煤气费；她"私吞"了给安东尼买床单的钱，却把责任归咎于安东尼；她常常关心自己脸上的皱纹，却不管安东尼在狭小门厅睡觉的窘境，甚至觉得给自己添了麻烦。朱利安性格和善，总是好脸相迎，用笑话缓和气氛，但他却是个十足的胆小鬼，无法直面妻子的他还总告诉安东尼要妥协让步，跟母亲和睦相处。勒内是个被溺爱的小孩，他优渥且无拘无束的生活看起来让人羡慕。

安东尼犯错总被逮到，勒内却总能置身事外。即便他被赶出学校，那也是他故意为之——勒内的行为从没有任何不良的后果。

情节发展

影片情节发展紧凑，逻辑性强——安东尼犯下的每一个错误都能万无一失地触发下面的剧情。他被老师发现传阅日历女郎的照片，因此受到惩罚；他对老师的不公心存怨恨，结果被处罚得更重；他无法完成额外的家庭作业，便受勒内的怂恿逃学，但不像勒内准备齐全，安东尼可没有请假条，只好再次说谎；即便莫里塞向父母告发了安东尼，也是因为安东尼曾威胁要找他报仇。

影片中有一段时间，一家三口看似和乐融融，安东尼还在壁龛里"供奉"巴尔扎克企图获得母亲的好感以及曾约定好的金钱奖励。当然，他的"好心"再次把他带回麻烦这条路。他被指控抄袭，被赶出学校。他急需用钱，于是只好到父亲的办公室偷打字机，然而又在归还打字机时被"抓现行"——以上这些行为一步步指向他最终的结局，并且逻辑缜密，让他走向警局并被送入观察中心，以至于最后与家人彻底分离。

戏剧性反讽

安东尼决定逃学时，他的"宿敌"莫里塞正在一旁监视，后来还去他家告发了他。这一段戏连同后来安东尼谎言败露的一场戏构成了强有力的戏剧性反讽——安东尼撒谎说自己的母亲去世，而很快他的母亲就出现在学校。另外一个运用戏剧性反讽的情节则出现在安东尼发现母亲与另一个男人接吻之后，此处的反讽一直秘而不宣，却为其后一场戏的对白增添了潜台词——当晚，朱利安告诉儿子母亲会工作到很晚，还向儿子表达了对妻子的无限同情，朱利安说："办公室里，总有人占女人便宜。"

勒内将家中的钟表调快好让父亲早点离家这段情节也具有强烈的反讽作用。另有一则特殊的戏剧性反讽，是安东尼的偷窃行为：他并没有在偷窃过程中被逮到，反而是在归还赃物过程中被抓。这本来就是十分具有戏剧性的桥段，而且当他在观察中心接受心理医生问询时，他再次提到此事，并道出自己的心声。然而即便说出了事实，还是没人相信他。

铺垫与余波

安东尼在客厅桌旁抄写勒内的请假条，而父亲回家却打断了他的"计划"，这场戏的作用十分重要：不仅为后面安东尼说谎做了铺垫，同时展现了他对父母的畏惧。当父亲问起他在学校的学习情况时，先前的铺垫又为此增添了紧张感。

夜里，安东尼躺在床上，假装自己已经睡着，这一情节不仅表现出家庭成员之间的不诚实，同时也为安东尼偷听父母吵架作铺垫。父母不仅为他和他的谎言而争吵，也为母亲的谎言而争吵。更重要的是，安东尼得知自己并非朱利安亲生这一事实。

另一个铺垫段落则采用了对比的手法。安东尼和父母外出度过了一个美好的夜晚，一家三口一起去看电影，之后一起兜风，幸福快乐。然而紧接着便是安东尼被指抄袭，并被赶出了学校——由于有了前面欢乐的情节作为铺垫，这一场戏显得更加严重。这段戏的余波则在安东尼被赶出学校后，他确信自己会被送到军校。他觉得如果是海军学校的话也不算坏，因为他一直想看看大海。

伏笔与披露

安东尼表达自己想看海的愿望也为影片的最后一个镜头埋下了伏笔。影片最后，大海已经不再是一个实在的物象，而具有了隐喻色彩——它象征安东尼最终的自由和逃离。关于这一愿望的起初的伏笔是在法庭上，吉尔贝特反复地说安东尼十分喜欢大海。

巴尔扎克也是一个十分有趣的伏笔与披露的元素。起初我们看到安东尼阅读巴尔扎克的小说，然后把巴尔扎克的照片挂在壁龛内，用布帘遮住。

这一段戏的第一个披露是安东尼点燃蜡烛，放进壁龛，结果引起火灾；第二个披露则是在学校，老师指责安东尼抄袭巴尔扎克的文章。

未来元素与预告

影片中，安东尼和他的父母不止一次提到离开这个家，而每一次提出都是未来元素——尽管不能确定发生，但却是一则预言。安东尼觉得自己会被送到军校，父亲考虑夏天送他去夏令营，母亲不想再让他回家——然后便是安东尼被送往观察中心——这些都向我们表明安东尼与父母的关系并不融洽。另一个未来元素依然是一则预言：安东尼被抓到"盗窃"打字机，父亲朱利安将他送往警局，并告诉勒内他将有一段时间见不到自己的好朋友了。

一个巧妙的预告是勒内指出安东尼需要想出一个逃学的借口。一开始的解决办法是安东尼抄写勒内的请假条，然而随着"计划"失败，安东尼只好再次说谎——"越大越好"。从这一刻起，我们便确信安东尼非要说谎不可了，不论找什么借口，我们都将拭目以待。

可信性

本片绝不需要使用"自愿地信以为真"的手段，因为所有情节都是十分真实可信的。我们不仅能在日常情形中见到这样的孩子，甚至我们自己可能也遭遇过同样的不公。而且影片中安东尼所有的行为均在逻辑上联系紧密，因此我们便更容易相信所有事件的现实性和真实性。

行为与戏剧性动作

安东尼做的大部分家务事都是行为——比如整理餐桌、摆放餐具、帮母亲买面粉；而吉尔贝特和朱利安吵架并让安东尼倒垃圾则是有目的的戏剧性动作——她不想让儿子听到两人的争吵。父子两人煎蛋是行为，同样，安东尼在壁龛里"供奉"巴尔扎克也是行为。

当安东尼离家出走、留下一张纸条写着"我会解释一切"后再次回到家中，母亲一改往日威严，反而对儿子关爱有加——这显然不是单纯的行为，她一系列戏剧性动作的背后实际是担心儿子会泄露自己的秘密。当确认了儿子不会对她不利时，吉尔贝特的态度又发生了改变，她与安东尼达成协议：只要安东尼法语考试取得好成绩，她就会奖励他一笔钱。影片临近尾声，安东尼在操场上踢球，他执意去捡出界球——这一戏剧性动作的目的十分明显，他要逃跑。

对　白

影片总体上是用画面讲述故事，因此并不太需要丰富的对白。当然，对白依然有其功能而且对叙事有很大帮助——但绝大多数的叙事还是通过画面来完成的。

在这种情形下，影片的对白主要用于帮助塑造人物。朱利安总喜欢用"适当地"这个词，正是这种"恰到好处"反映了人物的虚伪与做作。校长对诗歌中华丽辞藻的喜爱也能展现其虚张声势的性格。吉尔贝特在说话时则显得十分谨慎，这反映出她内心潜藏着秘密。夫妻二人在法庭上描述安东尼的家庭生活时充满不安全感，并不断为自己的行为寻求合理化的解释。

视觉性

不论影片的整体视觉设计还是单个镜头，呈献给观众的方式都是极具力量的。在影片的前半部分，安东尼总被放置在一个紧张甚至带有恶意的空间内——他要么站在黑板后面，要么躺在门厅中狭小的单人床上，又或者靠墙坐在餐桌前。而当他和勒内外出寻乐时，空间则骤然拓宽，一个明显的情节便是安东尼只想欢畅地"探险"，哪儿也不去。后来，安东尼一个人在街上游荡时，视觉空间也是开阔的。当他因盗窃被捕时，警察带领他走过似乎没有尽头的、如同迷宫一般的狭窄走廊，最终将他关进狭小的牢房。而当安东尼逃跑时，他又回到开阔的空间中，沿着道路不停地奔跑，最终来到广阔的海边，四周一无所有，只有无尽的空间在他身边。

安东尼独自在街上游荡的那漫长一夜，影片为我们展现的画面以及行为表现了人物的绝望与孤独。他本来在印刷厂狭小简陋的空间内栖身，然而危险又很快降临，他不得不再次回到街上。他经过一家餐厅，摄影机架在餐厅内部拍摄安东尼注视餐厅的镜头，巧妙暗示了主人公的饥饿。当他偷到那瓶牛奶时，影片用他几乎一口气喝完整瓶牛奶的长镜头表现他的饥饿，而且无需语言便能表现。黎明将至，他来到已经停用的喷泉前，敲碎水池中的冰层，弄了点水擦拭自己的脸庞——影片单单用画面和人物的动作便展现出主人公的艰难。

另一个巧妙的画面则是安东尼被押入囚车，他大喊大叫但无济于事。他扒在镶着栏杆的车窗旁，看着熟悉的城市渐渐远去；他的身边是一群成年罪犯。我们透过栏杆看向车里的安东尼，我们可以察觉到，随着城市的远去，安东尼对城市的向往也逐渐消失，与此同时，他对家庭的伤怀恐怕也一去不复返了。

影片的最后一个镜头也值得我们注意。安东尼来到海边，尽管这对他来说是摆脱束缚、追求自由的成功的体现，然而对他脱离生活中的困境而言却并没有什么帮助。他的肢体语言表现出快乐，但神情却是迷茫的，镜头用变焦的方式放大了人物的表情并最终将其定格，很显然，我们对安东尼未来的不安感超越了对他胜利逃亡的喜悦。这一镜头的经典之处便在于营造出这种悲喜交织的心理情境——我们既为他最终获得自由而高兴，也对其未来感到悲观，而他脸上的复杂情绪便正是我们得到的暗示。（类似的尾声镜头也出现在影片《毕业生》中。本杰明拉着一身婚纱的伊莲跳上公车私奔，这自然意味着两人爱情的胜利，但影片早前的一系列谎言却为这看似幸福的结局埋下隐患。）

戏剧性场景

影片中一个十分巧妙的戏剧性场景发生在安东尼一夜未归后第二天回

到学校的一段戏。母亲吉尔贝特接他放学回家，看起来她已经意识到自己对待儿子方式的不妥。回到家中，她帮儿子洗澡并安抚他上床睡觉。但我们很快便了解到她真正的意图：她以为儿子会像字条中写的那样"解释所有事情"，从而暴露自己外遇的秘密。为了让安东尼敞开心扉，她甚至讲起自己小时候犯过的错误。随后，当她意识到安东尼只是想解释自己的行为而并不会揭发她的丑事时，吉尔贝特心中的石头终于落地，并改变态度，与儿子做出约定。这段戏的潜台词自然是不言而喻的，不仅如此，我们也发现，安东尼本来在这场戏中有机会坦诚自己所有的过错，然而随着这场戏的完成，他彻底失去了机会。

特别关注

本片展现了新浪潮电影的一个鲜明的特点：不用大团圆结局消解矛盾、解决难题。试想一下，如果安东尼的父母在结尾幡然醒悟，将儿子接回家中，一家三口再次和乐融融（当然还得换一个大房子），那么影片将完全不同。本片和众多早期游离于新浪潮运动之外的形式主义创作风格类似，以含混不清的开放式结局作为终结——生活仍将继续，问题亦不会马上得到解决。经过几番挣扎，我们的主人公也许会距离生活的复杂真相更近一些，当然也有可能更远。

这种类型的优秀作品常能引发观众思考。它为观众预留了空间，让观众自行思索、讨论、甚至争辩，并最终得到属于自己的定论。影片的结局来源于现实生活中真实的矛盾，它无法给出一个简单的答案，而拙劣的模仿作品则并非如此，它们因自己的无知而刻意回避结局，并将其自诩为"艺术"。

特吕弗及其恩师安德烈·巴赞是"作者论"最早的推动者。尽管对于电影"作者"的定义充满争议，但本片确实提供了一个绝佳的讨论机会。在类似《四百击》这样的影片（自传式的，且导演和编剧由一人担任）中，导演兼编剧的特吕弗毫无疑问就是影片的作者。尽管符合这种描述的影片众多——其中一些较为杰出，而另一些则过于沉迷自我——但仍然有大量的优秀影片并不具备明显的"作者"特色。

作者论的一个问题（也是其争议的来源）是其试图将仅适用于少数影片和少数电影人的称号拓展到"普适"的范畴。并非所有的导演都是"作者"，并非所有的影片——即便是那些最优秀、最发自内心的——都仅来源于单一的个人。通常，电影的特质由编剧创造，又通过导演得以放大，但最终展现在银幕上还需要众多演职人员的通力合作。事实上，对于同一个人的多部影片来说，他或她也只能承认自己是部分作品的"作者"而非全部。当我们讨论"作者"时，需要真正落实到独立的作品，它是如何成形的，是谁创造了故事，又是谁真正决定了最原始的故事用什么样的形态讲述出来。

艺术家并不需要刻意宣扬自己的身份，而应当投入到绘画、雕塑、编织、舞蹈等不论哪种门类的艺术创作中。至于身份的问题应留给观众决定：他或她是艺术家、匠人又或者仅仅是业余爱好者。真正的"作者"应当满足于让观众做出决定，与此同时做好自己的工作，也让团队中的其他人各司其职。

片例5 《公民凯恩》

编剧：赫尔曼·J·曼凯维奇，奥逊·威尔斯
导演：奥逊·威尔斯

本片即使不是影史最佳，也是最佳之一。当时年仅 26 岁的奥逊·威尔斯在这部处女作中集编、导、演于一身。尽管相对于他的其他作品而言，本片情感可能不算充沛，也似乎缺乏深刻，但不论是影像表达的形式，还是技巧，它都对美国乃至全世界电影人产生了巨大的影响力，这一点是毋庸置疑的。

故事梗概

查尔斯·福斯特·凯恩，这位集财富与权力于一身的报业大亨，在临终之际握着一个飘着雪花的水晶球并呢喃着"玫瑰花蕾"（Rosebud）。20 世纪 40 年代的一部新闻片对他的人生进行了概述，却没能抓住他一生的精髓。记者汤普森被派去调查凯恩遗言的含义，希望借此揭开他一生的谜团。汤普森前去采访那些曾与凯恩相识的人们，以此揭开他的过去。

廉价的夜总会中，汤普森试图采访凯恩的遗孀——苏珊·亚历山大·凯恩，但是遭到她的拒绝。他又去撒切尔图书馆阅读一位银行家同时也是凯恩监护人的回忆录。凯恩幼年时，他的母亲继承了一座金矿，后来她委托金融界巨头撒切尔帮忙管理。尽管彼时凯恩的父母健在，但"为了儿子着想"的母亲还是不顾凯恩的反对，将监护权交给了这位名为撒切尔的银行家。

汤普森采访了凯恩曾经的生意伙伴伯恩斯坦，并了解到更多内容。继

承遗产后的凯恩全身心投入到他所购得的一家报社中。连同好友贾德·利兰及生意伙伴伯恩斯坦，三人把经营报业视作代表穷人与富人的斗争，而对银行家撒切尔来说，这场"战争"显然是笔赔钱的买卖。报社大获成功，凯恩却变得兴味索然。他外出旅行，并带回了他的第一任妻子，美国总统的侄女埃米莉。

贾德·利兰并不知晓"玫瑰花蕾"的含义，但是透露了一些有关凯恩个人生活的信息。我们在影片中看见凯恩与埃米莉在早餐餐桌旁度过了九年的婚姻生活，之后便很快来到凯恩与第二任妻子苏珊初见的场景。彼时的苏珊正打算成为一名歌手，而凯恩则决定竞选州长。一切看起来如此顺利，直到政敌突然爆出二人的绯闻。凯恩与埃米莉离婚并迎娶苏珊，而此时凯恩则被他的选民抛弃。竞选失败的凯恩不顾苏珊的反对为她兴建歌剧院，并开始规划她的歌唱事业。利兰拒绝为苏珊撰写阿谀奉承的评论，苏珊首演之时，醉酒的他写下一篇刻薄的评论。看过评论的凯恩解雇了利兰并接着完成了评论，然而却还是彻头彻尾的尖酸刻薄。

苏珊终于决定向汤普森袒露心声。首演之后是更多的演出，当然评论也是一如既往的差劲。苏珊决定结束歌唱生涯，但凯恩却一意孤行，直到有一天苏珊过量服用安眠药企图自杀。凯恩终于同意了苏珊的请求，并与她移居佛罗里达。在那里，他建起巨大的城堡并用各式各样的艺术品填满他空虚的世界。孤单沮丧的苏珊终于向凯恩发起反抗。她收拾行李打算离开，而凯恩却一改往日威严，哀求妻子留下。苏珊最终还是离开了城堡，凯恩一怒之下捣毁了妻子的房间。

凯恩死后，汤普森在城堡采访了管家雷蒙德，他说他唯一一次听到凯恩说起"玫瑰花蕾"就是在他捣毁苏珊房间之时。那时他恰好拾起一个水晶球，里面有一个小木屋并飘着雪花。他把水晶球塞进口袋，独自离开了房间。凯恩死后，城堡中的众多艺术品（凯恩"从不扔掉任何东西"）被分门别类，等待处理，而此时的汤普森不得不承认他对凯恩依然不甚了解，采访所得到的信息不过是一块块散落的拼图。在他离开城堡之际，一个工人将一个雪橇扔进焚烧炉，这正是凯恩年幼离家时带走的玩物。木制的雪橇在焚烧炉中熊熊燃烧，我们看见上面的牌子正是"玫瑰花蕾"。

主人公与目标

凯恩的生平包含在一个框架性的故事体系之内，该框架亦有其结构。框架性故事的主角是汤普森，他的目标是探寻"玫瑰花蕾"的含义。但是影片真正的主角毫无疑问不是汤普森，因为他尚且算不上一个人物，他要么在画面之外，要么干脆隐藏在画面的阴影之中。我们对汤普森的行为不会感到好奇，他只是我们对于凯恩的好奇心的拟人化象征。

真正站在"舞台"中心的显然是凯恩。他的目标是利用其财富与权力让自己得到别人的爱，尽管其采用的方式专横而顽固。

障　碍

在获得"爱"的途中，凯恩面临的第一个障碍是他被迫离开家庭。他的母亲认为进城与撒切尔先生共同生活对凯恩来说是更好的选择。母亲自然是一切为了儿子着想，但让一个男孩与他熟悉和喜爱的世界分离显然是一件非常可怕的事。银行家撒切尔显然没什么爱心，凯恩的成长过程也自然体验不到家庭生活的温馨。他以报社为家，后来又认为竞选州长可以获得全州人民的爱戴。因丑闻而在竞选中惨败的凯恩变得麻木不仁且愤世嫉俗。当他试图捧红歌手苏珊却激起利兰犀利的讽刺时，他抛弃好友并专心一意寻求苏珊的爱。而最终当苏珊也离他而去时，他便再无爱可寻，只好留在回忆中。

前提与开场

富有且强权的报业大亨孤独地死在了他隐居的、藏有众多艺术品的城堡之中。他弥留之际的言行如同他孤独的一生一样难以捉摸。影片开场，曼凯维奇和威尔斯选择展示城堡阴森险恶的一面，接下来镜头接近一扇窗户，窗的后面是一个水晶球，里面是雪花飘落在小木屋上。旁边男人的嘴唇颤动着发出"玫瑰花蕾"，就此引出谜团。

主悬念、高潮与结局

影片的主悬念来源于凯恩对"爱"的不断索求："凯恩是否能够迫使或诱使整个世界给他爱呢？"或者类似这样的问题。影片高潮，凯恩获得爱的唯一希望（即他的第二任妻子苏珊）宁可自杀也不愿忍受他的欺凌与纠缠。此后尽管二人依然共同生活，但再无爱情可言。影片的结局则是孤独无爱的凯恩在所剩无几的人生中，将自己沉浸在回忆之中，因为只有在童年时代他才感受到被爱，雪橇和水晶球就是证据。回想一下，水晶球中的小木屋与凯恩童年的家是何其相似。

主 题

影片故事的主题围绕"爱"展开，这是凯恩的期望，也是故事的核心议题。片中五个讲述者中有四人（撒切尔、伯恩斯坦、利兰还有苏珊）都曾在凯恩的生命中对凯恩投以爱意，并且每个人在自己的故事中都叙述了这份爱是如何发展并最终泯灭的。

统一性

尽管影片具有一个框架性的故事、有自己的主角且故事的其余部分也通过另外五个人物分别讲述，但故事的统一性依然源于凯恩戏剧性动作的统一性，即完成"向全世界索取爱"的使命。相比《罗生门》中我们面对同一事件得到的却是矛盾冲突的不同观点，本片中五位讲述者的故事则彼此交织互补，每个人都与凯恩的生活产生互动。

铺 陈

片中记录凯恩生活和成就的新闻片为观众展示出客观的事实，这样做的部分原因是考虑到影片的叙事会在凯恩的个人时间线上来回跳跃，因此需要用新闻片为故事构筑一个简单的基础。尽管这部分内容看起来不怎么考究且相当流于表面，但它也是可以被观众接受的，正如罗伯特·唐尼所说："观众在影片刚开头时会原谅一切。"关于凯恩其他故事的铺陈则采用更为电影化的方式，比如凯恩走进编辑办公室的一段戏，暗示他已经接手报社。

人物塑造

凯恩是一个复杂的人物，我们无法用简单的心理学对他进行分析。事实上，影片讲述的方式恰好符合制作者的愿望：多方面向我们展示完整的、复杂的人物心理。人物塑造的关键在于目标，即从一个不再受到欺凌的世界中获取爱。影片中苏珊说道："你根本不爱我，你只要我爱你。没错！'我是查尔斯·福斯特·凯恩，你想要什么，说出来我都会给你，但你必须爱我。'"此话一出，事实已经十分明显了。

其他人物的塑造就不像凯恩一样那么复杂了。撒切尔虽然趾高气扬但认真勤恳，尽责地履行对凯恩的义务。精明帅气的贾德性格耿直，当他发现凯恩变得不诚实后便与之绝交。苏珊这一人物的塑造则颇显功力。她是个迷人但又平凡的年轻女人，因为身处一个自己无法理解的艺术与社会环境中而导致最终的失败。

情节发展

影片的情节发展模式十分有趣。我们已经知道本片由多个人物讲述主角生命的不同时期，而他们每个人的故事又自有发展变化、三幕式结构以及相应的高潮或结局。由于每个故事都是一次回忆，影片便在时间上被赋予了极大的自由。凯恩的一生被编剧分割成彼此相连的一系列不同的故事，我们从他的暮年回到他的青年时代，然后再到暮年时代等。叙事者创造了凯恩生命中的时刻，不是为了获得历史的准确性，而是通过多义、冲突与人性的矛盾还原凯恩复杂的心理。

戏剧性反讽

　　影片中第一次出现戏剧性反讽是凯恩与撒切尔先生的第一次见面，此时除了小凯恩以外所有人都知道他将被这位银行家带走。另一个例子是利兰对苏珊首演的评论。我们都知道利兰在苏珊演唱时已经醉得快不省人事，写出的评论也是尖酸刻薄，而凯恩却按照利兰的开头写出一篇同样尖酸的评论文章。还有一个例子是音乐教师竭尽全力教授而苏珊依然跑调这一场戏，我们看见凯恩其实很早以前就站在了房间门口。

铺垫与余波

　　一个十分精彩的铺垫场景是在凯恩接手报社之前与利兰开车前往办公室的一段戏。余波的例子是报社编辑离去的一场戏。另外一个余波的段落是在凯恩、苏珊、埃米莉以及凯恩的政敌四人对质场面之后，埃米莉与凯恩的政敌双双离开，凯恩在他们身后咆哮。

伏笔与披露

　　在所有的影片中，最著名的伏笔与披露的例子可能就要数本片中的"玫瑰花蕾"了。我们从一开始便对其充满好奇，并在影片进行当中不断被提醒，好奇心也随之膨胀。就在我们快要放弃时，影片在最后一个镜头给予我们披露。本片的伏笔与披露已经上升到了隐喻的层面。

　　另外一个例子是凯恩手写并由利兰保存的"原则声明"。当凯恩陷入人生最低谷也是其最不诚实的时候，利兰将这张声明寄还给他——这又创造了一则隐喻。

未来元素与预告

　　"原则声明"同样也是十分出彩的未来元素。在这个声明中，凯恩预告了自己未来的行为，我们则期待他将如何信守诺言。由报社办公室发出的婚礼通告是一个预告元素，不过这不是婚礼的预告，而是两人婚姻的预告，随后我们便看到两人在早餐餐桌前浓缩了的、长达九年的、乏味的婚姻生活。当我们第一次见到苏珊时，她说她想成为一名歌手，这也是一个未来元素。

可信性

本片是对一个充满争议的人的研究。他的生活和行为看起来十分符合逻辑且具必然性，以至于我们很容易就接受了"'玫瑰花蕾'就是他生命中的原初力量"这一"理论"。如果我们认同这一观点，那么我们就能够毫无保留地接受整个故事。

行为与戏剧性动作

影片较早部分出现了一个极富意味的戏剧性动作，即小凯恩用雪橇打撒切尔先生。这一行为不仅表明他对撒切尔的反抗，同时还强调了雪橇这个重要道具。另一个行为是凯恩将他卧室的装饰品带进了报社办公室。这意味着他打算把报业作为他生活的全部，把报社作为自己的家，而同事们自然是他的家人。当苏珊离开他时，他暴怒地捣毁苏珊房间这一戏剧性动作则很好地诠释了一个人的行为是如何反映其内心活动的。关于行为的例子则是年幼的凯恩一边滑雪橇一边朝小木屋的牌子扔雪球这一段落。苏珊玩填字游戏也是一串行为，然而这串行为对凯恩来说是全无意义的。

对　白

尽管以采访和回忆结构全片，但本片绝非所谓的"话痨片"。影片台词节制而精妙。一个十分简短的例子是凯恩完成利兰对苏珊首演的评论文章后两人的对话。利兰说："我以为我们不会再说话了。"凯恩则说："没错。你被解雇了。"（Jed: I thought we weren't talking. Kane: We are. You're fired.）另一个例子则是凯恩签署声明放弃对报社控制权的一场戏，凯恩说道："要是我不这么富有，也许我会是个好人。"（If I hadn't been very rich, I might have been a really great man.）

这句台词在当时看来相当具有现实性。凯恩的语言纯熟得体，与人物相得益彰，这与埃米莉和苏珊的语言风格形成鲜明的对比。

视觉性

影片在视觉性方面相当有突破，不仅是在使用方面，更在于它拓展了电影工作者对视觉性应用的认知（至少对于主流的美国电影是如此）。一些十分有趣的范例包括：凯恩与埃米莉共进早餐时，两人距离不断拉远；随着歌剧开始，摄影机不断上摇直到幕布上方高处，两个人在狭窄的走道上用手和眼神对糟糕的演唱进行评价；另外还有一段，摄影机穿过夜总会的广告牌，逐渐下降穿过天窗，然后来到苏珊现在生活的世界。

戏剧性场景

本片充满了大量的戏剧性场景，比如凯恩的母亲签字送走凯恩的一段戏，他的父亲对此无能为力；凯恩搬进报社，并以报社为家的一段戏；凯恩与苏珊的婚外恋情泄露，他与政敌、与妻子对质的一段戏等。苏珊搬离桑拿都庄园的一场戏十分值得仔细检视。二人的对手戏安排得十分精妙，苏珊的离开也通过行李箱和仆人的中途打断而得到有效的展示。当凯恩放下尊严恳求苏珊时，他笔直地站在摄影机前，整个身体被孤立（或说限制）在门框内。后来他捣毁苏珊的房间则是精心设计的余波。

特别关注

本章已经整体探讨了《公民凯恩》的独有气质，这一部分要探讨的还包括另一方面，即影片对时间的运用。因为编剧选择通过凯恩生活中出现的几个人的回忆来讲述故事，这样一来便打破了时间的限制，使我们可以通过顺时或逆时的方式体验整个故事，就好像不同的人物进行的回忆一样。在时间跨度极长（比如长达六十年）的故事中，这是一个非常有效的叙事方法。

另外，影片的谜团并不在于凯恩一生中发生了什么，而是他的生命意味着什么。编剧通过回忆的方式可以自由地在不同时空内穿梭，从而帮助叙事者建构这一迷思，即这些事情对凯恩来说意味着什么？我们可能会被其中一个人物对歌剧开场片段的回忆激起兴趣，同样也会从另一个人物口中得到不同但是与前者互补的观点。我们从撒切尔的回忆录中了解到他对凯恩经商和管理报社的看法，又从伯恩斯坦的回忆中得到全然不同的观点。这些对比与并置使编剧把我们的注意力集中于事件背后的凯恩的思考、动机、恐惧以及迷恋。

片例6　《证人》

原创故事：威廉·凯利，帕梅拉·华莱士，厄尔·W·华莱士
编剧：厄尔·W·华莱士，威廉·凯利
导演：彼得·威尔

本片荣获八项奥斯卡奖提名（包括最佳原创剧本奖和最佳导演奖），是一部将扎实的叙事技巧与现代电影制作技术完美融合的佳作。《证人》关注的正是现代社会的核心问题之一——"力量"的施用与滥用，更为难能可贵的是，它敢于将镜头对准鲜为人知的平静的阿米什人[①]聚居区，并从中获得强烈的戏剧张力。影片向我们证明了，只要善于利用剧作技巧，扎实地讲好故事，即便最不可能的素材也能在银幕上焕发光彩。

故事梗概

阿米什男孩塞缪尔和母亲瑞秋·拉普即将乘火车前往巴尔的摩，然而火车晚点却使二人滞留在费城车站。在候车厅的洗手间里，萨缪尔目击了一场残忍的谋杀。警探约翰·布克奉命前来调查案件。热衷暴力的布克让瑞秋有些恐惧，不过人生第一次来到现代社会的塞缪尔却对这一切充满了好奇。塞缪尔来到警局指认杀手，却在警局的展览柜里见到了杀手的照片，此人正是中尉麦克菲。

布克预感到母子二人可能会遇到危险，便暂时将两人安顿在姐姐家中，

[①]　美国加拿大安大略省的基督新教再洗礼派门诺会信徒，拒绝汽车、电力等现代设施，崇尚简朴、非暴力的生活。——编注

他则去找他的上司兼前搭档——上尉谢弗商讨接下来的计划。布克认为麦克菲与之前的一起毒品案件有关,而谢弗则问他是否还有别人知道男孩的身份。布克说只有他们二人知道此事,两人决定保守这一秘密。布克开车回家,却在停车场遭遇早已在此等候的麦克菲。两人拔枪互射,麦克菲仓皇逃走,布克也受了枪伤。布克意识到谢弗也已与坏人同流合污,便迅速通知搭档销毁关于母子两人的所有信息。布克开车从姐姐家中接走母子两人,带两人赶往阿米什人的聚居区暂作躲避,认为他们在那里应该会安全。

布克打算将母子二人送回家,但他在驾驶室内昏迷不醒,直到此时他们才发现他身受重伤。瑞秋和阿米什人伊莱将昏迷的布克抬回家中,并对他悉心照料,奄奄一息的布克总算捡回了一条命。接下来他要考虑如何解决现下的难题。一日,他来到火车站,却发现自己成为了某个谋杀案的通缉犯,这显然是谢弗一伙的栽赃嫁祸。

现在的布克只好隐姓埋名,他穿上瑞秋亡夫留下的衣服,并试图融入阿米什社区和瑞秋的家庭。瑞秋的岳父伊莱看起来不太容易相处,但也是个好心肠的人。一天,塞缪尔在抽屉里拿出布克的手枪,布克先训斥了塞缪尔,后来则教塞缪尔如何正确使用手枪。傍晚,祖父伊莱在桌旁为塞缪尔讲述阿米什人对暴力的看法,手枪也被瑞秋退下子弹,藏在壁橱中。布克在伊莱的要求下到牛棚挤奶,做些力所能及的杂事——此刻的他似乎已经逐渐成为家庭的一员,不仅如此,他与瑞秋之间的好感也与日俱增。阿米什人丹尼尔也在追求瑞秋,不过两人还是一块合作帮助社区建造新的谷仓,发现彼此都对木工十分在行,并且不言而喻,两人成为情敌。此时的布克也逐渐对阿米什人的生活方式与选择产生了钦佩之情。一天夜里,瑞秋主动向布克求爱,却遭到布克的拒绝,因为他知道两人之间有着不可逾越的差距。

布克随阿米什人进城,但在电话中却得知搭档被害的消息。无法保持阿米什人平和心境的布克将怒火撒在了嘲笑阿米什人(尤其是丹尼尔)的年轻人身上。他的这一行为引起了警察的注意,谢弗也很快得知了他和母子两人的藏身之所。布克准备离开社区，深爱布克的瑞秋终于无法压抑内心的爱意。尽管周围人都劝她远离这个"英国人"，她还是与布克结合了。

黎明时分，谢弗、麦克菲和另一名杀手费吉持枪来到农场。此时的布克正在干活，家中的瑞秋和伊莱则遭到劫持。布克找到塞缪尔，让他去丹尼尔的农场躲避，跑到半路的塞缪尔听到身后传来的枪声。布克凭借对农场布局的了解成功解决了其中一名杀手费尔吉，并从他手中夺下一把枪。紧接着，他又杀掉了麦克菲。回到家中的塞缪尔敲响了屋顶的钟，钟声引来了社区的人们。谢弗劫持了瑞秋并要挟布克放下武器。正当谢弗打算将布克和萨缪尔两人带走时，社区众人已经将他团团围住。几十上百的目击者让谢弗终于意识到一切都已经结束了，他只得放手。当地警察此时赶来。布克与塞缪尔道别，紧接着就是他与瑞秋道别的著名场景。伊莱最后提醒布克要提防外面那些"英国人"。布克开车回到城市，回到他原来的生活中，而丹尼尔与他擦肩而过，走向瑞秋。

主人公与目标

尽管影片名称指的是男孩塞缪尔，但主人公毫无疑问是约翰·布克。他虽有缺点，却是个强硬的警探，在这个充满暴力的世界里，他也必须以暴力为武器。同时，他也是个能够让观众产生好感的人物：他能够对母子两人饭前的祈祷表示尊重，在面临利益诱惑时依然坚定立场，更不用提他在农场保护平民的英勇行为。布克的目标清晰明了：他要保护自己和证人不受腐败警察的伤害。

障 碍

布克完成目标的首个障碍自然就是他的"敌人"，也就是已经成为杀手的警察。另外在人物内部，有一段时间布克身负重伤，他的身体状况也是障碍之一。第三，他对于阿米什社区来说是完完全全的不速之客，他们不想与布克产生任何关系，但又由于塞缪尔的关系不得不"接纳"布克——

布克与阿米什社区的冲突在于他无法像换衣服一样轻易改变自己的天性。在游客眼中,他看起来可能像阿米什人,在风平浪静时可以保持低调,伪装成一个受人尊重的木匠,但骨子里他还是个冲动的城里人,有时这种冲动会转化为暴力,尤其当他被逼到绝境时,这一天性便会显露出来。影片结尾,三个持枪杀手追至农场,而此时的布克却没有任何"武器"(即警察世界或城市世界中的枪支弹药)与之抗衡。

前提与开场

影片的前提被均等地分为对故事发生的社会环境与人物处境的介绍。社会环境是一个宁静祥和的阿米什社区,而围绕在它周边的则是充满暴力的、快节奏的现代社会。人物方面,布克是个正直强硬的警探,却十分依赖自己的姐姐和她的两个孩子——很显然,姐姐一家意味着布克心中的家庭观念。

影片开场,编剧选择向观众介绍阿米什社区与文化的景象,同时通过展示瑞秋丈夫的葬礼给出瑞秋的人物处境。考虑到本片的故事是建立在两种文化(一种是观众耳熟能详的文化,一种则鲜为人知)的冲突之上,那么开场如此处理自然是个聪明的决定。如果影片以动作场面(比如男人在洗手间被杀)开场,那么就会极大地破坏文化对立所带来的冲击力——我们只能等到布克和母子俩再次回到农场时,才能开始了解阿米什人的生活状态,而这样就太迟了。

主悬念、高潮与结局

影片的主悬念在于:布克能否让自己和塞缪尔不被腐败的警察发现。看完影片的第一幕之后,观众一定不会疑问布克能否击败谢弗和麦克菲,而只会思考布克能否躲避二人的追杀。

影片的高潮发生在布克终于显露本性,狠狠地揍了那个嘲笑阿米什人的年轻人,这使他失去了阿米什身份的伪装,也导致自己的藏身之处被谢弗识破。

影片主故事线的结局是布克终于制服谢弗，并使之在一众目击者面前承认自己的"失败"——个人的暴力无法抗衡群体非暴力的力量。

主　题

影片的主题主要来源于社会层面，而非来自人物层面。影片为我们展现了两种对立文化之间的冲突，一种对暴力习以为常，另一种则严禁使用暴力——影片的主题便是关于暴力在社会中的地位。阿米什社区禁止使用暴力，但这并不意味着阿米什人不会使用自己的"力量"。首先，阿米什社区内部盛行一种叫作"回避他人"的精神暴力。当瑞秋与"英国人"布克亲近时，岳父警告她此举可能会使她被社区众人"回避"——对于瑞秋来说，这一精神上的暴力行为与布克所遇到的危机并无二致。影片结尾，谢弗的暴力行为在面对群体的"合力"中败下阵来。

统一性

影片的统一性来源于布克保护证人这一戏剧性动作的统一性。尽管影片并非时刻关注布克是否能够隐藏并保护好塞缪尔这一戏剧性动作，但这一目标毫无疑问是所有短期目标的重要背景。重伤的布克在瑞秋家中接受照料，伤愈的他试图融入阿米什社区，以及他拒绝瑞秋的求爱——这些戏剧性动作背后都有着"布克保护塞缪尔"这一核心目标。而谢弗对三人的不断追寻则使布克达成目标的障碍不断升级。

铺　陈

影片采用了不同的手段对叙事进行铺陈。由于影片的大部分剧情都发生在观众并不熟悉的环境中，因此铺陈便显得更为重要。影片通过对阿米什人葬礼的描写为观众展示出阿米什社区的景象，以及阿米什人之间的互动。这一段情节同时也给出了故事发生的主要场景，即拉普家的农场，其中还包含了一小段冲突的瞬间（即丹尼尔在其他女人面前向瑞秋表示同情）

和若干幽默的细节（人们谈论关于马的睾丸的笑话以及丹尼尔驾马车追赶火车）。但总的来说，开场这几分钟的铺陈并没有强烈的戏剧性冲突。好在观众在影片开场总是能够容忍一些波澜不惊的，不过若在其后的剧情中也如此处理，便十分不妥。

布克为母子俩买热狗的一场戏是十分流畅且幽默的铺陈段落：瑞秋一边吃着东西，一边复述昨晚布克姐姐对布克的"评价"。我们不仅借此了解到布克的个人生活，同时也看到布克在面对尴尬场面时的反应。

布克拜访谢弗的这场戏也是十分简洁高效的铺陈段落。我们仅通过布克进门到走进书房这一小段戏便能看出两人之间的亲密关系：布克对谢弗的家十分熟悉，也与谢弗的妻子、女儿相当熟络，这些都向我们证明他经常来谢弗家做客，而且是这家人的好朋友。

影片也有通过冲突来进行铺陈的段落。那场戏是重伤的布克躺在床上，几个阿米什长老聚在床边商讨如何处理这个外来人。这场戏的冲突来自于布克这个意外闯入的"英国人"，他打破了社区原本安全平静的氛围，这不仅可能使长老的领导地位受到威胁，同时也会威胁阿米什人的社会（或宗教）观念。对于接纳布克的伊莱来说，他在社区的地位可能因此受到影响。不仅如此，瑞秋与布克的关系也很可能使她受到社区其他人的精神暴力。

另外，本片还通过一段"演说"进行铺陈，即伊莱借布克的手枪向塞缪尔讲述阿米什人对暴力的观点。我们通过伊莱对塞缪尔的"说教"了解到杀戮的邪恶以及阿米什人非暴力的天性。

人物塑造

约翰·布克习惯掌控一切，面对责任义务从不退缩。他是个典型的务实派，也有一点不通情理。他的上述性格在情节的不断发展中是一直保持一致的——除了他的不通情理。我们发现随着布克在阿米什社区待的时间愈长，他也愈发能够理解阿米什人的生活方式，变得"通情达理"起来。布克这一人物的塑造是与其目标紧密相关的，这一目标"要求"人物必须公平正直，而且雷厉风行。

瑞秋与布克的性格有些许相似之处：她也是个务实派，对待工作一丝不苟、毫无怨言。她与布克的不同之处在于其自控力和细腻的情感。瑞秋最大的转变发生在当她意识到自己爱上布克时，她敢于追寻自己的幸福，并愿意为此付出代价。她并不掩饰自己对布克的爱慕，即便这样可能使自己受到社区邻里的"回避"。瑞秋这一人物的塑造同样与其目的和欲望紧密相关：她所做的一切都遵从本心，而非听从他人的劝诫——不论是城市里的警察，还是社区里的长老。

塞缪尔是个普通的男孩子，和主流文化中的同龄人并无差异，一样充满好奇心，面对外面世界的新鲜事物时，同样会变得激动和惊奇。

伊莱与瑞秋相反。他对阿米什文化深信不疑，这一文化信仰不仅是他本人的行为准绳，也是其判断其他行为正确与否的标尺。瑞秋会做出她认为的正确的选择，不会考虑是否得当，而伊莱则对表面的"适当性"非常重视。他对社区长老的敬畏，对布克到来的恐惧，对瑞秋可能陷入精神暴力的恐惧，以及对自己可能被社区孤立的恐惧，这些都来源于外界施加给他的压力。

谢弗则与布克形成强烈的对比。他曾是布克的好搭档和良师益友，两人有着相似的人格，却走向了完全相反的方向。两人同样的心思缜密，对这个世界的"游戏规则"了如指掌，而且为了达到目的愿意付出任何代价。因此，目的的不同造成了两人的决裂：布克想保护证人，而谢弗为了保全自己、搭档和防止腐败的事实暴露，必须杀掉证人。

情节发展

本片剧情的演变始于布克一时疏忽犯下的大错：他把关于目击者的信息以及对麦克菲的怀疑告诉了谢弗——如果没有这个"错误"，整个故事将截然不同。尽管此时的布克（包括观众）对谢弗的真实身份并不了解，但毫无疑问的是，正是这次"坦白"触发了余下剧情。

布克所犯的这个错误的直接结果是遭到麦克菲的堵截，以及麦克菲和费尔吉追杀他和目击男孩。布克不得不为自己和母子俩找一个安全的藏身之处。他们来到瑞秋的家，而布克也因伤势过重不得不在此地暂住。尽管阿米什人并不欢迎这个"英国人"，但他们还是竭力为他疗伤。伤愈的布克装扮成阿米什人的模样以避免被外人认出，并且看起来似乎卓有成效。布克与阿米什人平和的天性格格不入，这也为他后面犯下第二个错误埋下了伏笔：他因无法控制自己的愤怒殴打了嘲笑阿米什人的年轻人——这使他的身份以及他和母子俩的藏身处遭到暴露。这一错误的直接结果便是三名杀手来到农场，而由于布克为了融入阿米什人"非暴力"的生活方式而主动将手枪藏了起来，在三人到来之际他只能赤手空拳面对敌人。

戏剧性反讽

我们先前提到的触发剧情的一场戏是布克向谢弗透露秘密，但这场戏并不包含戏剧性反讽，因为我们此时也同样不知道谢弗的身份，事实上，我们是与布克同时意识到谢弗也是参与犯罪的警察之一这一事实的。不过影片中还是有很多运用戏剧性反讽的段落。

布克将母子俩从姐姐家中接了出来，并开车赶往农场。我们知道此时的布克早已身负重伤，也知道三人面临的危险，但母子二人对此并不知情。在农场的布克换上朴素的服装，看起来与阿米什人没什么不同。他随阿米什人进城并遭遇游客，这场戏中再次出现戏剧性反讽——游客显然无法辨认此时的布克到底是不是真的阿米什人。紧接着，这一反讽引发了后面的戏剧性场面：穿着长相酷似阿米什人的布克走到取笑丹尼尔的趾高气扬的年轻人身边，我们早就知道布克擅长"揍人"，而此时站在他对面的小伙子还以为他只是个打不还手、骂不还口的阿米什人。

铺垫与余波

影片通过对塞缪尔一对大眼睛的特写，以及他在火车站对一切事物充满好奇的神态与行为,为后面他目击凶杀做了铺垫。塞缪尔目击凶杀的眼神与先前观看新鲜事物的眼神是一模一样的。布克在车前对着错误的嫌疑犯打了一拳以便让车内的塞缪尔更好地看见嫌疑犯的脸,这场戏是塞缪尔指出凶手的铺垫;而这场戏的余波则是瑞秋下车,并向布克表达自己对于布克本人、他的行为方式以及他所处的世界的恐惧与不信任——影片的核心便是不同的文化带来的不同的观点和行为方式的冲突,因此,这场戏十分必要。

故事中另一个重要的时刻也展示了铺垫和余波——萨缪尔在抽屉中发现布克的手枪,并被这个新鲜事物吸引。布克把萨缪尔抓个现行,影片为我们展示了截然相反的两场戏,并且成为铺垫。首先,布克告诫塞缪尔枪的危险,接下来教他如何使用手枪以满足他的好奇心;第二场戏则是伊莱以手枪作为本体,向塞缪尔讲述阿米什人对暴力和杀戮的看法。这两场戏的余波则是布克将手枪交给瑞秋藏起来,并且把子弹分开存放。

伏笔与披露

这一部分,我们会看到同一场戏或同一个细节兼具多个功能的可能性。我们在先前部分讨论了塞缪尔发现手枪这场戏的余波,即布克将手枪交给瑞秋藏起来——这是典型的伏笔。后面则出现了布克向瑞秋要回手枪和子弹,瑞秋从盛着面粉的罐子里掏出子弹;另外,当布克需要手枪与杀手决战时,我们早已意识到这是不可能的了。

另一个伏笔是塞缪尔向布克展示储藏谷物的装置,而其披露则是后来布克用这个装置成功干掉费尔吉。厨房屋顶的钟声同样是预埋的伏笔,其披露是决战时刻,塞缪尔敲响钟声,引来社区众人。布克做木匠活和修理鸟屋也是伏笔的细节,其披露是他与众人建造谷仓,从而融入社区。除此之外,影片中还有台词充当伏笔。伊莱在一开始提醒瑞秋要提防"外面的'英国人'",这句话在影片结尾得到披露,只不过对象变成了布克。

瑞秋头上的帽子也是具有隐喻作用的伏笔。影片大多数时候,瑞秋都和其他阿米什女子一样戴着这顶白色帽子,这段时间里瑞秋的行为都是符合阿米什传统的；而她与布克在谷仓跳舞的一场戏中，她并没有戴帽子——与布克跳舞显然有违阿米什传统。同样的隐喻发生在瑞秋将自己献给布克那一场戏中。后面，当瑞秋看到布克修好鸟屋并将它重新竖起时，她意识到爱人即将离去，于是画面上出现了瑞秋脱下帽子的特写。脱下帽子的瑞秋奔向布克，两人拥吻在一起，此时二人之间禁忌的吸引力得到完全释放，摘掉帽子也对我们有了新的意义。

未来元素与预告

一些未来元素的例子包括：布克对瑞秋说不会有任何审判；布克打电话给搭档询问对方境况如何以及他们要做什么；伊莱和瑞秋说起布克第二天即将离开；以及伊莱警告瑞秋不要与这个"英国人"走得太近，以免遭到邻里的"回避"。上述所有细节都迫使我们预测后面即将发生的事情，尽管这些"未来元素"并不一定会发生，但我们还是会期待其中的可能性。

一个巧妙的预告段落则是瑞秋与布克在谷仓跳舞的一场戏中，瑞秋邀请布克与众人一块建造新的谷仓，而在后面建造谷仓的戏份中，布克真的出现了。

可信性

本片并不需要观众"自愿地信以为真"。尽管我们可能会对在"与世隔绝"的阿米什社区发现一个"外来者"的可能性产生怀疑，但除此之外，影片的基本要素都是现实中相当可能出现的。城市中的警探、罪案以及天性和平的阿米什人都是具有现实性的元素，因此这些元素的碰撞所产生的故事也同样具有现实性，会令人信服。

影片对于必然性的处理是非常优秀的。人物每解决一个问题便会引发另一个问题，每个障碍之间逻辑联系紧密，观众自然会紧随剧情，不会考虑其他的可能性。

行为与戏剧性动作

葬礼上和庆祝谷仓建成两场戏中都有准备食物的行为，这些行为并不具备其他的目的；同理，布克在谷仓修车，新谷仓建成，以及鸣钟吃早餐也都是无目的的行为。

布克拉着瑞秋在谷仓跳舞则是有目的的戏剧性动作——为了拉近两人的关系。瑞秋沐浴时突然转身面向布克，这也是有目的的戏剧性动作——她在向布克求爱。建造谷仓时，丹尼尔将柠檬水分给布克，这是有目的的戏剧性动作——借此向布克表示欢迎，同时这一戏剧性动作也具有对两人互为情敌的暗示。布克将手枪中的子弹取下，把枪交到塞缪尔手中，这也是有目的的戏剧性动作；同理，塞缪尔敲响钟声的目的也是为了召集人群，而非简单的行为。

对　白

本片中对白的首要目的是区分两个世界的不同的人。阿米什人独特的"老派"语言与以布克为首的现代社会的口语和黑话形成鲜明的对比。例如，瑞秋将打人说成是"揍人"（whacking），布克重伤昏迷时喃喃说出的脏话，还有他在面对游客老太太"纠缠"时爆出的粗口。除此之外，塞缪尔在描述凶手时用到了"矮猪"（stumpig）一词，这是只有他们母子俩才懂的阿米什"暗语"。

不仅如此，本片的一些对白还具有"预言"意味，例如丹尼尔在火车站对塞缪尔说道："这一路你会大开眼界。"另外影片中还有一句经常被重复提及的台词，即伊莱所说的那句："小心外面的'英国人'。"这句话每次提及都有不同的用意。

视觉性

影片的视觉性设计非常出色，画面和色彩常如绘画般美丽，但视觉的美感始终没有喧宾夺主，而是一直为影片的叙事服务。从影片的第一个风吹麦浪的画面，到火车站那个天使挽起将死之人的雕像，这些视觉画面呈现给我们的不仅仅是一种情境，也是对剧情走向的指示。火车站的那尊雕像在瑞秋发现布克受伤那场戏中再次出现，她和伊莱将布克从车中拖了出来并细心照料——瑞秋的行为和雕像中天使的行为"巧合"般地一致。

第三幕中，谢弗、麦克菲和费尔吉来到拉普农场，三人开车通过一座桥，然后熄灭头灯，倒车，直到汽车"消失"在画面中。在宁静的乡间清晨，这一情景的出现显得十分突兀，观众因此产生灾难即将到来的预感。

结尾，布克和瑞秋在门口道别的一场戏，布克身后是一条漫长的道路，通向他即将返回的现代世界，瑞秋身后则是农场，是她无法离开的阿米什世界。这场戏的设计十分简洁，任何一句对白都显得多余。接下来，两人各自回头，返回自己的世界中去——一切尽在不言中。简洁含蓄的画面设计使这场戏的情感冲击更为强烈。

戏剧性场景

影片中有很多令人印象深刻的戏剧性场景。阿米什的长老们围在布克的床边，他们此时的目的是想摆脱这个外来的闯入者。瑞秋则与他们相反，她为了保护儿子必须设法不让外人知道布克的藏身之处，自然不能把布克送去医院。伊莱则陷入两难的境地，一方面他想支持儿媳的做法，另一方面又害怕此举会威胁自己在社区中的地位。这一场戏中的几个人物目的各异，人物之间的冲突使戏剧效果十分强烈。

伊莱警告瑞秋，他认为瑞秋将布克带进社区会招致邻里对她的"回避"，两人的目的产生冲突。伊莱依然担心自己在社区中的名声和地位，而瑞秋的目标并没有变化——她一直在做自己认为正确的事情。

结尾处谢弗与布克在阿米什众人见证下一决高下的对手戏是戏剧性非常强烈的场景，具有完整的铺垫和余波。谢弗在另外两个杀手死亡之前一直没有表现出明显的暴力特征，但随着麦克菲被布克杀掉，谢弗劫持了瑞秋和伊莱。他前往谷仓，用手枪抵住瑞秋的头，命令布克放下武器。表面上看，这场戏好像冲突十足，实际上这些都是为主场景所做的铺垫。谢弗一直在说为了达成目的，他会杀掉瑞秋，但直到最后他也没有这么做。这一段铺垫情节给观众带来强烈的紧迫感，并一直持续到谢弗放开瑞秋，与布克对质。我们看到此时的谢弗和瑞秋都已经变得歇斯底里（前者为发狂，后者因惊吓），而此时的布克则已经控制住了局面。当他终于令谢弗相信自己再也"无力回天"的时候，谢弗放弃了抵抗，紧接着便是余波的段落（警察到来收拾局面），我们也趁机平复心情，而且似乎对谢弗产生了一丝同情。

特别关注

本片最有趣的一点便是故事中社会因素的作用远大于个人因素。这是一个关于两种文化冲突的故事——布克、瑞秋、塞缪尔、伊莱和谢弗都是具体的个人，但冲突背后的驱动力则源于他们不同的文化。城市生活和警察的暴力特质与阿米什社区的和平特质不断发生碰撞，整个故事便由此诞生。

我们在先前有关"主题"的部分曾有所论述，本片探寻的是现实世界中对"力量"的施用（与滥用）。编剧并没有试图通过现有的素材给出解答、进行控诉或发表观点——他们只是在"探寻"。如果编剧们真的能够对社会中的力量或暴力问题给出确切的答案，那么他们就没必要拍电影，而应当直接去联合国。现代的城市社会并非一无是处，真实的阿米什社会也绝非世外桃源，不论哪一个"社会"中都有不同形式的"力量"在发挥作用，正如两个社会中也都有令人向往的美好事物。一方通过武力战胜另一方也不是皆大欢喜的结局方式。在本片中，编剧和导演试图让观众对于影片所展现的暴力与力量形成个人化的印象和看法，同时认识到这个问题十分复杂，并且没有一蹴而就的解答，更重要的是，让我们每个人在故事中都能探寻和感受"力量"在社会生活中的多面性。

片例7 《欲望号街车》[①]

本片改编自田纳西·威廉斯同名舞台剧
原著小说作者为奥斯卡·索尔
编剧：田纳西·威廉斯
导演：伊利亚·卡赞

田纳西·威廉斯在步入而立之际创作了舞台剧《欲望号街车》。这部风靡全球的剧目为他赢得了生命中第一个普利策戏剧奖（《欲望号街车》于1948年获奖，另外，他还于1955年凭借《热铁皮屋顶上的猫》再次获此殊荣）。1951年，驶向大银幕的《欲望号街车》再次获得巨大成功。次年的奥斯卡颁奖礼上，影片入围全部九项主创类奖项评选，并最终收获包括最佳女主角、最佳男配角和最佳女配角在内的五项大奖。饰演男主角斯坦利的马龙·白兰度同样贡献了精湛的演技，然而却成为本届遗珠。

故事梗概

新奥尔良火车站。布兰奇·杜波瓦面色茫然，她想搭乘电车前往丽榭大道投奔多年未见的妹妹斯黛拉。到达目的地，喧闹的酒吧和市井生活让她心生恐惧。她来到破旧公寓楼下的庭院，不敢相信这里就是妹妹的住所。两人在保龄球室重逢、拥抱，正值此时妹夫斯坦利因争抢球道而与人厮打起来。两姐妹在旁边的酒吧休息，口干舌燥的布兰奇很快饮下两杯威士忌，并试图向妹妹解释自己在学期结束前便离家来此的原因。除此之外，两人

---

① 本节片例分析及故事梗概均为电影版《欲望号街车》。

还谈起了曾经的家，贝尔里夫。

布兰奇跟随妹妹回家，却惊讶地发现这里如此狭小简陋。她不知道这次不请自来会让妹夫斯坦利有何反应。此时斯坦利还没到家，斯黛拉便向姐姐倾诉自己对丈夫有多么爱慕，而布兰奇则不停地向妹妹倾诉自己为了保住贝尔里夫所付出的艰辛，尽管最终还是失败了，但她并不认为是自己的过错。布兰奇看起来神经敏感，但遇见斯坦利时，她却表现得拘谨中带着轻佻。突然间一声尖利的猫叫让她失去控制并陷入过去的回忆。

斯黛拉要求丈夫不要将自己怀孕的事情告诉姐姐，同时告诉丈夫她们曾经的老家贝尔里夫已经没有了。听闻此言的斯坦利怀疑布兰奇为了独吞财产而有意欺骗，尤其是当他发现布兰奇的箱子里全是些名贵物品。他引用《拿破仑法典》声称这份财产为夫妻共有，他有权得知财产的去向。布兰奇沐浴更衣，喷好香水，重新焕发神采，然而她刚一走出浴室便遭到斯坦利的"指控"。布兰奇将一大堆文件扔给斯坦利，却唯独死守着前夫写给她的一叠情书。斯坦利一边仔细阅读文件，一边说自己会照顾好妻子，尤其是在她怀孕的时候。

姐妹两人晚上出门看戏，斯坦利则呼朋唤友来到家中打牌，其中一人便是楼上邻居兼好友米奇。时间已晚，同楼的男人的妻子喊丈夫回家，米奇也想回家照顾生病的母亲，斯黛拉也过来搅局，布兰奇与米奇两人便在此时互相产生了兴趣。两人发现对方都情感细腻，而且都喜欢布朗宁的诗歌，可谓志趣相投。布兰奇打开收音机翩然起舞，而此时的斯坦利正输得气闷，一怒之下便将收音机扔出窗外，甚至失手打了斯黛拉。姐妹俩到楼上借宿，牌友们则把斯坦利架到淋浴下面冲凉好让他清醒。醒酒后的斯坦利后悔莫及，不停呼唤妻子的名字。让布兰奇没想到的是，斯黛拉竟走下楼梯与斯坦利和好如初。

清晨，布兰奇惊讶地发现斯黛拉一脸的心满意足，好像不把昨晚发生的当回事。布兰奇劝说妹妹离开丈夫，并说他是个粗俗的平凡人。斯坦利听到了两人的谈话，回到家中却装作一无所知，反而与斯黛拉亲昵一番。

之后，他忽然向布兰奇问起她是否认识一个名叫肖的男人和一家名叫弗拉明戈的旅馆。布兰奇全盘否认，但转过来又问斯黛拉是否听说过任何关于自己的谣言。布兰奇坦白承认自己想要米奇，她想离开这里，再也不打扰任何人。独自在家的布兰奇遇见了一个帅气的小伙儿，这让她想起了亡夫。虽然明知米奇今晚会带她外出，她还是情不自禁地亲吻了这个陌生人。

很明显，米奇被布兰奇深深地迷住了，他爱慕布兰奇的智慧和学识，自然也被她淑女的装扮迷得神魂颠倒。他想进一步接触布兰奇，而她却婉言谢绝。两人互吐孤独之情，交谈当中，布兰奇提起死去的丈夫，并说自己要为前夫的死负责。她曾说她的前夫懦弱，她已不再尊重他，前夫不堪羞辱而饮弹自杀。

斯坦利向米奇透露了关于布兰奇的谣言，愤怒的米奇与斯坦利狠狠打了一架。回到家中的斯坦利告诉布兰奇自己已经得知布兰奇家乡人对她的评价以及她离开学校的真正原因——她与一名年轻学生有染。当晚是布兰奇的生日派对，听闻"谣言"的米奇并没有露面。斯黛拉对丈夫大发雷霆，而斯坦利则将自己的餐具摔在地上并声称自己才是这里的主人。布兰奇打电话给米奇，而另一边，斯黛拉对丈夫十分不满。斯黛拉点燃生日蛋糕上的蜡烛，就在这时，斯坦利递给布兰奇一张回乡的车票。

斯坦利送即将生产的妻子入院，留下布兰奇一人在家。米奇找到布兰奇，发现后者已经醉酒且精神恍惚。他想看清布兰奇的脸庞，并打算当面把"谣言"问个清楚。布兰奇终于承认自己曾与几个男人见面，其中也包括一个少年。米奇粗鲁地拥抱布兰奇，但此时却全无爱意，只想尽鱼水之欢。布兰奇的大声尖叫赶跑了米奇，也惊动了邻居甚至警察，而此时的她躲在房间，不想见到任何人。

布兰奇换上假的名贵服饰在房间翩翩起舞，她在房间碰见了即将做父亲的斯坦利。她说自己刚刚收到一封来自往日爱慕者的电报，男人邀请她乘船出游。斯坦利起初还将信将疑，但很快识破了谎言。布兰奇想离开公寓，斯坦利拦住她的去路并强奸了她。

斯黛拉顺利生产回到家中，男人照例在客厅喧闹地玩牌。斯黛拉一边照顾婴儿一边为姐姐整理行装，她打算将姐姐送到乡下的精神病院疗养。此时的布兰奇则毫不知情，她已经完全失去理智，还在等那个"爱慕者"来接她去豪华游艇。她见到来接她的医生和护士，短暂的恐惧和挣扎过后便安然地随他们离去，临别之际她对医生说，像往常一样，她最信赖"善良的陌生人"。同时，斯坦利对强奸一事矢口否认，米奇怒不可遏想殴打斯坦利却被人拦下，斯黛拉带着婴儿走出公寓，发誓再也不会回来。

主人公与目标

很明显，本片主人公是布兰奇。这是她的故事，而斯坦利只是一条线索。主人公和其目标是紧密相关的，如果他强壮、果敢、有能力，那么他的目标也应该是常人难以达成的。然而本片的主人公布兰奇是懦弱的，她需要庇护、同情和理解，而不仅是生活本身。她的人生濒临破碎，几近绝望，亟需有人拯救她于水火——但都很难实现。她的目标可能是要让生活给予她所需之物，好让她的情感得以存续。然而她无力使用任何"工具"，她的努力也几乎都是不切实际的。

障　碍

尽管布兰奇自身的懦弱造成她最终的失败，但是斯坦利是她首要面对的障碍。如果没有斯坦利，她可能会在这个社会上谋得一席之地，甚至会嫁给米奇幸福地生活下去。但是她总是虚伪做作、装腔作势，就算不提她挑拨妹妹与妹夫的婚姻，甚至单单出现在这个狭小的公寓中都让斯坦利感到婚姻和生活受到了威胁。不仅如此，她的过去也是她的障碍。弗拉明戈旅馆发生的丑闻，前夫的自杀身亡带给她的负罪感，还有家业的败落——这些沉重的"包袱"如同鬼魂一般在她身边纠缠，使她变得软弱，也自然容易让斯坦利对她产生憎恶感。

前提与开场

我们的主人公布兰奇是个内心敏感、修养良好的中学教师。她的丈夫自杀身亡,曾经殷实的家业也因管理不善而凋零。因此她不得不住在一家二流旅馆中过上"与陌生人见面"的日子,这其中还包括一个少年。她被学校开除甚至被逐出了城镇,只好来到新奥尔良投奔妹妹,但是她的妹妹嫁给了一个粗俗甚至粗暴的男人。三人挤在狭小的公寓内,冲突在所难免。

影片开场,编剧田纳西·威廉斯为我们展示布兰奇初到新奥尔良的情景。布兰奇下火车后的第一件事就是向陌生人(一个年轻水手)求助。当她到达目的地时,她对妹妹居住的公寓及周边环境表现出了恐惧与沮丧。

主悬念、高潮与结局

自从布兰奇与斯坦利针对贝尔里夫发生冲突以及布兰奇彻底搬进公寓的那一刻起,影片的主悬念便构建起来。布兰奇能否建造一个满足自己愿望的世界,或者只是在这个世界中找到一席之地也好呢?

影片高潮,斯坦利送给布兰奇一张回乡的车票,意味着布兰奇即将被扫地出门;随着妹妹斯黛拉入院生产,她也失去了唯一的保护者。紧随其后,米奇来到布兰奇家中的一段戏则为她人生这具悲剧的"棺材"钉上最后一根铁钉。

影片的结局,布兰奇即将被带离公寓,她自己也彻底从现实世界中退出,回到幻想与回忆中去。

主 题

影片一直围绕着自我欺骗的主题。布兰奇极其擅长让自己相信自己想相信的事情。斯坦利则恰好相反,但仍是自欺欺人的那一套。他自然不会相信那些虚假的幻想,但他还是把自己想象成"城堡中的国王"。妹妹斯黛拉看起来十分现实,却试图天真地相信一切都没有问题,相信自己可以让丈夫与姐姐相处融洽。米奇和布兰奇的情况类似,只是没那么极端。他被布兰奇的装腔作势和虚伪做作欺骗，但其实是他自愿相信的。

影片的结局部分紧紧贴合这一主题。布兰奇完全陷入了自我欺骗，斯黛拉则看清了丈夫的真面目。对于斯坦利来说，他则自欺欺人地否认自己的一切恶行。

统一性

考虑到本片改编自舞台剧，因此场所的统一性便显得十分重要。但是对于本片来说最为重要的还是戏剧性动作的统一性。影片叙事的所有元素都集中在布兰奇和促成她陷落的情境上。

铺　陈

布兰奇有一大堆的"行李"——这里的行李既指实在的行李，也指其内心的沉重负担。影片最早的铺陈段落出现在布兰奇向斯黛拉"辩解"自己在学期中间便离开学校的事情。显然这一过程对布兰奇来说是一场争论，而对妹妹斯黛拉来说则不是。不过比较早的铺陈元素确实落脚在布兰奇的行李上。伴随着行李被打开，家业败落的事实被摆上台面，箱子中的华服暗示她曾经奢侈的生活方式，她饮弹自尽的年轻丈夫也随着那叠情书呼之欲出。

一些对于布兰奇过往生活的铺陈最终成为了斯坦利攻击布兰奇的武器。这样一来，布兰奇不堪的过去就在两人的冲突中不断得到揭示。二人的冲突在布兰奇与米奇约会一场戏之前还并不明显。但是在约会这场戏中布兰奇对丈夫的自杀进行回忆时，她的内心冲突十分明显，连同米奇发自内心的反应，两者叠加为后面的冲突做了充分的铺陈。

人物塑造

影片的两对人物差异对比十分鲜明。布兰奇敏感轻浮，而且喜欢装腔作势，竭力让自己远离凡俗。而斯坦利恰恰是凡俗之人，粗俗且沉迷享乐——总之具有布兰奇厌恶的一切品质。斯黛拉尽管与布兰奇是姐妹,却更像斯坦利,虽然看起来要比斯坦利有修养些,但斯黛拉显然很喜欢享乐,喜欢市井的欢愉,喜欢平凡却带着男子汉气概的斯坦利。米奇则被两方"势力"不断撕扯:一方面他是妈妈的乖儿子,情感细腻;另一方面则和他的朋友们一样喜欢叫闹寻欢。

下面是一些十分明显的彰显人物气质的片段:布兰奇为了让粗陋的现实"好看"一点,特地买来一个纸灯罩罩在灯泡上;同一场戏里,她请求米奇帮忙,米奇趁机请布兰奇抽烟,并特地给她看烟盒上刻着的肉麻诗句;斯黛拉抱着丈夫的照片不断说着如果斯坦利离去自己也活不下去,表现她对丈夫的爱与依赖;斯坦利的首次出场是保龄球道边的打斗戏,然后再次出现则是在家中,他穿着被汗水浸透的T恤,然后毫无顾忌地在布兰奇面前脱掉。

情节发展

影片的情节发展与一般范式有所不同。布兰奇搬进妹妹的公寓想找到一处被保护与被安慰的场所。但是就算我们不提她直白地劝说妹妹离开斯坦利一事,只要她在公寓中存在,就威胁了斯坦利的婚姻和生活方式。这一基本且不可解决的冲突昭示着后面的悲剧。

为了达成目标,布兰奇要在公寓中站稳脚跟,同时还要向斯黛拉揭露斯坦利粗陋的本性,而斯坦利四处寻找把柄想赶走布兰奇则基于维护婚姻和家庭的目的。当米奇向布兰奇示爱时,她很精明地意识到这会是一个达成目标的绝佳机会,而且不需要与斯坦利对峙。但当米奇从斯坦利口中得知布兰奇的丑闻时,怒不可遏的他一手毁掉了让自己与布兰奇都能达成所愿的唯一机会。

戏剧性反讽

本片中的戏剧性反讽具有重要的作用。出浴后的布兰奇轻佻地站在斯坦利面前，此时的她还不知道斯坦利已经开始对她产生怀疑。我们都知道斯坦利偷听到了布兰奇的恶语以及斯黛拉的辩护之辞，但是姐妹二人是全然不知的。尤其在生日派对一场戏中，戏剧性反讽产生了极大的效果。我们都知道为什么米奇没有出现，也知道为什么斯黛拉会如此沮丧，但是布兰奇对这些一无所知。当布兰奇告诉斯坦利自己受邀乘船游玩时，我们知道这是假话（就好像我们都知道米奇不会回来向她道歉一样）——而斯坦利并不知道，我们便等待他发现真相的那一刻。在影片结局部分，我们知道布兰奇即将被带走，但她自己并不知情。与此同时，我们也早已知道布兰奇被强奸同样是事实，尽管斯黛拉并不相信。

铺垫与余波

正如我们先前讨论的，铺垫与余波是十分电影化的工具。相对于舞台艺术需要一次讲述一段故事，电影可以通过上述工具将一段戏剧性动作打碎，并产生更多、更大的效果。戏剧中的一场戏往往较长，一段戏剧性动作需要从头一直演到尾，两场戏之间也不会有额外的场景帮助观众回味前段戏或为下场戏做准备。在这一方面，影片的舞台剧版本就是绝佳的实例。

尽管很多电影改编自舞台剧（如《莫扎特传》），但它们都成功地掩饰了戏剧背景而凸显了电影的特性，但本片在每一个场景中都展现了舞台剧的源流。影片中很少出现单独的场景仅作铺垫或余波之功用，但是在某些较长的场次中，一些片段仍然具有类似的功能，比如布兰奇和斯坦利第一次见面之前布兰奇透过窗帘窥视斯坦利那一段戏。另一段是米奇从洗手间出来，恰好碰上门外的姐妹俩，初见布兰奇的米奇十分紧张，差点忘了把毛巾还给斯黛拉。还有一段则是描写布兰奇得知妹妹怀孕时的反应，她冲过去抱住斯黛拉。

伏笔与披露

纸灯罩是一个很好的伏笔与披露的例子。布兰奇买下灯罩，米奇把它挂上去，此刻两人都彬彬有礼。而后当米奇对布兰奇失去信任时，又是他把灯罩撤了下来——他想在灯光下看清布兰奇的脸，搞清楚她究竟多少岁。

肖先生是斯坦利埋到布兰奇心里的一个定时炸弹。对应的披露则有两处，一处是后来斯坦利将所有从肖先生口中得知的布兰奇的丑闻和盘托出，另一处则是米奇说他为了确认传闻特地询问了肖先生。

另一个伏笔出现在布兰奇约会时说道自己丈夫死去的时候"还是个男孩"。当关于她的过去，尤其是那段与少年的丑闻被揭露出来时，我们终于知道那段恋情的源头，也弄清楚了早前她亲吻来到家中收报纸钱的男孩的心理活动。

未来元素与预告

一个明显的预告出现在男人们打牌而斯黛拉试图让布兰奇等到牌局结束再出来这一段戏。斯黛拉怀孕既是预告也是未来元素：我们知道新的生命即将到来，斯黛拉为此必须离家入院一段时间，这个公寓也将有第四个人。然而我们虽然得到了这些预告，却并不知道这些将在后面的情节中起什么作用。

还有一个预告段落是姐妹两人在保龄球室酒吧的一场戏。布兰奇说斯黛拉有点发胖，尤其是臀部。一个未来元素是斯坦利质问布兰奇要停留多久，布兰奇回答自己也不知道。斯黛拉天真地预测姐姐和丈夫会相处愉快，这是一个运用得十分成功的未来元素，与之类似的是斯坦利坚称布兰奇会自食其果。

可信性

和任何笔法精炼、结构紧凑的故事一样，影片中人物的塑造及其动机十分均衡且彼此紧密相关，同时符合人物的内心发展，因此事件的发展完全合乎逻辑，或说必然、不可避免。布兰奇从踏进公寓那一刻起，悲剧性的宿命便已是注定的了。人物的身份、生活方式以及他们的欲望彼此对立，因此他们必须摧毁对方。斯坦利是较强势的一方，也是最终的胜者，这无疑增加了影片的可信性。

行为与戏剧性动作

尽管本片拍摄精良，且较多依赖对白，但仍有相当多强有力的戏剧性动作。牌局打斗之后的一段戏，斯黛拉回到斯坦利身边，两人走进房间，米奇则来到布兰奇身旁向他证明自己绝不是斯坦利那样的人。斯坦利偷听到布兰奇诋毁他的话，他回到家中对斯黛拉甜言蜜语，以此向斯黛拉证明布兰奇是错误的，斯黛拉投向丈夫怀抱则证明了她对丈夫的认可和支持。布兰奇拒绝米奇索吻并不是因为她对米奇不感兴趣，而是典型的欲擒故纵。生日派对上，斯坦利让她们"清我的地盘儿"，则向姐妹宣誓对公寓的"主权"。

影片中的行为也是繁多的，尤其是发生在布兰奇身上的，她那神经质一般的心理状态要求她必须一直有所行动——比如把东西塞回行李箱、喷洒香水、双手掩面，又或者频繁地照镜子。尽管上面有些是有目的的戏剧性动作，但大多是本能驱使下的行为。与此同时，这些行为也正是让斯坦利抓狂的原因。当然，斯坦利也有自己的行为，比如换T恤或检查衣物是否合身，倒酒，还有用手抓盘子里冷掉的食物吃。

对　白

本片的对白对人物的塑造有很大作用。尽管影片的情绪是诗意的，但对话则是现实主义的。即便是布兰奇那些高高在上的台词，也是与她的性格气质一致的，因此我们会认为这些台词并非矫饰。而当我们从斯坦利口中听到《拿破仑法典》和他认识的"朋友"时，却显出他的笨拙——这些所谓的"文明用语"在斯坦利口中反而变得粗鄙俗陋。

影片对白中的"金句"也比比皆是。比如影片中布兰奇经常说的那句台词："我总是依靠善良的陌生人。"（I have always depended on the kindness of strangers.）另外布兰奇还有一句十分强有力的台词,她对米奇说道：" 故意的残忍是不可原谅的。"（Deliberate cruelty is not forgivable.）这句台词简直就是影片的核心和灵魂。影片前半段斯坦利的暴行总是由失控或醉酒所致,这对斯黛拉甚至一开始对布兰奇来说并不是"故意的残忍"。但斯坦利毁掉了布兰奇和米奇的"姻缘"（尽管这可以让他摆脱布兰奇）,这对布兰奇（也是整个影片）来说则是不可原谅的"故意的残忍"。

视觉性

本片的视觉设计十分重要,尤其是布兰奇的部分。她在火车站的首次登场被设计为雾气缭绕的场面；当她向米奇讲述前夫的故事时,雾气再次包围在她的周身；当影片结尾她打算逃离房间时,门外也是一片雾蒙蒙。其他的例子还有当她洗完热水澡后,整个浴室也是雾气蒙蒙的。而当布兰奇没有裹挟在雾气中时,她则竭力寻找阴影或照镜子。在布兰奇被斯坦利强奸的一场戏中,我们看到镜子的破裂,暗示着布兰奇最后一丝残存的理智也随之泯灭。

戏剧性场景

米奇从他银制的烟盒中掏出香烟给布兰奇的一场戏十分有趣。表面上看其中没有任何冲突（两人都想与对方说话）,但实际上两人内心各有冲突：两人都急于给对方留下好印象。烟盒和上面的铭文便成为两人自我介绍、展示志趣甚至炫耀彼此价值的绝佳媒介。

斯坦利殴打斯黛拉之后,他在冷水淋浴下清醒过来,全身湿透。这段情节既是铺垫也是余波。他独自一人游荡在公寓,像迷路的小孩一样寻觅着斯黛拉。他来到庭院祈求妻子原谅,下面则出现完全由戏剧性动作驱动的场面：他将斯黛拉抱了起来,高举过肩,象征着两人的生命与爱情。事件的余波则回到布兰奇和米奇身上,我们再次关注这场戏带来的后果。

生日派对是用来暗示三人权力关系的一场完美表演。斯坦利先把姐姐的丑闻像投炸弹一样抛给斯黛拉，然后算计着时间再投给布兰奇。斯黛拉由于知道了真相而被内心的恐惧压得几近崩溃，布兰奇则被搞得一头雾水，还在为米奇的缺席找借口。

米奇从斯坦利口中得知了布兰奇不堪的过去，他找到布兰奇对质。这场戏中使用了多个戏剧性工具，十分经典。场景是前面出现过的，但是灯光却从先前的昏暗变成过分的明亮，因为米奇想看清布兰奇的脸。铺垫是布兰奇半清醒半眩晕的状态，外面女人售卖冥花等声音使主情节中断，余波则是布兰奇尖叫引来公寓外的人群——所有这些元素都用来强化这一场戏，用来强调布兰奇彻底的陷落，并让我们产生痛苦的感受。

特别关注

本片（包括原版的舞台剧）中值得多加讨论的一个方面是声音的使用。火车的声音、猫的叫声、蓝调钢琴乐声、怪异的人声、仿如丛林野兽一般的喊叫、那首让布兰奇想起亡夫的歌曲，还有闻声不见物的枪响，这些声音效果使布兰奇的回忆以及她不稳定的心态得以外化。这些音效在舞台剧中便有使用，在影片制作中又再精心设计，让观众身临其境，与人物感同身受。

尽管布兰奇值得同情，但我们很难与之产生认同。我们可不希望自己拥有她那样的不安感或像她一样惺惺作态。但是当她来到新家并试图找到自己的位置时，我们又不由自主地被拉进她的生活和她的内心，这是因为我们与她的生活太过亲近。我们只听得到她的声音，并被引诱着通过声音所透露的她少许的"隐私"一遍又一遍地幻想她自虐的场面。威廉斯和卡赞在处理幻觉时并不严守现实的规则，但这种对幻觉的自由处理却展示出两人对剧作技艺的熟练掌握。对他们来说，将观众的情感拉入故事要比准确揭示事实重要得多。

片例8 《唐人街》

编剧：罗伯特·唐尼
导演：罗曼·波兰斯基

在1975年第47届奥斯卡颁奖典礼上，本片为编剧罗伯特·唐尼夺得了最佳原创剧本大奖，同时还入围了包括最佳影片、最佳导演和最佳男演员在内的六个门类、十个奖项的评选。作为全球影迷的至爱佳片，《唐人街》的故事情节复杂精妙，观众很容易便能沉浸其中。这既要归功于编剧的妙笔生花，也要感谢导演罗曼·波兰斯基杰出的才华——在完美地展现故事精髓之余又没有屈服于故事本身，更没有为取悦观众而节外生枝。毫无疑问，《唐人街》是罗伯特·唐尼与罗曼·波兰斯基两人职业生涯的一出杰作。

故事梗概

杰克·吉茨是一名私家侦探，此刻他正向客户克里展示他的"调查结果"：照片中，克里的妻子正与一名陌生男子在树林里偷情。杰克将心烦意乱的克里打发走，同时迎来下一位客户，她自称是莫拉雷夫人并怀疑自己的丈夫与其他女人有染。杰克和两位同事很快意识到他们要调查的对象，也就是霍利斯·莫拉雷先生正是洛杉矶水电局的总工程师。杰克接下这份工作并开始跟踪。跟随杰克的脚步，20世纪30年代末洛杉矶的城市景象逐渐展现开来——这座城市正经历一场严重的干旱，而关于水利问题的政治斗争亦是愈演愈烈。经过几天的跟踪，杰克终于搜集到莫拉雷先生外遇的"证据"。

莫拉雷先生与女人"幽会"的照片很快见诸报端，莫拉雷先生深陷丑闻漩涡。而当杰克回到办公室时，另一个女人却出现在他面前并声称自己才是真正的莫拉雷夫人，伊夫琳·莫拉雷。她声称自己从未雇佣杰克调查丈夫，并打算起诉杰克。恼羞成怒的杰克想亲自质问莫拉雷先生，但遭到其助手耶伯顿的阻挠。杰克离开办公室，他在大楼外面遇见了同行马尔维希尔，他曾是警察，但因腐败问题被逐出了警界。杰克前去拜访莫拉雷夫人，后者很意外地放弃了起诉杰克，反而雇佣他调查那个假扮自己的女人到底是谁，她还告诉杰克可以到水坝处寻找莫拉雷先生。然而当杰克来到水坝时，却发现一队警察正在此地调查，带队的是他的老朋友地区检察官埃斯科巴尔中尉。他们正将莫拉雷先生的尸体从水中打捞出来。杰克找来伊夫琳，后者确认了丈夫的尸体并接受了警方的问话。杰克的调查无疾而终，但伊夫琳还是承诺给他一张支票作为报酬。很快，杰克从验尸官口中得知前几天还有个流浪汉在河里溺死，可是奇怪的是，白天时候整个洛杉矶的河床都干涸了，又怎么会有人溺水！杰克发现每天夜里都会有水注入这条河中。于是他再次回到水坝，翻过防护栏，大股的水流喷涌而出差点将他溺毙。捡回一条命的杰克惊魂未定，却又碰上凶神恶煞的马尔维希尔。一个矮个子男人警告他不要插手此事，杰克自然没有同意，而那人则拿起匕首割伤了他的鼻子。

杰克返回办公室，决定查出幕后的阴谋。他接到一个名叫艾达·塞申斯的女人的电话，她承认自己就是那个假扮莫拉雷夫人的人，但否认自己与莫拉雷先生的死有关。她提醒杰克到报纸上登的讣告中寻找线索。杰克又去质问伊夫琳，而后者显然说了谎话。经过调查，杰克得知伊夫琳本姓克罗斯，而他的父亲诺亚·克罗斯曾与霍利斯·莫拉雷合作设计了洛杉矶的供水系统。杰克声称伊夫琳掩盖事实真相，他再次来到莫拉雷先生的办公室，指控莫拉雷先生的助手耶伯顿是这场谋杀乃至水利丑闻的帮凶。耶伯顿矢口否认，但杰克还是从他口中得知有一部分水正流向西北部山谷的一片果园。

伊夫琳再次雇佣杰克调查杀害丈夫的凶手。她承认丈夫和父亲曾因为水坝问题大吵一架。杰克拜访诺亚·克罗斯，后者则付给他伊夫琳让他找到莫拉雷先生"女友"的酬劳的两倍。杰克来到资料室，通过调查他发现山谷地区的土地所有权最近频繁易手。他前往山谷一查究竟，却遇到果园场主和他的几个儿子。他们说这里的水源已经遭到破坏，不给他们供水，随后又把杰克打晕。伊夫琳开车将杰克接回城里，路上两人发现了关于这片果园的线索，这则线索引领他们来到一家养老院。在这里，两人见到了土地的"所有者"——一群和善的老人，他们显然对自己成为地主一事毫不知情。两人刚要离开，马尔维希尔和持刀的矮个子男人再度出现，杰克狠狠地揍了马尔维希尔，并搭上伊夫琳的汽车侥幸逃脱。

伊夫琳为杰克清理鼻子上的伤口，两人动情相拥。杰克不愿谈起自己在唐人街以及身为地区检察官的过去，这时伊夫琳接到一通电话。伊夫琳慌张离开，杰克紧随其后来到一栋公寓，这正是起初他发现莫拉雷先生外遇的地方。杰克与伊夫琳当面对质，告诉她自己的猜测，但伊夫琳坦承这个女孩是自己的妹妹，她绝不可能杀害莫拉雷先生。杰克独自回家，又接到一通电话，说艾达·塞申斯想见他。杰克如约到达，却发现艾达已死，自己则被埃斯科巴尔堵个正着，他希望杰克自首。他告诉埃斯科巴尔关于水利的丑闻，但后者并不相信。

杰克再次来到伊夫琳的住所，却发现仆人正要关闭别墅。他在池塘边发现一副破了的眼镜。杰克在伊夫琳妹妹躲藏的住所找到了伊夫琳并指控她谋杀了自己的丈夫，那副眼镜正是莫拉雷先生的。杰克打电话给警察并告知埃斯科巴尔地址，打算让他逮捕伊夫琳。伊夫琳终于坦白一切：这个女孩既是她的妹妹，也是她的女儿，她要竭力保护她不再受到邪恶的父亲的侵害。杰克让伊夫琳去她的仆人位于唐人街的住所暂避，伊夫琳乘车离去。警方很快前来逮捕伊夫琳，杰克答应带领警方找到她，但实际却带他们来到克里的住所，后者协助他从警察手中逃脱。

杰克让克里帮忙送伊夫琳和她的妹妹（女儿）逃离美国，自己则前往莫拉雷家与克罗斯会面。杰克已经得知池塘中的眼镜并非莫拉雷先生所有，而属于克罗斯。克罗斯并没有承认谋杀，反而向杰克讲述自己宏大的计划。马尔维希尔拿枪顶着杰克的头，杰克受到要挟，只好带领克罗斯前往唐人街，却再次遇上警方和埃斯科巴尔。杰克竭力向埃斯科巴尔解释克罗斯才是一切的幕后主使，正是他杀害了莫拉雷先生，而此时的克罗斯已擒获自己的两个女儿。伊夫琳拔枪射伤克罗斯并开车逃亡，警察马上开枪阻拦，杰克的制止无济于事。汽车在不远处停下，伊夫琳中枪身亡，妹妹则发疯般地尖叫。克罗斯将"小女儿"带走，埃斯科巴尔让同事带杰克离开，一个警察劝说道："忘了这一切吧，杰克，这里是唐人街。"

主人公与目标

影片的主人公毫无疑问是杰克，这是属于他的故事。他起初因被人欺骗而蒙羞，也因此展开事件的调查。他的目标自然就是解开这个因被欺骗而卷入的谜团。

障 碍

阻碍杰克"解谜"的人首先是那些欺骗他的人：伊夫琳、耶伯顿、艾达·塞申斯、克罗斯等。除此之外，马尔维希尔和那个小个子男人（由罗曼·波兰斯基本人扮演）则是他行动上的敌人。埃斯科巴尔和警察也同样对他虎视眈眈。杰克要查清那个女孩的身份以及她与整个水利丑闻的关系。然而在这背后还存在着克罗斯与莫拉雷先生之间错综复杂的矛盾，以及西北山谷地区更大的阴谋。

前提与开场

影片的前提要早于影片故事的开场：洛杉矶干旱时期，水利部门的主管想查清洛杉矶河水排放的地点，而他曾经的搭档则密谋将河水引入城市附近的一片荒漠。杰克是个专门处理婚姻问题的私家侦探，他对这个职业还有自己的敬业精神以及诚实的品性感到骄傲。

影片开场，编剧罗伯特·唐尼选择展现杰克日常工作的场景，不仅展现他卓有成效的工作，而且透露他对可怜的客户的态度。这一段戏很快结束，紧接着便是假的莫拉雷夫人出现，关于水利的政治斗争浮出水面，杰克在毫无准备的情况下被卷入一个他从未预料到的巨大的阴谋之网。

主悬念、高潮与结局

这是一个推理故事，因此，随着谜团的建立，影片的主悬念也随之产生。杰克因被欺骗而蒙羞，为了摆脱耻辱，即便真的莫拉雷夫人撤销对他的指控，他依然要查明真相。伊夫琳雇佣杰克调查假扮莫拉雷夫人的幕后黑手，这成为杰克的使命，两人自此"捆绑"在一起，影片的主悬念也随之展开——杰克能否发现幕后的阴谋？随着故事的不断发展进行，莫拉雷先生被害、杰克多次遭到袭击、艾达·塞申斯遭到谋杀，杰克完成使命的风险不断增加，他也从未脱离进退维谷的险境。他仍无法完全揭开谜团——阴谋是什么，而幕后主使又是谁？

影片的高潮始于谜团主体被揭开——伊夫琳向杰克坦白，她的父亲同时也是她女儿的父亲，这是她竭力让女孩远离父亲的原因。这一事实虽非故事的主线，但与主线关系紧密：通过这个事实，杰克猜出谋杀莫拉雷先生的真凶，还有假的莫拉雷夫人为何找上自己；最重要的是，他猜到了阴谋幕后的主使——诺亚·克罗斯。

这便意味着影片有着较长的第二幕，而第三幕则相对简短。推理故事中，侦探会不断探寻过去，这些"往事"成为影片必不可少的铺垫并被置于第二幕中。这种做法是推理故事的必然，因为这些"往事"成为了第二幕中的线索并能够为情节带来反转与曲折。影片同时还有一个发展完整的次要情节线，即伊夫琳与杰克的爱情线——这段情节也在第二幕得以展开。杰克如同进入一个迷宫，充满了岔路、死胡同还有上锁的门，这使推理变得"饶有趣味"，观众不会觉得时间过得缓慢。这不仅是影片的主题使然，也是因为观众产生了与人物同样的感受——我们以为自己得到了答案，但其实并没有。一旦这种心理建立起来，影片就可以"肆无忌惮"地进行下去了。

影片的结局是杰克对于事态发展的无能为力：伊夫琳被杀，女孩难逃魔窟，克罗斯逍遥法外，阴谋计划继续进行。

主 题

影片主题层面上的趣味性在于它创造并定义了属于电影本身的独特主题，而非探寻人类生存中的广义现状。简单来说，《唐人街》的主题就是"唐人街"，它意味着一种思维状态，即"你自以为了解实情，然而并非如此"。尽管我们所有人都会偶尔有这样的体验，但这种体验并不会主宰我们全部的生活——然而电影却恰恰如此。我们对谜团探究得越深、知道得越多，未知的事情反而越多，我们越无法弄清真相。影片塑造的这种心理情境能够十分有效地将观众拉入故事情节，正是这种对观众强大的吸引力使影片长久以来深受欢迎。

"唐人街"不仅是地名，也是一则用来展现影片主题的隐喻（见"伏笔与披露"）。影片开始的时候，杰克对"唐人街"并无好感，对于逃离唐人街是相当乐意的，而当他不得不回到唐人街时则表现得十分沮丧——伊夫琳也有类似的心理。尽管她不断地编织谎言，但她也是不明真相的受害者——她既不知道父亲的阴谋，也不知道丈夫因何被害。在某种程度上来说，就连诺亚·克罗斯也处于类似的状态。他对于谋杀和山谷地区的阴谋了如指掌，却不知道伊夫琳和莫拉雷先生将他的"小女儿"藏身何处。地区检察官埃斯科巴尔同样如此，影片大多时候，他的调查都远远地偏离了方向，即便他后来查出了杰克的计划，但依然对背后的阴谋一无所知——就在他以为自己对一切了如指掌的时候，实际上却大错特错。

统一性

所有的故事都具有唯一一个强有力的中心人物（即主人公），影片的统一性便来自于其戏剧性动作。杰克对谜底的追寻是影片一以贯之的元素，为了达到这个目的，他要采取不同的方式和途径，而这一过程的障碍构成了整个影片。

铺　陈

我们可以说被影片早期的铺陈段落给欺骗了。我们以为自己只是观赏一部侦探故事：杰克跟踪莫拉雷先生，把怀表垫在轮胎下面计时，并让他的同事拍摄照片。与此同时，我们也了解到影片的故事背景——干旱、贫困的农民、水利部门的历史以及关于水利的政治斗争。跟随杰克的脚步，我们看到了干涸的河床和水库（这一场景对后面的情节十分重要）。编剧利用恰到好处的铺陈帮助我们平稳地度过了影片的第一幕。紧接着，随着影片谜团建立起来，零星的铺陈再次出现，其表现形式可能是小型的冲突或略显幽默的片段，而我们却误以为是调查的线索甚至是重大的"突破"。

一个十分经典的铺陈段落便是杰克在记录大厅查询土地所有人的这一场戏，这场戏既有冲突也颇具幽默感。（我们已经在本书中"铺垫"一节谈及这一场戏，在这里就不再赘述。）另一个类似的例子则是在耶伯顿办公室外的等候室，杰克不停地向秘书打听诺亚·克罗斯、水利部门的历史，以及克罗斯与莫拉雷两人的关系。

人物塑造

自打一开场，影片就为我们展示出主人公杰克那种自信甚至自傲的性格。他洞察克里的一切，请他喝廉价的酒，不断地施以安慰好像自己深谙人性。当假的莫拉雷夫人向他陈述丈夫的出轨行为时，他的表现同样如此。杰克识人的本领是其作为私家侦探的拿手好戏，也是他得知自己被骗后内心倍感受辱的原因。杰克心高气傲，自然会主动迎接挑战。影片开场所塑造的人物的性格不断破裂，故事的情境也不断打击人物的心理，影片的情节便在二者的交织中展开。

相对于杰克的过分自信，伊夫琳则极度缺乏自信，尽管她偶尔也能做出惊人之举——比如在养老院救杰克一命。但绝大多数时间里，她表现得犹豫不决、含糊其辞。真正对解谜产生帮助的反而是她的过去（她既是畸形父女关系的受害者，也是见证人），还有她长期以来对丈夫的依赖。

诺亚·克罗斯与杰克虽有几分相似，但实际大相径庭。他与杰克同样对于洞察人心颇为自信，对于欲望与目标的追求也十分执着；但是杰克有着助人的善意（他曾试图帮助深陷困境的人），而克罗斯则是彻底的自私自利。克罗斯唯一的动机就是积聚权力，而杰克则单纯得多，他只想获得认可，证明自己能够对他人和社会产生好的影响。

情节发展

影片的情节发展一直遵循的原则就是让杰克和观众永远处在"唐人街"这一心理情境中。为此，影片不断让我们以为发现了真相，然后很快又让我们沮丧。就好像俄罗斯套娃一样，每一个谜题的答案又是另一个谜题。杰克总以为自己发现了真相——也许是出于嫉妒，伊夫琳囚禁了女孩并失手杀害了自己的丈夫——但就在他"站稳脚跟"的一瞬间，他又很快"摔了大跟头"。

戏剧性反讽

我们亦步亦趋地跟随杰克，他的所知就是我们的所知，他的所见也是我们的所见——除此之外，再无其他。这使戏剧性反讽的使用受到限制，至少对于核心人物来说是这样。一个例外则是杰克给达菲和沃尔什讲黄段子那一场戏，我们在杰克之前已经看到伊夫琳在场。尽管我们当时并不知道伊夫琳的身份，也实在无法发现那个黄段子的可笑之处，但伊夫琳的在场着实形成了戏剧性反讽，也使这一场戏令人记忆深刻。

戏剧性反讽在其他人物的情节中时有出现，尤其是埃斯科巴尔。影片中几乎杰克与埃斯科巴尔的所有情节都使用了戏剧性反讽的手段，因为我们知道这些警察所有的猜测和判断都是错误的。戏剧性反讽不仅加强了我们对杰克的认同，同时，由于一再犯错的警察总是怀疑杰克，也让我们对他产生同情。除了埃斯科巴尔，杰克与耶伯顿的情节也利用了类似的手段。

铺垫与余波

情绪与氛围对于影片的体验十分重要，因此，铺垫与余波的设置必须卓有成效。杰克第一次来到莫拉雷家的一段戏，影片运用了一个较长的铺垫段落：杰克一路开车来到别墅，按门铃，神秘的中国仆人应门，杰克在门口等待，司机擦拭汽车发出吱吱的声响。紧接着伊夫琳才出现在银幕上，与先前看起来不同，此时的伊夫琳看起来更真实，与她的性格更相符。影片后面一系列曲折离奇也自此开始。

杰克来到山谷，影片对这段戏的铺垫则是展现山谷地区和果园宁静安详的景象。接下来，他被几个农民拦住去路。这场戏的余波则是杰克醒来，伊夫琳开车，两人行驶在路上。在他回忆先前发生的事件时，我们也同时体会到了事件的余波。

杰克与伊夫琳来到养老院的一场戏中，影片对地点、车道和养老院做了情绪上的铺垫，这是为了养老院两人合伙说谎的两段情节，养老院内安详的氛围也是铺垫。随后，两人遭遇袭击并侥幸开车逃脱，车上的两人一言不发。

伏笔与披露

影片最重要的伏笔与披露元素是关于"唐人街"的隐喻。作为一个具体地点的唐人街在影片很早便出现，而且随着剧情的发展，未知的事件越发增多，唐人街出现的频率也开始增多，直到最后我们终于将唐人街与"自以为是"的心理状态合二为一。杰克向伊夫琳提起唐人街时说道："所有人都这么认为。"影片结尾，我们终于可以摆脱这种心理，然而代价却是伊夫琳的死亡和女孩无法逃脱的命运；也就在此时，影片的发展到达了隐喻的状态："忘了这一切吧，杰克，这里是唐人街。"

另一个让人记忆犹新的伏笔与披露元素是那句台词"对玻璃不好"（Bad for glass.）。这句台词一开始出自莫拉雷家那个中国园丁之口，他的本义是"对草不好"（英文中玻璃［glass］与草［grass］发音相似），而杰克也很快了解到园丁的意思是池塘中的水是咸水，对池塘边的草有害。这个池塘也是十分重要的场景，因为杰克正是在池塘边发现了重要的线索——一副眼镜（glasses），显然这又使这场戏具有了反讽的色彩。

未来元素与预告

影片中预告的例子有：伊夫琳告诉杰克去水坝寻找莫拉雷先生，伊夫琳告诉杰克她想带"妹妹"逃离美国，以及后来伊夫琳告诉杰克自己会搭乘五点三十分的火车。除此之外，还有一个非常重要的预告段落发生在"妹妹"的藏身之处。杰克掩护两人离开之后，他打电话给埃斯科巴尔并告知他所在的位置——这通电话预示着埃斯科巴尔和警方即将到来。

另外一个起着预告作用的情节是，在女孩藏身的房屋外面，杰克与伊夫琳两人在车中的一场戏。伊夫琳表明自己要带女孩远走高飞的想法，她无奈地将头低下，却按响了喇叭。我们在当时并不了解这段戏的预告作用，直到影片最后，伊夫琳开车带女孩离开，却被警察射杀，她的头再次倒在方向盘上，并按响了喇叭。

可信性

影片是发生在现实世界中的故事，既不包含超自然现象，也没有任何难以置信的情节。我们完全能够相信影片所讲述故事的真实性。另外，随着情节的展开，谎言被揭穿，新的谎言又紧跟着诞生，彼此严丝合缝。似乎事态的发展只有这一条路可走，对于观众来说悲剧是不可避免的。

行为与戏剧性动作

杰克为克里倒酒是行为，没有别的目的；当他听到假的莫拉雷夫人的倾诉时假装出的惊讶，则是有目的的戏剧性动作——他希望争取到这位客户，因为报酬十分丰厚。在与耶伯顿秘书交谈的一场戏中，杰克吸烟、吹口哨、在办公室附近出没，这些看似是漫无目的的行为，实际却目标明确：他想让秘书透露一些秘密，并让他见到耶伯顿。

伊夫琳为杰克清理伤口，这是行为。杰克拿走耶伯顿的名片是有目的的戏剧性动作，虽然我们并没有马上了解这一目的。杰克和伊夫琳走上养老院台阶，他抬起胳膊示意伊夫琳挽着他，这是一个有目的的戏剧性动作：他需要伊夫琳与他合伙演戏。

对　白

影片的对白对于塑造人物来说有着十分重要的作用。杰克口齿伶俐，伊夫琳在谈起父亲时含糊其辞；克罗斯表现得颐指气使，对旁人毫不在意。

影片结尾的那句台词是影史经典，但除此之外还有很多值得我们注意。在伊夫琳的家中，两人曾相当亲密，但当杰克意识到伊夫琳是囚禁女孩的真凶时，他马上改口称其为"莫拉雷夫人"。两人来到养老院的一场戏中，杰克的对白明显地表现出，相对于那个一直赶他们出去的经理，杰克自认为高他一等。

视觉性

影片的视觉设计十分值得一提，它让我们产生了对主人公所处环境身临其境的感觉，却并没有采用主观视角。严格意义上来说，我们并没有看到杰克"看到的东西"，只是看到了杰克"在看东西"。从某种意义上来说，杰克是一个窥视者，我们则是观看杰克窥视的"窥视者"。例如杰克跟踪莫拉雷先生的段落，首先是桥上的主观镜头，然后是过肩镜头，我们既窥视到杰克所窥视的景象，也同时窥视着杰克——这个镜头使我们与杰克产生关联。在上述场景中，莫拉雷先生正试图揭开某个谜团，而杰克窥视莫拉雷先生也是为了揭开某个谜团，我们作为观众则同时窥视着两个人。

另一个有关窥视的典型例子出现在莫拉雷先生与女孩在公寓见面的一场戏。我们既能看到杰克拍照"取证"的过程，也通过摄影机镜头窥视着庭院中"偷情"的两人。这种镜头语言使我们同时与摄影机和人物的视角统一，而无须使用主观镜头——先拍看的动作，再拍看的对象，然后再拍窥视者的反应。

戏剧性场景

杰克得知伊夫琳妹妹（或女儿）真相的一场戏是本片中最具戏剧性的段落。这场戏中既有铺垫和余波，也有戏剧性动作和行为；这之中包含两个反转，而且在展现人物复杂情绪的同时，人物也开始发生转变。这场戏的铺垫是杰克离开莫拉雷家来到另一所房屋，他愤怒地停下车，大步来到房门前，甚至险些与仆人动手。伊夫琳从楼上下来，她正穿戴整齐并问杰克是否吃午餐，而杰克则直奔主题。他先打了电话给埃斯科巴尔，之后向伊夫琳询问律师的情况，随后展示"证据"——眼镜。冲突随之升级，杰克向伊夫琳陈述他对整个阴谋的猜测。他先劝说，而后对着伊夫琳大吼，最后甚至扇了伊夫琳几个耳光。这里，伊夫琳说出这场戏的第一个反转：女孩既是她的妹妹，也是她的女儿。这一事实显然让杰克措手不及，他也当然没有相信。紧接着是第二个反转：眼镜并非是莫拉雷先生之物——这场戏就此结束。但后面有更为重要的，也是影片精心设计的余波：伊夫琳带着女孩走下楼，并告诉杰克碰面的地点。杰克显然受到了很大的冲击。随后，杰克在窗边看着伊夫琳和女孩开车离去。由于杰克先前已经打电话给埃斯科巴尔，这则余波的段落因此也成为下一场戏埃斯科巴尔带领警察到达的铺垫。

特别关注

本片故事并不十分复杂。两个手握权力的大人物因合作设计洛杉矶供水系统而产生分歧。其中一个人的女儿怀上了自己父亲的孩子，而这个女儿又嫁给了父亲的合作伙伴。多年以后，女孩的父亲密谋将洛杉矶的水源引入附近广大的山谷地区以获得权力和金钱。在这场混乱的斗争中，一名私家侦探因为一个谎言被卷入其中，他下定决心查明真相，找出幕后黑手。整个故事也随着他查明"真相"而告终。

正是故事的讲述方式使本片既复杂又引人入胜，而正如先前所述，我们需要研究的是"讲好一个故事"所必需的要件——没有新的故事，但是人物和观众体验故事的方式却可以不断翻新。鉴于人物的生活及动机，一切围绕在杰克周围或杰克所编造的谎言和欺骗都是可以理解的；而这些谎言和谜团正是影片所要探寻的，即人物永远处在"唐人街"中。因此，在本片漫长的第二幕中，谜团像俄罗斯套娃一样一个接着一个，然而却丝毫不显无聊，反而不断刺激并吸引着我们时而深陷谜团，时而揭开谜团，但很快又陷入另一个谜团。

本片的分析为我们展示了剧作的一个重要心理——剧本就如同编剧与观众之间的一场游戏。双方同意加入这场游戏之中，目的是享受故事，被影片感动。为此，观众必须调动自己的情感和智力，融入编剧设计好的世界中，这样我们才能与剧中人物同呼吸、共命运，即便彼此素不相识。

片例9 《教父》

改编自马里奥·普佐同名小说
编剧：弗朗西斯·福特·科波拉，马里奥·普佐
导演：弗朗西斯·福特·科波拉

影片聚焦美国黑帮组织，书写出一部有史以来最令人难以置信的家庭史诗。《教父》不仅获得了票房与评论界的双重成功，而且将犯罪类型电影引入新的纪元，20世纪三四十年代的强盗片再也不是犯罪类型影片的唯一源头。凭借本片及续集，导演科波拉为自己在电影史上画下了浓墨重彩的一笔。在1973年的奥斯卡颁奖礼上，《教父》荣获最佳影片、最佳改编剧本以及最佳男演员（主角马龙·白兰度斩获）三项大奖，导演科波拉，男配角阿尔·帕西诺、罗伯特·杜瓦尔以及詹姆斯·卡恩亦获提名。续作《教父2》再创佳绩，再次斩获奥斯卡最佳影片和最佳改编剧本奖，导演科波拉和饰演维托的罗伯特·德尼罗分获最佳导演和最佳男配角殊荣。除此之外，影片还入围包括最佳男主角、最佳女配角在内的五个奖项。

故事梗概

二战结束不久，纽约长岛的一幢豪华庄园内正举办一场盛大的婚礼。教父维托·柯里昂的女儿即将出嫁，而他则在房间内接待"客人"——这人有求于维托，而维托则要将一切"生意"安排妥当。他有两个得力助手，人称桑尼的大儿子圣蒂诺和他的律师养子汤姆·哈根。室外，女儿康妮与丈夫卡洛·里齐的婚礼正如火如荼，贺喜的人中不乏参议员和法官这样的

政要——当然,联邦警探们也在庄园外待命。维托的小儿子迈克是二战英雄,此次他带着女友凯·亚当斯回到家中,同样受到了众人的欢迎;次子弗雷多是个胆小鬼,懦弱且嗜酒。婚礼随着著名歌星强尼·丰坦的到来进入高潮。强尼的事业全仗柯里昂家族的帮助,而他此次前来,则希望维托再次施以援手,助他获得电影的出演机会。

维托派汤姆前去摆平此事。汤姆前往好莱坞,并在摄影棚中见到了面试强尼的公司老板,然而却很快被赶出片场。汤姆自报家门,老板得知他是维托的手下后,态度便发生了转变。汤姆来到电影公司老板的别墅,老板邀请他参观挚爱——一匹赛马。两人交谈融洽,但老板仍然拒绝让强尼参演影片,因为强尼拐跑了公司苦心培养的女演员,这让他颜面扫地。当晚他在床上惊醒,发现自己身上竟然沾满鲜血。他掀开被子,发现爱马的头颅正躺在那里——用维托的话说,这是他"无法拒绝的条件"(an offer he can't refuse)。

维托接到混混索罗佐的电话,后者操持的毒品生意正方兴未艾。索罗佐想拉维托入伙,但遭到拒绝。维托让手下卢卡·布拉西假意与家族决裂,好去探查索罗佐的动向。布拉西与贩毒团伙碰面,却遭残忍杀害;当晚,汤姆被索罗佐绑架。第二日清晨,维托也在街上遭到枪击。圣诞之夜,正与凯在街上购物的迈克得知父亲遇刺,便迅速打电话给大哥桑尼,后者让他马上回家。

维托生死未卜,长子桑尼成为理所当然的继承者。索罗佐向汤姆提议合伙经营,但后来发现维托并未身亡。桑尼接手家族生意,迈克成为桑尼的左膀右臂,他们开始筹划复仇。战争一触即发。首先,要杀掉叛徒。迈克在手下的护送下进城看望父亲,同时告诉凯出城躲避。迈克来到医院,却发现保镖和警察都已消失无踪,看来警察也被仇家买通。他将父亲转移到另一间病房并到医院门外守候。迈克遇见了腐败的警察迈克拉斯基并遭到羞辱,但他成功避免了父亲再遭暗杀。

冲动的桑尼对复仇念念不忘,而冷静的汤姆则建议一切以生意为先,他们没有更多精力对付索罗佐和那个警察同伙。沉默的迈克突然发声,说可以安排自己与两人见面,并杀掉他们。迈克的计划成功了,然而犯下杀人罪行的他不得不隐姓埋名在外躲避一年。迈克的行为激起了五大黑帮家族之间的争斗,在此期间,维托病情好转并出院返家。

现在的柯里昂家族由三人掌管:维托、桑尼和汤姆,迈克则躲到了老家西西里。在那里,他与一名可爱的女孩阿波洛尼娅一见钟情。他向女孩的父亲提出了一个无法拒绝的请求,并向女孩求爱。纽约这边,桑尼发现卡洛殴打妹妹康妮,愤怒的他找到路边的卡洛并将其毒打一通。迈克在西西里与阿波洛尼娅成婚,而此时的凯则来到迈克纽约的家中寻找迈克的行踪,但遭到汤姆的拒绝。

桑尼再次发现卡洛殴打自己的妹妹,他的情绪再次失控。他不顾汤姆的劝阻独自外出,却在收费站遭遇伏击身亡。维托得知大儿子丧命后认为这场战争必须结束,听闻噩耗的迈克也决定返回美国。他打算让妻子暂留在西西里,然而就在迈克即将离开的当天,妻子在汽车爆炸中身亡。维托与其他家族首领握手言和,同时意识到推动毒品买卖与谋杀桑尼的凶手另有其人。

迈克回到美国开始为父亲工作,他找到凯并向她求婚。迈克说他的家族产业会在五年内合法化,这才打消凯的疑虑。桑尼的死亡将迈克推向台前,他成为家族的继承人。迈克派卡洛和汤姆前往内华达开展新的生意,自己则来到拉斯维加斯洽谈买卖,早先到达拉斯维加斯的弗雷多显得十分紧张。迈克被要求做康妮小孩儿的教父。一天,迈克与年迈的父亲在院子里聊天,父亲警告他有人会在他与五大家族的会面中对他不利。不久之后,维托寿终正寝,家族成员和友人纷纷前往悼念。

迈克在葬礼上找到了叛徒。康妮的儿子在教堂中受洗,迈克即将成为外甥的教父。在教堂之外,他已经安排好手下清洗所有对他和家族不利的人。受洗结束之后,迈克找到卡洛,后者承认是他设计导致桑尼被害,迈克指示手下将卡洛杀死。得知丈夫死讯的康妮歇斯底里地大叫,称迈克是凶手，迈克叫人把康妮送出房间，妻子凯则质问迈克是否真如康妮所言，迈克矢口否认，两人拥抱。凯走出房间倒酒，却听见房间内的迈克被手下称呼为"唐·柯里昂"，此时的她已经麻木了。

主人公与目标

有时候越是简单的问题越难以回答。"教父"起初指的是维托，而最后成为"教父"的是迈克。本片是关于这两个人的故事，但并不是我们常见的单一故事的双主人公——他们有各自的故事，并且是各自故事的主人公。这个长达3个小时的影片包含两个完整的三幕式结构的故事。类似的影片有《桂河大桥》(*The Bridge on the River Kwai*)，但它又有所不同：《桂河大桥》中的两个故事是彼此交织的，每个故事的主角同时都是另一个故事中的重要人物。

这是一个关于转让权力的故事。我们在维托的故事中了解到权力的定义、掌控及其无所不在的包容性。而随着故事的进展，我们逐渐认识到迈克也同样对权力充满欲望。他有自己的方式，为了获得权力，他必须有所作为。

两个主人公的目标虽然相似并且相关，但又不完全一致。维托要维护自己的权力，依靠的是多年黑帮"教育"产生的高度仪式化的传统和预期。当迈克接手时，家族的权力根基已不再稳固，甚至受到侵蚀。他的目标是重新获得权力并巩固根基。

障　碍

对于维托来说，他的障碍来自这个不断变化的世界，在这个世界中连有组织犯罪的形式都在翻新花样，而他对这些"变化"全然不感兴趣，也不想卷入其中。他拒绝毒品买卖，这导致后面一系列障碍的产生——柯里昂家族不得不与其他家族产生纷争，家族内部也出现了分裂和背叛。

对于迈克来说，他的障碍既有内部的也有外部的。他起初并不是教父的人选，也无意成为教父，因此他必须先说服自己接受这个"职位"，然后再去赢得家族其他人的支持。最为重要的是，他没有犯父亲的错误。他杀掉叛徒，排除异己，在纷乱的家族争斗中登上权力的宝座。

前提与开场

如果用一句话概括本片，那么便是：一个依靠"传统与礼节"控制庞大黑帮家族的首领在临危之际传位于对继承权力毫无兴趣的幼子。

编剧普佐和科波拉在影片开场就向我们展示出教父的"工作"场景，我们看到神秘的仪式化行为以及教父那几乎神一般的"全能"地位。殡仪馆的老板有求于维托，却对家族礼节一无所知，对教父也没有表现出应有的尊重——这一场戏向我们展示了黑帮世界的运作方式。维托在黑暗的书房中办公的场景与婚礼场景并置，编剧和导演为我们完整地展示了故事发生的背景。婚礼场景使我们对整个柯里昂家族有了一个全景式的了解——这里的"家族"不仅指整个犯罪团伙，也指真真正正的柯里昂家族的亲朋好友，包括新进门的女婿和养子汤姆。

主悬念、高潮与结局

维托领衔的故事中的主悬念与维护业已建立的权力基础有关。尽管他看起来无所不能——对于那些有求于他的人来说似乎确实如此——但其地位却并不稳固。婚礼那场戏中联邦探员的虎视眈眈，维托所"拥有"的政客们也不敢露面，这些便是暗示。维托拒绝了索罗佐，而后又派布拉西前去监视，这些表现了他对掌控力的不安。因此，维托（故事）的主悬念在于：他是否能保持至高无上的权力？

维托故事的高潮，伤愈出院的他邀请五大家族首领会面。长子桑尼已经丧命，三子迈克流亡在外，为了保全迈克，他同意与敌手和解，甚至在他极力反对的毒品买卖方面做出妥协。尽管他仍保有极大的权力，但已远不如前，这次会面他的妥协与屈服是对他坚持多年的规则与礼节的侮辱。

维托故事的结局则是他将权力彻底移交迈克。事实上，尽管此刻的维托还能够对家族内外的人和事明察秋毫，但却失去了领导才能。伴随着权力转让的完成，维托完成了使命，很快寿终正寝。

迈克故事的主悬念则与他参与家族生意的深入程度有关。当他第一次跟凯提到"不能拒绝的提议"时，他与整个家族及其行事风格都是截然不同的。当他决意杀掉迈克拉斯基和索罗佐时，他的思维方式已经与家族的思维方式趋同了，但他仍不想步其父的后尘。在西西里避难时，我们发现迈克对爱的欲望远大于对权力的渴望，然而桑尼的死亡又使情况发生了变化。因此，迈克（故事）的主悬念在于：他是否会（无可避免地）陷入家族的犯罪事业中？

迈克故事的高潮是他与年迈的父亲见面，后者不无遗憾地说自己曾希望迈克有自己的生活，他曾设想儿子会是个参议员或州长之类。迈克则告诉父亲自己被要求成为康妮儿子的教父，这几乎就是向父亲承认自己即将成为家族的首领——他的生活将彻底与这个家族和它的犯罪事业联系在一起。

迈克故事的结局是他在谈及"生意"时冷酷无情。他杀死所有敌人，成了姐姐儿子的教父；为了给死去的大哥报仇，他杀掉了自己的姐夫。自此，不管是在字面意义上还是比喻意义上，又或者在家族所有人眼中，他都成了彻彻底底的"教父"。

主 题

影片主人公的问题回答起来似乎比较复杂，但主题还是十分清晰明了的。这是一部关于权力的影片——整个影片都在讲述人们对权力的行使、获取、欲望、滥用以及限制。影片每时每刻都在提醒我们，权力就是它的终极问题：维托想保有权力，迈克自以为对权力不感兴趣，桑尼无法控制权力，汤姆则在拥有与失去权力的边缘不断徘徊。人们为了权力相互争斗，彼此背叛。尽管所有人都对权力有着不可言说的欲望，但是他们却有着共同的借口——"这不过是生意,我其实挺喜欢这个人。"(It's only business, I always liked him.)

统一性

影片叙事宏大,两个人物的故事彼此交织,片中包含多个人物的统一性,并最终合成关于影片整体的统一性表达。维托和迈克两人都具有戏剧性动作上的统一性。但是围绕在两人各自故事周围的则是一个更大的统一性表达,即"家族"。这个家族不仅指柯里昂一家人,也指二人统领的黑帮犯罪事业。作为这个家族的"教父",不论是即将退位的,带领家族转型的,还是即将掌权的,他们的目标都是要保持家族的永续——这个目标使整个影片成为有机的统一体。

维托戏剧性动作的统一性是他永远与家族的意志保持一致,而迈克则是被迫进入家族决策层的。他加入家族的标志事件是他杀死迈克拉斯基和索罗佐,但直到他从西西里回来之后,他才终于与家族的意志达成一致。在维托、桑尼和汤姆三人商讨家族发展的一场戏中,我们能够很明显地发现影片的叙事线索,那便是家族权益的统一性。在影片的开头和结尾,家族的权力和行为分别与维托和迈克捆绑在一起,但正是家族本身所诉求的始终不变的权力和利益才使影片的连续性得以保持。

铺 陈

影片开场是并置的两个场景:内景书房中的权力交易与外景的婚礼。这一段交叉剪辑有效地将影片的背景进行了铺陈,而且作为铺陈的段落,两场戏中均有冲突:殡仪馆老板有求于维托却一点也不懂得规则、礼数和与维托的关系;停车场上联邦警探与维托手下之间的冲突;卢卡·布拉西不停地演练祝词,到了维托面前还是忘词;帅气的强尼因为得不到角色而懦弱地流泪;初来乍到的凯试图了解这个庞大的家族,而大多数的冲突来自于迈克,尽管他竭力让凯融入家族,但是作为家族成员的他却对家族行事三缄其口。

人物塑造

维托在行事中坚守一套严密的行为准则，人物也在这种详细的描写中生动地塑造出来。他永远是自控的，但这种自控只是其严守准则的一种表现。他有一种疯狂的执念，即"将一切处理妥当"。这套陈旧的、固定的规则体系将人物的形象特色贯彻始终。桑尼是个冲动的愣头青，无论是在妹妹的婚礼现场与女人偷情，还是在得知妹妹受到丈夫家暴时对妹夫的毒打，他的一切戏剧性动作都只受感情的控制，这也是他与汤姆产生强烈冲突的原因。汤姆和桑尼恰好相反，他"继承"了养父冷静、自控、理智的一面，所有事情对他来说都是"生意"。但是他缺乏维托的那套黑道的"教养"，而这种教养恰好是维托冷酷与理智的源泉。弗雷多是个懦弱的胆小鬼，从一开始在婚礼上的酩酊大醉到在拉斯维加斯对莫·格林和迈克的唯唯诺诺，他的自卑性格展露无遗。迈克这个人物的塑造则是基于爱，而非繁复的黑道准则或冷酷的生意经。他见一个爱一个（虽然影片中他只有两个爱人），而且只要是他喜欢的女人，他就会拥有。然而更重要的是，迈克被他对父亲的这种爱所操控——他支持父亲、爱戴父亲，为救父亲不惜一切。这与他的两个兄弟在关于"我是谁"这个问题上形成了鲜明对比：面对父亲遇刺，弗雷多精神崩溃，汤姆考虑的则是家族之间的政治斗争。

情节发展

影片情节随着两股力量的冲突而自然展开：一方是维托对传统与古老行为准则的坚守，另一方则是以新兴的毒品犯罪为首的战后剧变浪潮。维托因坚守传统而拒绝加入毒品生意，也因此引发了一系列彼此相关的事件。索罗佐先将一军刺杀了维托，而迈克则是唯一一个为父报仇并维护家族统治地位的族人。这又引发了后面各大家族之间的明争暗斗。随后大哥桑尼被杀成为迈克返回美国、接手家族生意的直接因素。

戏剧性反讽

迈克到医院看望父亲的一段戏是影片中运用反讽以彰显戏剧性张力的绝佳范例。来到医院的迈克发现保镖和警察早已不见踪影，他将父亲转移到另一间病房，但他知道这样并不能让父亲脱离危险。这时维托之前帮助过的面包师恩佐手捧一束鲜花前来看望维托，迈克顿时心生一计。我们都知道两人手无寸铁，但他们仍然装模作样地站在医院门口假充保镖。就是这样，两人竟成功吓退了一车荷枪实弹的杀手。想象一下，如果我们与那些杀手一样对事实一无所知，那么这场戏的戏剧张力便不复存在。通过知晓迈克的绝境以及恩佐的手足无措，我们对这场戏的兴趣以及其中的戏剧张力便会陡然增加。

另一个产生反讽的例子则出现在迈克计划刺杀迈克拉斯基和索罗佐的一场戏中。黑帮人都知道迈克是个"平民"，从不参与家族事务，况且他已经被那个腐败的警察好生"修理"了一顿。但是我们知道迈克实际是个智勇双全的狠角色——别忘了他可是战斗英雄，并且我们知道他要取两人性命的全部计划和细节，戏剧性反讽便由此建立起来，戏剧张力大幅增加。迈克拉斯基粗鲁自傲，对年轻的迈克毫不客气，索罗佐则是个背信弃义的小人——影片有意让我们对两人心生憎恶。因此，迈克的计划一旦展开，我们要担心的便是：手枪是否已经藏好，迈克能否行刺成功，二人能否识破计谋。我们一边担心一边猜测，一边体验由反讽而引发的强烈的戏剧张力。

铺垫与余波

为使影片清晰生动，叙事过程中广泛使用了铺垫与余波工具，有时是为营造情绪，有时是为突出对比，更多则是为一系列事件进行前后的铺垫。在汤姆前往好莱坞的这一段情节中，影片对摄影棚的诗意化的描写与电影公司老板对汤姆的冷淡形成鲜明的对比。之后，影片采用了一段时长较长、节奏缓慢的铺垫，为接下来电影公司老板在床上发现马头的惊悚场面做了准备。

圣诞之夜，迈克与凯在街上购物，紧接着圣诞颂歌响起，卢卡·布拉西将赶赴一场即将让他送命的会面。这段产生强烈对比的情节为其后影片的第一个暴力场面（即卢卡被杀）做足了准备。清晨，维托到街边买水果，而弗雷多则在车中等候，这一片段也通过对比形成铺垫。这段情节发生在先前布拉西之死以及汤姆被绑架的情节之后，充满不祥的预感。

伏笔与披露

面包师恩佐和殡仪馆老板是影片开场时出现的人物。两人看似无关紧要，但实则是巧妙的伏笔，而且在其后产生了相应的披露。恩佐承蒙维托帮助，战后留在美国，避免了遭返意大利的命运。为了表示感谢，他特地前往医院看望维托，结果却阴差阳错地救了恩人一命。殡仪馆老板也在影片一开场出现，并承诺有朝一日报答维托。这一元素在影片后面的情节中产生披露——维托希望他能帮助掩饰桑尼的惨死，以免桑尼的母亲得知实情。

伏笔与披露也可以是一句台词，如"给他开了一个他无法拒绝的条件"。这句台词在影片中反复出现，但每次都有新意。迈克在影片开始就提到这句话，随着情节的发展，影片的主角和其他人物也均不同程度地提及。但是对于迈克来说，他第一次提起这句话是为了表达自己和他的家族有所不同，他对凯说这是他们家族的行事方式而非自己的。但到了影片结尾，这句话却成了他的座右铭。

未来元素与预告

迈克计划刺杀迈克拉斯基和索罗佐是对其后戏剧性动作的预告，他告诉我们他的目标、他的计划，并且为我们展示他为实施计划而进行的射击训练。虽然我们对迈克能否完成计划拥有疑虑，但我们至少能够确定的是，他一定会实施这个计划。同样的心理也发生在我们得知迈克要逃离美国躲避一年的那一刻，我们知道此事一定会发生。

维托告诉迈克家族中有人是叛徒，这是一则预言，也是未来元素。维托遭到枪击之后，桑尼命令克莱门扎干掉失职的保镖波利安，这是预告；桑尼威胁卡洛，如果再胆敢殴打其妹，自己会把他杀掉，这是警告，是未来元素。我们确定随着影片的进行，前者一定会完成，而后者则是一种可能的预言。

可信性

本片因特定的主题和背景而让观众产生了一些关于"可信性"的疑问。尽管我们对美国的有组织犯罪情况多少有些了解，也能相信确实有人大权在握，甚至草菅人命，然而如果施此恶行的是我们"认识"的人，并且他跟我们一样关心自己的家人，这时情况就完全不同了。因此，本片的难题并不在于我们不相信有人会做出这样的事情，而在于我们不相信做此事的是那些我们本来想与之取得认同的人。

迈克刚刚出场时，我们绝不相信他会做出任何犯罪行为。对他来说，父亲维托也并不暴力，父亲甚至明确地说"我们不是杀人犯"（尽管殡仪馆老板认为并非如此）。影片第一次展现维托使用暴力的场面就是那个血淋淋的马头，但是屠杀赛马的过程并未被展示出来，而且严格来说，马和人也并不是一回事。当我们回忆起片中第一个真正的暴力场面时，我们发现我们认识的人成了受害者而非施暴者——卢卡·布拉西被残忍杀害、汤姆被绑架、维托遭到枪击。这些事件让我们对主人公产生了同情，而迈克在父亲生命垂危时产生的悲痛也十分真实和真挚，其保护父亲的欲望也是如此。

迈克决定行凶时，我们发现他并非天生杀手，他心中仍有爱与情感——他敬仰自己的父亲，要竭力保护家族。如果他是天生的恶魔，那么我们就会本能地疏远他。反观他要杀掉的两人，恰恰是我们所憎恶的（尽管这种想法并不能抵消迈克杀人的残忍）。至此，我们已经彻底信服：迈克冷酷的一生中仍有一部分是善良的。

迈克处理家族生意和不断排除异己的背后有一个有趣的矛盾，这让我们不得不产生疑问：在黑道横行的世界里，在争权夺利的家族中，迈克起初的那份温柔正直是如何培养起来的？他上过大学，参过军，甚至是战斗英雄，这一切都使他成为家族中的异类。尽管我们不必太过纠结这个问题，不过通过影片中迈克与维托的最后一次对话，我们似乎可以得到解答。年迈的维托说他曾希望迈克成为参议员或州长——很明显，两者依然极富权力，而这正是维托世界观中最重要的东西。这也许暗示了迈克青年时期的种种可能都是维托的刻意安排，他故意让迈克远离家族，并以此塑造了迈克（早年）的性格。这里不需要刻意的戏剧化场面，我们已经开始怀疑，迈克在影片初期的无辜形象很可能是维托故意塑造的，这也许就是这对父子之间的独特关系，也是维托对迈克"特别"的爱。

行为与戏剧性动作

影片中经常出现的一个行为是人们亲吻"教父"的手，这一行为被视为一种仪式化的尊敬的象征。然而在影片开场，可怜的殡仪馆老板自以为见过世面，却还是在教父维托面前露了怯。他随后亲吻维托的手，这便是戏剧性动作，一方面是让自己不再难堪，更重要的则是因为他有求于人。

迈克到达拉斯维加斯，二哥弗雷多准备了派对和妓女为迈克接风，这是典型的戏剧性动作，他需要取悦迈克，同时向弟弟炫耀自己在当地的实力。反观另一场派对，即康妮的婚礼，则是行为。同样，阿波洛尼娅一家因为迈克的求爱而举办的盛大派对也是行为，但迈克在派对中表现出的绅士作风则是具有明确目的的戏剧性动作——他要以传统的西西里方式赢得爱人的芳心。

另一个重要的戏剧性动作是康妮儿子受洗、迈克成为教父的一场戏。这场戏不仅为迈克犯下的一系列谋杀提供了完美的不在场证明，更重要的是，这一仪式化的戏剧性动作成为了其登上权力巅峰的明喻。

对白

"我给他开了一个他无法拒绝的条件。"《教父》中的这句经典台词已经成为美国人口中的流行语,相信随着经典的流传,这句台词也会继续流行下去。

除却那些令人记忆深刻且不断被人引用的经典台词之外,影片的其他台词同样成为塑造人物、彰显权力纷争的有效工具。维托有一整套规则以确保一切行为的适当性,其节制、自控的语言便是明证。汤姆三句不离生意,桑尼容易在暴怒之时失去自制能力,迈克的语言则显现出强烈的控制欲,他发誓自己与家族划清界限,言之凿凿又冷酷无情。不仅如此,人物的台词也帮助展现人物之间的权力关系。汤姆和桑尼之间不论是争吵还是和睦,对话都是非正式的、口语化的,而当"军师"汤姆与外人说话时,用语则权威且正式。

视觉性

卢卡·布拉西在车内被人用铁丝勒死,摄影机以大近景的方式为我们一刻不停地记录下布拉西绝望的面孔,整个谋杀变得更加令人惊恐。桑尼遇刺的一场戏的视觉处理同样是直来直去,毫不掩饰。然而具有反讽效果的则是康妮与丈夫卡洛之间的打斗场面,这一场戏采用了与前面两个暴力场面完全不同的视觉表达方式。这场戏开初,我们看到康妮打碎了桌上的碗碟,而当卡洛动手时,两人转入浴室。此时摄影机却停留在浴室门外,因此我们只能通过听觉感受卡洛对怀孕妻子的施暴过程——创作者们不允许我们看到这个罪恶的场面,却强迫我们发挥想象力,从而让这场非致命的暴力行为产生如前面谋杀场景一样的戏剧张力,让观众产生强烈的恐惧反应。

影片中,不论是家族内部还是家族之间的交易均被设置在光线较暗的室内,这与西西里那段外景戏形成鲜明对比。影片开场,老教父维托便笼罩在一片黑暗的氛围之中,然而当迈克接管家业并被人唤作"唐·柯里昂"

时，我们看见并感受到相同的黑暗氛围——他将永远见不到阳光，他成了自己在教堂中发誓弃绝的恶魔的化身。他在继承父亲事业的同时，也继承了这份黑暗。

另外，影片通过道具和布景展示了柯里昂家族的富裕生活。从室内的华丽装潢到婚礼的盛大场面，再到整个别墅的豪华外景，我们既看到柯里昂家族的财富之巨，也感受到家族的权势之大。

戏剧性场景

影片中索罗佐提出毒品交易的一场戏具有强烈的戏剧性而且有完整的铺垫与余波。索罗佐前来参加会面的同时，维托正与手下汤姆、桑尼以及克莱门扎商讨对策。会面开始，索罗佐显然懂得规矩，对教父维托充满敬畏，而会谈过程中桑尼的突然发声则是对规矩的破坏和对维托权力的不敬。为此，维托甚至暂停交谈，十分正式地向索罗佐道歉。这一段戏的余波显然就是会谈结束后维托对儿子的呵斥。

餐厅中，迈克即将刺杀迈克拉斯基和索罗佐。这场戏由于先前所述的戏剧性反讽的存在而暗流涌动。同样，维托伤愈返家是另一个包含完整铺垫与余波的戏剧性场面。影片细致地交代了维托回家、儿孙探望以及他欢迎众人的情节。接下来，桑尼和汤姆告诉维托是迈克杀掉了两个人，也因此逃离美国躲避风头，而在他入院期间，几大家族也起了纷争。这消息深深刺痛了维托。这段戏的余波是桑尼与汤姆之间的争执，桑尼说汤姆不是个"会打仗的军师"。

汤姆告诉维托桑尼遇刺的一场戏同样是十分触动人心的戏剧性场面。这场戏中的反讽在于，我们已经得知桑尼的死讯，而汤姆显然不情愿告诉维托这一噩耗。维托表示还是习惯汤姆果断直接的说话方式，而汤姆也深知应对教父坦白一切。这场戏的结尾自然是汤姆将桑尼遇刺一事和盘托出。这时，我们发现那个时刻掌控一切的教父开始发生转变，为了保护迈克，他甘愿向其他家族屈服。

特别关注

在影片众多优秀的戏剧性表现形式中，对平行动作的使用是最电影化的，而且这样的剪辑和处理方式能够产生多种不同的效果。所谓的平行动作是指通过交叉剪辑的方式将多个同时发展的动作进行并置。这一技法在影片一开场便有使用——我们在维托的书房内景和康妮的婚礼外景之间跳跃。这一平行动作的处理帮助影片建立起整个叙事背景——表面的辉煌与现实的黑暗形成对比，剧情的张力得以建立。

迈克在西西里避难期间，大洋彼岸的家族正腹背受敌。这两段情节的平行处理同样产生了强烈的对比。相比权力，真实的迈克对爱的欲望更为强烈，但他最终还是成了权力的"奴仆"。在西西里时，迈克显然还不具备后者的任何特征，然而到这段平行动作的结尾，伴随着妻子阿波洛尼娅在汽车爆炸中身亡的惨剧，迈克选择返回美国，加入这场残酷的权力斗争。

毫无疑问，影片最负盛名、最让人难以忘怀的就是教堂受洗内景与暗杀外景的平行处理。在此，我们再次看到了表象与真相的残酷对比——迈克一面发誓弃绝恶魔的诱惑，一面冷静地导演暗杀。这一对比要比开场的对比强烈百倍。通过这段平行动作的处理，我们看到迈克"新生活"的两面性：伴随着教堂神圣的音乐，迈克"虔诚"地回答神父的所有问题，他成了康妮儿子的教父；而这如同宣誓一般的问答，也昭示着迈克终于攀上了权力的巅峰。

片例10 《飞越疯人院》

改编自肯·凯西同名小说
编剧：劳伦斯·奥邦，博·戈德曼
导演：米洛斯·福尔曼

本片是奥斯卡历史上第二部一举囊括最佳影片、最佳改编剧本、最佳导演、最佳男主角和最佳女主角五项大奖的影片（第一部是《一夜风流》，最近则是《沉默的羔羊》[The Slience of the Lamb]）。本片没有皆大欢喜，也不迎合观众趣味，观众亦无法通过本片（短暂地）逃避现实，沉溺幻想。与肯·凯西原作类似，影片在收获票房成功之余，也迎来了巨大的批评之声。演员中只有一人称得上明星，导演也是来自国外的寂寂无闻之辈；环境压抑，结局悲观——总之好莱坞主流电影中的陈规俗套在本片中几无踪影。影片的成功之处便在于创作者们完美地向我们讲述了一个令人同情的人物对抗"绝对权威"的精彩故事。

故事梗概

R.P.麦克墨菲被送进了精神病院，然而刚一卸下手铐，他便欢腾雀跃。在病房里，他第一次见到了酋长，一名高大、沉默的印第安原住民。说话结巴的比利·毕比特第一个与他攀谈起来。大厅里哈丁、切斯西克和马蒂尼正在打牌，麦克墨菲走过去搅黄了牌局。通过斯皮维医生对麦克墨菲的问询，我们知道他因犯强奸罪被送入劳动农场，又因打架被转送到医院。他将在此接受检查以确定是否假装精神病，而他则表示十分乐意合作。

在群组治疗中，拉契德护士鼓励哈丁当众谈论他的婚姻问题，却导致哈丁与泰伯两人的争吵，拉契德对此无动于衷。麦克墨菲检查操场四周的防护栏，之后又试图教酋长投篮。众人在大厅玩牌，麦克墨菲正在听一场棒球赛的转播，却被"安详的"音乐声吵得心烦意乱，于是他进入护士站想调低音乐，却与拉契德护士发生争执。牌友们指责麦克墨菲不应与护士发生口角，而麦克墨菲却打赌声称一周之内就能彻底激怒拉契德。

赌约已定，麦克墨菲开始"对付"拉契德护士，他试图更改治疗时程，这样他就可以看世界杯比赛。然而当大家举手表决时，他却只得到两票支持。在淋浴室，麦克墨菲跟众人打赌称自己可以举起水槽砸碎窗户并逃离医院。他使出九牛二虎之力仍然不能将大理石底座移动分毫，但他却说自己至少努力尝试过了。他为了第二场世界杯比赛再次发起投票，这一次组内所有人都投了支持票。然而拉契德护士却改变规则，声称医院所有病人都应参加表决。麦克墨菲费尽口舌只为再得到一票，然而就在酋长举手前的一刻，拉契德护士终止了会议。麦克墨菲坐在关着的电视机前，大声呼喊着自己编排的"比赛"内容，其他人听闻也跟着欢呼起来，所有人前所未有地激动。

麦克墨菲告诉医生拉契德护士并不诚实，说她喜欢将人玩弄于股掌。之后，在酋长的帮助下，麦克墨菲成功翻过护栏，把医院中的弟兄们全数带进班车逃之夭夭。他接上女友坎迪，带领众人一起乘上渔船，踏上深海捕鱼之旅。在船上，麦克墨菲教他的弟兄们如何钓鱼，而他则和坎迪回到了船舱内。就在所有人趴在窗外偷窥麦克墨菲与女友缠绵之际，渔船失去控制，麦克墨菲只得中断幽会，重新回到甲板上掌舵。当他们返回港口时，警察和围观群众早已等候多时，而他们展示了今日的收获——几条活蹦乱跳的鱼。

心理医生认为麦克墨菲虽没有精神疾病，但仍然是个危险分子，应该送回劳动农场。而拉契德护士则认为自己可以帮助麦克墨菲，并劝说医生们将他留在医院。麦克墨菲得知自己在医院的时间不能抵消刑期，便在组会中提出异议，然而他惊讶地发现所有人都是自愿来此。他试图向病人们证明他们与外面的人一样正常，理应离开医院。正在此时，切斯西克却突然执意向拉契德护士索要自己的香烟,拉契德护士百般阻挠。忍无可忍的麦克墨菲一拳打碎护士站的玻璃窗,取出香烟,终于制止了这场纷争。警卫前来制服麦克墨菲,这时酋长挺身而出,三人均被"逮捕"。

切斯西克被带走进行某种"治疗",麦克墨菲欣喜地发现"又聋又哑"的酋长其实完全是个正常人。两人开始策划逃离医院,前往加拿大。很快,麦克墨菲也被带走进行电击治疗。几天后,麦克墨菲回到病友中间,他走起路来像个僵尸。正当众人以为他已经彻底疯掉时,他又突然活蹦乱跳起来。

麦克墨菲安排坎迪带着酒来医院举办送别派对,他和酋长策划当晚即将逃走。入夜,他们用钱、酒和女人贿赂保安,所有病人开始狂欢。比利对坎迪产生了迷恋,麦克墨菲灵机一动,认为自己离开之前应该让比利与坎迪来一场"约会"。比利并不情愿,但仍与坎迪一同被送进房间,而其他人则继续派对。

清晨,警卫来到医院后发现一片狼藉,包括麦克墨菲和酋长在内的所有人睡得正香。拉契德护士重拾权威,夜里打开的窗户再次关闭,所有病人都围在她的周围,除了比利。拉契德在房间中发现比利和坎迪,她威胁要向比利的母亲告发此事。她粗暴地将失去控制的比利关进医生办公室。此时麦克墨菲手里还握有夜班警卫的钥匙并打算趁乱逃走,就在这时,一声尖叫传来,人们发现比利自杀身亡。麦克墨菲认为拉契德护士就是罪魁祸首,他愤怒地掐住了她的脖子想置她于死地。

医院又恢复了往日的平静。除了拉契德护士脖子上的矫正器之外,一切似乎都没有改变。有谣言说麦克墨菲已经成功逃走。但是一天夜里,他又被带回病床上。酋长发现麦克墨菲已被切除脑叶。悲愤交加的酋长用枕头闷死了麦克墨菲。他来到浴室,举起大理石水槽,砸碎窗户,逃向远方,正如他和麦克墨菲曾经计划的那样。

主人公与目标

本片是麦克墨菲的故事:他的欲望和对生活的乐趣支撑整个叙事。但凡他与其他病人有一丁点相像，故事便无从讲起。表面上看他的目标是为了逃离劳动农场而装疯卖傻，但他真正想要的是尽快结束服刑，继续自己的人生。

障碍

麦克墨菲的首要障碍自然是拉契德护士，但从某种意义上来说拉契德只是麦克墨菲所要反抗的体制与权威的化身。作为麦克墨菲的障碍，拉契德（或说这个体制或权威）有一个重要的特点，喜欢作弊——正如影片中麦克墨菲对医生所说的"她喜欢操控一切"。不论是拉契德护士、医院的体制还是整个社会的权威都是麦克墨菲通往目标路上的外在障碍，但是他还有内在障碍的阻拦。他的目标是在精神病院里轻轻松松地"服刑"，如果他能像哈丁一样逆来顺受倒也简单。然而他却活泼、精力充沛甚至有些狂躁——这些内在的性格因素最终导致了他的失败，也成为他最麻烦的障碍。

前提与开场

影片前提的出现早于开场并一直等待着麦克墨菲与拉契德护士两股力量产生碰撞。拉契德护士掌管着由一群男病人组成的病房，她用看似平静的、对所有病人投以支持的姿态巧妙地控制着或说统治着所有人。麦克墨菲则是个自由人，喜欢享乐，活泼，精力充沛，和蔼可亲，总之是个天生的领导者和鼓舞者。同时他也是个犯了强奸罪的犯人。

影片开场，奥邦和戈德曼选择先对场景进行简要的介绍，然后直击病人每天消极的、逆来顺受的生活常态。这时，麦克墨菲突然降临，就在他解开手铐的一刻，我们便能看到他身上闪现的狂躁的精神与能量。

主悬念、高潮与结局

影片的主悬念始于对立双方的正式"宣战"。两人针对音乐问题的争执之后，麦克墨菲跟众人打赌将在一周之内"搞定"拉契德护士，这场戏标志着两人即将"开战"。很明显，随着情节的深入，麦克墨菲的所作所为不仅动摇了拉契德护士的统治地位，而且建立起新的主悬念：麦克墨菲能否战胜拉契德护士？

影片高潮是麦克墨菲与酋长密谋逃跑。此刻标志着主悬念的完成，因为麦克墨菲已经改变了他的初衷——即从反抗体制（以及拉契德护士）转变为逃离体制。派对伊始，麦克墨菲尚有足够"资本"完成他的计划——他有窗户的钥匙，也有能力逃跑。但是麦克墨菲却留下来与病友们共同狂欢，并且送给比利一份"大礼"。打开的窗子意味着两人可以随时逃走，也意味着拉契德护士将彻底失败。但是麦克墨菲的人道主义一面却使他必须为朋友做些事情——这便是失败的开端。

影片的"结局"是酋长用枕头闷死麦克墨菲并独自逃跑。麦克墨菲通过自己的行动使至少一个被囚禁的灵魂解放。他失去了生命，但是精神却获得了胜利。

主　题

这是一部关于"自由"的影片：拉契德护士是囚禁人性的狱卒，她假装帮助他人，实际上却一步一步将所有人制服。麦克墨菲与拉契德护士的斗争主题便是关于自由的，这一点不论从字面角度还是隐喻角度理解都成立。哈丁和比利两人所引导的两段次要情节也关于自由。两人都自愿待在医院，但原因并不相同。哈丁是因为害怕自由，宁愿接受囚禁带来的"安全感"；而比利是想离开的，但总认为自己还没有准备好。事实上，比利是被自己的母亲（或说作为母亲替代者的拉契德护士）囚禁起来的。因此，即使他人离开医院，灵魂依然得不到自由。第三个次要剧情的"主人公"是酋长，依然是关于禁锢与自由的主题。起初酋长似乎是被他的聋哑"囚禁"，但真正的"监牢"实际是自我怀疑、缺乏信心。作为影片中唯一一个被麦克墨菲解救的人，酋长这条线与主题之间产生了最为强烈的共鸣。

统一性

本片的统一性来源与人物戏剧性动作上的统一性，因为本片具有一个强有力的核心人物。但是请注意，在本片中，戏剧性动作也包括反应。影片几乎一半的时间里，麦克墨菲不停地试图完成自己的目标，包括尽量确保自己能在医院里轻松地混日子以度过刑期、赢得群体的领导权以及最终逃离医院。而另一半时间里，他则对拉契德护士的行为做出反应，即当拉契德护士折磨他的病友时，他会出面保护。

铺　陈

一开始关于麦克墨菲的铺陈是医生对他的问询，二人的潜台词中充满对立。尽管这段对话看起来如游戏一般不怎么正经，但是医生绝对能猜到麦克墨菲真正的心思：为了逃避农场劳动而装疯卖傻。为了能够留在医院，他需要被测试，来决定是否"够资格"。

对其他人物的铺陈则主要是通过群组治疗的一场戏。所有人都有各自的（主要）戏剧冲突，而铺陈的"材料"似乎都是些偶发事件——对拉契德护士的铺陈也是如此。请注意，对于拉契德护士来说，影片只铺陈了她对待病人的方式，但对其个人生活以及是什么原因导致她成为现在这个样子则只字未提。这种背景信息的缺失有助于将拉契德护士塑造成一个更为邪恶的人物，否则这些背景信息可能会中和她的负面形象。

人物塑造

对麦克墨菲这个人物的塑造从他出场的第一个镜头起便开始了。我们看到他被警官打开手铐，在警卫面前活蹦乱跳，甚至亲额头。他活泼好动，喜怒形于色且精力旺盛。但他同时也是一个意志坚定的人，这点从他试图搬动大理石水槽便能得见。这段情节也是对麦克墨菲本人乃至对整个叙事的预告：即便是不可能的事，他也会竭尽全力。

拉契德护士则被塑造成冷酷无情的形象，她看起来关心所有人，但实际却给人施加痛苦，且对此毫不在意。事实上，我们在影片稍早处便已发现她总是从分化病人和征服病人中获得病态快感。她的力量恰恰来自于病人之间的不合——这也是麦克墨菲的领袖魅力对她造成威胁的原因。

酋长在一开始看起来也是对任何事都冷淡和漠不关心的，但是在篮球比赛那一场戏中，他终于认清了自己，这种内心的成长也预示着影片的结局。比利则胆小、口吃，有自杀前科，畏惧母亲——这也是拉契德护士用以控制他的"法宝"。哈丁也有女性"问题"，尤其是对他的妻子，这也是拉契德护士控制他的把柄。

情节发展

本片可以视作一场争夺病房控制权的斗争，斗争双方是病房的实际控制者"护士"与威胁前者统治地位的"新病人"。按照这种思考方式，我们便发现影片情节由一系列斗争组成——一开始只是小摩擦，接着是公开宣战，然后便是两位勇士你进我退，伴随着其他人不断变换阵营。这样来看，"世界杯"一战的获胜者是麦克墨菲，因为最终结果是他带领一众病友外出捕鱼。但是后面的"电击治疗"以及"切除脑叶"战役显然拉契德护士获胜——她最终重新掌控病房。但是有一个人逃走了，我们的酋长——他是真正"飞越疯人院"的人。

戏剧性反讽

本片叙事较少使用戏剧性反讽，即使有也是较短小的。这可能是因为编剧希望将主要的以及惊悚的反讽一直保留到影片结束，当观众走出影院时才开始思考：如果麦克墨菲一直待在劳动农场，他这会儿也许已经重获自由了；如果他只顾自己，他完全可以在偷巴士或开派对时溜走。真正的人道主义者被视为罪犯，而施虐者却成为人道主义的化身。这些强有力的想法即使电影结束很久之后依然萦绕在观众心头。可以说，影片的戏剧性反讽并不在剧情之中而在剧情之外，或者说我们差不多是和麦克墨菲同时

发现它们的。其中的差异在于我们要比麦克墨菲（在绝大多数时间里）具有更强烈的预感。（见"未来元素与预告"部分）

本片中还是有一些短小精悍的反讽。当哈丁将燃着的烟头投入泰伯的袖口时，我们便会期待泰伯的反应。当麦克墨菲接受电击治疗后像僵尸一般蹒跚着走回病房时，这里出现了一个转瞬即逝的戏剧性反讽，他向酋长眨了眨眼睛。派对过后，比利"失踪"，我们和其他病人自然知道他在哪里，但拉契德护士和警卫并不知道——这是本片中最长的一段戏剧性反讽了。

铺垫与余波

一个十分有效的铺垫的例子是麦克墨菲接受电击治疗之前的一场戏。麦克墨菲和酋长坐在走廊的长椅上，此时他发现酋长根本不是聋哑人。他顿时兴奋起来并开始筹划逃亡加拿大——这一切看起来都在麦克墨菲掌握之中。离开之际，他向酋长竖起大拇指。而紧跟着这段喜剧段落之后的便是恐怖的电击治疗场景。

一个绝佳的余波范例则在影片的最末尾出现。逃出医院的酋长迈着大步朝着远处的群山奔去，此时泰伯醒来并开始欢呼，整个病房的病人都醒了过来，压抑了几乎一整部影片的情绪此刻终于有了一点乐观的趋向，尽管我们知道我们的主人公已经无法逃离"监狱"了。

伏笔与披露

本片包含多处巧妙的伏笔与披露的元素和段落。当麦克墨菲第一次见到医生时，他们聊到深海垂钓，这正是他后来带着病友们逃出医院后所做的事；医院外停着的巴士也是事先的伏笔，后续的胜利逃亡与深海捕鱼之旅则是完美的披露；酋长的聋哑是伏笔的元素，对其的披露是在电击治疗室外的长椅上；比利的自杀倾向是事先埋伏好的，对其的披露则十分恐怖。

一个具有隐喻性质的伏笔是麦克墨菲曾企图搬动浴室里的大理石水槽。这看起来似乎是不可能完成的任务，让我们下意识里联想到希腊神话中的西西弗斯。披露出现在影片结尾，酋长杀死麦克墨菲之后，他举起水槽奋力砸向窗户，不可能成为了可能，麦克墨菲的遗志得以继承，水槽则成为隐喻。

未来元素与预告

第一个预告是医生告知麦克墨菲可以留在医院接受评估以做出最后的决定。这场戏不仅给了我们第一个时间框架（或限制），也引导我们猜测医生的评估与决定。另一个预告是麦克墨菲打电话告知坎迪当晚会举办派对，它明确向我们预示了后面的情节。

未来元素在本片中也有使用。最为有效的未来元素可能就是我们在观看中常常产生的预感。麦克墨菲和酋长在电击治疗室外等候的时候，我们预感灾难即将发生，但麦克墨菲似乎安然无恙；当他们逃出医院乘船垂钓时，我们再次预感灾难即将发生，但麦克墨菲则说他们只会被当成疯子，什么事情都不会发生。未来元素产生了反讽的效果，最终所有人都安然无恙，除了麦克墨菲自己。

其他未来元素包括比如麦克墨菲与酋长计划逃亡，还有他让医生"了解真正的 R. P. 麦克墨菲"，以及他向众人讲述他将搬起浴室的水槽、砸碎玻璃并逃亡的计划。当然影片结尾我们知道这个计划成真了。

可信性

虽然令人倍感压抑，但影片确实令人信服。片中描述的精神病人的状态甚至还不是现实生活中精神病人所遭遇的最糟糕的一面。故事中精神病院工作者的行为虽然让观众心生憎恶，但与每天见诸报端的恐怖事件来说依然相形见绌。主要人物的戏剧性动作有充足的动机且符合逻辑，其中的对白、人物所遭遇的困境与展现出的力量也都在可信的范围内。

行为与戏剧性动作

当麦克墨菲第一次要求组内成员投票更改治疗日程以观看世界杯时，

他其实并没抱太大希望。他的想法和戏剧性动作是为了激怒拉契德护士，这恰好符合他曾经立下的赌约。第二次投票依然有激怒拉契德的目的，但是这一次他真心希望能够收看比赛。他在空洞的电视前自言自语编造比赛场面，是以实际行动对抗拉契德的"统治"。

麦克墨菲试图教酋长打篮球，这是一个行为——没有另外的含义。但接受酋长帮忙翻过护栏则是一个明显的戏剧性动作。总的来说，深海捕鱼也是一个戏剧性动作。他担心自己的装疯卖傻被人识破，于是便向众人展示自己真的疯了。他教病友们挂饵垂钓，让切斯西克掌舵，这些都是戏剧性动作——他让伙伴们忙起来，这样他好能与坎迪幽会。

对白

本片对白大胆甚至略显粗俗，不过在相应的情境下显得真实可信。麦克墨菲的台词显然毫无诗意可言，但其粗俗的市井口语却产生独特的、能够勾起观众情绪的画面感。反观拉契德护士的语言，则充满控制欲、操纵性的特点，可以说暗里藏刀。哈丁把自己隐藏在学识背后，说起话来常混淆视听。比利说话的口吃效果比其语言内容更重要，而酋长先前的"无声"在我们得知真相后反而显得雄辩有力。

视觉性

影片的视觉风格可以说是极端现实的。摄影机从不逃避那些我们难以直视的画面，比如用鱼钩刺穿鱼眼的镜头。在电击治疗的一场戏里，摄影机先环顾治疗室四周，然后对麦克墨菲痛苦的面部进行特写。比利自杀的场面也是十分清晰，毫不避讳。这些场景和画面对于叙事来说是十分必要的，现实中我们时常忽视那些粗野甚至恐怖的画面，但这里我们避无可避。

当然影片也不乏抒情的瞬间与画面，比如麦克墨菲在电视机前自言自语编造比赛进而群情激昂的一场戏，我们能从空白的电视屏幕的反射上看到人们的动作与神态。当酋长学会打篮球之后，我们看到他骄傲地在场上跨越奔跑，这是他重拾自信的表现。派对结束的第二天早上，所有人醒来，警卫锁上窗户，而锁头就在麦克墨菲和酋长两人头顶。这一画面又为这场戏增加了一层反讽。

戏剧性场景

一个绝妙的戏剧性场景是第一次群组治疗。这是属于拉契德护士的场景，她表面上试图让组员们讨论哈丁的婚姻问题，实际上是运用自己的权力让组员们彼此分化。这其中有一个简短的铺垫，即所有人都在进行伸展运动，唯独麦克墨菲吊儿郎当，无所事事。拉契德不断激怒哈丁直到组员彼此质疑，互相争吵，而她此时却无动于衷。尽管有极强的控制欲，但她最有力的工具是让病人们突然失控。上述场景的余波是病人骚乱之后麦克墨菲与拉契德怒目相对，两人对刚才发生的事情均心知肚明。

另一个巧妙的戏剧性场景是关于世界杯的第二次投票。麦克墨菲认为自己的"锦囊妙计"可以确保投票大获全胜，却没想到拉契德护士改变投票规则。他接受新规并讨好甚至哄骗其他病人为他投票，然而就在他成功在望之际，拉契德再次更改规则并终止了投票。事实上，其后麦克墨菲虚构棒球比赛一段正是与拉契德护士斗争段落的余波。

特别关注

影片中值得重点关注的部分已经在"戏剧性反讽"部分予以暗示了，即反讽不在影片之中，而是需要我们在观看之后自行发掘。不仅是反讽，也包括对悲剧性故事的体验以及我们自己的感悟。当我们最终意识到"罪犯"才是人道主义者而所谓的"人道主义者"是真正的罪犯时，我们已经发现了更多的启示，而不仅仅是影片揭示给我们的那些。

影片中值得探讨的另一个方面是作为一部成功的影片，它的核心人物并不讨喜，结局也至多算苦中有甜。麦克墨菲可爱又可怜，尽管我们起初并不怎么欣赏他。我们对他的同情源自他对生活乐趣的追求和一颗善良的心，然而他很难成为观众效法的对象。但这并不妨碍麦克墨菲成为一名强有力的主人公，唤起观众强烈的情感共鸣。

这个时代的电影要想卖座，几乎都要有个大团圆式的幸福结局，但请注意，令人满意并不一定意味着大团圆。观众需要一种完满的感觉，这种感觉对影片来说不可或缺。只要满足上述条件，剧中人物无论是失败、对任务准备不足、未能信守诺言又或是来不及改过自新，他们仍然可以构成一流的电影。

然而毫无节制的悲观结局对观众来说可能是难以承受的。假设本片结局，酋长闷死了麦克墨菲后逃跑却又被抓了回来，并因犯谋杀罪而受到处决，这对观众来说很难有满足感或完满的感觉。但只要在结尾处有一点乐观的情绪，那么即使我们的主人公失败甚至死亡，也仍是令人满意的结局。

片例11 《末路狂花》

编剧：卡莉·克里
导演：雷德利·斯科特

电影界有句老话：争议越大，票房越高。有些影片不断制造争议，有些则天生带有争议，还有些影片的争议则完全在意料之外，正如本片。十分具有讽刺意味的是，《末路狂花》自上映起引发的争议正是来自影片本身所谴责的性别歧视问题。如果本片像《虎豹小霸王》一样是以男性友情为主的影片，那么它一定不会引发公众的评论。恰好相反，本片讲述了两个女性一路驾车不断挑战法律的故事，这引起了周遭极大的愤怒。当然，巨大争议下的《末路狂花》自然在票房上大获成功。

但是抛开争议所引发的评论如潮和票房飙红不谈，本片仍然是一部叙事精巧的独特作品。在男性主导的时代里，本片讲述了以两位女性为主导的故事——她们目标明确，理智且坚定。她们对世俗法律的反抗就如同本片对唯票房论的大团圆式结局的反抗一样令人激动。1992年奥斯卡颁奖礼上，《末路狂花》获得包括最佳女主角、最佳导演、最佳剪辑以及最佳摄影在内的六项提名，并最终收获最佳原创剧本奖。本片引发了关于戏剧法在内的诸多问题的讨论，并成为研究20世纪90年代电影剧作的绝佳范例。

故事梗概

路易丝是阿肯色州一间餐厅的服务员，她与好友塞尔玛打算到山里的一间木屋度周末。她打电话给塞尔玛确认旅行计划，正在自家厨房忙活的塞尔玛则显得心烦意乱，似乎是因为她那讨厌又爱压榨人的丈夫让她产生了这样的情绪。塞尔玛本应该征求丈夫的许可，但是她并不打算这么做，因为她不用问也知道丈夫不会同意。路易丝回家收拾行囊，塞尔玛则带上了所有能带的东西，外加一把她平日里碰都不敢碰的手枪。她让路易丝保管手枪，以防遇到杀人犯或野兽，并把手枪放进路易丝的手提包。

两人离开城镇驶向山区。半路上塞尔玛想停车找些乐子，她说自己从未有离开丈夫达瑞尔单独外出的机会，这次出门就是为了寻欢作乐。两人经过一列列的卡车，来到一间酒吧开怀畅饮，席间塞尔玛引起了"好老弟"哈兰的注意力。哈兰请两人喝酒，两人欣然接受。哈兰邀请塞尔玛跳舞，而此时路易丝开始担心天色已晚。就在路易丝去洗手间之际，哈兰将醉酒的塞尔玛带到外面"呼吸些新鲜空气"。

来到停车场的哈兰企图向塞尔玛求爱，在遭到拒绝后，愤怒的哈兰开始殴打塞尔玛并企图强奸她。此时路易丝出现，她将手枪抵在哈兰的耳朵上，让他停止恶行。哈兰虽然不敢轻举妄动但仍口出狂言。路易丝似乎受到刺激，她突然开枪杀死了哈兰。路易丝将塞尔玛送上车，她来到尸体旁边恶狠狠地说了句"说话小心点"，便驾车与塞尔玛仓皇离去。塞尔玛认为她们应该报警，但路易丝认为警察不会相信哈兰想强奸她，因为两人一整晚都表现得相当亲昵。路易丝告诉塞尔玛此刻要想的应该是后面怎么办。

两人停车来到餐馆喝咖啡，路易丝断言警察不会知道是她们杀死了哈兰。在案发的酒吧，州警哈尔·斯洛克姆检查了尸体并盘问服务员，后者认为凶手并不是塞尔玛或路易丝，可能是哈兰的妻子或者哈兰所勾引的女人的丈夫。逃亡路上，路易丝意识到她们需要更多的钱。两人决定先在旅馆住下再作打算。路易丝给男友吉米打电话并向他借一大笔钱，吉米同意汇款给她。路易丝告诉他将钱寄往俄克拉荷马城。挂断电话，路易丝马上叫上塞尔玛，两人驾车前往俄克拉荷马城。在路上，路易丝说她要去墨西哥，但塞尔玛则不确定。

停车加油期间，塞尔玛遇见年轻帅气的牛仔 J. D.，后者希望能够搭车，但遭到路易丝的拒绝。哈尔在警局的电脑中找到了路易丝，与此同时两人决定走小路前往墨西哥，这样能降低被捕的概率。哈尔前往路易丝家中搜查，然后又到她工作的餐厅询问一些问题。两人在路上再次遇到请求搭车的J.D.，塞尔玛像小狗一样祈求路易丝同意让J.D.同行，路易丝只好答应。哈尔来到塞尔玛家中，向丈夫达瑞尔解释他妻子卷入的麻烦，达瑞尔根本不信。J.D.把塞尔玛迷得神魂颠倒，他也在聊天中得知两人与警察的恩怨。与此同时，哈尔得知路易丝确实有把手枪带在身上，而且手枪的口径与案发现场一致。

三人来到俄克拉荷马城。路易丝前去取钱，却发现吉米竟然亲自来送。她们送走J.D.，同时吉米为两人付了两间房钱。路易丝将吉米给的钱交给塞尔玛保管，然后便去了吉米的房间。外面下起大雨，J.D.突然出现在塞尔玛的门前，塞尔玛欣然邀请他进房。两人在聊天中增进了解，J.D.说起自己正在假释期，并向塞尔玛解释自己全副武装犯下抢劫罪行的经过。吉米想知道路易丝是否爱上了别人，然而由于路易丝无法告诉他实情，愤怒的吉米与路易丝吵起来。之后，吉米拿出准备好的戒指向路易丝求婚，两人和好如初。而另一个房间里，J.D.与塞尔玛正如胶似漆。

清晨，路易丝依然对未来充满担忧，她与吉米来到餐厅吃早餐。路易丝同意留下戒指并与吉米道别。很快塞尔玛溜进餐厅，经过与J.D.的激情一夜后，她显得相当兴奋。但当路易丝发现塞尔玛把现金留在房间时，两人急忙赶了回去。毫无疑问，J.D.把钱财洗劫一空。路易丝彻底失控，失去了再走下去的欲望，这时轮到塞尔玛为她加油打气。

哈尔和FBI前往达瑞尔的住所，并对电话进行监控。他们告诉达瑞尔，一旦塞尔玛打来电话，达瑞尔应当和气地和她讲话，不要让她起疑。这边，塞尔玛停下车，独自前往商店，掏出手枪十分熟练地实施了一次抢劫行动。之后，警察、FBI和达瑞尔一起观看了塞尔玛抢劫商店的录像带，她正如J.D.教她的那样实施犯罪。她们继续前进，在路上碰到猥琐的卡车司机，他取笑她们后开车而过。

吉米回到家中被警察堵个正着，而另一边路易丝则意识到塞尔玛家中的电话很可能已遭监控，两人现在是犯下谋杀罪和持械抢劫罪的重犯。J. D. 被带到警署问话，他在哈尔的质问中得知警察已经知道他把吉米给路易丝的钱偷走的事情。很显然，哈尔不仅要抓住两人，更想帮助她们。当 J. D. 被警察带走时他见到了达瑞尔，后者怒不可遏地想揍他一顿，而 J. D. 还不忘嘲笑他。

塞尔玛打电话回家，她从丈夫的温声细语中很快明白丈夫已经知道了发生的事情。她迅速挂断电话，而路易丝又打了回去，希望与警方谈话。她与哈尔交谈并得知警方已经知道她们逃往墨西哥的计划，很显然是 J. D. 透露给警方的，这让路易丝对塞尔玛十分生气。夜里，两人在开车途中，塞尔玛猜到路易丝厌恶得克萨斯州的原因——她曾在那里被人强奸。但是路易丝矢口否认。两人因超速被一名交警拦停，她们以为自己行踪败露，塞尔玛只好用枪威胁警察，路易丝夺下警察的武器，两人将警察锁进警车的后备箱后逃之夭夭。

路易丝给哈尔打电话，希望证明开枪只是一场意外，哈尔说他相信路易丝的话。但是当哈尔问她是否愿意活着解决此事时，路易丝犹豫起来。警方的电话监听终于起效，他们找到两人的位置。哈尔要求与 FBI 同往逮捕两人，这样他才能保护她们——她们已经经历太多的伤痛。

两人在路上第三次遇见那个一脸色相的油罐车司机，路易丝将车驶离公路并引诱司机下车。她用枪指着司机要求他为不检的言行道歉，但司机显然不乐意。路易丝开枪将油罐车的轮胎打破。被激怒的司机言辞更加不堪，两人便一齐开枪，油罐车应声爆炸。两人开车离开，后面则是滚滚浓烟。FBI 和哈尔在附近的机场降落，很快，一队警车便追查到两人的行踪，双方在荒野展开追逐。在一系列追逐碰撞之后，两人成功摆脱警车，却又被一架直升机盯上。

路易丝紧踩油门，然而雄伟的峡谷拦住了两人的去路。两人倒车回去，后面几十辆警车虎视眈眈，搭载 FBI 警探和哈尔的直升机也在上空盘旋。

警探要求她们放弃抵抗，两人已经被荷枪实弹的警察包围。哈尔希望保全两人的性命，但塞尔玛不希望被捕，她对路易丝说要继续两人的旅程。路易丝将油门踩到底，汽车飞向深渊。

主人公与目标

本片用三种可能的方式建构了故事：双主人公模式；首先以路易丝为主人公，中间主人公变成了塞尔玛；一直都是以塞尔玛为主人公，她在某种程度上受到路易丝的控制（就像她长期以来在丈夫的控制之下）而产生一系列戏剧性动作和行为。三种建构方式都有令人信服的证明。

通常情况下，确定主人公的方式是看哪个人物做出了推动剧情发展的决定，但是在本片中用这种方法进行判断会遇到难题。影片的关键事件是哈兰企图强奸塞尔玛，路易丝开枪射杀哈兰。在这一事件中两人合力创造了触发剧情的情境。塞尔玛的天真无知让她深陷困境，这也激起了路易丝心中难以言表的情绪。可以说没有塞尔玛，路易丝不会射杀哈兰；但反过来说，如果没有路易丝，塞尔玛的故事也将大为不同。这样便产生了疑问，影片这个关键事件中，到底是谁做出了影响命运的决定——是塞尔玛那个与哈兰纠缠并将自己置于困境的决定，还是路易丝做出射杀哈兰的决定？

所以，我们似乎要挖掘得更深，走得更远。比如考虑这个问题：其他关键决定是谁做出的？停车去酒吧而不直接去山里是塞尔玛的决定，杀人后不去警局则是路易丝的决定；让 J. D. 搭车是塞尔玛的决定，抢劫商店也是；绕过得克萨斯州是路易丝的决定，开车驶向悬崖则是塞尔玛的决定。天平似乎要倾向塞尔玛一边了，但也不能说塞尔玛"完胜"。那么下一个要审视的就是哪一个人物发生了更大的转变。

通过人物的发展，我们可以搞清楚谁才是占主导地位的主人公。尽管路易丝在故事的进程中发生了改变，但相对于塞尔玛来说显得平淡很多——后者经历了从顺从压抑到完全自立自主的性格转变。因此，我们可以确定影片中哪个人物冒了更多风险、做出更大转变、与影片解放自我的主题更为紧密相关，那就是塞尔玛。其实只要看一下片名就能得到结论——这就是塞尔玛的故事。

如果我们能够接受这一观点，我们便能明确影片中影响（或改变）命运的决定或引发后面一切情节的决定，并不是路易丝枪杀哈兰，而是塞尔玛决定让路易丝代替她思考，就像她的丈夫达瑞尔长久以来对待她的那样。枪击后的余波，路易丝正在思考以后要怎么办，惊慌失措的塞尔玛认为是自己导致了悲剧的发生，她急忙给丈夫打电话希望能给她出主意。电话没人接听，塞尔玛只好将这个义务转交给路易丝，路易丝决定两人继续驾车前行。这一段戏展示了塞尔玛彻彻底底的被动性格以及受此性格影响的处世方式。本片的核心是探索被降服、被统治的人的命运，而情节则是反抗统治。

理解塞尔玛的目标的关键点是她对路易丝说自己并没有征求丈夫的同意。她说如果询问了丈夫，肯定不会得到允许，但她内心是想去的。在这一刻，塞尔玛既认为应当征求丈夫同意（虽然知道他不会同意），也想与路易丝出去度假，因此她不会向丈夫开口。她的目标是寻乐，离开丈夫独自出城，人生中第一次尝试做另一个人。她模仿路易丝抽烟，在车上照镜子，这就是证据。然而当凶案发生，她才意识到这并不是她想要的快乐。后面她却不断重蹈覆辙——与 J. D. 做爱很有趣，抢劫商店很有趣，炸毁油罐车也很有趣——她很享受一路上发生的事情，似乎习以为常。

障　碍

如果说塞尔玛的目标仅仅是找些乐子，那么阻挡她前行的障碍就是影片戏剧冲突的来源。塞尔玛的第一个障碍来源于路易丝不想停车，想直接进山。哈兰是她的第一个"乐子"，但哈兰想要的"乐子"与塞尔玛想要的可不一样，他成为第一个大的障碍。路易丝杀掉哈兰，这一事件成为塞尔玛达成目标的核心障碍。但是（令人惊讶的是）塞尔玛并没有放弃追寻目标。影片后面塞尔玛遇到的所有障碍都源于酒吧停车场中的那具尸体以及警察的不断追捕。尽管一路上塞尔玛偶尔能够达成所愿，但却总不能保持下去，新的障碍总不断产生。

路易丝也有自己的目标。在枪杀之后的余波中，我们得知她想去墨西哥。尽管塞尔玛与这个目标有些许一致之处，但她更多只是作为陪伴者，就如影片末尾她所说的那样。相对于路易丝来说，她对到达目的地的欲望并不十分强烈，她追求的只是过程。

前提与开场

一个女人与好友共度假期，但当她差一点被强奸时，好友开枪击毙男人。两人踏上旅途希望逃避责任，结果成为男性警察追捕的对象。酒吧停车场的一场戏产生了影片三个重要元素的碰撞，并催生了整个故事：塞尔玛的无知与被动，哈兰与女人的关系和暴力，还有路易丝压抑着的显然与当下情境相关的过去。上述三个元素的出现预示了影片的故事，也正是这些矛盾冲突促使故事发生。

影片开场，编剧卡莉·克里选择在她们各自的日常环境中介绍两人出场。我们看见路易丝正在餐厅工作，她在这个纷乱的环境中依然镇定自若。与之对比，塞尔玛独自一人在厨房，显得筋疲力尽，发狂似地四处走动，为丈夫准备早餐。通过夫妻二人的对话我们很容易发现塞尔玛臣服于丈夫的统治，甚至自愿接受丈夫的羞辱。不仅如此，我们还知道她没有勇气向丈夫提起与路易丝度周末的计划，因为她知道丈夫一定不会同意。

主悬念、高潮与结局

影片的主悬念并不在于她们能否逃离法律制裁，而在于枪杀之后她们决定不向警察自首会产生什么样的后果。影片主人公，性格被动的塞尔玛在枪杀事件发生之后将决定权轻易地交给路易丝。通过这样的方式，她跟随路易丝踏上了逃亡的旅途并引发一系列事件。可以想象，如果塞尔玛有能力和意识自己做出决定，那么这段逃亡之旅和路上发生的一切困难都将与她无关。

影片高潮是路易丝与斯洛克姆谈话并考虑放弃逃亡,但是塞尔玛却挂断电话并让路易丝发誓继续旅程。此刻塞尔玛这个人物的发展已经完成,她成为一个完全自主的主人公,而对这一新性格的考验则是好友路易丝的动摇。塞尔玛的转变似乎是从打劫商店一场戏开始的,但是请注意,本片真正的问题存在于两个女人之间,而非两个女人与法律。塞尔玛因为自己的消极被动而让路易丝替自己做出决定,从而卷入麻烦和困境。而现在她主动担起责任,成为拿主意的人,带领路易丝继续走下去。

影片的结局部分是塞尔玛对路易丝说自己不想被逮捕,尽管此时大批警察已经将她们重重包围。现在的塞尔玛已经脱去曾经束缚自己的枷锁,绝不会再穿回去。为了解决困境,她必须自愿地采取行动。她鼓舞路易丝将车驶出悬崖——她好不容易获得了自我意识、独立、解放与自由,她要为之奋力一搏。

主 题

塞尔玛和路易丝处于相似的位置但又绝不是完全相同的。塞尔玛很明显地受到丈夫的压迫,而她起初也接受这个局面。她既不会公开反抗,也并不觉得有何不妥——至少在影片开头是这样。路易丝被压迫的情况则十分微妙,较长时间后才浮现出来。她的问题并不在于她的工作或与男友的情感,而是她的过去——那段发生在得克萨斯州的往事——不断压制着她,直到哈兰妄图强奸塞尔玛时才得到释放。

尽管有上述的差异,两人从主题上看是紧密联系的。这是一个关于自由与解放的故事,不是政治上或身体意义上的解放,而是从他人的观点中解放自己。影片中路易丝说:"这是你应得的。"(You get what you settle for.)这句台词清晰地揭示出两人在后面情节中的遭遇。曾经的塞尔玛索求得太少,等待得又太久,但现在她想要的更多。到影片第三幕,自立自主的塞尔玛表现的正是如此——她感到此刻比生命中的任何时候都"更加清醒"。路易丝也有自己的欲望——她要逃离自己的悲伤往事,然而噩梦一直如影随形。她虽然开枪射杀了企图强奸塞尔玛的哈兰,但事件的余波却是两人的逃跑。直到两人在路上第三次遇见卡车司机的一场戏,她用枪指着司机要求对方道歉,此刻路易丝才真正直面心中的恶魔。司机并没有道歉,但已经变得不再重要。路易丝爽快地朝卡车开枪,然后油罐车轰隆爆炸。尽管路易丝没有得到她所追寻的东西,但内心中的她却站立起来勇敢面对而不再逃避。她开始对自己的生命负责。

这便引出影片真正的主题——自我定义。塞尔玛逃离丈夫强加给她的妻子的身份,成为她自己需要成为的人,路易丝也不再逃避过去,摆正人生的方向。两人为了找到自我付出了极高的代价。在一系列毁灭性的违法行为之后,影片才向我们强调了男性对女性的统治是如何不可理喻。

这可能就是围绕在本片周围的争议的根源。评论者们质疑的是,为了完成女性自身的解放以及重获自我的目的,是否有必要将她们转化成罪犯——这也是影片试图让观众思考的问题。我们能够体会哈尔在影片最后一场戏中谈到的社会不公的问题。影片在公众中产生的强烈反响证明了影片叙事本身具有的强大力量——它不仅激起观众的情感,也挑战观众心中(对女性)的普遍认知。

统一性

这里我们讨论的戏剧性动作的统一性,某种程度上也可说是人物"反应"的统一性。塞尔玛并不十分主动地追逐目标,而是对那些干扰她达成目标的种种事件和危机做出反应。但是也有很多次(比如与 J. D. 的关系)她能够排除干扰,主动追逐目标。总而言之,故事的统一性便来自于塞尔玛追逐目标的持续性。

铺　陈

影片开始阶段的铺陈,尤其是对塞尔玛的铺陈,是在冲突中进行的。

在何时告知丈夫出游计划一事上，塞尔玛与路易丝发生争执，而塞尔玛无法询问丈夫的原因是丈夫对她的欺凌。两人面对哈兰截然不同的反应则因为塞尔玛对现实生活的无知。

影片中有一场重要的铺陈戏交代了复杂的故事背景，但其精妙之处却在于，观众很难发现这是一场铺陈的戏码。吉米和路易丝在俄克拉荷马城见面，吉米将现金交给路易丝后，他以为路易丝的秘密是关于另一个男人的，而吉米此行前来就是要向路易丝求婚。这场戏的重头之处是两人之间的冲突，但我们从中了解到相当多关于两人关系的背景知识。

另一个有趣的铺陈段落是关于路易丝在得克萨斯州的那段不堪回首的往事。起初我们从路易丝拒绝行经得州一段便初见端倪，最后塞尔玛说到路易丝一定在得州遭人强奸时，基本已经得到确认。尽管路易丝一直没有承认，但是从她剧烈的情感变化中我们还是能得到答案。虽然没有人从正面告诉我们这段往事，但我们已经从这些铺陈的信息中了解到足够多的内容。

人物塑造

路易丝被塑造成老于世故甚至有些疲于世故的形象。这种性格在她第一次见到哈兰表现出的不耐烦和不信任中便能看出来，而同一场戏却展现出塞尔玛截然相反的天真无知、轻信于人的性格。而后在停车场的一场戏，塞尔玛终于"学到了一课"，其性格也逐渐发生改变。但当她见到 J. D. 时，她还是表现出与早前相同的无知和轻信。

哈尔则是具有同情心和理解力的人物。作为一名法律的维护者，哈尔却选择站在挑战法律的两人这边，这一点颇令人惊讶。达瑞尔是十足的自私鬼，喜欢欺凌他人，对人颐指气使，这些性格在影片开场与塞尔玛的对话中便有所展现。吉米是另一个具有同情心的男性人物，他的情感细腻，尽管有一次情绪的爆发，但总体来说还是温柔体贴且善解人意的。J. D. 看起来像个绅士，实则与达瑞尔的性格十分相似。所有男性人物的塑造都是通过他们的目的和欲望完成的：哈尔想帮助两个女人，达瑞尔想让塞尔玛彻底臣服，吉米想获得路易丝的爱，J. D.想要塞尔玛给予的一切。

情节发展

本片绝大多数的情节都发源于主人公塞尔玛和她在这个现实世界中的目的，其余情节则发源于路易丝和她心中沉重的"包袱"。塞尔玛有些天真无知，总想寻欢作乐，然而她却选错了对象，险遭侮辱。路易丝虽然背负包袱，却勇敢解救好友，然而一瞬之差触发了路易丝心底的伤痕，故事从糟糕开始转向悲剧。从这里开始，两个人物依据本性所做的决定创造了剩下的故事。面对坏事，路易丝习惯逃跑，塞尔玛习惯把主导权让给他人，让更有统治力的人代替自己思考、给出答案。塞尔玛将决定权交给路易丝，而路易丝的决定自然是逃跑，于是我们便随着两人开始了一路的旅程。路易丝或多或少能够直面自己的过去，而塞尔玛后来则完全脱离了过去，成为一个崭新的、能够自我定义的人。后面的故事里，塞尔玛成了两人中的主导。

戏剧性反讽

有些时候，戏剧性反讽可以作用于某一瞬间而非一个完整的戏剧性场景。一个典型的例子就是当塞尔玛给丈夫打电话时，她发现丈夫一反常态、和声细语，她马上意识到丈夫已经知道了全部，然后迅速挂断了电话。这段戏的反讽来自于警察并不知道夫妻二人之间的关系，于是直接建议达瑞尔要对太太好一点——这自然会露馅。

另一个戏剧性反讽的有效应用是直升机追逐场面。随着直升机的步步紧逼，两人只好不断加速，哈尔面对的困难要比预料中大得多。他不断迫使两人加速而又无计可施。面对两人最后的驾车飞跃，直升机从一开始的趾高气扬变成后来的摇尾乞怜，然而这一戏剧性动作是完全在我们的预料之内的。

第三个例子是吉米想知道路易丝的秘密却遭到拒绝。毫不知情的吉米胡乱猜测路易丝爱上了别人。他拿出戒指向路易丝求婚，这对两个女人当下的处境来说自然是不合时宜的，但对于吉米来说却符合他的性格以及他与路易丝的关系。总的来说，这段反讽帮助强调了两个女人先前决定的"错误"。

铺垫与余波

两人在酒吧遇见哈兰的一场戏具有十分强有力的铺垫和余波。两人在进山途中停车找些乐子，她们经过一连串的大卡车，穿过停车场，然后进入酒吧——影片只用两个镜头就建立起一个男性主导的环境，而她们显然是闯入者。路易丝枪杀哈兰后，两人开车离开，周遭充满了卡车愤怒的、充满攻击欲望的汽笛声。这些噪音使影片的不安感更深地植入我们的内心。

路易丝在俄克拉荷马城遇见吉米的一场戏具有两个截然相反的余波。清晨，路易丝早早醒来，忧心忡忡地望向窗外。另一处则是路易斯在餐厅送别吉米之后，我们看见塞尔玛的心情截然不同，她的兴奋溢于言表，甚至喷薄欲出。两人神态的差异完美地说明昨晚两人与男人之间"互动"的结果。

伏笔与披露

塞尔玛在家中整理行李时小心翼翼地把手枪从抽屉中拿出来——这是一个明显的伏笔情节，并在接下来有所披露，虽然是灾难性的，即路易丝用这把手枪行凶。一个稍复杂的伏笔是 J. D. 向塞尔玛细致地描述自己的抢劫行为，其后便连续出现两个披露：一个是塞尔玛进入商店抢劫，得手后她一边招呼路易丝发动汽车，一边露出胜利的笑容；另一个披露是塞尔玛的抢劫过程在录像中重现，我们发现她实施抢劫的过程与 J. D. 描述给她的如出一辙。

未来元素与预告

本片使用的未来元素数不胜数。塞尔玛和路易丝不停地讨论她们的"计划",讨论逃往墨西哥、绕过得克萨斯州,讨论可能发生的、害怕或希望发生的事。当路易丝说:"为什么要去自首?给他们足够的时间,他们会找到我们的。"这便是未来元素。路易丝十分担心投案自首会让两人丧命,但当哈尔警探问她是否想活着解决此事时,她又说要考虑一下。当塞尔玛问路易丝是否有什么愿望的时候,她的回答是:"我们将会在海边喝鸡尾酒,宝贝儿。"所有这一切都迫使我们对未来的情节产生展望,但又不确定是否真的会发生。

而预告的使用则是吉米同意汇钱给路易丝,并指明了俄克拉荷马城的特定地点。我们可以确定的是,情节发展一定会让两人取到钱,但我们不知道这一情节会如何安排,因此当吉米早已等候多时时我们感到万分惊讶,不过我们也已经察觉故事会把我们带到那里。

可信性

本片刚开始时人物的可信性是绝不会遭到质疑的。路易丝是个普通的餐厅服务员。虽然塞尔玛对丈夫的欺凌默默地忍耐显得让人沮丧,但也算正常。达瑞尔那些令人难以忍受的行为也没什么不妥(考虑到他的性格)。哈兰甫一出现便引起我们的注意,他的言行不仅可信,而且当他那男性的世界观与塞尔玛天真、逆来顺受的性格交织碰撞时,我们更不禁为后者捏一把汗。当我们来到枪杀场景时,"自愿地信以为真"的机制才要开始发挥作用。

路易丝开枪的戏剧性动作发生在危险解除之后,但是如果不这么做,两人的逃跑便显得毫无缘由,她们认为自己不会被人相信的想法也自然会显得愚蠢。本片编剧和导演竭力营造出具有冲击力和令人惊讶的瞬间和元素,他们要做的就是让观众与塞尔玛感同身受。为了让观众产生惊奇的感受,创作者们绝不能提前让观众做好准备。解释必须放置在事件发生之后:

我们提前得知了路易丝的人格，她总是拒男人于千里之外和对男人不信任，但我们绝想不到她会杀人。

路易丝的得克萨斯州之谜便在此处进入叙事，观众开始相信路易丝的行为具有合理性。另外在对塞尔玛"自愿地信以为真"机制的帮助下，我们对路易丝的行为更加不会怀疑。起初塞尔玛也不能相信，但是当塞尔玛决定让路易丝替她做决定时，她已经接受了路易丝不得不开枪这一事实。路易丝不断在两难中间徘徊，多次陷入过去的回忆并在其中挣扎，尽管我们对这段回忆没有全面的掌握，但由于我们选择跟随塞尔玛的"脚步"，那么只要塞尔玛相信路易丝，我们也会相信。关键段落刚一结束便紧跟着解释人物动机并不是一个能够让人"信以为真"的好办法，而且失败的情况远多于成功。好在本片运用得比较得当。

行为与戏剧性动作

一个关于戏剧性动作的范例是彬彬有礼的 J. D. 在被拒绝搭车之后也能礼貌道别这一场戏。它很容易被误认为是无目的的行为，但其实 J. D. 一直有明确的目标——上车，然后骗塞尔玛上床，甚至羞辱警察。J. D. 用绅士一般的礼貌将目标隐藏起来，虽然路易丝很快识破他的真面目（就好像识破哈兰的一样），但塞尔玛依旧照单全收。

下面是在两个相邻场次不同场景中发生的几乎相同的情节，前者是带有目的的戏剧性动作，后者则是单纯的行为。俄克拉荷马城的旅馆，吉米在与路易丝的争吵中将桌子掀翻，桌上的瓶子打落在地，这个戏剧性动作表现出他内心受到的伤害和愤怒；隔壁另一张桌子上的瓶子也被 J. D. 打落在地，不过这只是他为了腾出地方与塞尔玛做爱的行为罢了。

对　白

本片中有众多强有力的对白，其目的的远远超过推进剧情或传达信息。路易丝的台词"这是你应得的"，不仅是一句对白，更是两人生活的宣言，几乎成为她们的口头禅。哈尔说的"智有穷时，运有尽日"（Brains will get you only so far and luck always runs out.）是一则预言，是未来元素，同样是对两个女人正在经历的遭遇的说明。路易丝对塞尔玛说："你总是这么疯狂……只是你现在才有机会表达自己的感受。"（You've always been crazy...This is just your first chance to express yourself.）这句台词反映塞尔玛人物内心的变化，是故事将近尾声的一句总结。

视觉性

几乎所有观众都不会忘记影片最后的那个画面。两人最后的一跃十分恰当地总结了自枪击事件以来发生的所有事情——伟大的过程，痛苦的结局。其他的画面也同样具有类似特征，它们常常用来作为多个元素的总结或摘要。警车追逐场面的高潮部分，一个俯视的全景镜头代替了镜头剪辑和大量对话。接近结尾处，两人开车险些坠下悬崖——车的前轮已经在悬崖外面，这个镜头恰恰是对她们处境的总结——两人正面临人生的深渊。油罐车爆炸时，那个出言不逊的司机正站在车前，这个画面具有两个功能：第一是表现路易丝对于拒不道歉的司机的"执法"力度；第二则预示着"反抗"的代价——司机反抗的是道歉，两个女人反抗的则是整个世俗的法律，而那爆炸产生的熊熊大火似乎就是她们即将面临的命运。

戏剧性场景

影片中有两个相似的戏剧性场景，指向两位相似的主人公，同时揭示了她们的不同。哈兰在酒吧接近两个女人时，塞尔玛表示出开放和欢迎的态度，而路易丝则咬牙切齿，想赶他走。哈兰先表示退出，但是实际上却像鲨鱼捕猎一样，寻找下一次机会。再看 J. D. 请求搭车的一场戏，塞尔玛同样表示欢迎，而路易丝同样拒绝。但与哈兰不同的是，J. D. 欣然离开且没有打算再次进攻。两人具有相同的目的，但是两场戏却展示了他们的不同。后来，当 J. D. 再次获得机会时，他迅速故伎重施，但塞尔玛不会把他当作跟哈兰一样暴力、具有攻击性的人，因为他是可以被拒绝的。

本片中一流的戏剧性场景出现在吉米向路易丝求婚的那场戏中。由于有了 J. D. 和塞尔玛这一对亲昵男女作为对比，吉米和路易丝之间的冲突显得更为尖锐。吉米有一个错觉，即路易丝不肯正视两人的关系，而且一直在试图保守秘密。当他拿出戒指时，虽然先前的冲突对求婚产生了干扰，但是两人的情绪还是发生了转变，开始回忆当初见面的情景。当吉米终于了解路易丝的内心情感时，路易丝终于放下防备，两人拥吻。就在这当中，两人经历了情感的沉浮，彼此误解又彼此原谅，相互猜疑又重获信任，权力关系发生了改变。随着场景的展开，这些变化构成了影片中强劲却又哀伤的动人片段。

特别关注

本片是近些年来关注社会争议话题影片中的佼佼者，既不无聊也没有说教。男性对女性的不公正的认知和对待是本片叙事的核心，即便观影结束，观众还会情不自禁地陷入思考。但是，在影片情节的展开过程中，观众仅仅会意识到这是一个绝妙的故事，我们永远不知道下面的情节是什么，也永远无法准确预测。

从上个时代起，电影界便出现一种分类，即将电影划分为用于娱乐的电影和引人思考的电影，仿佛人一旦开始娱乐就不能思考。但是叙事、戏剧乃至电影的历史则给出否定的看法。本书分析影片的目的是提醒我们在观影过程中时刻保持警觉。按照当今的标准，不得不说书中分析的很多影片有些"陈旧"了。但是《末路狂花》作为一部较近的影片，既在票房上获得成功，又引起评论界的关注乃至奥斯卡的青睐，这些已足够证明它的优秀。然而更重要的是，它要求我们在享受过山车一样的观影之旅中也不要停止思考。

片例 12 《餐馆》

编剧、导演：巴里·莱文森

塑造人物群像的影片现在愈发多了起来，这其中固然有成功的例子如《餐馆》、《美国风情画》（*American Graffiti*）、《大寒》（*The Big Chill*）以及《纳什维尔》——这些影片都在不同程度上引起了人们的关注，然而更多的这类作品最终还是沦为平庸。塑造群像要比塑造单一主人公困难得多，因为观众很难对群像中的每个人物都产生同等的认同，而且还要兼顾影片叙事。本片是巴里·莱文森的处女作，这部带有自传色彩的作品是电影史上塑造人物群像的成功典范。

故事梗概

1959 年，巴尔的摩，圣诞之夜。年轻人莫德尔来到位于体育馆楼上的舞会，他在这里遇到了好友布吉。在地下室，布吉发现了好友芬威克，此时的他已经喝醉，正用拳头敲碎墙上的玻璃窗。芬威克以 5 美元的代价"卖掉"了自己的约会对象，不过布吉还是好言相劝，让女孩陪芬威克回家。朋友们开车离开舞会现场，芬威克在路上假装自己出了车祸。布吉、芬威克、施里维和莫德尔在餐馆与埃迪见面，此时女人们已经都回家了。

布吉欠餐馆老板一笔钱却还不起，餐馆的常客贝奇尔说布吉在球赛中押了 2000 美元的赌注。布吉说这场比赛早已经被"设计"好了，他稳赢。他打算让朋友们也下注，但朋友们并不相信。布吉吹嘘自己将和卡罗尔约会，并以此与众人打赌。

深夜，众人离开餐馆，其中几人前往火车站迎接好友比利，他打算给自己即将结婚的好友埃迪一个意外惊喜。在车站，他们告诉比利，球迷埃迪给未婚妻出了一套橄榄球试题，如果对方不能合格，婚礼也将取消。比利来到埃迪家，他叫醒埃迪并提出要做埃迪婚礼的伴郎。埃迪求母亲给自己做早餐，两人在厨房中唇枪舌剑。施里维在一家商店卖家用电器，此时芬威克前来拜访，酒醉的他告诉施里维，两人与布吉关于卡罗尔的"赌局"将在今晚电影院展开。埃迪和比利打桌球，埃迪向比利透露了自己对婚姻的恐慌，他不知道这是不是正确的选择。

夜晚，施里维和芬威克来到电影院"见证"赌局：布吉能否让卡罗尔触摸自己的"那话儿"。施里维的妻子也在场，但几乎什么都不知道。布吉将自己的阴茎插进爆米花桶里，成功地让卡罗尔碰到了它。卡罗尔十分生气，布吉追了上去。他进行了一通稀奇古怪但又挺有歪理的解释，说卡罗尔实在是太吸引人了，成功地让她相信这是一次"意外"。卡罗尔被哄回影院，两人看完整场电影。

影院门外，比利碰上了多年前的"老仇人"，他给了那家伙一拳算是解恨。第二天，比利去看望在电视台工作的芭芭拉，两人叙旧。夜晚，喝多了的芬威克眼睛直勾勾地盯着一个模仿圣经建造的马厩。餐馆外面，埃迪问施里维对婚姻的感想。一开始，施里维说结婚很棒，但后来则承认他与妻子贝丝无法沟通，不过最后还是认为结婚是件好事。餐馆里面，布吉得知自己输掉了2000美元的赌局，而朋友们则纷纷抱怨布吉在关于卡罗尔的赌局中作弊。最后，布吉加大赌注，他与众人打赌自己将在第二次约会中与卡罗尔上床。

太阳升起，众人离开餐馆。布吉和芬威克开车前往乡下，布吉在路上见到了自己的梦中情人——她正骑着马在原野上奔驰。女孩显然出身富贵，对布吉也不理不睬。比利发现芭芭拉因为两人几周前的一夜情而怀孕，两人长达六年的精神恋爱就此告终。比利想娶芭芭拉，但后者说那一晚只是个错误。

芬威克正在家中看一档名叫《大学碗杯》的智力竞赛节目，每当主持人提出一个问题，芬威克都能回答出正确答案，而且要比节目里的参赛选手们快得多。布吉向母亲坦白了自己欠债的事情，并试图向母亲借钱。芬威克说尽管希望渺茫，他还是会找自己那恐怖的哥哥谈谈，争取借些钱来。施里维在家与妻子贝丝吵了起来，原因是贝丝将唱片的顺序搞错，这是强迫症乐迷施里维无法忍受的，他一怒之下离开了家。布吉本来找施里维，却发现受了委屈一个人在家的贝丝，布吉便留下来安慰她。施里维开车在路上闲逛，试图排解怨气。芬威克向哥哥借钱，但遭到哥哥的严厉斥责。

比利带埃迪看伯格曼的电影，但后者看到一半便睡着了。施里维到影院找到两人，说芬威克出了事。三人来到马厩旁，发现醉酒的芬威克几乎全裸地躺在马厩中间。芬威克发起了酒疯，捣毁了马厩，几人均被警察逮捕。比利、埃迪和施里维三人的父亲都来警局将儿子保释出狱，唯独芬威克的父亲没有出现，他希望借此好好教训教训儿子。

埃迪对布吉说自己严格来讲还是处男。比利来到电视台向芭芭拉求婚，但遭到拒绝。布吉被债主打了一顿，回到工作的发廊里，他接到卡罗尔的电话说自己得了流感。布吉迫切地想赢得这次有关卡罗尔的赌局，此时他只好向正在发廊中等人的贝丝求助。贝丝曾经是布吉的女友，而且现在正与丈夫闹矛盾，两人一拍即合，决定在当晚趁其他人都在埃迪家"观摩"埃迪的未婚妻参加"考试"时见个面。埃迪的亲朋好友们聚集在房内，隔壁传来未婚妻埃莉丝答题的声音。很不幸，埃莉丝以两分之差未能通过考试，埃莉丝因为一些题目与埃迪产生了争执。

贝丝与布吉幽会，布吉特地带了一顶假发给贝丝戴上，说这是避免人们认出她来，但实际是想让贝丝扮成卡罗尔。芬威克打算潜入布吉的房间偷窥，施里维也一同前往。两人藏在衣柜里等待布吉与卡罗尔。布吉带贝丝来到公寓门口，但又突然反悔。他向贝丝坦白一切，贝丝问布吉曾经说给她的那些好话是否是谎言，布吉说她永远是"最好的一个"，他劝贝丝与施里维共同努力解决二人的问题。

脱衣舞酒吧，"失婚"的埃迪和比利喝着闷酒，埃迪承认自己在性方面笨得像个小孩，而一旁的比利则越来越烦躁。比利来到钢琴旁边坐了下来，他弹起欢快的乐曲，埃迪也走上舞台与脱衣舞女一块跳起舞来。布吉来到餐馆打算面对无法还钱的现实，但发现贝奇尔出于对布吉父亲的尊敬，已经帮他还清了债务。布吉把债主打了一顿，然后与贝奇尔约定替他工作还债。埃迪、比利和脱衣舞娘一块外出喝咖啡，脱衣舞娘希望两人能常来光顾，但埃迪说自己马上就要结婚了。先前的测试中有一道题"证据不足"，但他要让埃莉丝得分，这样埃莉丝就能过关。随后埃迪又问比利，他是否向芭芭拉展示过他对她的爱。

布吉来到乡下骑马，他再次遇见了"梦中的女孩"，两人终于愉快地聊天。埃迪的婚礼上，一首橄榄球队歌混合婚礼进行曲的乐曲响起，新娘埃莉丝缓缓走了进来。晚宴上，贝丝和施里维跳着舞冰释前嫌，布吉也带来了新女友，芬威克说自己将前往欧洲。比利和芭芭拉相拥而舞，但都没有开口说话，看来二人的关系将无疾而终。埃莉丝将捧花抛向空中，众人纷纷伸手，然而捧花却落在男人们围坐的桌上。

主人公与目标

本片并不存在单一的主人公，而是在五个相互交织的故事中各有一个主人公。整个故事中一共有好友六人，但他们没有在银幕上获得均等的时间，不过差异并不明显。六人之中的莫德尔甚至没有自己的故事，虽然他从头到尾参与了影片，但我们既没有对他的生活产生好奇，也没有被"卷入"他的任何麻烦。影片的五个主人公分别是布吉、埃迪、施里维、芬威克和比利。尽管这五人拥有完整的故事，但在叙述上依然有主次之分。布吉和埃迪的故事相对来说更为详尽，也更引起我们的关注。

五个人的处境十分相似，背景也几乎一致，他们的问题彼此相关，但目标却各自不同。布吉想还清赌债，埃迪想弄清结婚是否是正确的选择，比利想与芭芭拉修成正果，芬威克想获得关注，而施里维希望获得他人的欣赏。

障　碍

　　五人目标的不同决定了他们遇到的障碍也各异。布吉喜欢作弊，但他每次作弊的结果却都是赔钱。埃迪的首要障碍来源于他的无知，他是处男，也没什么恋爱经验，因此他不确定结婚是否是正确的决定。比利的障碍来自他爱上了自信而干练的女性——芭芭拉，她与贝丝和埃莉丝不同，具有独立思考的能力，尽管她与比利有长达六年的情谊，但她知道两人并不能成为爱人。芬威克希望获得别人的关注，但总是不得其法，甚至总适得其反。施里维的障碍也来自于他所爱的女人——他想通过自己的实力与知识获得别人的赞赏，但妻子贝丝却对这些丝毫不感兴趣。

前提与开场

　　1959年的巴尔的摩，五个刚刚大学毕业的年轻人，他们的生活缺乏动力，对于变化既恐惧又抱有希望。他们在餐馆中谈天说地，却无法与自己生活中的女性交流。这便是影片的前提，它在故事开场之前便已经展示给观众。

　　影片开场，编剧兼导演的巴里·莱文森选择为我们介绍故事发生的事件和背景，而非餐馆本身。圣诞夜舞会上的音乐、人们的着装以及所有相关的陈设使我们沉浸在当时的情境中。我们首先看到的是莫德尔——他没有自己的故事（或者说他是所有故事的评论者）——带领我们找到布吉，接下来布吉带我们找到酒醉失控的芬威克。我们很快发现，布吉是个油嘴滑舌的人，芬威克热衷哗众取宠，施里维无法向自己的妻子敞开心扉。在将人物和背景介绍完毕之后，我们才来到几人的小世界——餐馆。

主悬念、高潮与结局

　　五人的故事中均包含完整的三幕式结构，不过相比于其他三人的故事，布吉和埃迪的故事叙述更为详尽，这两个人物也有着更多的变化。

　　在布吉的故事中，主悬念源自赌债。故事的高潮，他无法与贝丝完成幽会，尽管这次幽会可能会让他赚到一些钱，虽然不能还清赌债，但至少能拖延一段时间。故事的结局是他与贝奇尔约定，用自己的能力——甜言蜜语——替后者工作，还清债务。

在埃迪的故事中，主悬念源自他要结婚的决定。他试图让自己相信自己对这个决定的无能为力，但又不断向朋友求证这个决定是否正确。故事的高潮，埃莉丝没有通过"考试"，婚约取消。故事的结局是埃迪决定给埃莉丝加分，并与她结婚。

在比利的故事中，主悬念源自他与芭芭拉的关系。他想与芭芭拉更进一步，而怀孕正是良机。故事的高潮，芭芭拉拒绝了比利的求婚。结局则是在埃迪婚礼的晚宴上，比利似乎接受了现实，芭芭拉说的是对的，两人无法结合。

在芬威克的故事中，主悬念源自他用错误的方式获取他人的注意。从一开始打碎窗子，到后来的假装车祸，他想通过这样的方式获得别人的注意，实际上更希望获得同情与关心。故事的高潮，他因为捣毁马厩而令自己和朋友被捕。他想借此获得父亲的关注，结果恰恰适得其反，只剩他一个人被留在监狱。

在施里维的故事中，主悬念源自他认为妻子贝丝对他的不欣赏和不理解。故事的高潮，毫不知情的他即将目睹自己的妻子与好友上床。故事的结局，（依然在施里维"控制"之外，）在布吉劝说贝丝让她与施里维努力解决问题之后，夫妻俩在婚宴上一边跳舞一边敞开心扉。

主 题

影片的主题是成长，五个年轻人在自己的故事与生活中展开搏斗，并逐渐走向成年。餐馆是他们可以短暂延续青春期的场所——在这里他们不用费心与异性交流，可以暂时放下生活的重担，享受短暂的无忧。这里也是他们躲避异性和成年责任的避风港，在这里能够获得理解与赏识，然而这些却是他们未来必须要从别处获得的。他们在餐馆里享受着友情，总是深更半夜才回家。因此，他们能否真正地成长为负责任的个体，就在于他们会走出餐馆的"庇护"，迎接生活的风雨，还是宁愿被捆绑在这里，永远也长不大。

统一性

对于不存在一以贯之的主人公的故事（比如《罗生门》），构造统一性便显得尤为重要。但与《罗生门》不同的是，本片更多依靠地点（而非时间）形成统一性。片名"餐馆"是故事的主要的统一性元素，这一地点代表的是那个时代年轻人共有的"青春期延长综合症"——在餐馆中，青春的时光似乎得到了延长。换句话说，餐馆这一地点本身蕴含了时间，加之强有力的主题化的连接，将五个故事紧密联系在一起。

我们饶有兴趣地发现，有很多讲述彼此交织的多个故事的影片都蕴含了关于"怀旧"的主题。这是因为，重塑一个时代需要生动地描绘彼时彼景（音乐、服装、语言、社会习俗、礼节和背景等），这也反过来使每个故事具有了（时间和地点上的）统一性，可以让不同的故事共同存在。

铺　陈

影片关于场景与背景的铺陈集中在餐馆（并围绕餐馆展开）。例如，我们首先通过布吉欠餐馆老板钱这一细节得知其好赌的恶习。另外，影片的铺陈也通过比利这一人物展开，他的出现是为了引出埃迪给未婚妻的"橄榄球知识测试"，而他对此事的难以置信也引出了关于此事的进一步解释，从而让观众能够了解局面。贝丝通过与施里维的婚姻进入了这个朋友圈，但实际却未能真正融入。贝丝对各种事情发问（她试图理解丈夫所在的这个圈子），而我们也借此对圈子中的人物有所了解。

片中一些争吵的片段——尤其以埃迪和莫德尔两人为例——更多的是向我们展示人物之间友谊的深度，拓宽我们对人物所处"世界"的认识，而不仅仅是对人物本身进行探究。

人物塑造

布吉这一人物具有两个特征，一是甜言蜜语，二是习惯性地"作弊"。起先是赌球，接下来是赌他与卡罗尔的约会，最后则让贝丝扮成卡罗尔，两人偷情"未遂"——布吉试图通过"作弊"来逃避因赌博而带来的风险，但结果却适得其反。

比利这一人物则与布吉相反。在应付女人方面，布吉巧舌如簧，总能让女人神魂颠倒，而比利则有一段长达六年的柏拉图式爱情，但他虽坦白诚恳，却无法赢得爱人芳心。

施里维这一人物也是一样，他无法与自己的妻子坦诚交流。他怀念两人结婚前的日子，两人那时能够彼此交流（尽管所有话题最终都与"何时做爱"和"在哪做爱"有关）。现在他发现两人再无可聊，而他却可以在餐馆与朋友们扯上一整夜。

埃迪对于女性（即埃莉丝）的问题并不是通过"无法交流"而体现出来的，他通过给埃莉丝一个"无法完成的任务"从而拒绝与她产生更为密切的关系。与此同时，我们发现他对于"结婚"这一决定总是摇摆不定，并不断向朋友们询问，这体现出他的另一个性格：逃避做决定（或说逃避责任）。

对于芬威克这一人物来说，他不仅无法与女人交流，对男人同样如此。尽管朋友们都很喜欢芬威克，但他乖张的行径却让朋友们难以深入地了解他。芬威克最大的交流障碍是他的哥哥。在两人谈话的一场戏中，他的哥哥批评他不够聪明而且也不好好读书，但我们都知道芬威克的聪慧甚至远胜于那些参加智力竞赛的选手们——只是智识甚高的芬威克在交流问题上是个十足的"蠢货"。

情节发展

本片将时间设定在1959年圣诞节到1960年新年的这一周，但五人各自故事的发生时间要早于影片的"开始时间"。布吉的麻烦源于他那笔高达2000美元的赌注，而赌局早在影片开始前就已经设好了；埃迪给埃莉丝的橄榄球测验也是圣诞节之前就已经拟好的，现在就等着考试那天到来；施里维与妻子贝丝之间的交流问题早已有之；比利对芭芭拉的情感，以及两人在纽约的一夜情都发生于影片所设定的时间之前；芬威克与其家庭，乃至整个世界的疏远同样"历史久远"，而我们第一次见到在地下室敲碎窗户的芬威克时还以为他只是撒酒疯，现在看来这显然是片面的结论。

戏剧性反讽

布吉与卡罗尔在电影院的一场戏是十分典型的运用戏剧性反讽的例子。我们眼看着布吉施展自己的"把戏"，布吉的朋友们则躲在一旁，一边窃窃私语一边焦急地等待。很快，卡罗尔将手伸进爆米花桶，而我们也等待着"把戏"成功的时刻。卡罗尔一次又一次地伸手拿爆米花，我们也一次又一次地被吊起胃口，戏剧性反讽也逐渐加强作用。我们从这场戏一开始就屏住呼吸，期待全场唯一不知真相的人发现真相。这一过程丝毫不显无聊，反而充满紧张，饶有趣味。

另一个例子则是布吉将贝丝扮成卡罗尔的一场戏。他撒谎欺骗贝丝，楼上躲在衣柜里的施里维和芬威克则按原计划期待着"好戏"，而只有布吉本人和观众知道事实的真相，反讽也就在于此。我们对两边均充满期待，尤其对施里维的反应更加期待，因为如果布吉的"计谋"得逞，他将成为最大的"输家"——这使本就存在的反讽更具张力，因为布吉不知道贝丝的老公施里维就藏在衣柜里打算看这场好戏。而后来当布吉放弃了这个"计谋"时，新的反讽又产生了——他永远不会知道施里维和芬威克藏在衣柜中，而他们却以为布吉又失败了。

铺垫与余波

我们继续使用上面的例子来讨论铺垫的使用。施里维自告奋勇与芬威克一块来到公寓，打算偷窥布吉与卡罗尔上床，两人不过是想通过这场恶作剧找点乐子。他们一路欢声笑语，并找到绝佳的藏身之地。两人不仅是赌局的一方，而且他们此时高昂的情绪也使这段铺垫与后面一场戏形成对比，这一对比来自于我们所知的事实（即所谓的"卡罗尔"实际是施里维的妻子贝丝），我们预计布吉将会实行他的"计划"——他将与贝丝上床，并且"无意中"让躲在衣柜里的施里维看到这一切。而这两件事都不是我们想看到的。

埃迪与比利在脱衣舞酒吧的一场戏是两人面对各自婚姻结局的余波。埃莉丝没有通过埃迪的考试，而芭芭拉则直白地拒绝了比利的求婚，两人因此对婚姻下了结论——婚姻是自己"无法控制的"。两人一边抱怨一边喝着闷酒，心中怨气不知如何抒发，这是他们之前各自戏的余波。酒吧一场戏之后，两人和脱衣舞女郎喝咖啡的一场戏，不仅概括了两人的处境，而且推进了剧情——埃迪决定与埃莉丝结婚，而比利则确定自己不会得到芭芭拉。

伏笔与披露

芬威克被马厩布景所吸引的这一细节是典型的伏笔，其披露则是后来他几乎裸体地躺在其中。同样的，芬威克这种毫无理性地试图吸引旁人注意的欲望通过开场他在地下室砸碎窗子这一戏剧性动作，在影片中埋下了伏笔，而这一欲望同样是通过裸体躺在马厩这场戏得到的披露。

布吉和芬威克开车在乡间遇见骑马的女孩，布吉认为这就是他梦寐以求的对象——这也是预先埋下的伏笔。影片结尾，布吉骑马追上女孩，这次他没有作弊。贝奇尔对布吉父亲的尊敬也是预先埋好的伏笔，并在后面布吉得知他为自己还清债务一场戏中得到了披露。

未来元素与预告

埃迪即将测试埃莉丝的橄榄球知识，这是一早便给出的预告，我们也从一开始便饱含期待；布吉那 2000 美元的赌局也是预告，我们期待赌局的结果；布吉输掉这盘（和其他所有的）赌局也是预告，因为此时的我们开始期待他将如何偿还赌债；同理，布吉拿他与卡罗尔的两次约会作赌，我们同样会期待约会中到底会发生什么事情。

埃迪的母亲十分希望儿子能够离开家，这是一则未来元素。她预示自己摆脱儿子后会非常开心，然而我们后来知道，在埃迪婚礼后的舞会上，母亲希望儿子能够回家。芬威克的哥哥说他要劝父亲更改芬威克的信托基金，这是一则未来元素，而不是简单的预告。芬威克被捕后，父亲并没有前来保释，反而让他在监狱中接受"教训"。这一细节更多是从情感（即父子之间关系）的角度进行的对应，而非在具体事件或行为上进行的对应，因此不是未来元素。

可信性

涉及多个人物交织的故事会让相对较短的时间感觉上长得多，而且也使整个影片的叙事更为丰富。《美国风情画》发生在一夜之间，《大寒》发生在周末，《纳什维尔》和《餐馆》发生在一周——这些影片中，每一个人物身上发生的故事都是令人信服的，但若整合来看，影片就需要令观众相信，所有人物的故事均可能在这么短暂的时间内达到高潮。

《美国风情画》中的那一晚是两位主角在家乡的最后一晚，时间的限制使故事的发生成为必然；《大寒》建立在多年未见的朋友重聚一堂，那么往事重提也成为必然；《纳什维尔》用政治运动作为铺垫，提供了一个时间框架来强化人物的戏剧性动作。

《餐馆》同样将几个人物的故事"压缩"在较短的时间内——从圣诞节周末到埃迪婚礼当天。许久未见的比利回到城中，埃莉丝的"考试"也将在本周展开——这两件事使叙事更加紧张。几个人物之间，施里维的"危机"（妻子可能出轨）源于布吉的"危机"（赌局与赌债），芬威克与哥哥的争吵也源于布吉的"危机"。布吉给我们的感觉是，他总处在危机边缘，而他为了摆脱困局进行的欺骗与谎言最终只会让自己陷得更深。

行为与戏剧性动作

莫德尔与埃迪在餐馆和停车场的争吵只是行为，没有任何暗示的目的，这也是他们相处的方式——尽管我们可以通过莫德尔向埃迪要三明治或请求搭车的两个细节得知莫德尔的性格，他总是对他真正想要的东西有所掩饰。布吉以他与卡罗尔的约会作赌并将朋友引入赌局，这显然是有目的的戏剧性动作——他想借此赚上一笔，好解燃眉之急。

埃迪的母亲在厨房中拿刀对着埃迪，两人的互动既包含（有目的的）戏剧性动作也包含（无目的的）行为。这场戏看起来只是普通的母子之间的互动，但也不能说是单纯的行为。母亲拿刀当然不是意图伤害埃迪，她只是想借此表达对儿子的生活方式及他对待她自己的方式的不满。埃迪与母亲斗嘴，两人围着桌子玩起了"猫捉老鼠"——埃迪当然明白母亲的用意，而此刻他的目的是向比利炫耀。

对　白

影片中，人物经常通过对白展示内心的矛盾或性格中的某一方面。布吉对贝奇尔说"如果不做好梦，那就只能做噩梦"（without good dreams, you got nightmares）——对他来说，梦想至关重要。埃迪问施里维对婚姻的看法，我们通过施里维的回答得知他与贝丝之间的矛盾，同时又听到施里维否认矛盾的存在。

芬威克看智力竞赛节目这一场戏展现了他过人的智识，但在他与哥哥的谈话中，他又说自己从不读书。通过这两场戏我们发现芬威克的表里不一，也能够理解他被人误解的原因，甚至发现他似乎"乐在其中"。

视觉性

影片中服装、道具甚至场景的设计构思精巧，增添了影片本身的丰富性。我们发现除了刚刚回城的比利之外，片中五人全部穿着西装、打着领带。比利来埃迪家中拜访的一场戏，我们看到埃迪穿上脏兮兮的衣服，衬衫的扣子也没有系好，领带则是事先系好直接套在脖子上——无需太多对话，我们通过这些就能看出埃迪的生活方式。施里维对自己收藏的唱片过分珍爱也能展现他的性格。几个人在黎明时分走出餐馆的画面反复出现，这暗示他们在餐馆花费的时间相当长。

影片还通过视觉设计传达幽默感。那个一顿饭能吃光菜单上所有食品的胖子，来到停车场上却钻进了一台小到不能再小的汽车，这场景着实让人忍俊不禁。

另外一种视觉化的表达方式，是把我们看到过的电影和电视视频片段与故事中的人物进行并置（比如在电影院、家电商店还有电视台的几场戏），通过借用片段里的视觉画面或台词，对故事里的人物与他们所处的情境进行对比或暗示。

戏剧性场景

布吉与好友在电影院展开赌局，上当的卡罗尔愤而离席，布吉紧随其后并展开甜言蜜语的攻势。这场戏的戏剧性效果显著，让观众一边感到不适，但又产生笑意。这场戏中值得分外关注的是布吉如何凭借自己的三寸不烂之舌扭转被动局面。布吉没有找任何借口，而是对卡罗尔大放赞美之词。他把一场尴尬无比的恶作剧变成了赞美（或说"操控"）对方的工具。我们通过这场戏对布吉有了更深的了解，不得不叹服他说服人的能力。

类似的例子是布吉劝贝丝与其幽会的一场戏。我们对贝丝的处境感到同情，当我们听到布吉夸赞贝丝曾经有多么漂亮、多么好并邀请贝丝今晚与他见面时，我们也知道布吉的目的。这场戏当然继续展示布吉甜言蜜语的能力，但除此之外还有另外值得我们关注的地方。如果这场戏中是真的卡罗尔，我们或许会希望布吉的计划得逞；但换成贝丝，我们的态度则完全相反，不仅不希望布吉得逞，甚至会感到恐慌。因此，这场戏虽然说以布吉为核心（他追求贝丝的目的是解决自己的问题），但我们还是不可避免地将注意力转移到贝丝身上（而如果是卡罗尔，我们就不会这样）。

另外一个例子则向我们展示了一个微不足道的冲突是如何迅速升级的。施里维发现贝丝将唱片顺序弄错，他对唱片的排序有严格的设计，甚至对唱片封面的内容也如数家珍——我们从他的对白中得知这些唱片对他的重要性。当然，也不要忘了贝丝。我们在施里维的滔滔不绝中观察着贝丝的反应——她认为这些东西毫无意义。这场戏之前有一个铺垫的段落，是施里维整理唱片，而余波则是布吉出现并安慰贝丝。

特别关注

我们曾在"统一性"的部分中谈到"怀旧"这一主题，尽管很多同类影片都包含这一主题，但它却时常被滥用或被误解。怀旧并不一定是"虚假的"记忆——好像戴上一副玫瑰色的眼镜或涂上一层蜜糖，从而让一切似乎都美好起来。尽管影片对过去的回忆确实存在"美化"的成分，但这些回忆清晰明确，没有虚情假意和糖衣炮弹。人们往往通过怀旧试图"实现"一种不切实际的愿望——生活处处皆完美，但本片则为我们展示了一段复杂的（1959 年）回忆——一段苦乐交织的美好时光。

"虚假的"怀旧（或记忆）意味着在某个特定的时间和地点一切都是完美的，这样一来，戏剧性将荡然无存。戏剧性取决于好与坏的对立、人物的内心冲突、被反抗的欲望和处处受阻的美好希望，它来自一个丰满的人物，站在泥沼却眼望天空，苦难加身却心怀希望。没有这些便没有冲突，戏剧性亦无从谈起。"虚假的"怀旧是一种自我欺骗，它"禁止"观者承认生活的现实与冲突。一部影片如果没有冲突，也就没有了戏剧性；脱离了现实，观众也不会投入任何情感。

片例13 《罗生门》

影片改编自芥川龙之介短篇小说《筱竹丛中》
编剧：黑泽明、桥本忍
导演：黑泽明

1951年，威尼斯电影节上获得最佳影片金狮奖；1952年，荣获奥斯卡最佳外语片奖——毫无疑问，《罗生门》向全世界展示了日本电影的独特魅力，而作为本片（联合）编剧兼导演的黑泽明，也成了世界影坛不可忽视的力量。影片在人物心理现实的刻画、镜头的绝妙运用、视觉性的设计以及音乐的高超处理等方面至今仍令人称道。更为重要的是，它以一种独特的方式向我们讲述了一个关于欲望、背叛与谋杀的故事，它将不同人物对"真相"的不同认知同时呈现在了银幕上，这成为本片让人铭记至今的重要原因。

故事梗概

行脚僧、樵夫与乞丐三人在废弃的罗生门下面躲避风雨。僧人和樵夫在一边谈论今天发生的惨案，闲来无事的乞丐为了打发时间，便央求两人给他讲讲他们的见闻。樵夫说他当时正穿过一片树林，接着先后发现了一个女人的帽子、一个男人的帽子、一根绳子和一个护身符。他跟随这些物品的踪迹发现了一具尸体，于是便急忙跑出树林报案。

一段闪回出现，行脚僧跪在衙门前陈述自己的见闻：他说自己看见男人被杀之前正和他的妻子在树林间骑马行进，而那个女人则戴着帽子和面纱。

臭名昭著的大盗多襄丸被带到衙门之上，多襄丸承认自己就是凶手，而杀人的动机则是因为一阵风。他当时在树林里看见了这对夫妻，武士金泽武弘与真砂，这时一阵风吹过，掀起了真砂的面纱。多襄丸说自己仿佛看见了女神，并发誓一定要拥有这个女人。他拦住两人的去路，拿出自己的剑给武弘看，说自己找到一大堆这样的剑，打算将它们贱卖。信以为真的武弘被多襄丸引进树林深处并被他绑了起来。然后，多襄丸回到真砂身边，她也被引诱到树林深处，他想让真砂看到丈夫受辱的样子。真砂看到被绑起来的丈夫，便用匕首刺向多襄丸。多襄丸很快制服真砂并亲了她，真砂没有反抗。多襄丸离开之际，真砂说自己无法忍受这种双重受辱的局面，她让多襄丸和丈夫进行决斗。多襄丸给武弘松绑，两人开始决斗。多襄丸用剑刺死武弘并获得胜利，而真砂却逃跑了。

再次回到罗生门，乞丐认为真砂也已经被强盗杀害，但行脚僧说真砂并没有死，而且来到了衙门接受盘问，她也通过自己的视角讲述了事情的经过。（闪回再次出现）她被强盗多襄丸强暴，在离开树林前他还羞辱了她的丈夫。她来到丈夫身边，却发现丈夫的眼中却充满恨意。她用匕首给丈夫松绑，并祈求丈夫杀掉自己，不要再用冷酷的眼神羞辱自己。她拿着匕首走近丈夫，但不知怎的却昏了过去。当她醒来时，丈夫已经死去，她也不知不觉来到河边，试图投河自尽，但并没有成功。

乞丐发出抱怨，他觉得自己听到得越多，反而越糊涂。行脚僧继续回忆当天在衙门的情景。衙门里，灵媒让死去的武弘附体，并开始讲述武弘眼中的"事实真相"。强盗强暴了真砂之后安慰她，认为此时的真砂前所未有的美丽。真砂求强盗杀掉自己的丈夫并将她带走，然而强盗拒绝了真砂的请求，将她推倒在地。就在武弘与多襄丸对峙之时，真砂逃跑了。多襄丸为武弘松绑后也逃跑了。武弘在地上发现了妻子的匕首，羞愧难当的他将匕首插进了自己的心脏。

樵夫认为死去的丈夫和灵媒都说了谎话，因为男人是死于剑下而非匕首。乞丐看出樵夫有所隐瞒。樵夫开始回忆：在他发现女人的帽子后，也看见了强盗安慰女人、发誓爱她并要娶她的场面。在樵夫的"版本"中，女人拿起匕首割断丈夫身上绑着的绳子，但是丈夫却说他不值得为了这样的女人与人决斗，认为女人应当自尽。女人嘲笑两个男人毫无男子气概，借此激怒两人决斗。果然，武弘和多襄丸确实胆小如鼠，决斗好像小丑表演。然而不久，强盗多襄丸还是占了上风并杀掉了武弘。女人趁机逃跑，强盗拿走了武弘的剑之后也仓皇离去。

听过樵夫讲述之后，乞丐觉得樵夫满口胡言。正当三人争吵之际，婴儿的哭声响起，他们发现了一个弃婴。乞丐从装婴儿的篮子里偷走衣服，樵夫认为乞丐的行为相当卑鄙，乞丐则回击说樵夫偷走了匕首，并编织了整个谎话。乞丐拿着偷来的衣服逃走，行脚僧则对人性充满悲观。樵夫想带走这个婴儿，行脚僧指控他连婴儿仅剩的一点东西都不放过，但樵夫说他只是想给自己的家庭添个孩子。听闻此言的行脚僧放弃了婴儿，他从樵夫的单纯善良与无私之举中重拾对人性的信心。

主人公与目标

本片涉及一件事情的四种不同且彼此交织的观点，总体来说，影片不存在一以贯之的主人公。我们将在"统一性"这一部分讨论影片是如何在没有主人公的情况下依然完成连贯叙事的。

本片虽然缺乏一以贯之的主人公，但若将其分割为四个"小故事"，那么其中有三个是有主人公的——即"故事"的叙述者（或回忆者）。多襄丸是他所讲述的"故事"的叙述者，也是主人公，他的目标是获得真砂——不论是否需要杀掉她的丈夫武弘。真砂是她所讲述的"故事"的叙述者和主人公，她的目的是寻回失去之物——丈夫的尊重和爱。（借助灵媒的）武弘是他所讲述的"故事"的叙述者和主人公，他的目标是重新夺回失去的尊严——做法是自杀。

只有樵夫讲述的"故事"版本中没有主人公，这也是乍一看来，人们会觉得他讲述的版本最为可信的原因。樵夫只是讲述者而非事件的参与者，他没有任何立场，因此在他的这段叙述中，我们不会"被迫"与事件中的任何人物产生认同。我们注意到，樵夫的讲述被放置在最后一部分，这是有目的的。试想，如果整部影片只有樵夫这一叙述版本，或把他的叙述放在第一部分，那么整部影片都将不会有现在的光彩。我们在听"局外人"樵夫讲述之前，分别听了三位"当事人"的回忆，并从中产生了对三者的认同，而樵夫的叙述则推翻了之前三人的自述。也正因为我们对三位"当事人"都产生了认同和同情，这一段叙事也自然不需要主人公存在了。

障 碍

在三位"当事人"的回忆中，三人都面临着明确的障碍。多襄丸的障碍首先包括丈夫武弘对他的不信任，其次是妻子真砂对他的侮辱，再则是羞愧的真砂请求二人一决生死——这是他最后也是最大的障碍，因为武弘是个正牌武士，剑术了得。对于真砂来说，她首要的障碍是在自己遭到侮辱后，丈夫非但没有报以安慰和同情，反而对她冷眼相待。她想求得丈夫的理解，却失败了。武弘的主要障碍并非是多襄丸，反而是妻子真砂。真砂要求多襄丸杀掉自己，这使他受到了更大的屈辱，他自杀的悲剧便来自多襄丸和妻子真砂的双重侮辱。

前提与开场

一个男人和他的妻子与一个强盗在树林中相遇，妻子受到强盗的侮辱（或说引诱），男人则被刺死。男人的马和剑被人偷走，接着又在强盗手中拾获，妻子则在其他地方被人发现。

编剧黑泽明与桥本忍选择了三个与事件几乎毫无关系的人物作为开场。本片由不同人的"回忆"组成，而不论人的记忆，还是叙述者本身，他们的可信度都是存疑的，因此，编剧将主体事件设置为"已发生"，并让三个"局外人"先于事件参与者进行讨论。罗生门下的这三个人是事件的"观众"：行脚僧代表我们的道德观念，乞丐象征我们自私的一面，樵夫则体现我们内心的纠结、困扰及懦弱。这三个人物如同向导一般，带领我们见证影片所探索的这片混沌不清的道德河流。

主悬念、高潮与结局

由于故事本身缺乏一个一以贯之的主人公，我们也无法使用上面三个工具对整个影片进行分析，不过我们还是可以在每个人物的"回忆"中应用这些工具。四个版本中，多襄丸的故事对整个事件的"回忆"最为全面清晰。在他的故事中，主悬念在于他能否得到真砂。故事的高潮是在他占有真砂之后正打算离去时，真砂说他与丈夫两人必须有一个死去。故事的结局则是多襄丸通过光明磊落的决斗战胜并杀掉武弘。

主　题

每个人在对事件的回忆中都宣称自己的版本是事实真相。乞丐在听僧人和樵夫"回忆"时，也不断地问到底哪些是真、哪些是假。三个局外人在不断地回忆和追问的过程中，实际在讨论两个问题：一是真实与谎言的关系，二是人类说谎的原因。影片的核心也是探讨人们对真理的认知——人们会因个人的需要或内心的欲望而误解或扭曲现实。

统一性

由于影片不存在一以贯之的主人公，我们无法通过人物的戏剧性动作（即主人公对目标的追求）来确定影片的统一性。但是影片存在时间上的统一性。在任何一个人的回忆中，事件发生的时间都是确定的——那天下午。就是在这个下午，三个人（男人和他的妻子以及强盗）的生活永远地改变了。从多襄丸的回忆到真砂，再到武弘，包括最后樵夫的回忆，四个故事之所以没有彼此孤立，一个重要的因素便在于相同的时间（和地点）。四个人的叙述之间既有相同也有相反，有些能够互相证明，有些却彼此证伪，我们也只能在这样彼此交织和冲突的叙事中建立对事件的认知。最后我们才发现，所有这些不同的元素其实都是"事件"的一部分。

时间的统一性（本片兼具时间和地点两者的统一性）是比戏剧性动作的统一性困难得多的一种统一形式，因此也更少运用，然而时间的统一性可以创造出连贯的、精彩的、富有张力的戏剧。缺乏核心人物（即主人公）可能会让观众无法找到认同的目标，从而无法产生强烈的情绪反应，但建立时间（和地点）统一性的影片仍然可以让剧情流畅、连贯，这一点是毋庸置疑的。

铺　陈

故事的基本铺陈是由樵夫和行脚僧完成的。樵夫首先指出事件发生的地点，并在他的第一次回忆（即闪回）中提到帽子、绳子和尸体。行脚僧则为我们介绍了当事人中的夫妻二人，并点明死者身份——丈夫武弘。其他的铺陈段落则是多襄丸的"回忆"。

樵夫在林中行走这一场戏是在冲突中展开的铺陈，也是铺陈方式的一种有趣的变化。这一场戏内部并没有任何戏剧性冲突，但我们先前已经听到他和行脚僧讨论过这片森林中发生的惨案，有了这样一场戏作为铺垫，樵夫在林中行走这看起来平淡无奇的戏顿时显得危机四伏，观众内心会建立起冲突感。

人物塑造

影片展示了包含三个当事人在内的对同一事件进行回忆与叙述的四种版本。就像我们先前提过的，四个版本互相交织，有时一致，有时冲突，人物也因此具有了复杂性和矛盾性——但在每一个版本内部，人物的刻画是一贯的。

以多襄丸的回忆版本为例，在这段故事中，多襄丸是典型的多动性格，任何细小的东西（比如身上的瘙痒或虫子之类）都能让他坐立不安。而在其他人的回忆中则未表现多襄丸的上述特点。

除了相同人物在不同的回忆中有着不同的人物特点之外，我们还会关注每个人物在回忆时对"自己"的刻画。通过三个"当事人"的回忆，我们可以发现，三人都表现出自己在当时情况下最为正确或最有尊严的选择。在多襄丸的回忆中，他只是引诱了真砂，既没有杀害她的丈夫，更没有强奸她；当真砂怂恿他与武弘一决生死时，我们也发现两人的决斗是英勇无畏的，多襄丸亦赢得光明磊落。在真砂的回忆中，她被多襄丸强暴后又遭丈夫的冷眼相待，她宁愿死也无法忍受丈夫对她的憎恨；她请求丈夫杀掉自己——这是对她来说最能保全尊严的办法。而在武弘的回忆中，强盗对妻子的侮辱以及妻子的背叛对他产生了双重侮辱，他唯一能做的便是自杀以保全尊严。

情节发展

四个版本的"故事"都发生在那天下午，并通过一对欲望的冲突来展开剧情：多襄丸想占有真砂并为此不择手段，真砂和武弘则要竭力保全尊严和礼节。每个版本的差异取决于"回忆者"的不同：由谁来讲述故事便采用谁的视角（或认同谁的观点）。即便在"局外人"樵夫的回忆中，他的视角也左右了我们看待事件的方式：与三位当事者不同的是，他认为三人都不光彩，（一直到决斗之前）多襄丸也不是英勇之辈，他并没有如其所述那样，为了完成目标而用尽全力。

戏剧性反讽

影片叙事并不十分倚重戏剧性反讽，这主要是因为影片本身就在不断探索——真相到底是什么，人物的目标到底为何，为了达成目标付出了什么样的努力。不断的探索意味着我们无法确知事件真相，我们对于人物的所知与未知也是无法确定的。

但在单个人的回忆段落中，我们还是能够看到戏剧性反讽的使用，尤其是在多襄丸的部分中。当他在树林里接近那对夫妇时，我们知道他要对真砂下手；但是他并没有表露这一欲望，而是试图赢得丈夫武弘的信任。他骗武弘说自己从墓穴里盗走一批古剑，用这样一个看似令人相信的小阴谋引开武弘，这样他便能伺机占有真砂。当他回去找真砂时，他又故伎重施，这里再次展现反讽：他告诉真砂她的丈夫被蛇咬伤，并引诱她来到丈夫身边，这样就能让真砂看到丈夫受辱的情景。两处反讽不仅加强了段落中的戏剧性，也让我们意识到多襄丸的诡计多端。

铺垫与余波

影片大多数的余波段落来自三个"局外人"在罗生门下的对话，或者来自每个人在衙门上的审讯（这里也包括那个灵媒招来的武弘的魂魄）。这些余波的段落帮助我们更好地消化理解先前人物回忆中所产生的新的信息与矛盾，同时为后面事件的再次"演变"做出铺垫。这样来看，上述场景中有些也兼具铺垫作用。

不过总体上看，大多数铺垫段落还是来自于每个人的回忆。这里再次以多襄丸的回忆为例（因为他的回忆最为详细全面、深入完整，使用的剧作工具也最丰富）。多襄丸正懒洋洋地在树下打盹，这一细节为我们展示出他懒散的生活方式，同时也为后面多襄丸的一系列行动做了铺垫（兼具对比效果）。真砂的面纱被风吹起，多襄丸看到真砂的脸庞，这时他一跃而起，追下山坡，成为夫妻之间的闯入者。接下来，他欺骗真砂说她的丈夫被蛇咬伤，从而引诱真砂进入树林，这为后面真砂抄起匕首刺向多襄丸做了铺垫。

伏笔与披露

真砂与武弘的帽子、捆绑武弘的绳子，以及真砂的匕首都是预先埋伏好的元素——我们最初通过樵夫的回忆得到这些信息。上述道具在后面每个人的回忆中都不同程度地得到披露。这其中，匕首是至关重要的道具，它不仅在每段回忆中都扮演了重要的角色，甚至还出现在了三个"局外人"

的对手戏中——乞丐指控樵夫偷走了匕首。

未来元素与预告

影片一开始，我们就已经能了解到故事的讲述方式——对同一事件的不同"回忆"。行脚僧和樵夫对惨案的唏嘘以及三人之间的讨论形成了一种"预告"，让我们期待"局中人"的讲述，当鬼魂出来讲述的时候我们还有一点惊讶。不过请注意，最后一段樵夫的回忆并没有得到预告。

三个"当事人"的证词则具有相应的未来元素。我们知道这个事件中一定有一个凶手，但一开始我们甚至连死者的身份都没有确定；随着剧情的发展，我们还是无法确知死者的真实死因和凶手的真实身份。多襄丸在审讯中承认自己是凶手，这则预告元素让我们对未来的剧情产生好奇——他行凶的手法、原因以及背景如何。在真砂的证词中，她说强盗嘲笑她的丈夫，她朝丈夫跑去——这则预告同样让我们对后面的剧情产生好奇，让我们对故事进行预测与想象。在武弘（通过灵媒）的回忆中，强盗安慰妻子真砂，我们便会猜测这段"故事"将会如何发展下去。

可信性

影片中绝大多数事件都具有现实层面的可信性，即便有些表述彼此对立，但每一个回忆版本中的故事也都是可信的。唯一一处需要观众"自愿地信以为真"的是灵媒招来武弘的魂魄"做证"这一细节，但我们发现罗生门下的三个人对这段证词依然视作理所当然，这证明"灵媒招魂做证"在他们的世界中（即12世纪的日本）是完全可信的，但这并不意味着现代观众同样也会相信。

然而，影片的主题会促使我们像三个"局外人"一样相信灵媒招魂的证词。故事探讨的是主观认知与客观现实的关系。客观真理与人们所相信的"真理"有时并不相同，不同的人对同一事件的认知可能会彼此矛盾——这是影片一早就植入观众内心的主题。因此，当我们观看每一段回忆时，尽管彼此仍有冲突，我们依然会相信他们的表述，即便灵媒招魂，我们也一样愿意相信。这并不是因为我们认为这些回忆本身是正确或真实的，而是因为我们相信这些"回忆者"相信他们所说的都是真实的。我们可以相信另外三个彼此矛盾的十分真诚的回忆，自然也不会让这段回忆成为特例。

行为与戏剧性动作

这是一部"行"大于"言"的影片。一个典型的例子便是多襄丸把自己的剑拿给武弘看的戏剧性动作。他当然不是真的想跟武弘做笔生意，而是想借此获取武弘的信任——卸下自己的武器交给对方是再好不过的方法。另一个例子则来自樵夫的回忆，真砂嘲笑两个男人没有男子气概，这一戏剧性动作的目的显然是要激怒二人，并让两人为了她而展开决斗。

单纯的（无目的的）行为则是乞丐从残破的建筑物上取下木头生火，并在火堆旁拧干衣服的一系列行为。这些行为正如表面上我们所看到的那样，背后没有任何目的。

对　白

总的来说，人物的回忆部分并不十分倚重对白，但在罗生门下，三个"局外人"的对白则有重要的功能——三人通过对话试图理清每段回忆之间的关系以及事件的真相。不仅如此，三人也通过对话探讨了关于这些回忆所暗藏的主题以及这一主题对三人所在的世界的意义。一些典型的对白包括："撒谎是人之本性，我们有时都无法做到对自己诚实"以及"人之所以撒谎，实际是为了欺骗自己"，还有"我们总会遗忘一些事情，故事由此产生"等。这些台词可以说近乎直白地陈述了影片的主题。不过我们在三人的对话中可以发现，乞丐总是一直"适时"地打断对话，从而避免行脚僧把这次对话变成布道——三人之间本身亦存在冲突，但没有任何人凌驾于其他两人之上，编剧以这种方式避免人物将主题直接呈现给观众。

视觉性

影片的视觉处理相当精妙。不论是衙门内审讯的固定镜头还是树林追逐的运动镜头，摄影机的使用均恰到好处——既能展示人物的戏剧性动作，也能唤起观众（包括银幕外的观众，也包括作为事件旁观者的罗生门三人）的反应。在不同人物的回忆中，视觉呈现也各有不同。多襄丸的回忆段落以双人镜头为主，或是多襄丸与真砂，或是多襄丸与武弘——很明显，这样的镜头处理是要故意将夫妻二人分开。而在武弘的回忆中，我们则看到多襄丸与真砂的双人镜头与武弘的单人镜头形成对比——这在视觉上让我们感知到多襄丸与真砂两人与武弘之间的对立关系。在真砂的回忆中则鲜有多襄丸的镜头，她与武弘的双人镜头也寥寥，多数是她的单人镜头，以表现其被孤立的状态。在樵夫的回忆段落中则多为三人镜头，两个男人各处画面一边，真砂位于中间，这使画面产生了对立感，也交代了故事的三角关系。

除了上述构图设计之外，黑泽明对镜头的选择和走位也帮助展示了人物之间的动态关系。当乞丐请求樵夫讲述事件时，我们看到他几乎要趴到樵夫的肩膀上。在多襄丸的故事版本中，真砂屈从于多襄丸索吻的一场戏，我们看到镜头转而拍摄他们上方的树木和天空，配合着透过树叶闪烁的阳光，这些镜头为这段丑恶的"强暴"戏增添了诗意和浪漫色彩。在樵夫的回忆段落中，真砂怂恿男人战斗，一个巧妙的镜头是真砂位于两把剑中间，意味着她才是决斗的核心；另外一个镜头是真砂伏在地上，位于多襄丸的双腿之间，背景则是丈夫武弘——这再一次表明两个男人冲突的实质。

戏剧性场景

多襄丸在树林里遇见夫妻二人的一场戏是十分巧妙地戏剧性场景。我们知道他的目标是占有真砂，因此便会饶有兴味地观看他将如何把握机会，达成目标。懒散的多襄丸轻易骗过武士武弘的一场戏十分有趣：多襄丸的整个扮相都表明自己是强盗，如果他强装成别的"职业"反而会露出马脚，于是他就按照强盗的样子行事，但他不能表现得太过聪明，还要想法子"自愿"地卸下武器，以让武弘安心。只要武弘接过这把剑，多襄丸就赢了——在展示强盗应有的恶人行径之余却没让自己真实的目的露出马脚——他成功地骗取了武弘的信任。这一场戏对话很少，但却相当丰满，值得学习。

特别关注

影片是对真理相对性以及绝对真理的探寻，它生动地描绘出不同的人对同一事实的不同理解与阐述，这不仅仅是"情人眼里出西施"的问题。真相是什么，人们所认为的"真相"又是什么？答案似乎取决于证人本身，也取决于证人所采用的观察或理解的角度。影片抛给我们很多问题，却没有给我们相应的答案；它给予我们创作者的创作观——建立一个完美的"情境"，让观众通过影片自行寻求答案。

故事中的每一段回忆都因讲述者视角的不同而产生扭曲：强盗多襄丸认为他与武弘进行的是一场光明磊落的决斗，因此赢得真砂也是光明磊落；真砂认为她受到多襄丸和丈夫武弘的双重侮辱；武弘认为自己受到了多襄丸的侮辱，同时还遭到妻子的背叛；樵夫则认为两个男人之间的决斗胆小畏缩，他们和真砂都是懦弱小人。从每个人的观点出发，他们所讲述的内容都是"正确"的，同样，每个人也在事件中做出了正确（或英勇）的决定。这让我们想起乞丐说的一句话："我们总会遗忘一些事情，故事由此产生。"

本片另一个与传统剧作法不同的地方在于，影片只在整体的框架性故事中出现了结局。在故事的主体（即四个人的回忆）中，我们只获得了一系列问题和观点（而且不同的观者也会产生不同的观点）——故事的亮点也在于此，它唤起观众对真理这一哲学命题的好奇与思考，但是问题没有被完全解决。在整体的框架性故事中，罗生门下的三个人发现了弃婴，但三人对弃婴的态度各不相同。这里，我们并没有得到关于信仰（与良知）的矛盾的解决办法，但是我们感觉到起码还有一些人性的"希望"存在：不论彼此之间的交流和理解有多么困难，不论追寻真理的路途有多么艰辛，我们还是能够看到人性的闪光——不论在 12 世纪还是现在。对于当下的我们来说，这样的认识是十分难能可贵的，而当我们考虑到本片的创作背景（"二战"结束刚刚六年，遭受战败洗礼、满目疮痍的日本），这一主题更显珍贵。

片例14 《性、谎言、录像带》

编剧、导演：史蒂文·索德伯格

本片是史蒂文·索德伯格自编自导的处女作。作为一部低成本的独立制片电影，《性、谎言、录像带》甫一出世便横扫圣丹斯国际电影节，并在第二年的戛纳电影节上斩获金棕榈大奖。这部充满对话、低调光的影片似乎注定远离好莱坞主流视野，然而事实却恰好相反，它不仅得到好莱坞的青睐，同时也让年轻的索德伯格崭露头角。本片剧作扎实，故事令人深思。尽管演员阵容不大，但依然为观众呈现了精湛的表演。

故事梗概

安·梅拉尼正在自家客厅与心理医生探讨自己对于世界上垃圾的担忧以及她自己（包括她和丈夫之间）在性方面的问题。另一边，她的丈夫约翰正与她的妹妹辛西娅偷情。与此同时，一个不速之客即将闯入她的生活。他叫格雷厄姆，是约翰大学时的挚友。两人的初次见面十分尴尬。傍晚，约翰回家，发现当年的好友已经与现在的自己截然不同，身无长物，更无大志。他乐于承认自己犯下的所有错误，但坚称自己不是个骗子，从不说谎。

安帮助格雷厄姆在城里找了一间公寓。他此次回来似乎要寻回当年抛弃他的女友。约翰趁安不在家，便打电话请辛西娅来自己家中偷情。格雷厄姆和安在餐厅聊天，（令人惊讶的是）安很坦诚地说自己对性事不怎么在意，而格雷厄姆则告诉安自己性无能，无法在有人在场的情况下勃起——尽管他以前并不总是这样。交谈中，两人建立起一丝友谊。辛西娅向约翰和安打听格雷厄姆的事情,她似乎对这个陌生男人有着强烈的兴趣。约翰和安都以为辛西娅只是想和格雷厄姆上床罢了。

安出乎意料地拜访格雷厄姆的公寓,她发现一大盒录像带。格雷厄姆很不情愿地承认录像带中的内容是他采访的女性对性爱的描述,有时她们还会在镜头前自慰,不过他绝不会碰触她们。安听闻后惊慌地逃离格雷厄姆的寓所。夜晚,辛西娅打电话给安再次询问关于格雷厄姆的事情,而安的遮遮掩掩更激起了辛西娅浓厚的兴趣,她决定前去拜访。辛西娅与格雷厄姆见面,她了解到关于录像带的事情,也听到格雷厄姆倾诉自己内心的纠结。辛西娅不禁燃起欲望,她想让格雷厄姆也为自己拍摄一卷录影带。整个录制过程辛西娅袒露了很多心事。辛西娅分别向安和约翰提起此事,两人不约而同表示愤怒,不过辛西娅对此相当兴奋。

安对丈夫的怀疑与日俱增,终于在一天爆发出来。她指责丈夫有了外遇,甚至怀疑对象就是自己的妹妹辛西娅。约翰直视妻子的双眼,却说了谎话,最终让安相信这一切不过是她自己的臆想。约翰与辛西娅见面,他又对辛西娅说了谎。安的头脑一片混乱,只好通过清理房间让自己冷静一些,结果却在卧室发现了辛西娅的耳环。她先前的疑惑终究得到了确认。

鬼使神差地,安来到格雷厄姆家门口,而格雷厄姆的一番话也印证了安先前的猜测:他在对辛西娅的"采访"中得知了两人的外遇。遭遇变故的安开始变得意志坚定,她告诉格雷厄姆说自己也想录制一盘录影带。格雷厄姆并不情愿,但还是同意了。安回到家中,向约翰提出离婚。她告诉约翰自己也让格雷厄姆帮她拍摄了录像带,甚至暗示自己与格雷厄姆发生关系。愤怒的约翰来到格雷厄姆家中将他痛打一顿,并找出妻子的录像带看起来。在录像带中,安和格雷厄姆卸去彼此的防备,开始面对自己关于性方面的种种问题。当两人开始做爱时,他们关掉了摄影机。

崩溃的约翰在离开格雷厄姆家之前向他透露了自己年轻时对格雷厄姆做过的丑事作为最后的报复。格雷厄姆返回房间,捣毁所有录像带和摄影机。约翰因为疏于工作失去重要客户,而他却自欺欺人地认为自己就算与安离婚一样可以过得很好。安开始工作，变得独立而且有力量。故事结尾，她与格雷厄姆走到一起，开始一段新的恋情。

主人公和目标

本片的主人公并不像大多数电影中的那么明显，很大程度上是因为安作为核心人物却是一个被动的角色，她没有明确的追逐目标，她只是希望一切能够维持现状。除了安以外的其他三人则通过与安发生关系而在影片中展现作用（三者之间的关系并不显著）。辛西娅是她的妹妹，约翰是她的丈夫，格雷厄姆不仅是一个不速之客，也是让安的生活产生剧变的催化剂。安内心所希望的和行动中所展示的只是像鸵鸟一样把脑袋埋在沙丘中，装作对生活中的变故视而不见。

障 碍

安希望维持生活的现状，但是她遇到的障碍却相当多，既有内部的也有外部的。外部的障碍是丈夫对她的不忠，内部则是源自内心的（对性的）困扰。尽管她竭力掩饰，但是对丈夫甚至对自己的怀疑依旧与日俱增。安的处境复杂多变，更为糟糕的是，陌生人格雷厄姆悄无声息地走进她的生活，甚至走进她的内心，成为安维持现状的又一大障碍。

障碍对本片的剧情有着重要的作用。影片中的大多数障碍是突然降临在安的生活中而非早就存在的。作为一个被动的人物，安被周围环境和事件裹挟着，并最终被迫转变为主动的姿态，直面自己的生活。就好像《卡萨布兰卡》中的里克一样，对于生活的变故，安没有采取积极的应对措施，但是环境（无论是外在的还是内在的）却不允许她置身事外。

前提与开场

安是一个可爱但有些神经质的女人，她的丈夫是个成功但极度自私的律师，并且与安的妹妹偷情。安和丈夫很久没有做爱，一部分原因是安不想让丈夫碰自己。她认为自己并不怎么关心性事，而且认为性带来的欢愉被"过誉"了。看似平静的生活中，一个年轻男人闯了进来，这个同样有些神经质的男人不仅是性无能，而且专门录制有关女性"隐私"的录像带。

影片开场，索德伯格选择平行展开三条线索，格雷厄姆的到来与丈夫的外遇两条线索伴随着安与心理医生的对话而展开。通过两人的对话，我们了解到安对外部世界的焦虑和对性的"排斥"，她甚至无法处理自己的性问题；与此同时，我们看到安的丈夫在事务所里位居高职，以及他与安的妹妹热烈的性爱；同时，我们还看到格雷厄姆开车进城，并准备与安和约翰见面。在格雷厄姆的一串行为中，我们看到他的怪癖，他的贫穷，还有他暂时独居的现状。

主悬念、高潮与结局

影片的主悬念在于，经过与格雷厄姆的"亲密交谈"（事实上，这种"亲密"的关系是她与丈夫之间未曾有过的）之后，安能否继续逃避现实。无论对于丈夫约翰还是心理医生，安都有强烈的戒备心理，然而只是在餐厅中简短的交谈，格雷厄姆就成功地在她的"盔甲"上敲开了一条裂缝，并就此改变了她的生活轨迹。

影片的高潮，安在打扫房间时发现了妹妹的耳环。证据确凿之下，安终于行动起来，一扫先前的被动。

影片通过巧妙地"改变"时序，使故事的结局较故事本身更早地呈现出来。如果严格按照时间顺序的话，安和格雷厄姆关掉摄影机做爱这一情节应出现在安与丈夫对质并要求离婚之前，也应出现在丈夫发现"真相"之前。但由于影片的叙事并不必须遵循时间顺序，因此，事件可以进行移位，从而产生更大的戏剧冲击。编剧兼导演索德伯格自然深谙此道，他选择将结局的部分安排在所有因素（尤其是约翰发现真相）之后。影片中，我们先看到约翰观看安与格雷厄姆拍摄的录像带，然后才看到格雷厄姆为安拍摄录像带，接下来我们迎来故事的结局——两人做爱。

主题

影片主题围绕着两个字：欺骗。安是自欺欺人的高手，她认为自己更关心世界上的垃圾和非洲生命垂危的儿童，然而这些不过是她不敢面对自己内心焦虑与恐惧的幌子。约翰是欺骗他人的高手——客户、妻子、情人、朋友乃至秘书，他欺骗身边所有人。辛西娅稍微有些不同，她虽然背着姐姐与姐夫偷情，但她对自己和自己的情感是十分诚实的——她对约翰的情感是真实的，面对格雷厄姆（和他的摄影机）时也是诚实的，她对姐姐一样诚实，不论是拍摄录像带还是为母亲挑选礼物，她都一五一十，并无欺瞒。格雷厄姆称自己是个"正在康复中的病态说谎者"，他发誓现在的自己已经"百分百的诚实"。

统一性

本片故事的统一性来源于人物的戏剧性动作。但由于我们的主人公是被动的人物，因此对戏剧性动作的统一性的讨论会有一点变化——我们可以称其为"反应"的统一性。全片所有的压力均围绕安以及她无法面对的生活的现实状态。她对周遭有着强烈的戒备心理。她与格雷厄姆在餐厅聊天，是她极少地走出自己的封闭世界的一段时间，然而她又很快退了回去；她再次走出自己的"小世界"则是来到格雷厄姆的家，却被后者的录像带搞得愤怒且焦虑，结果再次退回封闭的世界。随着降临在安身边的障碍与挑战不断进化升级，影片的统一性便从中展开。这些"反应"构成了主人公的戏剧性动作模式——不断尝试走到外面，又疯了似地退回来——这些都令故事的叙述过程焦点集中、内容明晰。

铺陈

尽管影片早期的铺陈主要通过对话完成，这些对话催生出人物之间（或内部）的冲突，但我们还是会运用冲突来掩盖铺陈的信息。影片开场，我们通过安与心理医生的对话了解到很多关于她的生活、环境以及个人问题的信息。在对话中，心理医生不断提出一些直白（甚至露骨）的问题，使她坐立不安。主人公内心的冲突使她难以、更不情愿袒露心声。安的内心冲突几乎是显而易见的，我们因此不会轻易看到这段对话的铺陈效果。

约翰与辛西娅之间关系的铺陈更多通过两人的行为展开。安在家中正接受心理医生的治疗，而另一边自己的丈夫则与自己的妹妹偷情，这显然形成鲜明的对比。对格雷厄姆的铺陈则完全没有对白——刮胡子、换衣服、后备箱里的行李，还有他的一些小怪癖。

观众可以直接通过对话看到铺陈的例子是在格雷厄姆和安找到公寓之后两人坐在餐馆中聊天的一场戏，这场戏依然是以对话为主导。表面上看，两个人都很愿意与对方（也包括观众）交流，他们所讲述的信息对于观众来说也是十分重要。这一场戏看起来并不存在强烈的戏剧冲突，但由于两人所透露的信息（尤其格雷厄姆的"自白"，以及安第一次敞开心扉）过于令人惊讶，这场戏也因此暗藏了强烈的冲突——尤其对于安的内心。当天夜晚，白天突如其来的变化让安难以入睡，她起身来到格雷厄姆身边，这一串戏剧性动作也暗示她内心强烈的冲突。不过跟上面的例子一样，人们也很容易因为明显的冲突元素而忽略这场戏的铺陈作用。

人物塑造

对主人公安的塑造从影片开场便开始了。在安与心理医生的交谈中，我们发现她的焦虑和局促，这些都与她的目标——逃避现实，逃避自我——相契合。接着，安与格雷厄姆的第一次见面更让我们看到安面对陌生人和陌生环境时的坐立不安。格雷厄姆过着孤独、四处漂泊的生活，这一点也在开场对人物的铺陈中得以体现。后来格雷厄姆说自己只想"有一把钥匙"，而不想被两把、三把、四把钥匙束缚住，这更强化了人物的性格特点。

约翰这一人物则通过工作的场景和环境来展示，塑造了成功但自私自利的人物性格，同时也通过他的戏剧性动作塑造了他善于欺骗的本性——影片中约翰的第一场戏便是向秘书撒谎调整与客户会面的时间以便与辛西娅偷情。而对于辛西娅来说，影片为我们展示了她的欲望。尽管她与约翰如胶似漆，但这并不是她的欲望。她的欲望是被需要，像自己的姐姐一样获得男人的重视，并且通过放纵自我尽可能地获得快乐。

情节发展

由于主人公的被动性格，影片情节的发展再一次与普通影片不同。安竭力逃避生活的现实，因此本片的情节发展在很大程度上由那些向她汹涌袭来的障碍与挑战推动，而且随着障碍与挑战不断升级，影片也逐渐推向高潮。

起初，格雷厄姆看上去是个完美的朋友，情感细腻、平易近人。他的性无能也意味着他不会对试图逃避的安产生任何威胁。当安发现格雷厄姆的录影带时，后者成了她的威胁，安因此落荒而逃。安对于威胁的反应刺激了妹妹辛西娅，她对于性的态度与姐姐完全相反。面对摄影机，辛西娅袒露心扉，而且事后向安一五一十地承认了此事，这让安感受到更大的压力。

安在自家卧室发现了辛西娅的耳环，这使她行动起来，并导致她与格雷厄姆拍摄录像带。这引发了接下来的故事。格雷厄姆以前拍摄的女性与自己并无任何关系，可能连他和辛西娅的互动都不如，但现在镜头前的安却是他的朋友。两人的关系以及安内心的变化使拍摄与以前大不相同。两人在拍摄过程中开始直面各自的性的问题，并试图解决男女之间关系的困境。通过拍摄，两人似乎在对方身上找到了彼此问题的答案。拍摄过程固然对安的心理再次产生了影响，同时也推动了情节的发展——约翰看到了录像带，两人的婚姻走到尽头。

戏剧性反讽

戏剧性反讽是影片采用的核心元素。影片一开场我们便看到安接受心理治疗与丈夫和妹妹偷情的平行蒙太奇。约翰和辛西娅的外遇关系从开场便出现，直到影片结尾，安在卧室发现耳环才最终识破。

辛西娅在格雷厄姆公寓拍摄录像带这一场戏，我们可能会期待它产生戏剧性反讽。这场戏中，格雷厄姆承诺他会保守秘密，不会告诉别人，但"诚实"的辛西娅自己就将拍摄录像带一事原原本本地分别告诉了约翰和安，我们预期的反讽并没有出现。

考虑到本片的主题是"欺骗"，那么使用戏剧性反讽确实是个绝佳的办法——不论是透露信息还是保守秘密，都会对观众产生重要的影响。例如，安"意外"拜访格雷厄姆那场戏，我们看到格雷厄姆正在看一卷录像带。这里我们期待的是他会对此保密，但在影片中，他的性格却不允许他说谎。

铺垫与余波

一个巧妙的铺垫段落是格雷厄姆在安家中的最后一晚。难以入眠的安起身来到格雷厄姆睡觉的沙发旁。她看着格雷厄姆，此时音乐响起，黑暗中的微光投射在两人身上，整个场景变得浪漫、平静和安详。紧接着的一场戏是安与心理医生的谈话，后者询问安对这个"不速之客"的看法，安承认"还好"。这一句看似平淡的台词由于前面一场戏的铺垫而有了浓烈的感情色彩。

安指责丈夫与妹妹有染这一场戏的余波同时也是后面一场戏的铺垫，这是十分巧妙的过渡。约翰成功骗过了安，而自己焦躁地坐在床边。一个巧妙的过渡之后，我们再次发现约翰坐在床边，只是这一次躺在床上的是辛西娅，她向约翰坦白自己拍摄录像带的事情。通过剪辑的巧妙过渡，约翰的焦躁不安同时成了上一场戏的余波和后面一场戏的铺垫，只是约翰的地位发生了变化——在上一场戏中，他是背叛者，而在下面的一场戏中，他被辛西娅"背叛"。

伏笔与披露

影片中最为重要的伏笔与披露元素便是辛西娅的耳环，它最终成为安怀疑丈夫外遇的确凿证据。辛西娅来到约翰与安的家，与约翰在姐姐的床上偷情。影片特地强调她摘下耳环的动作。因此，当安后来发现耳环时，我们已经早有准备。

格雷厄姆的录像带是具有隐喻性质的伏笔与披露元素。录像带进入影片叙事，并且随着剧情的发展，剧中人物开始讨论它、拍摄它，并发现它带来的刺激（性欲）或可怕的后果。在影片结尾，格雷厄姆发疯似地捣毁所有录像带，这些录像带代表着他的孤独、远离尘世、远离女性、远离所有男女之间的关系，同时它们也见证了他与安共同克服的内心"顽疾"。自此，影片建立起属于自己的完美隐喻。

未来元素与预告

影片关于预告的例子有很多。格雷厄姆想找一间公寓，而安提出帮忙，这是一例；辛西娅说自己想在姐姐的床上与约翰做爱，这也是一例；除此之外还有安建议辛西娅和她一起为母亲准备礼物，这同样是预告。

未来元素的例子是格雷厄姆在来到约翰家的第一天晚餐上，告诉约翰和安自己从不说谎，这是对影片未来的预言。随着剧情的进行，影片不断试图考验格雷厄姆的这个"诺言"。

可信性

影片并不存在过于离奇而不可信的事件，观众也不需要采取任何"自愿地信以为真"的心理机制。片中演员自然的表演也为影片的真实性和可信性增色不少。

行为与戏剧性动作

下面列举两场戏，我们会发现在同一个时间里，一个人的行为有目的，而另外一个人则全无目的。

第一个例子是约翰和辛西娅在安的床上做爱的一场戏。对于约翰来说这次性爱没有任何目的，而对辛西娅来说，在姐姐床上与姐夫偷情显然意味着（与姐姐竞争的）胜利。

第二个例子是辛西娅找格雷厄姆拍摄录像带。对于格雷厄姆来说，辛西娅和其他被"采访"的女性没有任何区别，但对辛西娅来说这依然是一场与安的竞赛，她认为借此能显示自己比姐姐更强（或更受欢迎）。这种想胜过姐姐的冲动也促使她将此事毫无保留地告诉安和约翰。

对　白

本片毫无疑问具有大量的对白，这使它有点像欧洲的电影而非好莱坞作品，但是，即便美国观众也不会觉得节奏缓慢或台词太多。这是因为，只要影片能够为观众提供足够的他们想要的或喜欢的东西，那么观众便不会关注那些可能使他们感到无聊的东西。本片充满智慧和幽默，当然也有着足够多的悲喜，我们满足于这些期待的元素，因此也不会注意到影片中大多数的场景都只是两人面对面地聊天。

另外，优秀的对白也获益于戏剧性反讽的使用，它使几乎每个场景都具有多义性。不同人物所知的信息不同，我们对于每个人物所掌握的信息也有不同的认知，这些不断改变的戏剧性反讽也极大地帮助了对白。

不仅如此，对白也有助于揭示人物性格。一个典型的例子是安对脏话以及任何有关性的话题的反感。但在影片结尾，安来到格雷厄姆家让他为自己拍摄录像带，她希望借此直面对性的恐惧，并且几乎用上了自己曾经厌恶的所有词语。我们发现，仅仅是词语的选择和使用便能展示人物性格的变化。

视觉性

影片并没有令人称奇的景观或搭配精妙的色彩，但通过镜头和画面的过渡与转换，影片依然形成了精妙的视觉风格。影片中，摄影机和播放录像带的屏幕是重要的制造闪回和转场的工具，它们使叙事更具灵活性。

一个采用视觉转场的例子出现在安发现床上的耳环之后，她冲出家门，进入车中，双手抱头。突然间她抬起头，却发现自己已经来到格雷厄姆家门口——开车的情节被完全"忽略"了。这个转场实际上强调了安的心理变化——她本意并不想去找格雷厄姆，却在格雷厄姆家门外"觉醒"。这一具有人物"主观色彩"的转场片段使我们与人物感同身受。

戏剧性场景

有时衡量一场戏是否有效的方式就是看它能否让观众感到不适、愤怒、愉快或激动——换句话说，便是它能否唤起观众的本能反应。按照这种评价方式，本片一个成功的例子便是格雷厄姆与安的第一次见面。我们先前已经知道安并不欢迎格雷厄姆，那么，随着格雷厄姆的到来，两人之间的尴尬气氛便十分明显了。我们热切地盼望两人能找些话题聊一聊，好让这段尴尬的会面不那么不适，但是索德伯格显然拒绝如此。他对观众的心理十分了解，因此故意把两人放置在这个尴尬的环境中，而且随着气氛愈演愈烈，我们便会不由自主地产生反应。

另一个例子是安来到辛西娅工作的酒吧，给她展示为母亲买的衣服。这场戏中两姐妹的冲突由以下两个元素的出现而变得更为激烈。第一个元素是吧台旁边的酒鬼总想介入两人的对话，从而加剧了两人之间的冷漠关系。第二个是约翰打来的电话，这表现了一出戏剧性反讽——此刻的两人正因为鸡毛蒜皮的小事争论，却无法解决两人之间真正的矛盾。这也为电话之后辛西娅评价安带来更多的潜台词。

特别关注

几乎没有动作，完全没有特效，更没有大明星，影片吸引观众的元素也与传统套路大相径庭。就是这样一部作品，却获得了美国本土与海外票房和口碑的双丰收。影片的成功之处在于它创造了让观众能够认同的故事。我们能够感受影片中的情境，影片中的人物也与我们身边的人没什么区别，然而最重要的是，影片的故事讲述得十分精彩。在这个故事中，有戏剧性反讽，也有真实心理的流露；有直白的表述，也有潜藏的隐喻；尴尬与羞辱的瞬间随处可见，意外与惊奇不一而足；加之演员自然的表演，这些元素一起为观众打造了一个精妙绝伦的故事。

片例15 《安妮·霍尔》

编剧：伍迪·艾伦，马歇尔·布里克曼
导演：伍迪·艾伦

本片是近几十年来最受好评的喜剧电影之一。伍迪·艾伦作为美国影坛少数"真正"的电影作者，不仅自编自导，甚至主演了这部杰作。毫无疑问，伍迪·艾伦是一位多才多艺且涉猎广泛的电影人，他的作品包罗万象：既有令人捧腹的疯癫喜剧，也有使人深思的严肃正剧。《安妮·霍尔》则是两种极端风格的精妙结合，也正因此，它成了伍迪·艾伦影迷眼中杰作里的杰作。本片赢得了1978年奥斯卡最佳影片、最佳女主角、最佳原创剧本、最佳导演四项大奖，伍迪·艾伦同时获得最佳男主角提名。

故事梗概

脱口秀演员艾尔维·辛格正对着摄影机谈论自己的生活：童年时期的存在主义焦虑。我们看到他那住在科尼岛上的一大家子人、孩童时期诞生在教室的性欲（力比多）以及成年的艾尔维出现在电视上的一个访谈节目中。现在的他正在电影院门口等待女友安妮，却被几个工人阶级的粉丝团团围住。惊慌失措的艾尔维终于等来了"救星"安妮，而此时安妮的心情却有些烦躁。艾尔维因为安妮迟到错过了影片开场而拒绝进场观看，这使安妮更加不悦。艾尔维劝说安妮与他再看一次《悲哀与怜悯》，安妮同意了。两人在影院外排队等候，排在他们后面的一个男人正滔滔不绝地卖弄自己的"博学"。忍无可忍的艾尔维从戏院大门旁边的角落里"请"出马歇尔·麦克卢汉本尊，后者批评男人对自己观点的理解简直"狗屁不通"。

夜晚，艾尔维向床上的安妮求欢，安妮却显得意兴阑珊，言谈之中她提起了艾尔维的前妻艾莉森。闪回镜头把我们带回艾尔维与艾莉森的第一次偶遇，那是在阿德莱·史蒂文森的竞选演讲后台，当时的艾尔维正打算上台表演脱口秀。婚后不久的一天夜晚，两人正打算亲热一番，艾尔维却纠缠于肯尼迪遇刺的"阴谋"而难以集中精力，艾莉森认为这不过是丈夫不想与她亲热的借口。

海边的一所房屋内，热恋中的艾尔维与安妮正在厨房被一只龙虾搅得手忙脚乱。傍晚，两人来到沙滩散步，安妮提起了自己的恋爱史，于是两人一同"回到"过去，"拜访"安妮的前男友。

艾尔维的第二任妻子名叫罗宾，是个事业心强、追求体面的女人。罗宾邀请艾尔维参加文学派对，并向艾尔维引荐宾客。而此时的艾尔维对这些"贵宾"全无兴趣，他只想安安静静地看一场球赛，或者与罗宾做爱。夜晚，正与艾尔维做爱的罗宾却被窗外的噪音搅扰得失去"性致"，罗宾吃了一片安眠药，而扫了兴的艾尔维只好再去冲个凉。网球馆的走廊里，艾尔维对自己犹太人的身份充满焦虑——他认为纽约对犹太人充满偏见；朋友罗伯则表达了自己要前往加州的愿望，他认为那里是新的麦加圣地。两人在球场见到了安妮和另一个女人，并组成混双打起了比赛。赛后，正在大厅整理背包的艾尔维再次与安妮相遇，两人尴尬地聊了几句。艾尔维本打算叫车送自己回家，安妮则主动提出载他一程。安妮将车停在自己家楼下，两人互道再见却说着说着进了房间。两人在阳台一边喝酒一边继续口是心非地聊天。最后，艾尔维终于开口约安妮外出。

安妮在一家酒吧唱歌，下面的观众则没什么听歌的心思。演唱结束，两人前往餐厅。艾尔维在路上亲吻了安妮。两人坐在餐厅中，艾尔维谈起自己的前妻。夜晚，享受过激情的两人还在回味刚才的美好。艾尔维与安妮越走越近，他开始为安妮推荐一些名字里带"死亡"的书，并且毫不讳言自己对于"死亡"的独特偏好。两人坐在中央公园的长椅上对着来来往往的行人们评头论足。夜色降临，两人来到码头，艾尔维向安妮示爱。

安妮打算搬来艾尔维家合住，这让艾尔维十分恐慌。他认为安妮放弃自己的公寓就像失去两人之间关系的"安全阀"。再次回到海边的房屋内，安妮正在"研究"要选修哪些课程，一旁的艾尔维不断给出各种建议，但实际艾尔维想与安妮做爱，并希望安妮这次不要吸大麻"助性"。两人在床上滚作一团，安妮突然"灵魂出窍"，并开始琢磨起自己的绘画本被放到了哪里。

一位演技拙劣的脱口秀演员打算请艾尔维写几个段子，坐在一旁的艾尔维简直无法忍受那让人无聊的表演。他来到威斯康星大学办了一场成功的脱口秀，然后随安妮拜访她的家人，并吃了一顿盛大的正餐。艾尔维认为安妮的奶奶是个反犹主义者，然后他将自己的家庭与安妮的家庭做起比较——一个银幕被分成两半，两个家庭吃饭的场景同时展现出来。夜晚，艾尔维即将离开，安妮的弟弟将他叫住并向他谈起自己开车时出现过的求死幻想。安妮的弟弟开车送两人前往机场，艾尔维因为先前安妮弟弟的倾诉变得十分恐慌。

两人回到纽约，艾尔维发现安妮与她的老师大卫交往甚密，这让他十分嫉妒，安妮则觉得艾尔维总认为她不够聪明或者学识不足，这也让她十分反感。艾尔维付钱让安妮参加一次心理治疗。傍晚，安妮回到家中向艾尔维"汇报"治疗的成果——她第一次治疗的进展就超过了艾尔维十五年的治疗。安妮说她梦见弗兰克·辛纳屈[①]正要闷死她。艾尔维因为嫉妒安妮与教授的关系与安妮吵了起来，安妮乘车离开。艾尔维向街上的行人询问爱情到底能维持多久。一段戏仿白雪公主的动画切入进来，里面的罗伯正建议艾尔维约会其他女人。一天晚上，艾尔维与罗伯介绍的女人——一个身材瘦长的《滚石》杂志记者——前去观看印度宗师的表演，演出结束后，两人滚了床单。仍在床上的艾尔维接到安妮的电话，急忙赶到安妮家中，结果发现所谓的"紧急情况"不过是浴室里的一只蜘蛛。艾尔维费了九牛

---

① 弗兰克·辛纳屈（Frank Sinatra, 1915—1998），美国歌手、演员，著名电台与电视节目主持人，20世纪一代娱乐界巨星。——编注

二虎之力也没能杀掉蜘蛛,不过两人还是上了床,并且发誓再也不要分手。

罗伯、安妮与艾尔维开车回到布鲁克林"拜访"艾尔维的过去。安妮生日当天,艾尔维送给安妮一件内衣和一块手表。在酒吧里,安妮动情地演唱了一首《仿如昨日》,席间,一位来自洛杉矶名叫托尼·莱西的制作人对安妮的演唱颇为赞赏。托尼邀请安妮参加派对,艾尔维则拒绝了请求。画面再次一分为二,艾尔维和安妮分别面对自己的心理医生,安妮向医生抱怨艾尔维总想与她做爱,另一边艾尔维则抱怨安妮总不想与他做爱。

艾尔维的朋友向他推荐吸食可卡因,艾尔维将可卡因凑到鼻孔,结果一个喷嚏将可卡因"糟蹋"一空。在洛杉矶,罗伯带着艾尔维与安妮饱览当地圣诞节的景致。艾尔维进城领奖,结果却非常不舒服。当他得知自己被换下来了,就立马痊愈了。罗伯带两人参加好莱坞的派对,结果去了才发现举办地点正好是托尼·莱西的家。托尼打算请安妮录制唱片并希望安妮能留在自己家中六个星期以完成录制,艾尔维显然对此十分不乐意。返回纽约的飞机上,两人决定分手。安妮拿走了属于自己的书,而艾尔维也被建议另寻新欢。

艾尔维与另一个女人约会,他们来到曾经的海边公寓。两人在厨房中,艾尔维依旧难以搞定活蹦乱跳的龙虾——不过显然这个女人不感兴趣,曾经的美好也无法重现。艾尔维给已经在洛杉矶生活的安妮打电话,请求她回心转意,但安妮拒绝了艾尔维的请求。艾尔维亲自前往洛杉矶,开车找到安妮。两人吃了午餐,艾尔维趁机向安妮求婚,安妮再次拒绝。艾尔维回到停车场,心情沮丧的他把车子撞作一团。警察前来处理事故,焦躁的艾尔维又让自己关进监狱,直到罗伯将他保释。回到纽约,艾尔维正在看自己创作的第一部戏的彩排。这出戏几乎就是他与安妮最后一次见面的重演——除了最后,戏里的"安妮"追出餐厅,同意嫁给"艾尔维"。艾尔维向我们诉说,自己之后又见到了安妮,两人回忆起曾经的往事,之后又友善地道别。结尾,艾尔维总结道:恋爱是非理性的甚至是荒谬的,但我们需要它。

主人公与目标

很多以人物命名的影片的主人公就是这个人物本身，但是本片的主人公并不是安妮·霍尔，而是艾尔维。这是关于他的生活的故事，他一直在追寻快乐，以种种方式寻找或体验爱情与快乐，认识并接受生活的局限性。

障　碍

艾尔维想获得爱情、快乐和他人的认可，但他最大的障碍源于自己——他那神经质的敏感。影片一开始，从他的童年甚至他讲的那些笑话中，我们都有此感受。在影片中，他那本就敏感的神经又被他一个个的爱人不断地纠缠。不论是艾莉森还是罗宾，她们自身的问题都与艾尔维产生冲突，这让艾尔维不得不相信自己无法从她们身上获得爱情、快乐与他人的认可。当他爱上安妮时，他认为自己终于找到了答案，结果却发现安妮本身亦不安与烦躁。可当安妮开始有了自我意识和自己的事业时，艾尔维想完成使命又变得难上加难。

前提与开场

一个神经兮兮的犹太裔纽约脱口秀演员爱上了一个非犹太裔、来自美国中西部的歌手。在纽约这个繁华的大都市，这个无法认可他人、也无法获得爱情的男人试图通过这段恋情寻找问题的答案。艾尔维对爱与理解的探寻在故事开始之前便得到展开。

影片开场，编剧伍迪·艾伦和马歇尔·布里克曼选择让我们的主人公直接面对摄影机说话。艾尔维对着摄影机讲笑话，这则笑话透露着自己的生活和处世观念。他想与安妮分手，然后开始回忆自己的童年，并以自己的神经质和愤怒作为终结。这些主观陈述的场景并没有为我们展示出太多主人公成长的真实环境，而展现了自童年便萌发的内在情绪。在艾尔维童年回忆的最后，我们看到成年的他出现在电视里的一个谈话节目中。他在节目里拿自己的神经质开起了玩笑。

主悬念、高潮与结局

影片的主悬念在于艾尔维能否找到延续他与安妮幸福爱情的关键。两人的关系始于网球"比赛"之后。尽管我们从影片一开始便已经知道他们会在一起，但这里的问题并不在于两人是否能够成为恋人，而是这段恋情是否能帮助艾尔维解决自己的难题。因此，在主悬念变得清晰之前，我们必须搞清楚前前后后——艾尔维是谁，他为何焦虑，他曾经的恋情是怎样的，以及他与安妮是如何走到一起的。

影片的高潮出现在两人从洛杉矶返回纽约的飞机上，两人在机舱里决定分手。艾尔维竭尽全力试图在这场男女关系中找到问题的答案，但还是失败了。

影片的结局出现在艾尔维观看自己写的戏进行彩排的场景，这场戏显然是艾尔维对他与安妮之间关系的"理想化"呈现。彩排之后的某天，艾尔维再次遇见安妮，两人平静地回忆曾经的往事。在此，艾尔维终于意识到自己的问题根本没有完美的解答。男女关系并不能够让自己重新接受爱情，也不能让自己体验到欢愉。尽管如此，恋爱还是相当必要的，因为"我们需要那些鸡蛋"（We need the eggs.）[①]。

主　题

影片拍摄时的暂定名为"Anhedonia"（快感缺失综合征），意为一种无法体验快感的疾病。这个充满学术气质的陌生词汇固然很难吸引广大观众，但着实印证了影片的主题。从影片第一个镜头起，艾尔维就开始谈论自己"可悲"的生活，以及一切总是结束得太快。不仅如此，我们还在更多场景中听到艾尔维说起他那套生活的"理论"——当我们的生活变得可悲的时候，我们应该心存感激，因为至少还没有变得"更糟糕"。影片结尾，艾尔维再次总结道：可悲是值得的。

---

① 此处应为隐喻，意指虽然爱情很棘手，而且会带来很多麻烦，但我们仍需要爱情。——编注

安妮是关于上述主题的一个变奏。起初她同样难以体验快乐，更多的情况下她只是被动地接受，而非主动地体验。但随着安妮逐渐成长，收获自信，她开始享受事业上的成功以及新生活带给她的快乐。好友罗伯则与艾尔维恰好相反，他是个典型的享乐主义者，与无法体验快感的艾尔维形成鲜明的对比。罗伯生活的唯一目的就是快乐，不论是为电视节目录制假笑，还是与双胞胎床战，他时刻向艾尔维"推销"自己的快乐生活哲学。

统一性

影片叙事方式的独特性在于并不严守时间顺序，因此初看本片会觉得人物对目标的追求并不清晰明显。也正因此，统一性的讨论对本片来说显得十分重要。我们会发现，随着电影银幕幻觉的破碎，主人公艾尔维直接对话观众。他内心的幻想与恐惧公之于众，置身事外一般观看着自己的童年以及与安妮曾经的恋情。这种独特的叙事方式使我们进入艾尔维的身体，从而与他感同身受。尽管影片中的艾尔维并不总知道自己追寻的目标，但我们却能一边认同艾尔维，一边观看他与安妮恋情的走向。这段男女关系对艾尔维来说是他存活于世上追寻爱情、快乐与幸福的"救命稻草"，而正是这份主人公可能并不自知的追寻将故事中所有元素统一起来，因此它就是贯穿整部电影的统一的戏剧性动作。

铺　陈

影片的铺陈充满了幽默和戏剧性，而非潜移默化的暗示。我们要了解艾尔维的童年，便真的来到他童年的住所，"拜访"他的家人，"参观"他上课的教室。我们要了解安妮的恋爱史，便亲眼见到她的几个前男友，站在他们身边仔细观察。所有这些铺陈的段落都相当幽默，同时包含强烈的戏剧冲突。有时冲突来源于现在的安妮和艾尔维或回忆中的他们，比如安妮回忆她那个演员男友的一场戏；其他冲突则存在于回忆内部，比如童年艾尔维声称宇宙正在不断膨胀，而那个一脸怪笑的医生则试图让他不要"胡思乱想"。

人物塑造

艾尔维这个人物的典型特征是神经质，他对死亡、罪恶以及描写纳粹恶行的《悲哀与怜悯》十分着迷。他认为所有人的生活要么可悲要么可怕，他所到之处充斥着反犹主义。他是个成功的脱口秀演员，但事业的成功并不令他高兴。影片最后，当艾尔维回忆起与安妮曾经的日子时，他终于意识到那些他曾经认为可悲的日子才是自己真正体验到快乐的时光，即便这份快乐来得有些迟。

安妮这个人物则处于对自己智识不足的担忧中。与艾尔维相似，她不能认清自己的优点，反而将怪异的性格当作魅力。当艾尔维提出让她参加成人教育时，安妮表现得极不情愿，因为这会让她更加认为自己"没文化"。与此同时，她又对艾尔维的评论十分敏感。但与艾尔维不同的是，安妮是个更为开放的人，她不会因公开讨论自己"性方面的问题"而慌张，而且在参加心理治疗这一点上，她的成效要比艾尔维好上千万倍。

情节发展

影片情节发展完全脱离常规的时序，它打破了银幕的"真实"幻觉，让人物直接与观众对话，编剧也因此获得了空前地解放——他们可以自由穿行于过去、现在的时空中，甚至将幻想和动画搬上银幕。这样的创意使影片情节的发展跟随主人公的情感，而非跟随事件发生的顺序。故事从艾尔维、他的生活、癖好以及他的神经质开始。当我们第一次见到安妮时，她看起来与艾尔维追求快乐的使命并没有什么关系。接着我们又了解到艾尔维和他的几任前妻之间的关系，然后才看到艾尔维和安妮的第一次见面。我们也开始有了期望：也许两人之间的恋情能够治愈艾尔维无法体验快感的顽疾。

随着两人关系逐渐亲密，艾尔维内心的问题逐渐清晰，此时的叙事便开始采用较为直接的顺时序，但其中还是穿插了过去的、幻想的、甚至动画的片段。尽管如此，情节还是沿着故事的主线，即艾尔维的情感进行着。

影片第三幕依然在时序上做了跳跃，不仅在时空角度上获得极大的自由，而且人物情感（即故事主线）也彼此环环相扣。

戏剧性反讽

影片中使用戏剧性反讽的方式多种多样。在安妮家阳台的一场戏中，安妮与艾尔维表面上聊着有关摄影和审美的话题，然而银幕下方的字幕则显示出两人每句话背后完全相反的潜台词。这种直截了当的戏剧性反讽还出现在艾尔维与《滚石》杂志记者滚床单之后，艾尔维接到安妮的电话便急匆匆地赶往她家，结果只是帮她抓蜘蛛。安妮问艾尔维是否已有新欢，艾尔维说没有——我们明知他在撒谎。

除了直接的反讽之外，影片中很多戏剧性反讽也能令人产生思考。艾尔维问街上的行人对他与安妮之间关系的看法，又问行人爱情问题。还有，影片几次将银幕一分为二，要么是将艾尔维和安妮两人的心理咨询做对比，要么是将互相评论对方的两人的家庭做对比。伍迪·艾伦使用对比创造戏剧性反讽，并迫使观众思考眼前发生的一切。影片中还经常有"拜访过去"的情节，比如成年艾尔维坐在自己童年上学的教室里，又或者艾尔维和安妮在一旁"观看"年轻的安妮和她的演员男友。在这些例子中，我们作为观众能够了解到比片中人物更多的信息（我们能同时了解人物的过去与现在），并开始思考。总的来说，我们成了反讽的一部分（即我们参与了影片叙事），这正是使用戏剧性反讽的重要目的——让观众更深入地沉浸在影片中。

铺垫与余波

影片中铺垫场景的使用较为传统，而余波场景的使用则颇有特点。例如，安妮第一次出场之前，影院门口的艾尔维被两个"《教父》中的角色"围住。这两个"粉丝"的热情反而让艾尔维倍感压力，幸好安妮及时赶到，他才得救。而此时安妮心情也不怎么样，两人一见面便又陷入争吵。这一场戏比较直接地为后面情节做了铺垫。

艾尔维和安妮散步到码头，艾尔维向安妮甜蜜地表白，这场戏也具有铺垫的作用。很快，当安妮打算搬来与艾尔维同住时，艾尔维又陷入恐慌——先前铺垫的情节与这一场戏形成了对比。影片较后部分，艾尔维来到加州向安妮求婚，他坐在餐厅室外的桌前，跟一个服务员点菜。这一段戏为后面两人相遇时安妮的拒绝做了铺垫。余波则出现在艾尔维返回停车场，并与另外三辆车相撞。

影片中更多的余波是艾尔维直面摄影机说话，或"采访"街上的行人。艾尔维与安妮争吵，安妮搭出租车离开，艾尔维便开始"采访"街上的行人。一个老太太告诉他爱情会消逝，一对恋人告诉他浅薄和空洞有助于维持关系。安妮搬出公寓，街上一个行人告诉艾尔维安妮已经搬到加州，另一个女人则建议艾尔维另寻新欢。这些具有余波作用的片段亦使观众参与到叙事中来。

伏笔与披露

影片巧妙地通过对比制造伏笔与披露，例如幼年艾尔维在科尼岛开碰碰车的一场戏。整个影片一直在反复强调艾尔维与汽车之间的关系——安妮鲁莽的车技令他恐惧，他会开车却不愿意开车去加州；当他决定挽回两人关系时，他那不可靠的车技终于显示出来。此处的披露在影片最后，安妮拒绝艾尔维的求婚，艾尔维回到停车场，胡乱开车并与三车相撞，仿佛回到早年开碰碰车的场景中。

另一处通过对比有效地制造伏笔与披露的戏是两场处理龙虾的戏。艾尔维和安妮最浪漫的一场戏是在海边公寓厨房里收拾龙虾。两人分手后，艾尔维找了新女友，希望重温当时的厨房"旧梦"，结果却成为一场"灾难"。

另外一个采用对比制造伏笔与披露的例子是吸大麻与做爱。一开始，艾尔维觉得借助一些"工具"来"助性"并没什么不妥，但后来这让他十分烦扰，两人也因此产生争执。

带有"死亡"名称的书籍是早期便被埋下的关于两人关系的伏笔，这一伏笔在两人分手时得到了披露。艾尔维求婚遭到拒绝之后，他将这段往事编入了自己的戏中，却按照自己的想法做了改动。

未来元素与预告

从艾尔维第一次提到安妮起，他的言语中便已经暗示两人分手的结局，尽管影片绝大多数时间里，两人都是在一起的。因此，影片开头艾尔维的暗示便成了一种预告。罗伯不断谈起前往加州，并怂恿艾尔维与他同去，这是未来元素，因为这并不能够保证艾尔维一定会随他前往加州。艾尔维与安妮第一次见到托尼·莱西，后者建议他们如果要去加州的话一定要来见他，这同样是未来元素。

可信性

影片并不指望我们相信银幕上发生的一切。从第一个画面开始，影片便打破了银幕"真实"的幻觉（这种幻觉正是其他影片竭力塑造的），它鼓励我们相信一种基于事件体验的情感现实，也正因此，银幕上所描绘的事件是夸张的，有时甚至就是幻想。

为了让我们收起对影片的质疑，影片采用了十分有趣的方法。从第一个镜头开始，影片就向我们展示出它讲故事的方式。试想一下，如果主人公并没有对着摄影机直接向我们倾诉，或者如果我们相信童年艾尔维真的为宇宙膨胀而担忧，那么几分钟之后，成年的艾尔维坐在小学教室的座椅上与老师辩论自己对于女性的独特"兴趣"，这又该如何理解？由此可见，本片的叙事风格并不是让我们相信银幕上发生的事件，而是去感受并认同影片所描绘的人物的情感与情绪，这便是决定影片是否可信的主导因素。

行为与戏剧性动作

影片中出现了两次处理龙虾的场景，我们可以借此发现戏剧性动作与行为之间的差异。在与安妮处理龙虾的一场戏中，那些滑稽的和令人发笑的行为均不具有目的性。两人度过了一段美好的时光，仅此而已，没有任何额外或隐藏的目的。而在与新女友处理龙虾的一场戏中，艾尔维显然试图"重温旧梦"，结果那个女人因对此事一无所知而显得"不够配合"。艾尔维有自己的目标，这一目标为他的戏剧性动作赋予了意义。

安妮在夜里打电话给艾尔维，希望他帮忙处理家中的蜘蛛，这对于安妮来说是有目的的戏剧性动作，她想挽回艾尔维。具体的杀掉蜘蛛的行为并没什么目的，但是安妮的邀请和艾尔维留下过夜显然是具有目的的戏剧性动作。

第一次见面之后，安妮和艾尔维互相邀请对方搭车，这对双方来说都是有目的的戏剧性动作。他们都想借机了解对方，但又觉得直接这样说有些尴尬。因此，两人开玩笑似的问对方能否搭车和是否有车这样的问题，以求相处的时间稍长一些。

对　白

影片对白的特点是机智幽默但不失简练。从艾尔维对生活可悲和可怕的论述到《滚石》杂志女记者那句"与你做爱真有一种卡夫卡式的体验"（Sex with you is a real Kafkaesque experience.），我们能感受到明显的带有讽刺意味的机智。两人决定分手的一场戏中的对白最为精彩："我们的关系就像一条鲨鱼，它必须不停地往前游，否则就会死掉。我觉得我们现在手里握着的是一条死了的鲨鱼。"（A relationship is like a shark, it has to keep moving or it dies. I think what we got on our hands is a dead shark.）

除了展示机智幽默的一面，本片的对白也用于建立对比并推动剧情。艾尔维一开始向安妮推荐成人教育课程时，他说她"可以见到很多有趣的教授"（could meet lots of interesting professors）。而当安妮真的遇见一个风趣幽默的教授时，艾尔维又批评成人教育为"垃圾，教授虚伪得要命"（junk, the professors are so phony）。影片结尾，安妮拒绝了艾尔维的求婚，并将艾尔维比喻成纽约,一座将死的城市。艾尔维把这段往事放进了自己的新戏中,并引用了安妮的原话,这显示出安妮对他造成的深刻的影响。

视觉性

影片的视觉创意来自于不断地打破观众对于银幕真实的幻觉。艾尔维直面摄影机向观众倾诉,还有他"采访"街上行人都是典型的例子,视觉效果(以及通过视觉创造的矛盾冲突)则为影片的叙事风格服务。成年的艾尔维坐在小学教室里与老师辩论这场戏,观众看起来并不觉得惊奇。摄影机为观众呈现这种"画面上的自由",实则"告诉"观众,这些都不是真实的。类似的情节还有安妮和艾尔维站在年轻的安妮旁边观看她与演员前男友聊天,以及艾尔维"站在"自己曾经居住过的布鲁克林区观看自己的过去。同样,影片还通过将画面一分为二的模式创造了两组对比:一为两人进行心理咨询的对比,二为两人家庭的对比。同样,影片还通过视觉为我们展现了人物脑中的幻想——在安妮家中,艾尔维"变成"了一个"哈西德派"①的犹太人;在戏仿白雪公主的动画片段中,艾尔维、罗伯和皇后聊了起来;艾尔维与安妮做爱的一场戏中,我们甚至看到安妮灵魂出窍。

戏剧性场景

网球赛后,安妮与艾尔维在大厅聊天的一场戏是十分令人难忘的戏剧性场景。这一尴尬场面让人物性格得以展现,我们通过两人尴尬怪异的言谈举止了解到二人的动机,同时也看到他们努力摆脱尴尬却让局面变得更糟——这似乎也是两人性格的写照。看似简单的一场搭车戏由于两人暗藏的目的而变得饶有趣味。安妮似乎对艾尔维有些兴趣,但艾尔维明显地看出安妮连说话都变得自相矛盾起来。她陷入窘境,只好做作地说上一句"啦—嘀—嗒",以为这样会显得可爱一些。我们内心期望这两人能赶快

---

① 犹太教的一个分支。——编注

度过这一尴尬过程，直到最后安妮决定载艾尔维进城，这段尴尬的场面终于结束了。在本场戏的末尾，艾尔维不小心用球拍碰到了安妮，这一举动对于艾尔维来说是一种弗洛伊德式的性暗示，当然我们也能回想起艾尔维声称的他在艾森豪威尔执政时期短暂约会过的对象（艾尔维曾在脱口秀表演中使用的笑料）。

另一个绝妙的戏剧性场景发生在海边的公寓，两人打算做爱而艾尔维不想让安妮再抽大麻"助性"。两人的需求产生了冲突。艾尔维试图让两人忘记先前的不快，而实际上，两人更像在床上打架而非做爱，这次尝试又以失败告终——床上的安妮竟然"灵魂出窍"，想找到她的绘画本。艾尔维希望两人的性爱能够满足自己的幻想——暗红色的灯光、没有大麻。事实上，他的欲望才是两人冲突的核心，也是最终失败的根源。

特别关注

影片中有很多值得记忆的细节，比如马歇尔·麦克卢汉出现在影片中，给那个自以为博学的男人"当头一击"；艾尔维与安妮在阳台聊天时出现在银幕下方的"字幕"；两人做爱时安妮的"灵魂出窍"；还有艾尔维向街上行人咨询自己的恋爱问题。然而影片之所以令人难以忘怀，最重要一点是它将人物的内在心理外在化。

将人物的心理外在化是编剧工作中的永恒问题：我们如何才能知道一个人的内心想法？通常的做法是赋予人物戏剧性动作，这样我们便能通过人物的戏剧性动作而非他们口头上的表达来了解人物的内心想法。本片同样也使用这种方法。但更多情况下，本片直接将人物的内心活动"表演"出来。艾尔维在街上"采访"行人，或者将马歇尔·麦克卢汉从角落中请出来，都是将人物的幻想直接表演出来。成年艾尔维在小学教室里与老师辩论，对安妮那个演员前男友评头论足，甚至直接面对镜头向观众倾诉，这些都是将主人公内心幻想的生活进行了外化。人物的内心想法和感触直接通过人物（或画面）表演（或展现）出来，我们只需要观看即可。

这种方法并非百试百灵，它需要制作者有足够的自信引导观众，并让观众接受这种叙事模式。如果方法奏效——正如本片一样——那便是一部绝妙的作品；反之，正如许多失败的影片所展现的那样，观众会落荒而逃。

片例16 《王子复仇记》（又名《哈姆雷特》）

本片改编自莎士比亚同名戏剧
编剧：劳伦斯·奥利弗
导演：劳伦斯·奥利弗

毫无疑问，威廉·莎士比亚的《哈姆雷特》是一部伟大的戏剧和文学作品，同时也是史上最受欢迎、演出次数最多的剧目，电影界对它的改编亦不止一次。因此，我们可借本片讨论书中所述之剧作工具，哪些对所有戏剧类型均适用，而哪些仅适用于电影艺术。莎翁原著的受众是伊丽莎白时期的英国观众，此时的观众已经对悬疑情节剧及其中的诸如弑君、复仇、疯癫等暴力戏剧性动作的设计习以为常。因此总的来说，只要能跨越语言和对文学作品本身的畏惧，这将是一部让现代观众也能看得津津有味的杰作。《哈姆雷特》包含多个场景，但在剧场表演时汇总为五幕戏；在电影版本中，这几幕戏又被割裂并按照人物戏剧性动作的延续性进行重组，从而展现出较大的时间和空间跨度。

劳伦斯·奥利弗版本的《王子复仇记》获得了奥斯卡最佳影片、最佳男主角（劳伦斯·奥利弗本人在片中扮演男主角哈姆雷特）、最佳艺术指导以及最佳服装设计，同时获得了最佳导演（即劳伦斯·奥利弗本人）、最佳配乐（威廉·沃顿）以及最佳女配角（简·西蒙斯饰演片中奥菲利娅一角）奖项的提名。

故事梗概[①]

一个貌如先王的鬼魂最近几次三番出现在艾尔西诺城堡的露台之上，哈姆雷特的挚友霍拉旭奉命前来调查。在等待鬼魂出现时，霍拉旭向卫兵说起了最近丹麦与挪威两国的纷争，哈姆雷特在战争中杀掉了福丁布拉斯的父亲，霍拉旭担心后者会前来报仇并收复失地。没过多久，鬼魂出现。霍拉旭向鬼魂发问，但后者一言不发。霍拉旭决定请来哈姆雷特。

新王克劳狄斯登基，他派遣使者前往挪威，希望挪威国王能够劝阻福丁布拉斯，接着又批准波洛涅斯之子雷欧提斯回到法国完成学业。新王之妻乔特鲁德正是已故先王之妻，也是哈姆雷特的母亲。克劳狄斯劝哈姆雷特不要过分沉浸在对亡父的哀悼中，但哈姆雷特内心十分反感，为什么他的母亲会这么快地改嫁，而且还嫁给了自己的叔父——一个远不如父亲的男人。哈姆雷特对这段婚姻的愤怒也使他对生命本身产生了厌恶感。众人离去，哈姆雷特独自留在大厅。霍拉旭找到哈姆雷特，告诉他自己见到了先王的鬼魂。哈姆雷特同意与他同往。

雷欧提斯离开之前警告奥菲利娅不要对哈姆雷特对她的关注过分在意。波洛涅斯给了雷欧提斯一些忠告，接着告诉奥菲利娅不要再见哈姆雷特。哈姆雷特与霍拉旭在露台上见到了鬼魂，鬼魂召唤哈姆雷特随他而来。哈姆雷特情不自禁跟随鬼魂离去，随后发现鬼魂果然是自己死去的父亲，而且在对话中，父亲的鬼魂命令他为自己报仇。鬼魂说克劳狄斯引诱了自己的妻子乔特鲁德，并将毒药灌进了自己的耳朵里。鬼魂希望哈姆雷特能够对母亲宽大一些，哈姆雷特随后发誓为父报仇。黎明将至，鬼魂消失。霍拉旭找到哈姆雷特，但哈姆雷特不仅守口如瓶，而且还要求霍拉旭发誓，不论今后他的举止将有何怪异，他都要对今天的事情保密。

[①] 如果按照莎翁原著毫无改动进行表演，《哈姆雷特》这出戏将耗时甚久。最近的一些改编——无论是被搬上舞台还是在银幕上——都以不同方式对原作进行了删减。此处剧情梗概是未经删减的莎翁原版，因此其中的一些场景或细节并没有出现在影片中。例如，挪威王子福丁布拉斯以及哈姆雷特的两个友人罗森格兰兹和吉尔登斯吞几人的戏份几乎被完全删除，其他地方也有不同程度的删减。

波洛涅斯对在法国留学的雷欧提斯十分担心，便派仆人前去监视。奥菲利娅对父亲说她有一日遇见了行为古怪的哈姆雷特。波洛涅斯认为这是因为哈姆雷特无法得到奥菲利娅的爱才会有如此反应，他决定将此事禀告给克劳狄斯。与此同时，哈姆雷特的两个老朋友，罗森格兰兹和吉尔登斯吞也前来面见克劳狄斯，并被要求调查哈姆雷特行为古怪的原因。

前往挪威的使节回报说福丁布拉斯已决定向波兰宣战，但此役需途经丹麦。克劳狄斯对这一结果十分满意。波洛涅斯禀告克劳狄斯说哈姆雷特因为无法得到奥菲利娅的爱而发疯，克劳狄斯对此表示怀疑，并同意前去偷听哈姆雷特与奥菲利娅的会面。波洛涅斯遇见哈姆雷特，后者的疯狂举动再次证明了波洛涅斯的猜测。

罗森格兰兹和吉尔登斯吞找到哈姆雷特，哈姆雷特很快猜到两人的目的，两人也并未否认。波洛涅斯找来旅行戏班，哈姆雷特热情地招呼了他们。戏班中一位演员的演说启发了哈姆雷特，他想到一个能够让克劳狄斯认罪的方法。他特地点了一出戏让戏班表演，并把自己写的一些台词放入其中。哈姆雷特要把自己的真情实感隐藏在台词里，因此他担心演员无法好好表演。他相信，如果克劳狄斯在看戏过程中暴露自己犯下的罪行，那么他便有勇气实施他的复仇计划。

罗森格兰兹和吉尔登斯吞回报克劳狄斯，说哈姆雷特现在只对晚间即将上演的戏剧感兴趣，这让克劳狄斯十分欣慰——看来哈姆雷特已经不再忧郁。奥菲利娅被派去与哈姆雷特见面，克劳狄斯和波洛涅斯则躲在一旁监视，克劳狄斯还在之前承认了自己内心的罪恶感。哈姆雷特想自杀以了结余生，但虑及尚未完成先父遗愿而放弃了念头；而且他也意识到，即使死亡也不能终结自己内心的痛苦。奥菲利娅与哈姆雷特见面，她将哈姆雷特赠予她的礼物还了回去。哈姆雷特看出奥菲利娅内心的纠结，而且也认识到复仇的宿命使他注定无法拥有爱情，于是便用恶毒的语言否认了自己对奥菲利娅的爱。他当着奥菲利娅的面咒骂波洛涅斯，并且暗示自己对国王充满恶意，这使奥菲利娅肯定哈姆雷特已经完全失去了理智。克劳狄斯和波洛涅斯讨论他们听到的哈姆雷特的言论，认为哈姆雷特现在的状态已经不能留在丹麦了，他们决定将他送到英国。波洛涅斯依然认为哈姆雷特的"发疯"是因为自己的女儿，他建议今晚看完戏之后，请王后乔特鲁德亲自与儿子谈一谈。

哈姆雷特指导演员排练，之后他告诉霍拉旭自己必须要看到国王看戏时的反应。戏剧在城堡大厅上演，故事情节与克劳狄斯谋杀兄长完全一致。羞恼的国王愤而离席，这让哈姆雷特与霍拉旭相信了鬼魂曾说过的话。罗森格兰兹和吉尔登斯吞向哈姆雷特禀告了国王的愤怒，并说王后想见他，哈姆雷特对这两人不屑一顾。紧接着，波洛涅斯也来带哈姆雷特前去面见母后，哈姆雷特同意前往，而且暗地里发誓不能伤天害理。

国王命令罗森格兰兹和吉尔登斯吞两人护送哈姆雷特前往英国，波洛涅斯禀告哈姆雷特此时正前往拜见王后，而波洛涅斯准备再次偷听。国王打算通过祈祷安抚自己的良心，这时哈姆雷特前来。这本是一个报仇的绝佳机会，但哈姆雷特认为不能在克劳狄斯悔过时杀掉他，因为这会令他升上天堂而非堕入地狱。但事实上，克劳狄斯最终也没能祈祷。

哈姆雷特对母后说起了克劳狄斯的恶行，这令乔特鲁德十分惊惧。躲在挂毯后面偷听的波洛涅斯被哈姆雷特发现，他误以为偷听者是克劳狄斯，结果将波洛涅斯刺死。哈姆雷特对母后恶语相向，此时鬼魂再次出现，制止了儿子对母亲的恶毒言行，并提醒他复仇还没有结束。乔特鲁德看不到鬼魂，她看到自言自语的儿子，便以为儿子是真的疯掉了。哈姆雷特认为母亲应该为她这段婚姻感到羞愧，他说自己将前往英国，而且预料到护送他的两个人会在途中杀掉自己。他决定扭转局势。

克劳狄斯得知波洛涅斯的死讯，他命令罗森格兰兹和吉尔登斯吞立刻将哈姆雷特带到自己面前。等到哈姆雷特被带到克劳狄斯面前，克劳狄斯称为了哈姆雷特自己的安全，必须将他送往英国。于是，哈姆雷特在罗森格兰兹和吉尔登斯吞两人的护送下前往英国，他们在路上碰见了福丁布拉斯率领的军队。哈姆雷特看到福丁布拉斯和军队的雄心勃勃，又反观自己在复仇路上的停滞不前，决定从现在开始勇敢起来，积极行动。

父亲已死，哥哥又在国外，此时的奥菲利娅已经失去理智，这让克劳狄斯和乔特鲁德十分吃惊。雷欧提斯听说了父亲的死讯便急忙回国。他怀疑国王是杀人凶手，并在大堂之上大发雷霆。国王安抚了他，并在私下里告诉他整件事情的经过。

霍拉旭接到哈姆雷特的来信，信上说他在海上遇见海盗，但已成功逃脱，正在赶回艾尔西诺的路上。克劳狄斯向雷欧提斯讲述了事情的经过（当然将自己完全置之事外），他说他不能亲自出马处置哈姆雷特，因为后者是王后的亲生儿子，而且民望甚高。克劳狄斯和雷欧提斯得知哈姆雷特即将回城，两人计划举行一场击剑比赛，并打算让雷欧提斯在比赛中置哈姆雷特于死地。雷欧提斯将剑头涂上毒液，而克劳狄斯则准备了毒酒做保险。正当两人密谋之时，王后乔特鲁德出现，她说奥菲利娅已投河自尽。

哈姆雷特回到艾尔西诺，他与霍拉旭在路上遇见两个正在挖掘坟墓的小丑，他们正说起丹麦王子的疯症，还有他们正要举行一个葬礼，出席者有国王、王后还有雷欧提斯。哈姆雷特意识到这是奥菲利娅的葬礼，她定是放弃了自己的生命。哈姆雷特出席了葬礼。在葬礼上，他终于袒露了自己对奥菲利娅的爱，而愤怒的雷欧提斯则打算杀掉哈姆雷特，两人最终被分开。

哈姆雷特对霍拉旭说，他在罗森格兰兹和吉尔登斯吞身上发现了国王写给英王的书信，上面说当哈姆雷特到达英国时就将其处死。哈姆雷特调包了信件，把要处死的人换成了那两个护送者。听闻国王打算为哈姆雷特和雷欧提斯安排一场击剑比赛，霍拉旭认为这其中必有阴谋，但哈姆雷特则提出一套宿命的理论，并同意比赛。决斗很快开始，国王、王后以及群臣均在一旁观战。起初比赛的两人还很和气，但随着哈姆雷特先下一城之后，两人开始了真正的决斗。克劳狄斯请得了分的哈姆雷特喝杯酒解渴，但遭到后者婉拒。

乔特鲁德接过克劳狄斯手中的酒杯，她不顾克劳狄斯的劝阻将酒一饮而尽。雷欧提斯用淬毒的剑伤了哈姆雷特，但很快两人互换武器，哈姆雷特用同样的毒剑伤了雷欧提斯。喝下毒酒的王后倒地身亡，战败的雷欧提斯祈求哈姆雷特的原谅，并将决斗的阴谋和盘托出。哈姆雷特用毒剑刺向克劳狄斯，并让他喝下毒酒。哈姆雷特原谅了垂死的雷欧提斯，与母亲永别，并让霍拉旭将故事传颂下去。这时，福丁布拉斯来到，奄奄一息的哈姆雷特说他宁愿让挪威人坐上丹麦的王座上。来自英国的使节此时也前来传信，他们已遵从丹麦国王的命令，将罗森格兰兹和吉尔登斯呑两人处死。

主人公与目标

很明显，这部戏的主人公是哈姆雷特：整个故事就是围绕他的"问题"建立起来的。他的目标是履行自己在先父亡魂面前许下的诺言：为父报仇。这一目标在哈姆雷特第一次见到鬼魂之后便明确地提了出来，这使莎士比亚可以为我们描写这位王子在履行诺言时的拖延、疑虑甚至不情愿。如果没有事先明确这一目标，观众便会难以跟上主人公这条完成目标的曲折之路。

障　碍

尽管主人公的核心目标只有一个，但障碍却有多个。这些障碍并不都来自于一条单一的因果链，而是来自于多个不同的方向。

我们很难再找到一个像哈姆雷特一样被如此多的障碍所限制的主人公了。首先，站在哈姆雷特对立面的是弑兄篡位的克劳狄斯，当然，还包括所有听命于克劳狄斯的人，尤其是波洛涅斯。另外，怀疑与不安也是阻碍哈姆雷特前行的障碍：对鬼魂的怀疑，对母亲改嫁给叔父一事的愤怒。他爱奥菲利娅，但又怕她受到父亲的影响而背叛自己。当他在城堡大厅目睹克劳狄斯与母亲的种种言行时，他已经因过分的抑郁而变得无动于衷了。

因此，我们在这里看到的是一个会犯错误、令人同情并不断遭受苦难折磨的主人公，他不仅要跨越外部的障碍，还要应对内心的纠结。这些难题不断考验着他的耐心与勇气，也触动着观众的内心，不论是三百年前还是现在。

前提与开场

丹麦王子哈姆雷特，聪颖、敏感、内省，此时正沉浸在他所敬爱的父亲的死亡中不能自拔。更令他吃惊的是，母亲竟然如此急迫地改嫁新王——亡父的弟弟、自己十分厌恶的叔父克劳狄斯。而在故事开始之前，我们的王后便已经与克劳狄斯通奸，并杀害了先王。

莎士比亚或许可以采取以下情节作为开场：老国王被杀，哈姆雷特从威登堡返回艾尔西诺，母亲乔特鲁德与叔父克劳狄斯的婚礼——但莎翁关心的显然不是事件本身，而是王子履行复仇诺言时的挣扎与纠结。因此，既然是鬼魂首先将老国王被谋杀的事件透露给哈姆雷特并提出报仇，那么莎士比亚自然也会选择以鬼魂出现并招来哈姆雷特作为开场。换句话说，莎翁选择更贴近故事核心的情节作为开场，让我们和哈姆雷特在（后面）恰当的时候了解故事的起因。

主悬念、高潮与结局

哈姆雷特向亡父的鬼魂发誓报仇，这一诺言（连同先前鬼魂所讲的谋杀）引发了整个故事，并维持故事的运转。但是这并不是一个简单的复仇故事，我们或可称其为一次心理学研究——一个聪明、敏感同时又麻烦缠身的人，不仅要面对誓言带来的压力，周遭的事件也如漩涡一般缠绕在他身边，对他履行诺言产生影响。因此，这个故事的主悬念可能是："哈姆雷特能否履行诺言，杀掉克劳狄斯为父报仇？"又或者是："他能否鼓起勇气，激励自己付诸行动？"我们需要时刻明确的是：故事中真正的"战场"在哈姆雷特心中。

故事高潮，哈姆雷特终于不再消极被动，勇敢行动起来。他告知母亲先父被害的经过、母亲新夫的恶毒以及两人婚姻的可悲。他以为克劳狄斯在旁偷听，便毫不犹豫提剑刺向"仇人"，结果却将波洛涅斯杀死。哈姆雷特的悲剧在于，当他终于鼓起勇气打算杀掉仇人时，却因为自己的错误殃及无辜。不过即便如此，他的复仇还是要继续进行下去。

故事的结局自然是大仇得报——哈姆雷特手刃杀父仇人克劳狄斯。这无疑是一出真正意义上的悲剧，莎士比亚借鉴了古罗马塞内加[①]悲剧的模式，让所有重要人物最后都难逃一死：波洛涅斯和奥菲利娅在高潮来临之前死去，克劳狄斯、乔特鲁德、雷欧提斯在故事的高潮部分死去，最后是使节前来禀告罗森格兰兹与吉尔登斯吞的死讯。

主　题

这是一个关于复仇的故事。在故事中，有时候主题是明示的，如哈姆雷特向父亲的鬼魂发誓报仇，以及雷欧提斯发誓为自己的父亲和妹妹报仇；其他时候则需要观众去理解：奥菲利娅的死是否可以理解为她在向这个充满欺骗与背叛的世界复仇？乔特鲁德喝下毒酒仅仅是一次意外，还是她不忍目睹这场血腥的家庭悲剧，又或者她终于发现了克劳狄斯的真面目，以死作为复仇呢？不论在何种演出模式（舞台或大银幕）中，这些都是故事抛给我们的问题。当然，即便演出的呈现方式有变化，《哈姆雷特》故事的复仇主题依然是永恒的。

统一性

在这个故事中，我们需要仔细检视人物戏剧性动作的统一性，原因在于我们的主人公是消极被动的人物。需要注意的是，哈姆雷特所表现出的"消极被动"也是一种戏剧性动作，这是因为故事本身并不是一个单纯的复仇故事，而是关于我们的主人公与自己的"消极"做斗争、担负起许下的诺言并勇敢完成命中注定的任务的故事。尽管我们的主人公一直在与自己的"心魔"斗争，但从某种程度上来说，这也是他戏剧性动作的一种表现方式；与此同时，主人公的外部世界也不断发生变化，促使他完成戏剧性动作。因此，不论从人物的内心还是外在，故事统一性的核心就是哈姆雷特的复仇诺言。

---

① 古罗马时代著名斯多亚学派哲学家。——编注

铺　陈

莎翁在《哈姆雷特》中对一些铺陈的设计并不算优秀，这也算给我辈留下了一些追赶的希望和慰藉。霍拉旭向马西勒斯讲述丹麦与挪威两国纷争这段戏是"无用"的叙事，这里并没有使用幽默或冲突的手段来掩饰这些对两人来说都应知道的事实。而在这场戏之后，也就是哈姆雷特第一次见到父亲鬼魂的一场戏，我们又发现其中的情感过于充沛，鬼魂所陈述的信息也过于令人惊诧，结果使这段戏的铺陈作用被主人公巨大的心理变化所掩盖。

一些较好的应用冲突进行铺陈段落的例子是乔特鲁德和克劳狄斯恳求哈姆雷特停止对先父的哀悼的一场戏，以及之后雷欧提斯和波洛涅斯阻止奥菲利娅见哈姆雷特的一场戏。

人物塑造

哈姆雷特可以说是戏剧史上最令人神魂颠倒也是最让人感到复杂纠结的人物。莎翁对这一人物的塑造方式之一是用他的周遭人物进行侧面烘托——霍拉旭是他信任的挚友，而除他之外，哈姆雷特便再没有可信之人。我们通过霍拉旭了解到哈姆雷特真实的性格——即如果没有这些悲惨的变故，哈姆雷特本应展现的面目；而当哈姆雷特与剧中其他（主要）人物相处时，他展现出的性格则恰好与和霍拉旭相处时的相反。例如，在所有与霍拉旭有关的场景中，我们全然不会发现哈姆雷特有任何疯癫的迹象；同理，在哈姆雷特的内心独白中（或在奥利弗电影版本的旁白中），我们也能够发现这位王子其实一直都是理智的。因此我们可以推测，哈姆雷特那一系列装疯卖傻的行径乃是其复仇的工具，或为他内心的犹疑不定争取时间。

哈姆雷特心思聪敏、理想主义、富有想象力，同时也不乏幽默感——总的来说是个受人欢迎与爱戴的人物。但当他被迫采取一些行动时，他却变得拖延和犹豫。从人物外部来说，这种犹疑来自于克劳狄斯是否为真凶的不确定性；而在人物内部，他是被笼罩在他自己、他的母亲乃至于整个家庭身上的忧郁气氛中而无法前行。这些都是阻碍他完成誓言的因素。

哈姆雷特的第一次复仇机会设计得颇具巧思。他设计好台词和表演，让克劳狄斯露出马脚，他心中的怒火也燃烧起来。离席而去的克劳狄斯正独自一人在楼上的室内，没有任何防备。哈姆雷特跟了上去，但并没有展开行动，他有一个十分合理的理由（或说借口也不为过）：如果他杀掉一个正在忏悔的人，那么此人将升上天堂，这样一来，他的复仇也变得毫无意义了。但是很快反讽便出现，在哈姆雷特离开之后，克劳狄斯却无法做出祈祷，当然也全然没有忏悔。

除了主人公哈姆雷特之外，其他人物的刻画同样非常成功。王后乔特鲁德总是忧心忡忡，她时刻担心并想保护自己的爱子，尽管后者曾对她恶语相向。奥菲利娅是个尚未成熟的少女，她时刻活在父亲与哥哥的阴影之下，但她对哈姆雷特却是无比忠诚的。我们知道她对哈姆雷特的爱意是真诚的，她的所作所为也发自真心（她真心实意想治愈哈姆雷特的疯症，虽然这还是来自父亲的臆测）。波洛涅斯唠叨、自负、胆小，这与他那冲动易怒的儿子雷欧提斯形成鲜明对比。克劳狄斯是剧中的大反派，但他依然有懊悔自责的瞬间——他想祈求神的原谅，却无能为力——这使人物变得更为丰满，也更可信。

情节发展

本剧的情节并没有按照"单一人物（即主人公）为完成目标遇到一系列障碍"这一模式进行发展，而是融合了不同人物之间彼此冲突的目标和欲望。哈姆雷特的目标是为父报仇，这一目标的主要障碍来源于其内心的犹豫不定；克劳狄斯的目标是保全自己，还有他那通过谋杀兄长而得到的王位；波洛涅斯要想方设法赢得新王的信任，从而巩固自己在朝中的地位；奥菲利娅想帮助"已经疯掉"的爱人重回理智，雷欧提斯则想为死去的父亲和妹妹报仇；乔特鲁德宁愿相信克劳狄斯的谎言，因为哈姆雷特告诉她的真相令她难以接受。每个人物都有自己的目标，而他们的目标都成了主人公哈姆雷特的障碍,让他本就踟蹰不前的复仇之路更加充满险阻。

戏剧性反讽

本剧中运用戏剧性反讽的地方不胜枚举。从哈姆雷特见到父亲的亡魂到城堡大厅内的戏剧表演这段时间,我们知道哈姆雷特一直在怀疑克劳狄斯,但后者并不知道;当克劳狄斯得知哈姆雷特已经知道了真相,他便开始密谋除掉哈姆雷特,而此时的哈姆雷特并不知情。就算是在那场"戏中戏"中,反讽也运用得恰到好处:我们知道哈姆雷特设计好了台词和表演,意图揭开国王的真面目,但克劳狄斯对这一目的全然不知。

奥菲利娅将礼物归还给哈姆雷特,我们知道此举是奥菲利娅迫于父亲的压力,但哈姆雷特并不知情,而且哈姆雷特对奥菲利娅失去信任,认为她将会像自己的母亲一样背叛自己。

哈姆雷特面见王后乔特鲁德,他暴怒地谴责母亲的不端行为,我们知道此时在挂毯后偷听的是波洛涅斯而非克劳狄斯,但哈姆雷特并不知道。因此当哈姆雷特持剑刺向偷听者时,我们才会产生恐惧之感,这正是戏剧性反讽产生的效果。

在最后一场戏中,我们知道雷欧提斯的剑头已经淬毒,国王的赐酒亦是毒饮。因此当哈姆雷特被剑所伤时,我们知道他已必死无疑;但当他与雷欧提斯两人互换武器时,我们意识到雷欧提斯也必将死去。同样,当乔特鲁德喝下那杯酒时,我们知道这位王后亦将殒命。由于我们提前知道了毒剑与毒酒,因此当上述场面出现时,我们便产生了更强烈的震撼。

铺垫与余波

一个利用反讽的铺垫段落出现在哈姆雷特第一次见到父亲亡魂之前。他正与霍拉旭和马西勒斯聊天,他说一个小的错误往往能抵销一个人全部的优秀品质,致使其声名狼藉——这实际上也是对他自己现状的写照。对于哈姆雷特来说，他拥有不止一个致命的缺点，其中之一便是其行动上的消极与迟疑。这场戏的余波在哈姆雷特对着父亲的鬼魂发誓之后，他拒绝向友人透露这一切——对人的不信任此时已经深深根植于他的内心，并且一直延续到整部戏（也是他人生）的结束。

剧中的"戏中戏"同样具有完整的铺垫和余波。对于这出即将上演的戏剧来说，演员的准备和其中一人的演讲自然是铺垫，但这场戏的铺垫段落是哈姆雷特叮嘱霍拉旭自己在演出时一定要坐在能够看到国王的位置。国王看到戏里的表演和台词，感到"不适"而离去，这场戏的余波是大厅中的众人纷纷惊恐地逃跑。人们恐慌，不仅因为害怕受到指控，也惊愕于国王这一突如其来的反应。

伏笔与披露

莎翁原作中并没有大范围地使用伏笔与披露这一技法，在奥利弗版本的影片中更是寥寥。原作中，福丁布拉斯这一人物是很早就埋下的伏笔，而且剧情进行中也多次提到他将途经艾尔西诺。这一伏笔在最后一场戏中得到披露：随着新王与王子双双殒命，福丁布拉斯接替了丹麦王位。

也许本剧中使用得最好的一个伏笔便是毒药。老国王哈姆雷特被毒药杀死，而且我们发现克劳狄斯对用毒似乎颇为偏爱，以至于他在密谋杀害哈姆雷特时用了双重的毒计。而关于这一元素的披露则充满反讽意味。最后一场戏中，不仅哈姆雷特中毒身亡，雷欧提斯和乔特鲁德亦未能幸免，就连克劳狄斯也跌入了自己所掘的坟墓中。

有一点"遗憾"的是，莎翁并没有预先埋下关于哈姆雷特与雷欧提斯两人剑术的伏笔，我们也无从了解到哈姆雷特一直勤奋练习，雷欧提斯在法国学习剑术这些内容。

未来元素与预告

本剧未来元素的使用非常奏效。在城堡的露台之上，霍拉旭劝阻哈姆雷特不要跟随鬼魂而去，说那鬼魂会使人失去理智（即变得疯狂）。而之后当克劳狄斯提起哈姆雷特时则说道："大人物的疯狂可不能听任其自然发展。"这句话暗示着他对哈姆雷特的畏惧，并不得不密切关注其动向。

我们还能够在哈姆雷特的独白中发现未来元素。在那经典的"生存还是毁灭"的独白中，他思索着"（失去了）行动的意义"。这使我们不得不担心他能否行动起来，完成誓言。

预告的例子也有很多。波洛涅斯与克劳狄斯计划借奥菲利娅与哈姆雷特见面之际趁机偷听，此为一例；雷欧提斯和克劳狄斯计划毒杀哈姆雷特，此为一例；哈姆雷特计划通过"戏中戏"揭发克劳狄斯的恶行，此为一例。这些人物的"计划"都预示着即将发生的事件。

可信性

故事中的"必然性"并不来自于"命运"（比如古希腊悲剧中常出现的宿命论观点），而是来自于绝妙的人物塑造。哈姆雷特内心既有强势的一面，也有软弱的一面，这使他在面临多方的冲突时，会产生我们无法预测的行为，而这些戏剧性动作似乎也是情势所迫下人物的唯一选择。如果哈姆雷特对于誓言不那么忠贞，也许他便会放弃通过"戏中戏"揭露国王恶行的念头；如果他再冲动一些，少些思考，也许会在与先父亡魂见面之后就提剑杀掉克劳狄斯。当然，不论上面哪一种情况，我们都无法看到现在这样的故事。只有让人物与环境相互交织，莎士比亚才创造出了这样一个清晰可信同时又引人入胜的故事。

行为与戏剧性动作

人物有目的的戏剧性动作贯穿整个故事。哈姆雷特只在特定的"观众"面前装疯卖傻，波洛涅斯和克劳狄斯躲在暗处是为了偷听；波洛涅斯让奥菲利娅与哈姆雷特见面是为了听哈姆雷特吐露真言；哈姆雷特"指导"戏班表演是为了观察克劳狄斯的反应。

剧中的众多盛大场面，包括国王登基以及大臣们的动作，这些都是无目的的行为。同理，两个小丑挖掘坟墓也是无目的的行为，而雷欧提斯跳入坟中则是具有明确目的的戏剧性动作。

对　白

当一个普通的戏剧作家读到莎翁作品中的对白时，会有什么样的评价呢？现代观众可能会忘记，我们现在看起来风格十分独特的语言在当时却是十分容易理解的。对于任何一个作家来说，能够创造出融入本土语汇并流传超过百年的词语都可谓相当幸运了，但就在《哈姆雷特》这一出戏中，莎士比亚就为英语这门语言提供了数以十计的隽语。下面仅举几例。

第一幕中，马西勒斯说"丹麦国里恐怕有些不可告人的坏事"（There is something rotton in the state of Denmark.）；波洛涅斯对雷欧提斯说"不要向人告贷，也不要借钱给人"（Neither a borrower nor a lender be.），"必须对自己忠实"（To thine own self be true.）；哈姆雷特说"我从小便熟习这种风俗"（To the manor born.）。第二幕中，波洛涅斯说"简洁是智慧的灵魂"（Brevity is the soul of wit.）。第三幕中，哈姆雷特说"阻碍就在那儿"（There's the rub.），当然还有经典的"生存还是毁灭，这是一个值得考虑的问题"（To be or not to be, that is the question.）。

视觉性

对于视觉方面的讨论，我们在此仅关注劳伦斯·奥利弗的这部改编作品。在宏大的场景、华丽的服装等这些看得见的大手笔投资之余，劳伦斯·奥利弗的《哈姆雷特》着实是对莎翁原作的一次成功的电影化改编。影片全部在艾尔西诺城堡内取景拍摄，原作中轻描淡写的场景在影片中也没有夸大。另外，影片对白也依照原作而未进行改动。除了上述与原作基本相同的地方之外，影片中的场景范围更广，一些盛大场面较原作有所加强，人物的服装更为精致，音乐也恰到好处，从而使作品更具有电影感。

影片有几种视觉表达方式，尤其是用特定的主观性镜头来展现哈姆雷特的内心世界。哈姆雷特的心跳能够影响摄影机，我们能够通过画面看到他的思绪、内心的幻象与欲望。另外，摄影机在某些情况下也起到引导观众注意力的作用。在"戏中戏"这场戏中，克劳狄斯被表演激怒，周围观众的目光也从表演区转移到了克劳狄斯身上（观众的目光同样如此变化）。在最后一场戏中，乔特鲁德望向本要拿给哈姆雷特的酒杯，她无法不怀疑这杯中乃是致命毒酒，但仍义无反顾地将其一饮而尽。

戏剧性场景

如同那传世且隽永的台词一般，莎翁戏剧中满是绝妙的戏剧性场景，不论选择哪一出戏或是哪一场戏，都是戏剧性的绝佳范例。哈姆雷特与奥菲利娅见面的一场戏，波洛涅斯和克劳狄斯在挂毯后偷听。这场戏的戏剧性反讽在于，我们知道波洛涅斯和克劳狄斯在偷听，但哈姆雷特和奥菲利娅并不知情。当我们开始怀疑哈姆雷特可能知道有人偷听时，悬念便由此产生。奥菲利娅归还哈姆雷特送给她的礼物，这是道具的巧妙运用。我们听到哈姆雷特对奥菲利娅恶语相加，但还是通过行为和神态发现了他对奥菲利娅的爱意，他那疯言疯语看来是蓄意的欺骗。这场戏的铺垫是奥菲利娅受到父亲的左右，而父亲和克劳狄斯便藏在挂毯之后。这场戏的余波是两个偷听者虽然听到同样的内容，却有着不同的理解和看法。你看，这是多么完美的一场戏，我们还能有更多的苛求吗？

再看另一个例子。戏班的表演由于国王的离席而中止，哈姆雷特来到克劳狄斯独处的房间之外，他看到自己的叔父正打算祈祷忏悔。这场戏的铺垫是我们听到克劳狄斯的愧疚，他打算祈祷悔过。当哈姆雷特见到他时，戏剧性反讽也跟着出现，因为此时克劳狄斯并不知道哈姆雷特的出现。此时正是哈姆雷特复仇的绝佳机会，但内心的挣扎却使他没有动手——他不能对正在祈祷的人下手，因为这会"失去复仇的意义"。他接近克劳狄斯，甚至抽出了短剑，但内心的独白却展示出他的犹豫不定，并最终展示给我们他的决定——放弃。这场戏的余波依然包含反讽，我们发现克劳狄斯无法进行祈祷，因此哈姆雷特先前所找的原因（或借口）也是无效的。整场戏的铺垫和余波均包含戏剧性反讽，而在其内部，演员的表演、道具、人物的戏剧性动作、动因以及人物所做出的艰难却又前后矛盾的决定，这些都是构成这一绝佳的戏剧性场景的必要元素。

特别关注

在这个故事中，最值得让我们讨论的便是哈姆雷特这一人物，他是典型的消极主人公——他想有所作为，又没有足够的勇气和意志行动起来。尽管他也做了一些事情，比如设计一出戏用以揭发克劳狄斯的恶行，但这些都不是他完成目标的必要的戏剧性动作。

在一切以消极人物作为主人公的影片中，都需要具备两个要素。第一，主人公的消极性格并非漠不关心。主人公有情感，有欲望，只是不能付诸行动，这与毫无行动欲望的人物不同。第二，主人公所处的环境需要与其被动的人格产生对立。在这样的环境中必然存在着有形（已知）或无形（未知）的力量，不断试图打破主人公的被动、静止或不作为的现状。如果人物本身是被动消极的，那么人物的障碍就要"活跃"起来。

《卡萨布兰卡》中的里克便是一例，而哈姆雷特则是相当典型的范例。他熟知自己的本性，也有足够的动机和清晰的目标，但是他内心充满疑惑和忧郁，也被生活中的变故压得喘不过气，这些都使得他陷入消极。不仅如此，他所处的世界、生活的环境也在与他"作对"：鬼魂降临，让他许下为父报仇的诺言；叔父对他处处提防，而且密谋除之后快；他所爱的女人不敢忤逆父亲的意志，而这位父亲却与他的仇人沆瀣一气。哈姆雷特周围的一切都在向他发动攻击，这使他关于行动与否的内心冲突达到极限。

另外一个值得关注的地方便是我们对《哈姆雷特》的剧作分析。我们发现，书中涉及的剧作工具对于几百年前的舞台戏剧的创作依然适用。事实上，自莎士比亚所处的伊丽莎白时代起，剧作的基本方法和原则便没有再出现大的变革,或者说,至少在涉及剧作的质量和有效性方面的原则是没有发生改变的。在上述对《哈姆雷特》的分析中我们发现,只有伏笔与披露这一对工具没有较多地使用,但是在莎翁的其他作品中,这一对工具依然有所展现,只是不如电影中出现得那么频繁罢了。戏剧的一个特性在于观众可以在任何时间从任何一点开始观看,并依然能获得愉悦,这就意味着观众可能不太容易发现伏笔与披露这样的元素——那么剧作者也自然难以使用这样的技巧。

但是毫无疑问的是,本书所讨论的剧作理念与工具技巧在这部杰作中的应用是相当全面的,这也是这部戏剧在几百年间经久不衰的原因。说它是编剧的"创作食粮"一点也不为过,不论是菜鸟还是老手,创作之前都应该拜读这部作品。

延伸阅读

《诗学》(Aristotle, *Aristotle's Poetics*, New York: Hill and Wang, 1961)

《编剧的技艺》(John Brady, *The Craft of the Screenwriter*, New York: Touchstone, 1981)

《致演员》(Michael Chekhov, *To the Actor*, New York: Harper and Row, 1953)

《欧洲戏剧理论》(Barrett H. Clark, *European Theories of the Drama*, New York: Crown, 1947)

《论导演》(Harold Clurman, *On Directing*, New York: Collier, 1972)

《小说面面观》(E. M. Forester, *Aspects of the Novel*, New York: Harcourt Brace, 1927)

《戏剧写作的人文特征》(Samson Raphaelson, *The Human Nature of Play Writing*, New York: Macmillan, 1949)

《风格的元素》(William Jr. Strunk and E. B. White, *The Elements of Style*, New York: Macmillan, 1979)

出版后记

巧妇难为无米之炊。各行各业的人们创造新事物，总需要依靠工具，如工匠的斧锤、庖丁的刀案、裁缝的尺笔，不一而足。编剧也不例外。拥有了可以将想法转化成剧本的工具，编剧便如虎添翼，可以毫不费力地将头脑中的想象世界展现出来。

爱德华·马布利所著的《戏剧性结构》就是这样一本经典工具书。绝版多年后，由大卫·霍华德教授精心增改、重写，形成了这本《基本剧作法》，以适应电影剧作教学的需要。从此，本书被南加大影视专业指定为必读教材，并成为美国高校开设编剧课程的重要参考，二十多年来被世界各地学子广为推崇使用。

2013年，霍华德教授曾受邀于北京电影学院授课，以此为契机他特别邀请钟大丰老师翻译本书。在此，我们非常感谢钟老师的重视，促成了本书的顺利出版，为译文的专业性、准确性提供了保障。希望国内读者能够从中获益，掌握更多有效的叙事工具，讲出属于自己的好故事。

服务热线：133-6631-2326　188-1142-1266
服务信箱：reader@hinabook.com

后浪电影学院
2017年1月

图书在版编目（CIP）数据

基本剧作法 /（美）大卫·霍华德，（美）爱德华·马布利著；钟大丰，张正译. ——北京：北京联合出版公司，2016.12（2021.8 重印）

ISBN 978-7-5502-9486-8

Ⅰ.①基… Ⅱ.①大…②爱…③钟…④张… Ⅲ.①剧本—创作方法 Ⅳ.① I053

中国版本图书馆 CIP 数据核字 (2017) 第 006124 号

The Tools of Screenwriting: A Writer's Guide to the Craft and Elements of a Screenplay
Text Copyright © 1993 by Gregory D. McKnight
Published by agreement with St. Martin's Press, LLC.
All rights reserved.
本书中文简体版权归属于银杏树下（北京）图书有限责任公司。

基本剧作法

著　　者：[美]大卫·霍华德　爱德华·马布利
译　　者：钟大丰　张　正
出 品 人：赵红仕
选题策划：后浪出版公司
出版统筹：吴兴元　　　　编辑统筹：陈草心
特约编辑：徐小棠　　　　责任编辑：管　文
营销推广：ONEBOOK　　装帧制造：墨白空间·陈威伸

北京联合出版公司出版
（北京市西城区德外大街 83 号楼 9 层　100088）
天津中印联印务有限公司　新华书店经销
字数 240 千字　690 毫米 ×960 毫米　1/16　22 印张
2017 年 4 月第 1 版　2021 年 8 月第 3 次印刷
ISBN 978-7-5502-9486-8
定价：49.80 元

后浪出版咨询（北京）有限责任公司 常年法律顾问：北京大成律师事务所　周天晖 copyright@hinabook.com
未经许可，不得以任何方式复制或抄袭本书部分或全部内容
版权所有，侵权必究
本书若有质量问题，请与本公司图书销售中心联系调换。电话：010-64010019